OEUVRES

DE

HENRI FONFREDE.

ŒUVRES

DE

HENRI FONFRÈDE,

RECUEILLIES ET MISES EN ORDRE

PAR CH.-AL. CAMPAN,

SON COLLABORATEUR.

TOME QUATRIÈME.

BORDEAUX,

CHAUMAS-GAYET,	LAWALLE JEUNE,
LIBRAIRE,	LIBRAIRE,
fossés du Chapeau-Rouge.	allées de Tourny.

PARIS,

LEDOYEN, LIBRAIRE,

31, Galerie d'Orléans, Palais-Royal.

1845.

Bordeaux, Imprimerie de SUWERINCK, Bazar Bordelais.

De la Société, — Du Gouvernement,

ET

De l'Administration.

—

TOME IV.

—

DE LA SOCIÉTÉ,
DU GOUVERNEMENT
ET
DE L'ADMINISTRATION.

LIVRE XIX.

DE L'ORGANISATION JUDICIAIRE.

CHAPITRE PREMIER.

De l'Organisation judiciaire et de l'Indépendance de la Magistrature.

DE toutes les parties de l'édifice social, l'organisation judiciaire est peut-être celle qui a reçu le plus de perfectionnement depuis la révolution. Nos lois civiles, notre procédure criminelle, la séparation de l'administration et des tribunaux, les justices de paix, la précision des juridictions commerciales, la hiérarchie de nos pouvoirs judiciaires, si heureusement centralisée et fixée dans la cour de cassation, pour ce qui touche, non l'appréciation du fait, mais l'application de la loi, tout cet ensemble d'amélioration remarquable est un des plus grands bienfaits nés de la crise politique de 1789. En lisant avec attention les débats solennels de l'assemblée constituante sur ces graves matières, on est frappé de respect pour des hommes qui, au milieu de l'obscurité théorique de l'ancien régime, au milieu de ses préjugés pratiques, au milieu des commotions soudaines qui frappaient un ordre social, vieilli sans avoir enfanté son successeur, ont trouvé, par la seule force de leurs études et de leur intelligence, les principes admirables qui ont produit l'organisation judiciaire dont nous jouissons aujourd'hui.

Cependant bien des imperfections existent encore, et nos discordes politiques les aggravent. Je me propose d'examiner cet important sujet, non pour le traiter à fond, mais pour indiquer, avec un trait vif et tranchant, la route que, selon moi, on devrait suivre dans ce travail. Quant aux détails de l'exécution, la vie politique d'un homme, et d'un homme puissant de savoir et de volonté, ne serait pas trop.

Sans entrer ici dans la distinction entre les pouvoirs politiques de l'État et l'ordre judiciaire, je dirai que si les premiers font les lois et sont spécialement chargés de diriger les mobiles et variables intérêts de l'administration, les fonctions de l'ordre judiciaire, quant à l'exécution des lois, sont d'une nature toute différente : c'est par l'accomplissement consciencieux de ces fonctions que les lois s'introduisent, d'une façon durable, dans les mœurs du pays; ce sont les décisions judiciaires qui réalisent immuablement les lois dans leur application, qui leur donnent cette existence matérielle et pratique, cette force de tous les jours et de tous les instants sans laquelle la société, privée de liens effectifs, se dissoudrait promptement et tomberait dans l'anarchie, en dépit de tous les efforts des pouvoirs politiques.

Mais plus les fonctions judiciaires sont graves, importantes, respectables, plus les corps qui en sont revêtus, plus les membres qui ont individuellement l'insigne honneur d'en faire partie, ont des devoirs austères à remplir et assument sur leur tête une responsabilité pesante, inexorable, éternelle. Je ne parlerai pas de ces prévarications grossières et indignes, dont, jusqu'à la plus mortelle évidence, la vie d'aucun d'entre eux ne peut et ne doit être accusée ; mais je dis qu'ils seraient coupables, et dérogeraient à la sainteté de leur ministère, s'ils perdaient, même par une simple imprudence, la confiance entière, l'immuable respect de leurs justiciables. Je dis que, comme la femme de César, la magistrature ne doit même pas être soupçonnée. Il ne lui est pas permis de hasarder, même dans les circonstances les plus orageuses, le dépôt sacré de l'estime publique, dont il faut qu'elle soit nécessairement investie pour conserver l'ordre, la paix et la sécurité de l'État.

La magistrature ne doit donc jamais subordonner ses devoirs aux capricieuses ou coupables exigences d'une multitude égarée ; elle doit se tenir en garde aussi contre la condescendance aux volontés de l'autorité politique ; elle doit, surtout, ne pas se laisser imposer une dépendance bien plus indigne, bien plus insensée, bien plus immorale...., la dépendance des erreurs momentanées de l'opinion.

L'opinion !... Ah ! je connais ses égarements et ses crimes ! Ce serait un grand, un beau spectacle que celui, je ne dirai même pas d'un corps puissant et nombreux mais d'un seul homme; oui, d'un homme seul qui les braverait hautement, sans autre appui que sa conscience et la vérité ! L'opinion publique !... non, je ne veux pas revêtir de son omnipotence sacrée ces illusions vaines, ces égoïstes aberrations imposées quelquefois par les insinuations du pouvoir, souvent accréditées par les sophismes de quelques rhéteurs, on ne sait comment, devenus populaires !.... Cette opinion fausse, toute fière de ses hontes et de ses duplicités; cette esclave tout orgueilleuse de ses fers, qui vient, tressant ses chaînes sur sa tête pour s'en faire une couronne, et nous criant.... Je suis reine !... — Je la méprise et je la dédaigne.

Non ! telle n'est pas la légitime reine du monde : mais, au milieu de ses agitations intéressées et de ses trompeuses acclamations, il est facile encore de discerner la voix de la raison et de la vérité, dont cette usurpatrice voudrait en vain profaner la puissance. Avec du bon sens et de la bonne foi, il est facile de discerner, dans l'entraînement spécial de chaque époque, ce qui tient aux besoins réels de la société et ce qui tient aux intrigues passagères des partis. Au dix-neuvième siècle, dans l'état où la société est parvenue, il est facile de discerner la voix grave et solennelle de l'opinion véritable; d'apprécier les inquiétudes fondées, les désirs légitimes, les espérances froissées des hommes sensés, des chefs de maison, des pères de famille, de toute la partie éclairée, industrieuse, calme et réfléchie de la nation.

Les magistrats, comme tous ceux qui prennent part à l'action gouvernementale, doivent comprendre la tendance générale de leur époque, les besoins réels de la société dans sa marche progressive, car c'est de cette intelligence des nécessités sociales que naît la légitimité du pouvoir. Je ne crois donc pas manquer de respect à la magistrature, en disant qu'aux lumières intimes, aux inspirations de sa conscience, elle doit ajouter une conviction plus infaillible encore pour arriver à la manifestation de la vérité. Je veux parler de la conviction qu'elle acquerra en jetant un long et profond regard sur la société ; en dépouillant, lorsque l'organisation sociale, malgré toutes les précautions possibles, la mettra en contact avec les passions politiques, en dépouillant, dis-je, ses propres sensations, ses souvenirs d'autrefois, ses volontés personnelles, pour se pénétrer des intentions et des besoins réels du pays, pour se fondre intimement avec la conscience publique, si j'ose m'exprimer ainsi ; avec la conscience publique, dont, en des causes politiques, les arrêts judiciaires doivent être l'organe, sous peine de sécher dans leurs racines et d'être frappés d'impuissance !

Il ne faut pas se dissimuler que, dans les jugements en matière politique, la partie matérielle de l'arrêt, le dispositif qui applique la pénalité, cette portion de la sentence qui constitue le jugement lui-même, dont les considérants ne sont que les motifs, cette partie ordinairement la plus importante, ne joue qu'un rôle bien secondaire dans les débats qui se rattachent à la politique, aux délits de la presse surtout. Dans tout ce qui tient aux lois civiles, l'arrêt des magistrats a déjà pour lui la puissante présomption qu'il est rendu par des jurisconsultes savants, vieillis dans l'étude compliquée des lois. Le public, peu capable de découvrir la vérité dans les discussions contradictoires des avocats (à supposer même qu'il s'en occupe, ce qui est fort rare en de telles

matières), apprécie fort bien qu'il manque des connais-
sances nécessaires pour juger de tels débats. Il reçoit
donc la décision comme juste et bonne ; l'effet moral de la
sentence est produit, et la confiance due à la magistrature
ne peut éprouver aucune atteinte.

Pour décider de telles questions, il faut le reconnaître avec
franchise, l'ordre judiciaire n'a rien de plus que les simples citoyens. Quelquefois même, concentré en lui-même,
retenu dans une sphère d'idées et d'études toutes particulières, il a moins de moyens de discerner la vérité que
beaucoup de citoyens acclimatés aux réalités et au mouvement social, par leur état, par leurs relations, par leurs
intérêts, en un mot, par toute leur destinée.

La sentence des magistrats dans les débats politiques
n'apparaît donc pas dans le monde avec cette puissance,
avec cette prépondérance morale dont elle est ordinairement investie dans les débats civils.

Ce sera donc sur les considérants de l'arrêt, bien plus
que sur le dispositif, que la société fixera son attention.
Le dispositif la choquerait, seulement dans le cas où la
gravité de la peine serait hors de proportions avec la nature de l'écrit accusé ; et, dans ce cas, le respect dû à la
magistrature souffrirait inévitablement un double échec.

Pour que les considérants acquièrent dans la société
cette force morale, sans laquelle les sentences judiciaires
ne seraient plus qu'une nécessité de fait, relative à ceux
qu'elles frappent, mais n'ayant aucun empire sur la marche des opinions sociales, il est absolument indispensable
qu'ils soient ratifiés par la vérité, par la justice, par l'intelligence nationale, puissamment excitée sur de tels objets. Si l'on blesse cette intelligence, l'accusé pourra sans

aucun doute languir dans les prisons; l'arrêt pourra sans
doute régner dans les archives poudreuses des greffes, et
dans l'enceinte du prétoire; mais au-delà?.....

Ces vérités politiques ont été contestées par des légistes
ergoteurs, qui confondent les grands débats sociaux où
la magistrature agit comme représentant la société tout
entière, avec les procès entre de simples citoyens où le
droit écrit est la règle, non point absolue, mais générale
des juges appelés à prononcer.

La magistrature ne doit point, ont-ils dit, se pénétrer des
besoins réels du pays; les arrêts ne doivent pas être l'organe de la conscience publique : on ne doit pas reconnaître aux magistrats des droits et des devoirs politiques.

Le magistrat, ont-ils ajouté, n'a qu'une règle, c'est la
loi. Il doit étudier sa lettre et son esprit. Le pouvoir législatif seul a la mission de réformer une législation vicieuse. Pour cela, il doit examiner les besoins du pays, et
se fondre avec la conscience publique; mais le juge ne
doit rien emprunter aux influences du dehors. Il doit
être esclave de la loi, pour être libre. — Cicéron l'a dit;
et je suis très-convaincu que Cicéron a eu grandement
raison de le dire.

J'accorde tous ces points; je crois que tous les gens
sensés pensent de même.

Sans doute, le magistrat doit examiner la loi dans sa
lettre et dans son esprit; sans doute, sa mission n'est pas
celle du législateur; sans doute, il n'a nul droit de réformer la législation! — Mais lorsque le législateur a donné
des attributions politiques à la magistrature, c'est une
erreur immense de dire qu'elle n'a ni devoirs ni droits
politiques! Lorsque, non-seulement il la charge de l'ap-

plication de la loi, mais quand il lui confie encore l'appréciation du fait politique, ne serait-il pas étrange qu'on voulût lui interdire toute inspection au dehors, pour examiner, comparer, peser, qualifier, avec connaissance de cause, la nature réelle de ce fait politique?

C'est dans ce cas-là surtout, lorsqu'elle agit comme jury, que la magistrature a l'étroite obligation d'étudier et de comprendre la marche de la civilisation, d'appliquer la loi avec équité et intelligence tout à la fois; de veiller sur sa propre indépendance sans cesse menacée par l'influence du pouvoir et les séductions de la popularité.

C'est pour la soustraire à ces dangereuses influences, que l'inamovibilité lui a été accordée; cette inamovibilité a pour but d'assurer l'indépendance de la magistrature, mais seule elle ne suffit pas pour atteindre ce but.

Les tribunaux doivent être indépendants, en effet, et du pouvoir exécutif, et du pouvoir législatif.

Du pouvoir exécutif : — car, sans cela, ce pouvoir intervenant directement dans l'application des lois aux intérêts particuliers, serait un vrai despotisme; il interpréterait la loi à sa guise, selon ses passions et ses intérêts; et, dès-lors, les citoyens et les autres pouvoirs de l'État n'auraient plus de garanties.

Du pouvoir législatif : — car, sans cela, ce pouvoir, appliquant la loi qu'il aurait faite, irait au despotisme par une route opposée, mais tout aussi dangereuse pour l'État.

C'est à donner à la magistrature cette double indépendance, que la législation doit s'attacher.

Les tribunaux doivent aussi être indépendants de l'influence populaire; mais cette indépendance doit leur être donnée par leurs mœurs, bien plus que par les lois. Les lois ne peuvent guère y concourir que d'une manière négative, ainsi qu'il est facile de le comprendre.

Mais, d'un autre côté, s'il faut rendre l'ordre judiciaire indépendant du pouvoir exécutif, du pouvoir législatif, et de l'influence populaire, il ne faut pas non plus le constituer avec une telle force, qu'il puisse devenir maître de tout, et qu'il soit, à son tour, un pouvoir exorbitant dont tous les autres corps de l'État subiraient les volontés.

Maintenant on voit le problème entier, ce ne serait pas peu de chose que de le résoudre.

De toutes les influences directes, celle qui est le moins à craindre pour l'ordre judiciaire, c'est celle du pouvoir législatif. Il faut effectivement un grand renversement d'idées politiques pour que le corps législatif intervienne dans les actes judiciaires. Il n'y aurait possibilité de ce danger, qu'en supposant un législateur unique, soit individu, soit corps délibérant, et jamais, il faut l'espérer, nous ne verrons un tel état de choses.

Le pouvoir exécutif est donc celui qui peut attenter le plus ordinairement, sinon par ses ordres, du moins par son influence, à l'indépendance de la magistrature. C'est contre cette influence que l'inamovibilité des fonctions judiciaires a été établie. Nous en avons vu les avantages, voyons-en maintenant les côtés faibles.

L'indépendance d'un magistrat (en outre de sa conscience, asile sacré où nul n'a le droit de pénétrer) ne dépend point seulement de cette idée, que sa place lui appartient jusqu'à la mort. J'en ai une preuve bien positive : c'est que les juges de commerce, nommés pour un

temps très-limité, sont, sans aucun doute, aussi indépendants que quelques tribunaux que ce soit dans le royaume.

La position sociale du juge, la nature de sa nomination, le mode de son avancement, sont trois conditions
qu'il ne faut pas perdre de vue.

L'inamovibilité elle-même ne tire pas son plus grand
avantage de ce qu'elle s'étend à la vie entière du magistrat. Le point essentiel, c'est que pendant la durée légale
de ses fonctions, il ne puisse être révoqué arbitrairement,
et qu'il ne soit destituable que pour forfaiture.

La loi, en stipulant que le juge même inamovible serait destituable pour forfaiture, a reconnu, par cela seul,
que l'inamovibilité n'était pas toujours suffisante pour
garantir le juge des faiblesses de l'homme.

Si donc les tribunaux de commerce sont indépendants,
ce n'est point à des fonctions à vie qu'ils doivent cette
indépendance. A quelles sources la puisent-ils? Aux trois
sources que j'ai indiquées ci-dessus. On va le voir : je
chercherai ensuite si, dans notre organisation actuelle, il
serait possible d'investir nos autres tribunaux des mêmes
garanties et de la même force.

La position sociale : — A part les exceptions, la magistrature commerciale est déférée aux négociants riches
et considérables, que leur évidence dans le monde, et la
renommée morale qui soutient leur crédit, garantissent
contre toutes les influences illégitimes.

Leur nomination : — La magistrature commerciale est
le fruit de l'élection faite par les notables commerçants.
Ceux qui en sont revêtus n'ont aucune faveur à espérer
de ceux qui les nomment. La courte durée de cette fonction est encore une garantie pour son loyal exercice; car

ceux qui jugent, devant être jugés à leur tour par ceux qui les remplaceront, ont l'avenir devant les yeux.

Le mode de l'avancement : — La magistrature commerciale est une; elle n'a pas de degrés, pas de hiérarchie.

Ce court exposé fait voir, sans que j'y joigne aucune démonstration, que l'inamovibilité seule ne suffit pas à la complète indépendance de la magistrature, et à quelles causes tient l'indépendance des tribunaux de commerce; et, chose étrange! une des principales de ces causes est précisément celle qui constituait une grande partie de l'indépendance de l'ancienne magistrature française : c'est qu'elle présentait au roi les sujets qui devaient occuper les charges dans son sein, de même que le commerce présente au roi les sujets qu'il choisit pour arbitres de ses différents.

En examinant avec plus de soin les autres causes de l'indépendance des tribunaux de commerce, on verra que, plus ou moins, elles se retrouvaient toutes dans l'organisation de nos anciens parlements. — Serait-il possible, sans déroger à notre constitution actuelle, de joindre aux prérogatives de nos tribunaux civils et de nos cours royales, de nouvelles conditions qui les élèveraient encore plus haut dans l'ordre social, qui leur assureraient une indépendance et par conséquent une influence morale beaucoup plus forte que celle qu'ils ont aujourd'hui? — Sans oublier toutefois qu'il ne faut jamais leur donner les moyens d'envahir le pouvoir politique, et qu'il s'agit de les rendre entièrement libres, sans les constituer régulateurs suprêmes des autres corps de l'État !.... C'est là une question qui est digne de l'attention des législateurs.

CHAPITRE II.

De l'Inamovibilité des Magistrats en général et de ceux du Parquet en particulier.

———

Lorsqu'on examine l'organisation judiciaire, le principe qui domine la matière c'est, néanmoins, l'inamovibilité des magistrats qui rendent la justice. Sans cette condition, nulle indépendance n'est légalement possible.

Dans l'ancienne monarchie, cette condition fondamentale n'existait pas.

Quelques-uns de nos rois ont bien, de temps à autre, donné des déclarations pour rassurer la magistrature, et promettre qu'on ne destituerait plus arbitrairement les membres des tribunaux. Mais ces déclarations, qui n'ont jamais eu caractère de loi, n'ont eu que des effets passagers comme elles. Dans l'ancien régime, la stabilité des charges judiciaires a été l'effet de la tolérance du pouvoir, et non le résultat d'un droit certain. La vénalité des charges était une des causes réelles de cette tolérance ; les provisions portaient toujours la condition : *tant qu'il nous plaira*; mais la force des mœurs parlementaires empêchait que le gouvernement en fît usage.

Ainsi, par une bizarre compensation, la vénalité des charges suppléait à leur inamovibilité. Pour destituer le magistrat, il fallait rembourser sa charge ; et comme nous n'avions pas encore de crédit public, les finances de l'État étaient constamment trop obérées, pour que le gouvernement eût souvent des velléités de remboursement. Bien au contraire, il aurait augmenté le prix des charges, il en aurait créé de nouvelles, comme ressources pécuniaires, plutôt que de songer à diminuer le prix vénal, ou à le rembourser.

Si je ne voulais éviter cette occasion de sortir du sujet qui nous occupe, je développerais les conséquences de ce fait. L'indépendance de la magistrature était fondée autrefois sur cette base; et, jusqu'à la révolution, la magistrature ayant été la seule barrière contre le pouvoir absolu, on voit combien est fausse la maxime générale qui fait du crédit public un instrument infaillible de liberté. Cette maxime, comme je l'ai déjà dit, est une pétition de principes. Je conviens bien que la liberté enfante le crédit, et c'est précisément tout le contraire de la proposition du libéralisme financier : plus on étudie l'histoire, plus on en est convaincu.

Le gouvernement aurait eu, dira-t-on, pour rembourser les charges, une ressource certaine dans la vente de ces charges à de nouveaux acquéreurs. Mais ceux qui font cette objection prouvent qu'ils connaissent peu la matière. Les charges n'avaient de valeur, précisément, qu'à cause de leur fixité. Qu'elles eussent été prises, reprises, vendues et revendues par le gouvernement, il les aurait décréditées et personne n'en aurait voulu. Ces austères mœurs parlementaires, transmises comme d'immuables substitutions dans les familles, auraient été détruites, la justice avilie, et les charges sans valeur pour l'État. Soyons donc bien convaincus que le triste état du crédit public, dans l'ancienne monarchie, fut le fondement de la liberté en France; et que cette leçon nous arrête dans la carrière périlleuse où nous ont enfoncés, déjà trop avant,

des hommes qui croient être politiques, et qui ne sont que
financiers.

L'inamovibilité des juges est consacrée par nos lois,
excepté pour les justices de paix.

Les tribunaux de commerce, par la nature même de
leur composition, ne peuvent être nommés à vie : aucun
négociant ne pourrait accepter une telle charge. Ces juges,
d'ailleurs, sont nommés par le commerce, et seulement
institués par le roi : ils sont donc en dehors de la question ; cependant, quoique nommés temporairement, ils ne
sont pas révocables avant l'expiration de leur charge, à
moins de forfaiture : or, c'est là le point essentiel.

Quant à l'ordre judiciaire proprement dit, les juges,
inamovibles comme juges, doivent être également inamovibles dans leur hiérarchie? Je m'explique : un président, par exemple, un premier président, doivent être
inamovibles en cette qualité? En point de fait, cela est,
et cela doit être ainsi. Mais je ne crois pas qu'il existe, à
cet égard, de disposition positive.

La magistrature judiciaire se compose, en France, de
deux parties distinctes : les magistrats qui requièrent l'application des lois; les magistrats qui ordonnent cette application.

Les seconds, seuls, sont inamovibles. Les premiers, connus sous le nom de gens du roi, sont révocables selon les
volontés du ministère.

Appréciés sous ce point de vue, les membres qui composent nos parquets ne sont pas réellement magistrats. Ce
sont, je le dis à regret, des agents ministériels chargés
par le ministère de le représenter auprès des tribunaux;
de parler, je ne dis pas en son nom, car c'est une subjec-

tion qu'ils repoussent, ce qui prouve qu'ils ne la jugent pas honorable, mais de parler selon ses inspirations, selon ses intérêts, et souvent selon ses ordres.

Ce n'est point contre les gens du roi que je veux plaider : c'est leur cause que je veux défendre. Je demande, pour eux, qu'on les dégage d'un patronage funeste, et que, de simples agents ministériels, on les élève au rang de magistrats. — Ils ne peuvent y monter que par l'inamovibilité : c'est donc leur inamovibilité que je réclame. Sans doute des objections existent contre la thèse que je soutiens. En l'examinant de bonne foi, je crois pouvoir les écarter toutes. C'est un travail sérieux, et j'espère, cependant, qu'on le lira avec intérêt.

Voici mon plan : je l'indique pour qu'on le suive mieux.

Je veux prouver, d'abord, que les fonctions du parquet, quoique différentes en fait, sont, en droit, de la même nature que celles des juges, et réclament la même indépendance.

Je veux prouver ensuite que les objections tirées de la révocabilité nécessaire des agents ministériels, ne sont pas applicables aux gens du roi.

Je veux prouver, enfin, que le respect dû à la magistrature ne sera complet en France, qu'au moment où l'inamovibilité sera accordée aux membres des parquets. Jusque-là, la France nouvelle ne sera même pas au niveau de l'ancien régime, sous ce rapport.

Au premier coup d'œil, il n'est personne qui ne sente que, requérir l'application de la loi, est un acte de même nature qu'ordonner l'application de la loi. Mêmes faits à examiner, même juridiction à faire respecter, mêmes lois à connaître, mêmes études générales et particulières, même responsabilité; car un accusateur injuste ne vaut pas mieux qu'un juge prévaricateur : la morale les flétrit l'un et l'autre au même titre.

L'accusateur injuste est même le premier coupable, car c'est lui qui prend l'initiative de l'injustice. Sans réquisitoire inique, jamais une inique condamnation ne serait prononcée. C'est dans l'accusation même que le mal a sa source.

Je crois donc que, sous ce point de vue, la loi doit assurer au magistrat accusateur, au moins autant d'indépendance qu'à celui qui juge. Et l'on voit déjà que la loi de 91, qui nommait à vie les officiers du parquet et qui restreignait à cinq ans, je crois, la durée des fonctions de juges délégués par le peuple (quoique je n'approuve pas cette dernière disposition), était au moins, quant à la première disposition, basée sur une juste appréciation des choses. Nous aurons occasion de revenir sur ce sujet.

Nos lois positives ont reconnu le rapport qui existe entre le pouvoir judiciaire et les fonctions du parquet. Il ne faut que les parcourir pour s'en convaincre.

Le procureur du roi a le droit de requérir directement la force publique.

En certains cas, il peut faire les actes attribués à la police judiciaire

En cas d'empêchement dans ses fonctions, il est remplacé par un des juges désigné par le président.

Quand le cas lui paraît l'exiger, il peut se transporter à domicile, saisir les papiers des prévenus et autres pièces à sa disposition; pouvoir immense, dont je développerai plus loin les effets.

Il peut, en certains cas, faire saisir le prévenu lui-même ; si le prévenu n'est pas présent, il peut décerner un mandat d'amener, mandat exécutoire dans toute l'étendue du royaume.

Enfin, ce qui établit un rapport positif entre la nature des fonctions du parquet et celle des juges, c'est que, le cas l'exigeant, le juge d'instruction fait directement et par lui-même tous les actes attribués au procureur du roi : bien plus, le procureur-général a une surveillance directe sur le juge d'instruction, même dans ses propres fonctions.

Ces divers rapprochements prendront une nouvelle force à mesure que nous avancerons.

Et maintenant sur quels motifs est fondée l'inamovibilité des juges ? Tout le monde le sait ; mais je veux citer les propres paroles de l'ordonnance royale du 15 février 1815.

« Toute justice émane du roi, dit-elle ; mais nous en
» déléguons l'exercice à des juges auxquels l'inamovibi-
» lité que notre institution leur imprime, assure cette in-
» dépendance d'opinion qui les élève au-dessus de toutes
» les craintes, comme de toutes les espérances ; et leur per-
» met de n'écouter jamais d'autres voix que celle du de-
» voir et de la conscience. »

Je veux encore ajouter ici une citation que j'emprunte à M. Dupin aîné, dans son recueil de lois et ordonnances.

« N'est-ce donc pas assez, dit Loyseau, que les sei-
» gneurs aient le droit de choisir les juges à leur gré, sans
» qu'ils aient encore cette puissance sur eux, de les pou-
» voir destituer à tout bout de champ, s'ils ne rendent la
» justice à leur fantaisie ? De sorte que si un fâcheux

» seigneur veut imposer quelques nouvelles redevances sur
» son sujet, qui l'osera contrarier à la charge de per-
» dre tout aussitôt son office?... Et si le seigneur veut
» mal à quelque homme de bien, quel est l'officier qui,
» pour faire le bon valet, ne fera contre lui du pis qu'il
» pourra, même s'il est accusé à tort? Et quel est le juge
» qui ne tremblera quand on lui dira : *Si hunc dimittis,*
» *non es amicus Césaris*? même je puis dire, qu'il y en
» a bien peu au monde de si gens de bien, même de ceux
» qui ont mérité d'être élevés aux premières charges (et
» que chacun se fasse jugement à soi-même, mettant à
» ce propos la main sur sa conscience), qui se veuille
» mettre en un hasard, tout assurés de se voir priver
» honteusement de leurs états pour s'affectionner et s'opi-
» niâtrer courageusement, et ès affaires d'autrui. (*Des*
» *Offices*, liv. 5, n⁰ˢ 30 et 31). »

Or, je le demande, toutes ces considérations ne s'ap-
pliquent-elles pas, avec la même force, aux procureurs
du roi? Loyseau, lui-même, en se servant successivement du mot *officier*, d'abord, et ensuite du mot *juge*, ne
leur en fait-il pas l'application directe? Et si, dans l'ordonnance de Louis XVIII, l'inamovibilité a pour but et
pour effet, de faire que le juge n'écoute jamais d'autre
voix que celle du devoir et de la conscience, qui osera
soutenir que ce n'est pas une obligation tout aussi sacrée
pour MM. du parquet? Qui osera dire qu'ils doivent
écouter une autre voix que celle du devoir et de la conscience? Si donc l'inamovibilité est nécessaire au juge pour
ce motif, la même nécessité existe quant au parquet.

Eh quoi! un procureur du roi peut faire arrêter un
citoyen, il peut fouiller dans ses papiers les plus secrets,

et par conséquent pénétrer dans l'intimité la plus profonde des intérêts et des affections de chacun de nous ; ses
poursuites peuvent être la source d'une longue captivité
pour un citoyen que, plus tard, les tribunaux déclareront
peut-être innocent, et cependant il n'est pas revêtu de cette
inamovibilité qui, selon l'ordonnance de Louis XVIII, nous
assurerait seule qu'il n'écoutera d'autre voix que celle du
devoir et de la conscience. Il reste agent révocable, nommé
avec la condition de *tant qu'il nous plaira!* C'est du ministère, quelquefois occupé par les hommes les plus passionnés et les plus acerbes d'un parti politique, qu'il recevra les inspirations et les ordres! Et les secrets des familles, la liberté des personnes seront livrés à la merci
des hommes passionnés qu'une crise aura portés au pouvoir! — Je ferai voir, dans la suite de cette discussion,
toutes les conséquences de cet état de choses.

Mais je vais trop loin, dira-t-on ; quoique subordonnés
au ministère, les gens du roi ont leur conscience qui les
défend, et ils sauront résister, si le cas l'exige.

On sent tout ce que cette réponse a de pitoyable, car
on pourrait s'en servir pour établir la révocabilité des
juges : certainement on pourrait dire, qu'eux aussi ont
une conscience qui résisterait à l'influence du ministère ;
et cependant, pour les soustraire à cette influence, on a
jugé l'inamovibilité indispensable. Les raisons en sont
prises dans la nature humaine, et sont les mêmes dans
les deux cas.

Les gens du roi, dit-on, résisteront aux injustes exigences du ministère. Sans doute, cela peut se voir ; sans
doute, je crois que, parmi eux, il existe des hommes honorables capables d'un tel dévoûment. Mais est-on bien

sûr que tous auront le même courage? Est-ce à une telle
éventualité, que la sécurité de l'ordre social doit être abandonné? Ne sait-on pas que c'est le mérite de l'institution
que nous examinons ici, et que ses vices agissent nécessairement sur le moral des hommes? N'est-il pas imprudent de les exposer à de puissantes tentations? Ne puis-je
pas répéter ici avec Loyseau : « Que chacun se fasse ju-
» gement à soi-même, mettant à ce propos la main sur
» sa conscience! En est-il beaucoup, de ces gens de bien
» qui se veuillent mettre en un hasard, tout assurés
» de se voir priver honteusement de leur état, pour s'af-
» fectionner et s'opiniâtrer courageusement, et ès affaires
» d'autrui? » Et je vais plus loin que lui : j'admets qu'on
en trouvera beaucoup, de ces gens du roi, si intègres, si
consciencieux, qui s'exposeront à une ruine complète, et
qui désobéiront à un ordre injuste. Qu'en résultera-t-il?
C'est qu'alors ils seront destitués; les justiciables perdront
précisément la protection de magistrats admirables, qu'ils
auraient un grand et légitime intérêt à conserver, et qui
seront remplacés par les créatures du ministère! Ne voilà-
t-il pas un beau résultat, tant dans l'ordre publique, que
dans l'intérêt des parquets eux-mêmes?

Répétons-le donc avec confiance : la révocabilité toujours éventuelle et menaçante qui plane sur les gens du
roi, est une tache dans notre législation. On verra plus
loin qu'il serait facile de la faire disparaître, sans aucun
inconvénient.

J'ai dit que le procureur du roi, par l'effet des poursuites dont il a l'initiative, peut occasioner un long emprisonnement au citoyen qu'il accuse, et qui, plus tard,
peut-être reconnu innocent par les tribunaux, n'aura

aucun dédommagement de sa liberté perdue, de sa santé compromise, de ses affaires détruites et abandonnées. Je sais qu'on me répondra, que si le procureur du roi a l'initiative des poursuites, c'est le juge qui dirige l'instruction de la procédure, et que, par conséquent, la durée trop prolongée d'un emprisonnement provisoire est le fait du juge inamovible, et non du procureur du roi révocable. — Examinons cette objection qui, du reste, laisse dans son entier celles que j'ai tirées du droit de fouiller chez le prévenu et de saisir ses papiers secrets.

L'objection fût-elle fondée, je dirais encore que si le juge prolonge à tort l'emprisonnement provisoire, la première cause de ce tort est toujours dans l'arrestation primitive faite par le procureur du roi : non que je veuille établir, par là, qu'il ne doit pas avoir ce droit d'arrestation provisoire; je veux seulement dire qu'elle est assez grave, par ses conséquences, pour exiger que ce droit ne soit remis qu'à un magistrat inamovible.

Mais, d'ailleurs, l'objection n'est pas fondée. Le procureur du roi, révocable, peut prolonger l'instruction faite par le juge inamovible; et il le peut, dans le cas même où l'arrestation aurait été faite par les soins du juge.

En effet, le procureur du roi a le droit de citer et d'indiquer les témoins qui seront entendus par le juge dans l'instruction.

Dès-lors, par le choix seul de ses témoins, il peut prolonger presqu'indéfiniment l'instruction, car il peut en indiquer beaucoup; il peut en indiquer d'éloignés, dont il prétendra la déposition indispensable; et dès-lors l'instruction, nécessairement prolongée, fera de l'arrestation provisoire une peine terrible qui, en définitive, tombera peut-être sur un citoyen innocent.

Ce n'est pas tout : une fois l'instruction terminée, l'affaire est soumise à la chambre du conseil. Si elle décide qu'il n'y a pas lieu à suivre, le prisonnier ne recouvrera pas pour cela sa liberté : le procureur du roi peut s'opposer à cette décision.

Cette opposition est jugée par la cour royale, chambre des mises en accusation. Ceci nécessite de nouveaux délais, que la loi a cherché à abréger le plus possible, mais qui cependant peuvent se prolonger. Il faut que le dossier parvienne au procureur-général, qu'il mette l'affaire en état, que la chambre d'accusation s'assemble pour entendre son rapport. Le procureur-général remet sa réquisition écrite et signée ; et quand tout cela est fait, si ce réquisitoire fait penser aux juges qu'il soit convenable d'ordonner de nouvelles informations, ils le peuvent.

Ainsi, la captivité provisoire se prolonge ; souvent, quand l'acquittement survient, l'innocence a déjà subi la peine due au crime ; et certes on ne peut pas dire, d'après l'exposé que je viens de faire, que les gens du roi soient étrangers à cette prolongation, puisqu'on voit qu'ils en sont nécessairement les provocateurs.

CHAPITRE III.

Continuation du même sujet.

L'inamovibilité est une garantie si réelle, quoiqu'elle ne soit pas toujours suffisante, qu'on verra nécessaire

ment les partis politiques, lorsqu'ils veulent faire prévaloir leurs passions, s'efforcer de la supprimer, de la restreindre, ou de l'éluder.

C'est pour cela que la chambre réactionnaire de 1815
adopta une proposition tendant à supprimer, pour un an,
l'inamovibilité des juges.

On sent qu'elle agissait ainsi, afin de tenir, pendant un
an, les tribunaux dans sa dépendance, afin d'influencer
leurs décisions par la crainte de leur destitution, et peut-
être plus encore, afin de faire destituer effectivement, dans
cette année, tous ceux qui, par leur courageuse intégrité,
lui paraîtraient pouvoir mettre obstacle à ses desseins;
de sorte que, après l'année révolue, elle comptait avoir la
magistrature à sa disposition.

Reprenons notre thèse, et passons aux objections dont
elle est susceptible.

C'est d'abord, dit-on, un principe certain que les ministres étant chargés, par le roi, de l'exercice du pouvoir
exécutif, et remplissant cette mission sous leur responsabilité, il faut leur accorder le droit de nommer et de révoquer les agents qu'ils emploient. Sans cela, comment
pourraient-ils diriger une machine si compliquée, dans le
cas où leurs propres agents résisteraient à leurs volontés?
Et, de plus, s'ils ne pouvaient les révoquer et les remplacer, comment seraient-ils eux-mêmes responsables des
actes qu'on leur aurait ôté les moyens de prévenir?

Ainsi, par exemple, quelle administration et quelle responsabilité seraient possibles, si un préfet, agissant contre
les intentions ministérielles, pouvait traîner le ministre
devant les tribunaux, pour savoir qui des deux a tort ou
raison? Si le ministre était obligé, en attendant la déci-

sion, de conserver pour agent ce préfet insubordonné?...
Tout serait évidemment bouleversé et confondu, en droit
et en fait. Il n'y aurait plus dans l'État qu'un seul pouvoir exécutif véritable : celui de la magistrature.

Je ne nierai point ces principes ; je pense seulement
qu'on pourrait en restreindre l'application, même quant
aux agents administratifs du ministère. Je crois qu'en
laissant aux ministres la faculté de les destituer et de les
remplacer, on pourrait cependant établir des formalités
(non pas des formalités judiciaires, ce qui serait attribuer
aux tribunaux une juridiction administrative qui ne leur
appartient pas), mais des formalités et des règles administratives qui atténueraient, relativement aux fonction-
naires publics, l'effet souvent fâcheux et injuste du droit
illimité de révocation accordé, sur eux, au ministère. Je
conviens, néanmoins, que cette question est très-difficile,
et que les ministres ont besoin d'une grande latitude dans
la composition du personnel qu'ils emploient, pour administrer avec succès un royaume tel que la France. .

Mais je soutiens qu'il n'en est point de même pour ce
qui touche l'ordre judiciaire. Je soutiens que, mettre les
membres du parquet dans la catégorie des préfets et autres administrateurs, c'est une erreur manifeste, une intolérable confusion d'idées.

C'est confondre deux choses toutes différentes, les fonctions administratives et les fonctions judiciaires. Les unes,
relatives à des mesures mobiles, variables, subordonnées
aux événements et aux besoins qu'ils enfantent ; les autres,
certaines, immuables, hors de toute influence passagère,
comme la justice elle-même.

Il y a, en effet, une telle dissemblance entre les fonctions administratives et celles du parquet, que nous avons eu des lois très-sensées, selon moi, qui en ont expressément déclaré l'incompatibilité.

Cette incompatibilité a été déclarée par l'article 7 du titre 8 de la loi du 24 août 1790, ce qui indique, avec raison, que les fonctions du parquet sont de même nature que celles des juges eux-mêmes. Je l'ai prouvé, d'ailleurs, par l'exposé de ces fonctions.

Quel but peut avoir la révocabilité des membres du parquet?

Elle ne peut en avoir qu'un : c'est de les tenir dans la dépendance du ministère, pour ce qui touche l'exercice de leurs fonctions.

Or, c'est précisément cette dépendance contre laquelle tous les esprits bien faits se soulèvent; c'est cette dépendance qui présente de si graves inconvénients dans les réactions politiques; c'est cette dépendance que les membres du parquet eux-mêmes s'efforcent de voiler par leur responsabilité morale, qu'ils engagent toutes les fois que les circonstances éveillent les inquiétudes publiques ; preuve manifeste qu'ils en sentent le danger pour la justice, et l'inconvenance quant à leur propre dignité !

En effet, réduisons la question à ses termes les plus simples, par un exemple :

Un écrit paraît.

Ou la conscience du parquet lui dit que l'auteur est coupable, ou elle lui dit qu'il est innocent.

Dans le premier cas, il n'a pas besoin de l'injonction ministérielle pour poursuivre.

Dans le second cas, il ne doit pas obéir à cette injonction, si elle lui est adressée.

On voit donc que la dépendance où on le tient par sa révocabilité est nulle dans le premier cas, et dangereuse dans le second.

Pourquoi donc la maintenir?

Et, cependant, je dis qu'un procureur du roi qui ne poursuit pas un délit existant à ses yeux, manque plus grièvement encore à la société, que lorsqu'il poursuit un fait que sa conscience ne croit pas coupable (1).

Cela paraît étonnant : rien n'est pourtant plus vrai; car lorsqu'une poursuite injuste est exercée, l'accusé a une ressource dans la conscience du juge qui doit prononcer.

Mais quand un délit commis n'est pas poursuivi, la société reste sans ressource, et contre le mal occasioné par ce délit, et contre l'imitation à laquelle excite son impunité.

Voilà cependant ce que certains procureurs du roi ont fait. Et pourquoi? Par l'effet de la dépendance où ils étaient placés envers le ministère.

Un mal plus grave, peut-être, est résulté de cette conduite.

C'est que l'écrivain n'étant pas poursuivi, a dû croire que son écrit avait l'approbation des magistrats chargés de veiller aux intérêts de la société. Dès-lors, il a persévéré dans une direction dangereuse; d'autres ont pu, comme lui, être induits en erreur; et le procureur du roi est ensuite obligé d'invoquer la sévérité des tribunaux, contre les désordres dont sa tolérance forcée a été la véritable cause; ce qui élève contre la justice une pré-

---

(1) Dans les condamnations, c'est l'inverse.

somption de complicité, d'instigation même, qui révolte les cœurs généreux.

C'est ainsi que les conséquences fâcheuses s'accumulent et s'aggravent, lorsqu'on méconnaît les vrais principes. Et, pour moi, l'indépendance des parquets est un des plus pressants besoins de l'organisation judiciaire; c'est une nécessité réclamée par tous les principes de la justice.

Mais, dira-t-on, les membres des parquets étant les agents directs du roi, ce que leur dénomination de *gens du roi* indique suffisamment, ils doivent dépendre de lui et obéir à ses directions.

Ceci n'est qu'une confusion de mots.

Sans doute, les membres du parquet sont les gens du roi, puisqu'ils requièrent la justice en son nom; mais les juges ne sont-ils pas aussi les gens du roi, puisqu'ils rendent la justice *au nom du roi?* Et cette circonstance a-t-elle été un obstacle à leur inamovibilité? Non, sans doute. Ainsi donc, des gens du roi, inamovibles, requerront, au nom du roi, la distribution de la justice, tout aussi convenablement que des gens du roi, inamovibles, rendent la justice au nom du roi; il y a parfaite similitude : ce qu'il faut seulement, pour l'entier exercice de la prérogative royale, c'est que le roi institue les uns et les autres.

On fait encore une objection plus surprenante.

Si une poursuite paraît juste au ministère, dit-on, et que le parquet refuse de s'en charger, voilà donc le ministère réduit à l'impuissance de l'exercer, s'il ne peut destituer et remplacer le procureur du roi rebelle à ses volontés?

Autant aimerais-je dire : Mais si une condamnation paraît juste, et que les juges se refusent à la prononcer, voilà donc le ministère réduit à l'impuissance d'obtenir cette condamnation, s'il ne peut destituer et remplacer les juges qui ne veulent pas la prononcer?

Sans doute, répondrai-je, sans balancer, dans les deux cas ; et c'est précisément pour que l'accusation, tout autant que le jugement, soit indépendante des passions politiques du ministère, que je réclame l'inamovibilité des gens du roi. Et je vous ai déjà fait voir que l'accusation, entraînant par elle seule (fût-elle même anéantie ensuite par la justice) des dangers, des pertes et des emprisonnements provisoires, elle peut avoir l'effet d'une condamnation anticipée, contre laquelle un citoyen innocent n'a de ressource et de garantie que dans l'indépendance du magistrat accusateur.

Ne donnez donc pas pour objection ce qui est précisément l'argument fondamental, dont la vérité se servira éternellement contre vous !

Non, il ne faut pas que le ministre soit l'appréciateur de la justice des accusations ; car ce serait précisément livrer aux passions politiques l'asile que les citoyens ont contre elles, dans l'enceinte des tribunaux ! Que les ministres n'invoquent pas ici leur responsabilité, nous les en dégagerons volontiers sous ce point de vue, et le respect dû à la magistrature y gagnera d'autant, ainsi que je le démontrerai bientôt.

Et cependant ce serait une grande erreur que de croire l'influence du ministère, sur les membres du parquet, totalement éteinte, parce qu'il n'aurait plus le droit d'imposer sa volonté à leur conscience, sous peine de destitution. Par la nature des choses, une influence bien grande encore, mais toutefois nécessaire et presque iné-

vitable dans notre ordre social actuel, resterait encore
entre les mains du pouvoir : je veux dire l'avancement
dont il est seul le distributeur, puisque lui seul, il donne
les places supérieures aux jeunes gens qui font leurs premiers essais dans les grades inférieurs du parquet. Il n'est
pas douteux que cet espoir d'avancement, perspective at-
trayante pour l'homme qui veut se faire une carrière, ne
donne au ministère un levier puissant qui, habilement
dirigé, sera plus que suffisant pour qu'il n'ait à craindre
aucune insubordination déplacée. Et si, comme dans l'armée, une part de l'avancement pouvait être donnée aux
longs travaux et à l'ancienneté du service, peut-être ne
serait-ce pas plus mal. Qu'on ne repousse pas cette idée
comme trop extraordinaire : une preuve qu'elle est assez
naturelle, c'est qu'à moins d'exigences politiques, à la fois
injustes et impérieuses, le ministère a toujours le soin de
faire le moins de passedroits possibles, et que. quand il
en fait, ces passedroits sont vivement remarqués.

Il ne faut pas craindre non plus que le relâchement
s'introduise dans les parquets, par cela seul qu'ils n'auraient plus le stimulant des ordres et de la surveillance
du ministère. Nos lois ont, pour ce cas, un remède bien
autrement convenable et salutaire.

En effet, si les membres du parquet négligeaient l'accomplissement de leurs devoirs, non-seulement la cour
royale a le droit de les réprimander, mais encore elle peut,
d'office, qu'il y ait ou non une instruction commencée,
ordonner des poursuites, se faire apporter les pièces, informer ou faire informer, et statuer ensuite ce qu'il ap-
partiendra.

Il n'est donc pas à craindre que la négligence du par-

quet arrête le cours des poursuites dirigées contre les délits qui peuvent troubler l'ordre social; il n'est donc pas
nécessaire, pour assurer l'exactitude et la régularité de la
justice, de tenir le parquet dans l'humiliante et dangereuse dépendance du ministère.

En outre de ces précautions, écrites dans le code de procédure criminelle, la loi du 20 avril 1810, qui est encore en vigueur, et qui a organisé nos cours royales, leur
accorde un droit bien plus positif, par son article 11, dont,
il y a déjà plusieurs années, nous avons vu la cour
royale de Paris se prévaloir.

En effet, par cet article, la cour, toutes les chambres
assemblées, peut, sur la dénonciation d'un seul de ses
membres, mander le procureur-général, et lui enjoindre
de poursuivre; et s'il a commencé des poursuites, elle peut
l'obliger à en rendre compte.

Et remarquez combien ce droit d'ordonner des poursuites est alors convenablement placé. Ce n'est pas un ministre, souvent homme de parti, homme passionné, en-
traîné par le tourbillon politique, qui exerce ce droit exorbitant. C'est la cour royale, toute la cour royale, toutes
les chambres assemblées; et l'on voit, sans que j'aie besoin
d'y joindre la moindre démonstration, toutes les garanties
que la société trouve dans une telle combinaison. Mais
cette disposition existant dans nos lois, c'est une superfétation inique et monstrueuse de laisser le parquet dans
une dépendance humiliante du ministère, dépendance à
la fois superflue et dangereuse. C'est une contradiction
choquante, car si la cour royale enjoignait au procureur-
général de poursuivre, et que le ministre le lui défendît,
sous peine de destitution, je crois qu'il serait passable-

ment embarrassé. Or, il ne faut pas dire que le cas est impossible; rien n'est plus possible, au contraire, qu'une lutte entre un corps de magistrature indépendant, et un ministère injuste et violent, qui voudrait protéger un exacteur public, ou quelqu'une de ses créatures, contre les poursuites de la justice.

Le pouvoir que la cour a d'ordonner des poursuites, suffit donc aux besoins de l'ordre public; et si l'on objectait, qu'en cas de désobéissance du procureur-général à l'arrêt de la cour qui lui enjoindrait de poursuivre, cette désobéissance ne pourrait être punie, si l'inamovibilité le mettait à l'abri de la destitution, je détruirais facilement cette objection. D'abord, je crois qu'il serait possible, par la loi qui assurerait l'inamovibilité des parquets, de stipuler une autre peine que la destitution. Mais je vais plus loin : je dis que, par le seul fait de sa désobéissance à l'arrêt de la cour royale, le procureur-général aurait forfait, et serait très-justement destituable, malgré l'inamovibilité; car, en refusant d'obéir à un arrêt souverain, rendu dans l'étendue des pouvoirs de la cour, il aurait, par cela seul, abdiqué ses fonctions. Nul, dans l'État, ne peut empêcher l'exécution d'un arrêt; à plus forte raison, celui qui serait spécialement chargé de l'exécuter.

Et si, enfin, on m'objectait l'hypothèse tout à fait extrême, où le ministère, désirant une poursuite, le parquet se refuserait à l'exercer, et la cour royale refuserait aussi d'enjoindre au parquet de poursuivre, alors il y aurait une telle présomption légale que la poursuite serait injuste, qu'en vérité ce serait le cas, non de regretter, mais de se féliciter, au contraire, que les sages dispositions de la loi empêchassent la naissance d'une telle procédure.

Et si, par exception à notre organisation judiciaire, on voulait à toute force laisser au ministère le droit d'entamer cette procédure, réprouvée par tous les organes de la justice, on pourrait l'autoriser à porter plainte à ses risques et périls, et à faire plaider à l'appui contre le citoyen qu'il accuserait, par un ou plusieurs avocats qu'il choisirait dans le barreau ; mais, alors, la responsabilité de la magistrature serait à couvert, et le ministère seul supporterait le blâme moral de ses actes, blâme qui peut l'atteindre sans danger pour l'ordre social, mais qui ne doit jamais rejaillir sur la justice elle-même.

Si j'indique cette mesure, c'est pour entrer dans le sens de ceux qui veulent absolument que le ministère ait une action directe dans ces matières. Quant à moi, je déclare qu'il ne paraît nullement convenable de lui donner même ce droit, tout réduit qu'il serait ; car je crois que les attributions ci-dessus relatées, qui donnent aux cours royales le droit de faire naître, de surveiller, de presser ou même d'ordonner les poursuites, suffisent entièrement aux besoins de la société.

Dans le prochain chapitre, je ferai voir que le respect dû à la magistrature ne sera complètement possible que lorsque les gens du roi jouiront de l'inamovibilité.

CHAPITRE IV.

Continuation du même sujet.

———

Je crois avoir prouvé la convenance de l'inamovibilité des parquets, je dirai même sa nécessité ; je crois avoir écarté les objections qu'on peut faire à cette doctrine : il me reste à montrer comment la mesure que je propose est inhérente à la dignité de la magistrature ; et comment, jusqu'à ce que cette mesure soit adoptée, l'état judiciaire actuel sera, sous ce point de vue, au-dessous de l'ancien régime.

Sans entrer dans de très-grands détails, je dirai qu'autrefois les gens du roi et les conseillers étaient, quant à la stabilité de leurs offices, dans la même catégorie : les uns et les autres étaient révocables par la volonté royale ; les uns et les autres, sauf quelques rares exceptions, étaient inamovibles par le fait, et j'en ai rapidement expliqué les causes.

La vénalité des charges existait pour le parquet, tout aussi bien que pour les conseillers. Leur prix variait selon les localités et selon le degré de la charge dans la hiérarchie judiciaire ; sur quoi je ne ferai que peu d'observations, pour ne pas perdre le fil de mes inductions.

Premièrement, le roi ne nommait pas directement les conseillers, ainsi qu'il les nomme aujourd'hui : les cours souveraines les examinaient, les agréaient ; ces conditions remplies, il fallait acheter la charge, et obtenir l'approbation du roi, qui presque jamais n'était refusée.

Quelques rares exceptions sont notées par l'histoire : les

rois ont quelquefois nommé directement les membres des parlements; mais ceux-ci, en accueillant les nouveaux venus, en ont fait une classe à part, jusqu'à ce que les évènements leur fournissent une occasion de se relever dans l'esprit du corps.

On sent tout ce que cette organisation a de plus indépendant que celle de nos cours royales elles-mêmes.

Secondement, les membres du parquet payaient leurs charges généralement plus cher et beaucoup plus cher que les conseillers en la cour : ce qui leur promettait une stabilité au moins égale, et prouve que leurs fonctions sont de même nature.

Troisièmement, la nomination des membres du parquet était, comme celle des conseillers, à la discrétion des parlements eux-mêmes, sauf l'approbation subséquente du roi, et l'achat de la charge.

Il n'y avait d'exception que pour le procureur-général, qui était directement nommé par le roi, sauf à se munir de la charge de celui auquel il succédait, ou qu'il devait remplacer. Et il faut remarquer que l'avocat-général, agréé par le roi, sur la présentation du parlement, avait le pas sur le procureur-général nommé par le roi lui-même.

Tel était à peu près l'ancien état de choses; je dis à peu près, parce qu'étant réglé par l'usage, et non par des lois positives, il est impossible de le définir rigoureusement. Il devait y avoir inévitablement beaucoup d'exceptions, selon les localités et les circonstances; mais, d'après ces bases générales, on peut apprécier le point principal de la question.

On voit, d'abord, que les gens du roi étaient sur le même pied que les conseillers, quant à la stabilité de leurs

fonctions. Et j'en conclus que, quoique cette stabilité ait
une autre cause aujourd'hui, et une plus complète existence, elle doit être la même pour les membres du parquet et pour les membres des tribunaux. Jusque-là, j'ai
droit de dire que, pour ce qui touche l'indépendance des
parquets, nous sommes au dessous de l'ancien régime, et
de beaucoup. Jusque-là, j'ai le droit de dire que les juges
seuls sont les gens du roi, mais que les membres du parquet sont les gens des ministres : différence odieuse qu'il
importe de faire disparaître.

Si nous examinons, ensuite, les effets moraux de la
dépendance actuelle des parquets, nous verrons qu'elle
est plus fatale encore à la dignité de la magistrature, qu'à
la sécurité des citoyens.

Choisissez des hommes, je ne dirai pas corrompus,
mais seulement faibles et indécis; placez-les dans un corps
indépendant; donnez-leur, dans ce corps, une place irrévocable : vous verrez, inévitablement, ces caractères in-
certains se redresser; ces esprits, primitivement si malléa-
bles et si dociles, se retremper dans le corps judiciaire ou
politique auquel vous les adjoignez, et, tôt ou tard, devenir de fermes appuis de la justice et de la vérité.

Choisissez, au contraire, des hommes qui portent un
cœur généreux et sincère, et qui entrent dans le monde
avec de bonnes et louables intentions; placez-les dans une
position précaire et dépendante; donnez-leur une place
révocable dans un corps ainsi condamné à un obséquieux
dévoûment pour le pouvoir qui dispose de son existence :
peu d'années ne s'écouleront pas, sans que ces cœurs généreux ne se soient abâtardis, sans que ces esprits sincères
n'aient appris toutes les nuances du sophisme et de la

feinte, sans que ces louables et bonnes intentions ne se soient accoutumées à biaiser selon les circonstances et l'intérèt.

Tel est l'effet des institutions humaines; les unes purifient, les autres corrompent. Malheur aux faiseurs de lois qui en méconnaissent la nature! et plus malheureux cent fois les peuples régis par de tels législateurs!

Je ne pousserai pas les conséquences à l'excès : oui, j'admettrai de nouveau que, parmi les honorables membres de nos parquets, un grand nombre conserveront leur dignité personnelle, malgré la nature vicieuse de l'institution qui les domine. Dix-neuf résisteront, je veux le croire, mais le vingtième pourra succomber; et cette possibilité, toujours éventuelle et toujours indécise, altère et ternit la considération du corps tout entier !

J'ai besoin de dire des choses bien difficiles à exprimer sans sortir des convenances; néanmoins, je ne reculerai pas devant cette pénible nécessité, et j'espère que la sincérité de mes intentions me servira d'excuse.   .

Pendant la restauration, deux directions politiques contraires existaient en France : l'une qui agissait pour le pouvoir, l'autre pour la liberté. Une conséquence inévitable de cette triste lutte a été que les membres du parquet, dans la dépendance où ils sont du ministère, ont constamment soutenu et défendu ses doctrines : la France, presque entière, a présenté ce spectacle.

Après des luttes prolongées entre les citoyens et les gens du roi, les premiers ont eu généralement l'avantage, en ce sens que, après diverses chances de triomphes ou de défaites, les doctrines de la liberté se sont successivement établies et presque toujours en dépit des efforts du parquet. Ce serait une triste lecture que celle des divers ré-

quisitoires prononcés pendant quelques années dans les
questions de droit sur la presse, ou sur les discussions
électorales !

Un instinct invincible avertit la nation que si les gens
du roi n'eussent pas été révocables, et soumis par conséquent aux volontés des ministères successifs dont nous
garderons long-temps le triste souvenir, probablement
moins d'efforts eussent été nécessaires pour établir les doctrines constitutionnelles.

S'ils eussent été inamovibles, probablement on ne les
aurait pas chargés de transmettre de despotiques circu-
laires électorales, dont sans doute ils ont rougi souvent
d'être les intermédiaires ou les distributeurs.

S'ils eussent été inamovibles, probablement on ne leur
eût pas demandé des rapports mensuels sur l'esprit public,
en leur prescrivant de se servir, à cet effet, de l'activité offi-
cieuse de leurs subordonnés ! Mission que l'on a eu tort
peut-être de qualifier d'espionnage, mais qui néanmoins
porte un caractère tout particulier, complètement incom-
patible avec cette fleur de délicatesse, avec cette sévérité
scrupuleuse qui doit être l'attribut spécial de la magistrature.

Ce sont là, il faut l'avouer, de tristes et pénibles souvenirs. Pour rendre impossible le retour de pareils faits,
l'inamovibilité des parquets est la condition première
et indispensable, le *sinè quâ non*, dont l'absence neutra-
lisera toutes les réformes salutaires, tous les projets de
retour à un meilleur ordre de choses; car, jusque-là, la
dignité de la magistrature, en dépit de notre volonté et
de la sienne, sera perpétuellement compromise par le contact des passions politiques.

CHAPITRE V.

De la Juridiction des Chambres législatives.

———

Depuis long-temps on a dit que les chambres et les tribunaux ne pouvaient point connaître des accusations qui concernent les actes dont ces corps croient avoir à se plaindre. L'on a dit que le roi qui, dans l'État, est bien un pouvoir indépendant, demande réparation à la justice ordinaire, au lieu de se la faire lui-même; d'où l'on concluait qu'il devait en être de même des corps législatifs et judiciaires.

Cette argumentation est spécieuse. Dans ma jeunesse, je me souviens qu'elle avait fait impression sur mon esprit; mais, en y réfléchissant bien, on voit que l'analogie des deux situations n'est pas exacte.

Les chambres, les tribunaux ont en eux-mêmes une action, une responsabilité morale, une décision légale, qui est leur fait, qui leur est propre, qui leur appartient.

Le roi n'en a point. Il n'a d'action légale, de responsabilité effective, que dans l'action et la responsabilité ministérielle. — D'où il découle, en premier point, qu'il était impossible de lui donner le droit de réprimer les délits commis par la presse contre le pouvoir royal, comme on donne aux chambres, comme on donne à la magistrature le droit de réprimer les atteintes portées à leur dignité morale ou à leur indépendance.

Il aurait donc fallu que ce droit fût remis entre les mains du ministère!..... Et là, l'application aurait été souverai-

nement absurde, et constitutionnellement impossible. Le
ministère, amovible, dépendant du roi, qui peut le casser,
le modifier, le remplacer par l'usage du droit que la charte
lui donne; le ministère, dis-je, condamnant les accusés qui
auraient écrit contre le pouvoir royal, aurait présenté un
contre-sens énorme, dont on ne voit aucune trace dans la
juridiction accordée aux chambres ou à la magistrature.

Quant aux écrits qui attaquent personnellement le roi,
ils rentrent dans la catégorie de ceux qui attaqueraient personnellement un député ou un magistrat; et dans les trois
cas, la juridiction ordinaire est conservée. Il n'y a pas de
discussion, ce me semble, à soutenir sur ce point.

Les chambres ont deux manières de voir leurs injures
réparées : — ou de les punir elles-mêmes, ou de laisser ce
soin aux tribunaux. — Mais, dans ce dernier cas, je crois
que l'action ne doit pas être intentée par elles, ou, s'il en
était ainsi, ce serait une anomalie inconvenante, parce
que, si l'accusation, portée par la chambre, était suivie
de l'absolution des accusés, le jury, la cour d'assises ou
le tribunal de police correctionnelle donneraient un démenti positif à la représentation nationale elle-même. —
Il n'en est pas de même lorsque l'action est intentée par
le ministère public. On le comprend sans explication.

On ne saurait concevoir un tribunal portant plainte
d'un délit commis contre lui-même, au jury ou à un autre
tribunal? — Car il ne resterait plus à ce tribunal plaignant
la moindre existence judiciaire, la moindre dignité, la
moindre influence sur le public par ses décisions futures,
si sa plainte était repoussée et si les accusés triomphaient
de lui? — Etablir une telle législation serait détruire ra-

dicalement l'ordre judiciaire dans sa base, dans son existence la plus intime (1).

A cet égard et par les mêmes raisons, les chambres législatives doivent être dans la même situation que la cour d'assises, que tout autre corps judiciaire.

Pour démontrer la vérité de cette doctrine, je prends l'exemple de la cour d'assises.

Au premier abord il paraîtrait, je l'avoue, plus rationnel de laisser juger la cour royale dans le cas d'insulte à la cour d'assises, que de donner cette juridiction incidente à la cour d'assises elle-même.

Cependant il y a ici deux raisons péremptoires de décider. — La première, c'est qu'il est question de la vérité des faits relatifs à l'audience de la cour d'assises, et qu'elle seule a eu la connaissance immédiate et réelle de ces faits, les autres magistrats de la cour royale n'y ayant point assisté. La seconde, c'est que la cour royale serait, tout autant que la cour d'assises, en suspicion à l'opinion condamnée, si l'arrêt était favorable aux plaintes de ses conseillers; et si, au contraire, elle donnait gain de cause aux accusés contre la cour d'assises, il vaudrait autant qu'elle destituât les magistrats plaignants; car, je le répète, quelle indépendance, quelle dignité morale, quelle influence judiciaire pourrait-il leur rester après un pareil échec?

Aussi notre droit commun est-il conforme à ces principes. Pour tout ce qui touche à leurs audiences, les cours d'assises sont souveraines, et prononcent des peines qui

_____

(1) On objectera peut-être que lorsqu'un jugement ordinaire est infirmé sur l'appel, il en est de même.... Mais on sentira facilement que rien n'est plus erroné. Il n'y a aucune similitude morale dans les deux cas.

peuvent être très-graves contre les désordres ou manque-
ments à l'ordre judiciaire, qui sont commis dans leur prétoire. Il n'y a là que trois magistrats, et cependant ils
n'en appellent ni au jury, ni à la cour royale entière. —
C'est qu'en eux-mêmes, et dans la manifestation de justice dont ils sont les organes, dont ils sont l'expression
spéciale et vivante, se trouvent concentrées pour le moment
l'indépendance et la dignité judiciaire elle-même. — Vio-
lez-la sur un seul point, elle sera déconsidérée partout.

Voilà, selon moi, les grands principes qui prédominent
la matière. Si, malgré cela, il reste des objections, elles
sont, à mon avis, beaucoup trop faibles pour faire pencher
la balance.

CHAPITRE VI.

De la Juridiction de la Cour des Pairs.

La cour des pairs est une juridiction spéciale, mais
non une juridiction exceptionnelle.

Une juridiction exceptionnelle est une juridiction de
circonstance, qu'aucune loi n'a prévue, qu'aucune constitution n'a autorisée : c'est un tribunal institué pour les
besoins du moment et dans l'intérêt d'une vengeance qui
ne saurait s'accommoder des formes légales. La charte a
proscrit les tribunaux d'exception. Si donc il était vrai
qu'en instituant la cour des pairs, ont eût créé une juridiction exceptionnelle, l'ordonnance qui réglerait les attributions de cette cour ne serait pas seulement illégale,

dans le sens usuel du mot, mais elle constituerait un véritable attentat à la charte, un véritable coup d'état.

Heureusement il n'en est point ainsi : la juridiction
de la cour des pairs est une juridiction instituée par la
charte, par cette charte qui a proscrit les tribunaux
d'exception, et qui, pour prévenir tout motif d'en créer à
l'avenir, a défini les formes de justice applicables aux crimes les plus graves, et heureusement les plus rares. Par
conséquent, à moins de nier la légalité de la charte, on
ne peut nier la légalité de la juridiction des pairs à laquelle cette charte veut que l'on défère exclusivement les
crimes de haute trahison et les attentats contre la sûreté
de l'État. Il n'y a pas à trier dans les articles d'une constitution; il n'y a pas à dire : ceci est légal, ceci ne l'est pas.
Tout y est également, ou légal, ou illégal. Toutes les dispositions doivent en être acceptées avec le même respect,
jusqu'à ce qu'une réforme ait fait disparaître celles qui
déplaisent.

Donc, c'est la charte même que l'on met en question,
lorsqu'on prétend que la juridiction qu'elle consacre est
exceptionnelle, c'est-à-dire contraire à l'esprit de nos institutions.

C'est, en effet, une grande erreur de croire que ces
mots, *exceptionnel* et *spécial*, sont parfaitement synonymes.
C'est là un impardonnable contre-sens. Les tribunaux qui
sortent du droit ordinaire et journalier, mais dont l'existence est reconnue par la constitution ou par une loi organique, sont les tribunaux, non pas exceptionnels, mais
spéciaux. Il y a les conseils de guerre pour les délits militaires; il y a des tribunaux consulaires pour les contestations de commerce, de même qu'il y a le haut tribunal

de la pairie pour les attentats qui, par leur énormité ou leur caractère particulier, échappent à l'action de la justice commune. Toutes ces juridictions, je le répète, sont spéciales, c'est-à-dire propres à des faits spéciaux et formellement prévus par le législateur; mais elles ne sont nullement exceptionnelles.

La cour des pairs est un des tribunaux du royaume. Il fonctionne rarement, c'est vrai; mais la légitimité d'un droit consiste dans la sanction de la loi, non dans la fréquence de l'exercice qu'on en fait.

CHAPITRE VII.

Des Tribunaux de Commerce.

Il y a une grande différence entre les tribunaux civils et les tribunaux de commerce. Les premiers font l'application de lois compliquées, de lois nécessairement ignorées de la grande masse des citoyens, au moins dans leurs détails. Ces tribunaux seront donc composés de magistrats choisis parmi les jurisconsultes qui ont fait une étude particulière du droit français et du droit romain, étude qui demande une vie entière. Pour les mêmes motifs, les intérêts des citoyens doivent être défendus devant ces tribunaux par des hommes accoutumés aux discussions des lois : de là l'institution des avoués et des avocats.

Les tribunaux de commerce, au contraire, prononcent sur une classe particulière de contestations, dont la solution se trouve dans des lois très-simples, dans des lois que les négociants connaissent presque tous, par une application journalière. Plus souvent encore la solution de ces contestations repose sur des faits, sur des usages qui sont héréditaires dans chaque ville de commerce, usages dont, par conséquent, les négociants seuls sont instruits.

Les tribunaux de commerce doivent donc être, en quelque sorte, un jury commercial, où chaque négociant vient faire régler ses intérêts par ses pairs.

Par les mêmes raisons, le ministère des avocats n'est pas exigé devant les tribunaux de commerce, et le ministère des avoués est interdit.

Cependant, la juridiction commerciale n'est point une idée simple.

Elle a besoin d'être exercée par des négociants, à cause de l'appréciation des faits commerciaux dont la pratique seule du commerce peut faire connaître la nature.

Elle a besoin d'être exercée par des jurisconsultes, car de ces faits commerciaux naissent des questions de droit souvent très-épineuses. Or, ici il ne suffit pas de connaître le fait dans sa nature même : il faut connaître la subtile et cependant rigoureuse nature du droit; ce que la pratique des lois peut seule apprendre, quand elle est jointe aux études nécessaires.

D'où il résulte que les tribunaux de commerce, quant aux grandes questions, sont un jury spécial chargé d'établir la nature du fait;

Et que les cours royales sont investies, par l'appel, du pouvoir suprême d'y appliquer les principes du droit.

Ainsi l'œuvre de la jurisprudence arrive à la perfection, autant que la nature humaine peut le comporter.

Et lorsqu'au contraire, ce qui n'est pas sans exemple, les

juges de commerce, après avoir apprécié la nature du fait, viennent à vouloir forcer les principes du droit pour les ployer à la sentence dictée par leur équité naturelle, ils commettent souvent de graves erreurs.

Ces erreurs sont facilement redressées par les cours royales, et par conséquent n'ont pas de danger. Mais si les cours royales, à leur tour, veulent changer l'appréciation du fait, alors, malgré toute leur science de droit, elles sont exposées souvent à commettre des erreurs, d'autant plus inévitables qu'il est presque impossible, pour les leur démontrer, de suppléer à l'expérience commerciale qui leur manque. J'en dirai autant des avocats : si habiles qu'ils soient, dans les discussions de fait d'une affaire de commerce, il y a mille à parier qu'un négociant éclairé découvrira, mieux qu'eux, la réalité loyale ou frauduleuse cachée sous les formes extérieures d'une transaction commerciale soumise à la justice.

Et comme il était impossible de former un tribunal mixte, composé de membres qui fussent à la fois négociants et jurisconsultes, la loi a, selon moi, atteint toute la perfection qu'elle pouvait désirer, en créant des tribunaux de commerce soumis à l'appel des cours royales, pourvu que les uns et les autres se rendent bien compte de la nature de leur mission. Cette organisation est d'autant plus salutaire, qu'elle assure au commerce, pour ses besoins journaliers, la prompte décision des difficultés qui peuvent l'entraver ; les grandes questions seules allant en appel.

CHAPITRE VIII.

De la Souveraineté du Jury et de l'Autorité de ses verdicts sur le Droit public du pays.

—

Au milieu des progrès positifs que la reconnaissance publique doit honorer dans la révolution, l'établissement du jugement par jurés tient incontestablement un des premiers rangs. — Qu'on y joigne l'établissement des justices de paix, la publicité des débats judiciaires, les formalités tutélaires de l'instruction criminelle, la création d'un code unique pour toute la France, et d'une cour de cassation chargée de maintenir l'unité de la jurisprudence dans le pays, et on aura une idée des améliorations immenses que nous avons obtenues de la révolution française, si sottement calomniée par les fauteurs de la vieille monarchie féodale, dont certains écrivains nous vantent l'absolutisme anarchique comme un modèle de gouvernement et de liberté.

Je veux expliquer à fond la souveraineté du jury, sa compétence et ses limites. Je veux montrer que cette souveraineté doit être soigneusement restreinte dans ses limites et dans sa compétence, pour y être vraiment respectable et respectée; car chaque pouvoir a ses conditions nécessaires auxquelles il doit rester fidèle, s'il veut durer. C'est une loi naturelle de l'humanité, contre laquelle la volonté artificielle des législateurs ne peut rien.

L'institution du jury, si puissante dans les affaires criminelles, n'a pu être appliquée en France à nos procès civils. La complication des intérêts civils, la teneur et la multiplicité des lois qui les régissent, sont ainsi combinés que, dans les questions litigieuses qui en résultent, le fait et le droit sont sans cesse mêlés ensemble, et qu'il est à peu près impossible de prononcer sur le premier sans connaître le second. Or, de ce que la connaissance de notre droit civil et son étude sont en dehors de la capacité générale des jurés, il s'ensuit que leur intervention dans la justice civile est devenue impossible. La multiplicité des affaires civiles, d'ailleurs, est si grande, que les jurés seraient à peu près en session perpétuelle, ce dont les mœurs sociales, agricoles et industrielles de la France s'accommoderaient fort mal.

Mais il n'en est pas de même au criminel. Là, le fait est à peu près indépendant de la question de législation. L'accusé est-il coupable ou non du délit imputé? — C'est une question simple, sur laquelle la conscience du jury est seule consultée, et tout autre considération lui est même interdite par la loi, qu'il jure de respecter en entrant en fonctions.

Il résulte de là un premier point grave et capital. C'est que, tandis que dans toutes les questions de droit public ou privé la décision doit être rendue par la majorité contre la minorité, on a pu précisément, parce qu'il était question de la seule existence d'un fait incriminé, donner à la minorité du jury le droit de faire prévaloir sa volonté sur celle de la majorité; anomalie étrange, dont je ne crois pas qu'on pût trouver un autre exemple dans l'organisation sociale et politique d'un peuple. — Je m'explique.

Effectivement, dans la décision d'un point de droit, qu'y a-t-il? — Il n'y a qu'une lutte de raisonnement contre raisonnement, d'intelligence contre intelligence; et dès-lors, il est tout-à-fait rationnel, entre capacités égales aux yeux de la loi, que la majorité l'emporte sur la minorité.

Mais dans la décision d'un fait, d'un fait que les jurés n'ont pas sous les yeux, et sur l'existence duquel ils ne peuvent raisonner que par induction, il y a autre chose qu'une lutte d'intelligences et de raisonnements : il y a l'incertitude et la moralité des preuves alléguées, il y a les chances étonnantes qui, quelquefois, donnent à l'erreur l'apparence de la vérité; il y a l'intérêt de l'humanité qui vous crie, que le degré de probabilité qui suffit pour absoudre, n'est pas suffisant pour condamner, parce que l'erreur serait mille fois plus fatale dans le second cas que dans le premier, et de là est sortie cette étrange anomalie de cinq voix qui sont suffisantes sur douze pour l'absolution, et de huit voix qui sont exigées pour la condamnation (1).

Il suit de là que le verdict du jury, souverain pour ce qui touche la condamnation ou l'absolution de l'accusé,

---

(1) Dans les accusations ordinaires, le jury a deux choses à juger : l'existence du fait et sa criminalité. Dans les délits de la presse, il n'a à juger que la criminalité, puisque le fait, l'écrit imprimé est constant. Mais cela ne change rien aux raisonnements qu'on va lire. Ce serait tout au plus un motif pour ne pas donner, dans ce cas spécial, la suprématie à la minorité du jury sur la majorité ; mais on peut répondre qu'ici l'intérêt de l'humanité doit encore prévaloir, parce que la probabilité de culpabilité qui résulte d'un certain nombre de suffrages, doit être plus difficile à admettre que celle de l'innocence de l'accusé ; car le jugement des hommes est toujours sujet à erreur ; et, après tout, il vaut mieux acquitter un écrivain coupable que condamner un écrivain innocent : et, comme dans les cas ordinaires, c'est ce principe seul qui peut faire prévaloir la minorité sur la majorité.

Ainsi, supposons que dans une accusation résultant d'un écrit politique, le prévenu soit acquitté par cinq voix contre sept, il s'ensuit que si le jury avait une autorité quelconque sur les maximes du droit public, la question du droit public résultant du procès devrait être résolue en sens contraire à l'acquittement; car si pour la culpabilité individuelle cinq voix acquittent, sur la question générale de droit public, sept voix font majorité décisive contre cinq.

est radicalement incompétent et inhabile à décider toute
question de droit politique quelle qu'elle soit, toute question de droit public ou civil, toute question d'équilibre
ou de suprématie entre les pouvoirs sociaux ; car il serait
déraisonnable jusqu'à la folie d'exiger la majorité pour
toutes les décisions de ce genre dans tous les corps législatifs ou judiciaires de l'État, et d'admettre que pour une
question de droit public, la minorité d'un jury pût faire
prédominer sa volonté sur celle de la majorité. Les motifs
qui ont pu faire établir cette exception dans l'intérêt de
l'humanité, pour ce qui concerne l'accusé, n'ont plus aucune force quand il s'agit d'une question de droit public,
de législation civile et politique.

Première conséquence que j'établis ainsi d'une manière
positive et absolue :

Le jury, juge souverain de l'innocence ou de la culpabilité de l'accusé, n'a aucune autorité quelconque sur la
décision des maximes du droit public dans la législation
du pays.

Une fois cette règle établie, examinons les motifs nombreux et péremptoires qui donnent une nouvelle évidence
à cette vérité fondamentale :

1° Par cela seul que le verdict du jury est souverain
pour tout ce qui touche l'innocence et la culpabilité de
l'accusé, il ne peut y avoir ni unité ni jurisprudence dans
ses décisions. Aujourd'hui il juge dans un sens, demain
dans un sens contraire, et si on lui laissait la moindre
autorité sur le droit public du pays, les maximes en seraient éternellement flottantes et indécises. — Exemple :
Si l'on décidait que l'acquittement d'un écrivain donne le
droit d'inculper la personne du roi, sans être coupable du

délit d'offense prévu par la loi, il faudrait décider le contraire dès qu'un jury aurait condamné un autre accusé pour ce même délit d'offense envers la personne royale, ce qui est déjà arrivé;

2° La loi défend au jury de motiver son verdict. On ne sait donc jamais si l'acquittement ou la condamnation qu'il prononce est basé sur la conviction qu'il a de l'innocence personnelle de l'accusé, ou sur l'interprétation qu'il fait, dans tel ou tel sens, d'une maxime de droit public. — Il serait donc complètement irrationnel de donner à son verdict une autorité quelconque sur les maximes du droit public, car les membres du jury qui rendent ce verdict peuvent juger, les uns parce que l'accusé ne leur paraît pas coupable, les autres parce qu'ils ont telle ou telle opinion politique, les autres parce qu'ils interprètent dans un sens donné, la loi qu'il leur est même défendu d'apprécier. Mais tous ces motifs divers ou contradictoires restant inconnus, quelle logique au monde peut autoriser à en tirer une conséquence générale et législative?

3° Il est reçu dans nos lois constitutionnelles que notre droit public est fixé par le triple assentiment du pouvoir royal, de la chambre des pairs et de la chambre des députés.

Cette dernière est nommée par les deux cent mille électeurs de la France. Les députés sont nommés par la majorité; ils ne peuvent délibérer qu'à la majorité, ainsi que les pairs, et le ministère responsable agissant au nom du roi.

Et cependant, si l'on admettait que le verdict du jury rendu à la minorité de cinq voix contre sept, pût décider une maxime de droit public, et qu'il arrivât que ce verdict la décidât en sens contraire du pouvoir royal, de la chambre des pairs, de la chambre des députés et des deux cent mille électeurs de France, l'on aboutirait à ce résultat fou, que cinq citoyens, qui peuvent n'avoir aucune instruction politique, détruiraient virtuellement l'œuvre de la représentation nationale et de la majorité des notabilités françaises! On ferait faire, par une imperceptible minorité, ce qu'on défend expressément à chacun des grands corps politiques de l'État, et à l'ordre judiciaire tout entier. — En un mot, cinq citoyens pourraient virtuellement défaire la loi politique du pays!... Sans délibération, sans débat, ils feraient, par un simple verdict, ce que Charles X n'a pas pu faire par ordonnance! Chaque minorité du jury pourrait, à l'occasion d'un fait particulier, se transformer en ministère Polignac!

4° Enfin, conclure d'une décision sur un fait particulier, à la décision d'une maxime de droit public, serait une complète déraison. De ce qu'un citoyen, accusé d'offense à la personne du roi, serait acquitté, il ne serait pas plus raisonnable d'en conclure qu'il est permis d'offenser le roi sans s'exposer à être puni, qu'il ne serait raisonnable de croire qu'il est permis de voler, de piller, d'assassiner, parce qu'un citoyen accusé de l'un de ces crimes aurait été acquitté. — La seule chose qu'il soit rationnel de conclure dans les deux cas, c'est que le citoyen accusé du délit ou du crime imputé, ne l'a pas commis; mais l'interprétation des lois, formellement interdite au jury par son institution elle-même, ne reçoit aucun changement de son verdict.

Il ne faut pas se laisser duper par les mots. Le jury, comme toutes les institutions sociales, a son bon et son mauvais côté. Il n'a pas pour toutes les contentions humaines les mêmes moyens de solution ; il n'est ni si universel, ni si infaillible.

C'est donc une expression emphatique et fausse, que d'appeler le jury la *justice du pays*, si on donne à ces mots une acception illimitée et absolue. Cette expression n'est juste que dans un sens relatif, qui doit être fixé par bien des points de comparaisons.

Dans les moments orageux de révolutions et pour les crimes politiques, le jury est devenu souvent incapable d'exprimer la justice du pays ; corrompu, violenté, torturé par les déchirements du sol politique, il est devenu l'organe de l'injustice des factions. — Certes, ce n'est pas la justice du pays qui acquittait Trestaillon ! Ce n'est pas la justice du pays qui acquittait les assassins du général Ramel ! Ce n'est pas la justice du pays qui, alors et depuis, a prononcé tant d'effroyables injustices !...

Le jury, pour être à la fois digne et capable d'exprimer la justice du pays, doit donc être organisé, garanti, réglé par les lois, non pas invariablement et toujours dans les mêmes formes, dans les mêmes combinaisons, par les mêmes règles ; mais en proportionnant à chaque époque, ces formes, ces combinaisons, ces règles, selon l'état du pays et les besoins de la société. Il n'y a là ni ruse, ni immoralité, ni machiavélisme ; il y a véritable logique, raison et loyauté.

CHAPITRE IX.

Des Juridictions militaires et de l'État de siége.

—

Dans un État où il y a peu de libertés, peu de franchises, peu de droits politiques accordés aux citoyens, il
n'est pas très-nécessaire de mettre la liberté publique en
garde contre les factions, et cela se comprend de reste ; mais
dans un État qu'on veut rendre réellement libre, dans
un État où l'on veut accorder aux citoyens une grande
action, une grande force politique, il faut prévoir le cas
où les ambitions déçues, les vanités ascendantes, les ressentiments haineux, se changeront en factions et déchireront l'État, s'il n'a pas à sa disposition une arme puissante pour s'en servir dans ces moments de crise et d'explosions populaires ; c'est précisément parce qu'il n'y a
pas de liberté politique sans orages, qu'il faut un moyen
tout prêt pour empêcher ces orages de naître trop fréquemment, ou pour les éteindre promptement quand ils s'allument.

En jetant les yeux sur toutes les républiques anciennes,
on y verra les preuves de mon assertion répétées à chaque page. Combien de fois la république romaine n'aurait-elle pas péri sans le *caveant consules* et sans la dictature? Combien de fois, pour appliquer une expression
moderne aux choses antiques, combien de fois Rome n'at-elle pas été déclarée *en état de siége* depuis les Gracques
jusques à Catilina? Combien de fois n'a-t-elle pas mis en
pratique cette maxime de Cicéron, par l'application de la

quelle il sauva lui-même sa patrie? — « Les lois doivent
« se taire au milieu des armes, et n'ordonnent pas qu'on
» attende leur secours, car celui qui voudrait alors at-
» tendre ce secours, aurait souffert un dommage irrépa-
» rable avant de pouvoir en demander la juste répara-
» tion. »

C'est ainsi que Cicéron agit lorsque Catilina voulut détruire la liberté romaine; c'est en réprimant instantanément le crime, par un châtiment juste, quoiqu'extra-légal,
qu'il étouffa l'incendie à sa naissance. Et nous devons
remarquer que du moment que la législation sera fixe et
positive pour de tels cas, les hommes d'état ne seront même
pas exposés à faire de l'arbitraire, ainsi que Cicéron y fut
obligé, les formes dictatoriales n'ayant même pas alors
été suivies.

Vainement essaierait-on d'alarmer le peuple en lui faisant craindre que ses gouvernants n'abusassent contre lui
de la législation sévère de l'état de siége, qui, en réalité,
n'est autre chose qu'une sorte de dictature temporaire et
partielle appropriée à nos mœurs. J'ose dire que cette
crainte est illusoire, vaine, sans fondement. La responsabilité qui pèse à la suite de pareils actes est trop grave
et trop lourde, pour que des hommes d'état consentent à
l'assumer sur leur tête, à moins d'y être réduits par les
événements les plus terribles, les plus menaçants. Avec la
presse, avec la représentation nationale, avec les débats
publics, craindre que les ministres ne fissent un usage ca-
pricieux, despotique, cruel, de l'état de siége, lorsque
trois mois après, devant les chambres et devant la nation,
leur fortune, leur honneur et leur tête devraient servir

de gages à la vindicte nationale, c'est se forger à loisir de chimériques terreurs.

L'emploi des moyens violents est tellement antipathique à une nation libre, qu'il ne faut rien moins que l'extrème et absolue nécessité pour faire excuser ceux qui s'en servent. Loin d'abuser de l'arme remise en leurs mains, il faut craindre plutôt que souvent les hommes d'état n'hésitent, ne mollissent devant les factions, et n'abandonnent la nation à leurs coups, faute d'oser engager leur responsabilité.

Il faut donc avoir en grande vénération les conseillers de la couronne qui ont le généreux et sublime courage d'engager leur responsabilité personnelle dans cette grande mesure, exposant, pour venir au secours de la patrie, tout ce que des hommes de cœur peuvent offrir à leur pays, leur vie, leur nom, leur avenir !

C'est qu'en effet un tel dévoûment traîne après soi des périls immenses. Voyez Cicéron : il sauva Rome, la conjuration fut étouffée et punie; le peuple, dans l'ivresse, l'entoura d'acclamations triomphales; Catulus dans le sénat, et Caton dans la tribune aux harangues, le proclamèrent *le père de la patrie*. L'Italie répondit à ce mouvement, toutes les villes lui décernèrent des honneurs extraordinaires, et confirmèrent les titres augustes que lui avait donnés le peuple romain.

Eh bien ! ce concours immense de gloire et de succès suffit-il pour le mettre à l'abri de la responsabilité qu'il avait prise sur lui, en punissant les complices de Catilina ? — Non; cette responsabilité terrible se réveilla, et alors surgit, quelque temps après, du néant, pour proscrire le sauveur de Rome, un je ne sais quel Clodius, patricien

renégat, qui, pour flagorner la populace, abdiqua sa famille, descendant au niveau des viles passions de la populace, pour s'en faire un instrument d'ambition et de vengeance, proposa une loi qui ordonnait — que celui qui
aurait fait mourir un citoyen, sans les formes ordinaires
de la justice, serait interdit de l'eau et du feu. — Et voilà,
pour venger Catilina, Cethegus, Lentulus et quelques autres assassins publics, voilà Cicéron proscrit, exilé, ses
maisons démolies, celle du mont Palatin rasée, et l'empla-
cement consacré, pour qu'à tout jamais il fût défendu d'y
rebâtir. — Ainsi fait-on pour les édifices où quelques
grands forfaits ont été commis!

On voit combien, dans un État libre, la responsabilité est
pesante, lorsque, même pour sauver la patrie, on a fait taire
les lois au milieu des armes! Ici l'histoire offre sans doute une
consolation. Le peuple romain ne tarda pas à reconnaître
son erreur; il rappela Cicéron, lui rendit ses honneurs, son
rang, sa fortune, et, ce qui valait mieux pour lui, la confiance publique. Mais combien de fois, dans les États libres, l'ingrate sentence du peuple n'a-t-elle été rapportée
qu'après la mort des serviteurs fidèles dont il avait fait
ses victimes pour les récompenser de l'avoir sauvé!

Il y a donc mille garanties contre les abus presqu'impossibles que le Gouvernement voudrait faire de la législation sur l'état de siége. — Contre les factions, sans
cesse renaissantes, il n'y a aucune garantie; car, c'est folie de croire que l'état normal de la société, sa législation
de tous les jours, sa législation du repos et du calme, puissent suffire dans les temps de convulsions violentes. Proposer d'éteindre la guerre civile, par exemple, par l'action du jury, dans le cas où la guerre civile aurait pris

une certaine consistance, un certain développement, c'est une véritable moquerie. Comment pourrait-on ordonner la continuation de la juridiction civile là où toute communication, toute magistrature, toute subordination serait impossible? Dans une ville véritablement assiégée, serait-il sage de subordonner la juridiction militaire à la juridiction civile, de laisser fructifier les conspirations, sans cesse renaissantes, avant d'avoir pris les mesures nécessaires pour les arrêter?.... Tout cela serait stupide et réellement contraire à tous les principes de la liberté.

La législation de l'état de siége est donc bonne, utile, indispensable; tout est de la bien définir, de lui donner non des limites matérielles, ce qui serait presque un contre-sens, mais une responsabilité morale, forte, légale, étendue : — il faut que le pouvoir auquel on remettra cette législation, à la fois salutaire et terrible, pour en faire usage dans les cas désespérés, sache qu'il rendra un compte solennel et public de cette grande mission; que dans un délai fixe, il sera tenu de communiquer aux trois pouvoirs, les pièces officielles qui constateront ses actes, leurs causes, leur but et leurs effets; que là, en face du peuple et du roi, le ministère répondra à toutes les interpellations sur les faits, et ne recevra son bill d'indemnité qu'après avoir authentiquement prouvé qu'il a fait usage de la législation de l'état de siége pour le bien public, et non pour l'intérêt particulier d'un parti ou d'une faction. — Et croyez-moi, avec une telle perspective, organisée d'avance par la loi, il ne faut pas que le ministère soit trop empressé à déclarer la mise en état de siége; il ne le fera qu'à la dernière extrémité; car, ce genre de responsabilité directe, pour un cas spécial, est mille fois plus forte que la responsabilité générale, sorte de Protée qu'il est bien difficile de définir et d'atteindre.

————————⟐————————

CHAPITRE X.

De ce qu'il faut entendre par ces mots : *Juges naturels.*

———

La loi qui règle les juridictions, conformément à la nature des rapports sociaux, et qui attribue à chaque citoyen ses juges naturels, est du domaine des lois réglementaires, et non du domaine des lois fondamentales ou de la charte. La charte a dit que les citoyens ne pourraient être privés de leurs juges naturels, mais elle n'a pas décidé, et elle ne pouvait pas décider quels seraient les juges naturels des citoyens; c'est la loi constitutionnellement faite par les pouvoirs représentatifs qui fixe les juridictions. — Quand elle les a fixées, chaque citoyen connaît alors ses juges naturels, et, d'après la charte, a le droit de n'être jugé que par eux. Du moment donc que la loi a déclaré que les rebelles armés qui attaqueront le gouvernement et détruiront la paix sociale, sont gens de guerre, hommes militaires, soumis à la juridiction des conseils de guerre, là seront réellement leurs juges naturels d'après la charte et les lois.

L'ordre des juridictions est tellement du domaine de la loi, que la charte elle-même n'aurait pu le lui enlever. La société, par ses pouvoirs représentatifs, porte éternellement en soi le droit de régler la justice distributive, selon l'exigence et la nature changeante des rapports sociaux. Lui ravir ce droit, ce serait lui ôter une portion même de son existence, de son être. Nul texte écrit ne peut dénaturer la nature humaine, et obliger la société à conserver une juridiction basée sur des rapports sociaux que le temps aurait détruits. Cela impliquerait contradiction. Non-seulement la loi a le droit de modifier les juridictions, mais elle aurait le droit de changer toute notre organisation judiciaire, si un changement analogue survenait dans nos rapports sociaux; aussi la charte a très-sagement laissé à la loi le soin de régler les juridictions, et s'est bornée, je le répète, à dire que les juges attribués par la loi, à chaque ordre de faits, à chaque classe de citoyens, ne pourraient être changés par les caprices du pouvoir.

La loi est tellement maîtresse des juridictions, que dans certains cas elle a donné à la cour de cassation le droit de changer les juges naturels des citoyens. — Ainsi, il est de règle que les juges naturels sont réglés, soit par le domicile des partis, au civil, soit par le lieu où les faits se sont passés, au criminel. Eh bien, dans un procès civil, quand la cour de cassation casse, elle renvoie, à son choix, le jugement du fond à d'autres juges que ceux des parties, et par cela seul que la cour de cassation les a désignés, ils deviennent les juges naturels des plaideurs. Dans un débat criminel, quand on craint pour l'ordre public des résultats fâcheux si les poursuites ont lieu devant les juges naturels des accusés, la cour de cassation, par réglement de juges, renvoie devant d'autres magistrats et devant d'autres jurés : et ces nouveaux jurés, ces nouveaux magistrats deviennent les juges naturels des accusés, quoique choisis et désignés même après l'accomplissement des faits qui motivent l'accusation; et les accusés ne peuvent se plaindre de rétroactivité, ils ne peuvent revendiquer leurs juges naturels primitifs; pourquoi? parce que, lorsqu'ils ont commis les faits qui motivent l'accusation, ils devaient savoir que la loi, toute puissante, en cette matière, avait donné à la cour de cassation le droit de changer les juges par réglement, quand la paix publique l'exigeait, et que, par conséquent, c'était une chance légale à laquelle, eux accusés, ils seraient justement soumis (1).

Et si la loi a pu déléguer à la cour de cassation, dans certains cas prévus, le droit de changer les juges naturels des accusés, même après le délit commis qui donne lieu aux poursuites, et cela dans des vues d'ordre et d'intérêt public, à plus forte raison la loi elle-même, avant les délits commis; ce qui évite jusqu'à l'apparence de la rétroactivité, a-t-elle le droit de régler et organiser l'ordre des juridictions, en leur imposant les modifications que réclame la sécurité de l'État.

La charte dit « que nul ne peut être distrait de ses juges naturels. »

Il faut avant tout préciser le sens de cette disposition.

En premier point, la nature, dans notre ordre social, ne donne de juges à aucun citoyen. C'est la société, c'est la loi qui, dans l'intérêt de la société, fixe et règle les juridictions.

Le juge naturel d'un citoyen, c'est donc son juge légal, son juge donné par la loi, fixé, déterminé par la loi.

D'où il suit que lorsqu'une loi, proposée et votée cons-

(1) Si on objectait que la cour de cassation change les juges naturels des accusés, mais ne change pas l'ordre des juridictions, je répondrais qu'à cet égard la loi ne lui a délégué qu'une partie de sa puissance.

titutionnellement, a déterminé pour tel citoyen agissant
en telle ou telle qualité accomplissant tel ou tel acte, une
juridiction positive qu'il connaît d'avance, et à laquelle
sa qualité de citoyen l'oblige de se soumettre, cette juridiction est sa juridiction naturelle, légale, constitutionnelle.

Reste à savoir maintenant d'après quelle règle, d'après
quels principes, la loi doit régler ces juridictions naturel-
les, selon l'expression vulgairement employée, mais qu'on
devrait appeler sociales ou légales, si l'on voulait parler
exactement. Et remarquez bien que lors même que la loi
qui règle une juridiction serait vicieuse, elle n'en serait
pas moins obligatoire jusqu'à ce qu'elle eût été réformée.

Le principe social, philosophique, rationnel, c'est que la
juridiction pénale doit être réglée de manière à être en
harmonie avec la nature de l'infraction qu'elle doit punir; la juridiction civile avec la nature du contrat qu'elle
doit consacrer et ramener à exécution.

Car, remarquez que la juridiction militaire a été spécialement créée pour les militaires, non pas tant à cause
de leur qualité personnelle, qu'à cause des actes qu'ils
commettent par l'effet de cette situation personnelle. C'est à
cause de la nature de ces actes, de leur promptitude, de
leur danger, des armes avec lesquelles ils peuvent être
instantanément triomphants, qu'on a créé une juridiction
spéciale et prompte pour que la pénalité fût en harmonie
avec la nature des infractions.

D'où il suit que, lorsqu'un accusé civil a participé à
un complot militaire, a employé, a excité la force militaire, s'est fait lui-même militaire par la nature de l'acte

qu'il a tenté, il y a là même raison de le placer sous cette juridiction.

La loi qui disposerait ainsi, serait donc conforme à la nature des choses, au principe fondamental des juridictions, et, de plus, elle ne violerait certainement pas la charte; car la charte dit bien que nul citoyen ne doit être distrait de ses juges naturels, mais elle ne précise pas, pour chaque infraction sociale, quels sont ces juges naturels, elle laisse ce soin à la loi. C'est la juridiction que la loi établit, qui devient la juridiction naturelle, dont l'inviolabilité est garantie par la charte.

Il n'est pas vrai que la qualité personnelle soit la règle infaillible, immuable, nécessaire, des juridictions. D'abord la charte n'en dit pas un mot, et de plus, l'usage de tous les temps prouve que la même personne peut avoir bien des espèces de juges naturels, selon la nature de l'acte qu'elle accomplit, et selon la qualité qu'elle assume volontairement en l'accomplissant.

Ainsi, vous, citoyen, vous faites un acte de commerce, vous signez une lettre de change; les juges de commerce sont vos juges naturels.

Vous signez un contrat civil, le tribunal civil et la cour royale sont vos juges naturels.

Vous commettez un délit correctionnel, les juges correctionnels sont vos juges naturels.

Vous commettez un meurtre, un crime civil, les jurés sont vos juges naturels.

Enfin, achevez le tableau, vous commettez un crime militaire, vous prenez les armes, vous faites usage des armes, vous vous joignez à ceux qui portent les armes, et tous, collectivement, vous agissez militairement contre

l'État; eh bien! la loi fera une chose logique, sage, constitutionnelle, en vous donnant les juges militaires pour
juges naturels.

Ici l'on a voulu distinguer les crimes des militaires contre la discipline, de ceux qu'ils commettent contre la sûreté
de l'État, et l'on voudrait que les tribunaux militaires ne
fussent institués que relativement à ce qui touche la discipline. — Eh bien! je ne crains pas de le dire, c'est une
erreur immense, inexcusable, et l'on abuse d'un principe
vrai pour en tirer une conséquence absurde et contradictoire.

En effet, pour leurs actes civils, les militaires peuvent
être renvoyés aux tribunaux civils. Un contrat de ma-
riage, un contrat de vente, un partage de succession, dans
les effets qui en résultent, ressortissent des tribunaux civils, malgré la qualité militaire des parties. Et pourquoi?
C'est que cette qualité militaire ne change en rien, n'altère en rien, n'aggrave en rien la nature de ces actes, la
nature de ces contrats.

Mais quant aux faits criminels, aux attentats contre
l'État, la qualité militaire du crime en augmente considérablement le danger et aggrave la culpabilité de ceux qui
le commettent. Et pourquoi? Parce que les moyens employés sont infiniment plus actifs, plus foudroyants, plus
désorganisateurs. Il n'y a rien de plus logique que de
renvoyer aux tribunaux civils les actes civils des militaires. Mais tout ce qui est crime par les armes n'a plus
rien de commun avec l'action civile, et nécessite une répression plus prompte et plus forte. C'est à cette exigence
sociale que la loi doit pourvoir.

En résumé, la charte ne fixe pas les juges naturels des citoyens.

Cette fixation appartient à la loi constitutionnellement votée.

Elle peut, elle doit être réglée d'après la nature des délits et crimes qui sont commis, et d'après la qualité que les citoyens assument en les commettant.

Les juges ainsi fixés sont les juges naturels des citoyens; et la loi qui dirait au citoyen : — Si tu attaques l'État les armes à la main, et si tu te joins aux militaires qui attaquent la sécurité de l'État, je te déclare militaire, je te traite en militaire, et je te donne les juges militaires pour juges naturels, ferait une chose juste, utile, et qui ne violerait aucune disposition quelconque de la charte.

Et, de son côté, le citoyen qui serait prévenu officiellement, par la loi, qui saurait avant d'agir la conséquence légale de l'acte qu'il va commettre, qui saurait que la conséquence de cet acte est de lui donner les juges militaires pour juges naturels, quel droit aurait-il de se plaindre? S'il ne veut pas que la loi l'atteigne, pourquoi l'enfreint-il? S'il ne veut pas être traité en militaire, pourquoi prend-il les armes? S'il ne veut pas que la juridiction légale l'associe aux militaires pour le punir, pourquoi s'associe-t-il lui-même aux militaires pour conspirer?

En vérité, plus je tourne, plus je retourne cette question, sous toutes ses faces, moins je puis concevoir les déclamations sophistiques dont on se plaît à l'entourer.

La loi est donc libre, souveraine, elle peut régler les juridictions selon la nature des cas à juger, et la loi que nous invoquons, contre les révoltes armées, serait parfaitement constitutionnelle. — Si la loi antérieure n'était pas assez positive, on a pu la contester, mais certainement rien au monde dans la charte ne s'oppose à ce qu'on fasse, sur ce sujet, une loi claire et positive.

Je crois qu'il ne peut rester aucun doute sur cette question, et je continue.

N'ayant rien à objecter sur le fond de la question, on a inventé une objection préjudicielle tout-à-fait merveilleuse à laquelle nous allons donner un moment d'attention.

On convient bien que la nature militaire du crime peut faire attribuer aux citoyens les tribunaux militaires pour juges naturels ; mais on dit : — Les accusés civils n'étant pas militaires personnellement, n'étant pas inscrits sur le contrôle d'un sergent-major, il n'y a rien de fixe et de précis pour servir de base à la compétence. On leur opposera la nature du délit!..... Ils nieront le fait, et diront qu'ils ne l'ont pas commis. Dès-lors comment le conseil de guerre pourra-t-il reconnaître lui-même sa compétence?

Certes, il serait fort commode à un accusé de n'avoir qu'à nier le fait qui lui est imputé, pour échapper à la juridiction que la loi établirait pour la nature de ce fait.

Mais, en bonne conscience, comment ose-t-on présenter un pareil argument? N'est-il pas reçu que toutes les fois qu'un accusé décline la compétence d'un tribunal, c'est ce tribunal, quel qu'il soit, qui est juge du déclinatoire? Eh bien! le conseil de guerre ferait alors ce qui se fait toujours : il ferait ce que fait une chambre d'accusation; il ne jugerait pas le fond, mais il examinerait si de la nature même des faits, si de la nature même des évènements, il résulte, non pas que les prévenus soient coupables, mais accusables de telle ou telle nature d'acte, et alors il prononcerait, en conséquence, sur sa propre compétence. L'objection serait bonne si la compétence découlait ici de la qualité personnelle des accusés ; mais comme elle découle de la nature même des actes, elle n'a pas besoin d'un rôle indicatif des personnes, elle est naturellement livrée à l'appréciation du juge, sauf le recours à la hiérarchie supérieure, ainsi que cela est de règle partout.

Maintenant, examinons si le système que je propose atteindrait le but, s'il serait de nature à rétablir la confiance en donnant au gouvernement un moyen de répression efficace.

Cela souffre, je crois, peu de difficulté ; ou il faut convenir que ce moyen serait efficace, ou bien qu'aucun moyen ne saurait l'être. Or, je ne raisonne pas pour ceux qui désespéreraient ainsi de la cause nationale.

Ce moyen serait une législation facultative qui, d'après moi, serait plus efficace qu'une législation obligatoire contraignant le gouvernement à renvoyer toutes les causes semblables aux conseils de guerre.

Il y a à cela deux raisons :

D'abord, en thèse générale, c'est une preuve de confiance dans la sagesse du gouvernement et dans sa justice, que de voir les assemblées politiques lui accorder une telle faculté. Cette preuve de confiance, seule, donnerait déjà une grande force au pouvoir, tandis que les chicanes qui lui sont faites par ceux qui semblent lui accorder, à regret, un peu de liberté dans ses déterminations, l'ébranlent, le mettent en suspicion, et détruisent à l'avance la force morale du peu de coërcition légale qu'on lui accorde parcimonieusement. Les factions ne redoutent pas beaucoup un gouvernement que les assemblées parlementaires traitent ainsi.

Ensuite, il est des cas où le jury offrirait une répression suffisante pour les crimes même complètement militaires contre la sûreté de l'État. Tout dépend de la nature des faits, de l'élan des esprits, des circonstances locales. La loi, quoi que vous fassiez, sera toujours impuissante à tout prévoir. Eh bien! dans les cas où le gouvernement jugerait que la répression, par le jury, est suffisante, pourquoi ne pas lui laisser la faculté d'y recourir? Il suffit qu'il ait la faculté d'une juridiction plus forte, pour améliorer beaucoup l'état des choses. Laissez donc à sa libre appréciation l'usage qu'il lui conviendra d'en faire.

Il y a d'ailleurs à cela une grande raison politique, et vraiment libérale; celle-là, vraiment protectrice des citoyens contre les abus possibles de l'autorité : c'est que la faculté de faire ou de ne pas faire usage des juridictions militaires, augmentera beaucoup la responsabilité ministérielle pour le cas où le gouvernement se déterminera à recourir à ces juridictions. Si la loi qui les établit était obligatoire, il ne répondrait de rien que de son exécution; mais si elle est facultative, il sera responsable de la détermination qu'il prendra de l'appliquer. Alors, il sera naturellement porté à peser les faits avec gravité, avec une profonde attention; il n'aura recours aux juridictions militaires que dans les cas absolument urgents, impérieux; il ne se hasardera pas légèrement à prendre une détermination dont la loi lui laissera la faculté, mais qu'elle ne lui imposera pas : détermination dont il lui faudra d'ailleurs publiquement rendre compte, en face du pays, aux chambres assemblées. — Si l'on n'est pas rassuré par là contre les abus possibles d'une telle législation, si à ces conditions on ne veut pas donner au gouvernement la force répressive que tous les gouvernements, jusques à celui-ci, ont prise d'eux-mêmes quand la loi ne la leur donnait pas, alors, je suis fâché de le dire, mais on fera preuve d'une incohérence fatale, car on voudra que le gouvernement soit actif et fort, en même temps qu'on lui refusera les moyens d'action et de force.

CHAPITRE XI.

Application des principes qui précèdent à l'état de siége.

La loi sur l'état de siége ne doit pas renfermer de germe de conflits de juridiction, qui exposeraient à voir les juridictions inférieures suspendues par la juridiction militaire, et cependant celle-ci encore soumise à la juridiction civile dans ses degrés supérieurs. Cela est absurde. Avec l'état de siége, conformément à la loi, il faut que toute juridiction civile cesse, celle de la cour de cassation comme celle des tribunaux inférieurs, bien entendu pour le genre de faits qui motivent seuls la mise en état de siége. Sans cela, la législation serait impuissante; tout le gouvernement politique de l'État, dans les moments de crise, se concentrerait dans quelques juges de la cour de cassation, qui seraient plus puissants à eux seuls que tout le corps politique de l'État. Ou il ne faut pas de législation sur

l'état de siège (et alors le gouvernement, dans un moment
de danger, se sauvera comme il le pourra ; car très-certainement il emploiera la force, qu'on le veuille ou non,
plutôt que de se laisser bénévolement détruire par la force),
ou, dis-je, il ne faut pas de législation sur la mise en état
de siège, ou il faut en bannir la dangereuse anomalie dont
il s'agit. La juridiction civile ne peut pas être supprimée
dans les rangs inférieurs, et subsister simultanément dans
ses degrés les plus élevés.

Je n'entends point faire ici l'éloge de la législation de
l'état de siège, telle qu'elle existe ; une loi de 91, des actes révolutionnaires, un décret impérial, forment, je ne
le nie point, un ensemble fort baroque et peu constitutionnel. Si, lors des évènements de 1831 et 1832, le ministère a voulu se servir de cette législation, dont l'opposition avait déjà, sans le moindre scrupule, réclamé l'application aux départements de l'Ouest, c'est qu'il n'en avait
pas d'autre, et que, dans un cas pressant, on se sert de ce
qu'on a, bon ou mauvais. Mais on peut refaire et régulariser cette législation par les voies constitutionnelles ;
c'est un droit, c'est un devoir : c'est donc du principe de
cette législation et de sa bonne réalisation que je parle, et
non pas des anomalies du passé.

Mais c'est précisément ici que le parti démocratique
embouche le porte-voix parlementaire, et fait retentir,
d'un bout de la France à l'autre, ces menaçantes paroles :
—Consacrer l'état de siège par la législation nouvelle !...
c'est rétablir l'article 14 de la charte, c'est avoir recours
aux lois d'exception, c'est violer la charte de 1830 en pri-
vant les citoyens de leurs juges naturels qu'elle leur a pour
toujours assurés. Ainsi, vous dépouillerez les citoyens de

toutes leurs garanties, et vous les livrerez, sans défense, aux coups de la force violente et brutale!

Certes, s'il en était ainsi, nous serions de grands misérables, de grands criminels! Et quant à moi, qui ai dévoué toute ma vie à la poursuite de la liberté, moi qui ai consacré ma plume à la défense des droits politiques et civils qui lui servent d'égide et de rempart, je serais donc tout-à-coup saisi d'une aberration bien merveilleuse et bien prompte, puisque je me ferais le champion subit et désintéressé de l'arbitraire, du despotisme et de la violence!

Cela serait étrange, en effet. J'espère qu'après avoir lu ces lignes, mes concitoyens porteront un autre jugement sur la cause que je défends.—Examinons donc rapidement les arguments que l'on oppose à la loi sur l'état de siége.

Consacrer l'état de siége par la législation, c'est rétablir l'article 14 de la charte, a-t-on dit. Cette assertion n'a pas de sens.

L'état de siége sera le résultat d'une loi faite constitutionnellement par les trois pouvoirs. Le roi n'interviendra par ordonnance que pour l'exécution de cette loi, ainsi qu'il le fait pour toutes les lois possibles, et l'exécution de cette loi ne sera relative qu'à un genre de faits définis et spécifiés par elle. — Quel rapport cela a-t-il avec l'article 14, où l'on voulait puiser le droit de modifier l'organisation sociale, sous tous ses aspects, dans toutes ses branches, sans lois, contre les lois, par la seule volonté du roi, faisant des ordonnances, non pour l'exécution des lois, mais pour la destruction des lois?

L'expression de *juges naturels*, ainsi que je l'ai démontré, doit donc s'entendre par celle-ci : *les juges légaux*, les juges donnés par la loi, loi faite, délibérée, promulguée avant le fait qu'elle doit régir, de telle sorte que toujours chaque citoyen puisse savoir à l'avance sous quelle juridiction il sera placé, s'il revêt tel caractère, s'il commet telle action, s'il viole telle loi.

Voilà les principes d'ordre et de liberté sur lesquels toute la société repose.

Mais la société elle-même est sujette à deux grandes modifications : son état normal, son état d'union, son état de paix ; ou bien, son état de perturbation, son état de lutte, son état de guerre interne.

Nous, qui voulons que les lois de la société marchent par analogie des modifications sociales elles-mêmes, nous croyons que la grande loi organique qui établit les juridictions, et qui, par conséquent, attribue à chaque citoyen ses juges naturels, nous croyons, dis-je, que cette loi doit tenir compte de l'état de paix interne ou de l'état de guerre intérieure, et régler les juridictions en conséquence, afin que, dans l'un ou l'autre cas, la société soit régie par des juridictions analogues à ses besoins.

De là, nous faisons découler la législation de l'état de siége (qui serait plus convenablement nommé *état de guerre*), non pas pour enlever les citoyens à leurs juges naturels, mais, au contraire, pour donner à la société qu'ils composent la protection de ses véritables juges naturels, — la société en état de guerre devant avoir d'autres juges que la société en état de paix.

La loi qui établira l'état de siége doit donc être basée sur ce principe : — que lorsque la société, les lois, le gouvernement, sont attaqués par la force, quand des fac-

tieux se réunissent en bandes armées, se forment en corps,
assiégent l'intérieur ou l'extérieur de la cité, se barrica-
dent, s'embusquent, se retranchent, tirent sur les troupes
de ligne et sur la garde nationale, guidées par les magistrats pour la défense des lois, — alors, il y a état de guerre;
alors les citoyens qui agissent ainsi abdiquent leur qualité d'hommes civils, ils revêtent la qualité d'hommes militaires. La loi l'annoncera, le proclamera hautement,
d'avance, et pour toujours. La loi déclarera militaires tous
ceux qui se feront militaires contre elle. C'est donc volontairement, sciemment que, changeant eux-mêmes leur
qualité d'hommes civils pour la qualité d'hommes de
guerre définie par la loi, ils deviendront soumis à la juridiction militaire; et les traduire devant les conseils de
guerre, ce sera les traduire devant leurs juges naturels.
Le pouvoir n'interviendra que pour déclarer l'application
de la loi, et pour en subir la responsabilité dans la session suivante des chambres, ainsi que je l'ai déjà expliqué.

En posant ce principe pour base de la loi, tout est régulier, constitutionnel, conforme à la charte, et toutes les
objections s'évanouissent.

Restera à examiner si une loi, ainsi conçue, est bonne,
utile, nécessaire. Je me prononce affirmativement sur tous
ces points, et je dis qu'une loi, ainsi faite, sera l'expression d'un besoin social incontestable : j'ajoute qu'une telle
loi sera éminemment protectrice de la liberté publique.

Le besoin social est incontestable. Les troubles qui se
sont produits en France, depuis 1830, indiquent clairement la tendance d'une certaine masse d'opinions hostiles
qui veulent avoir recours, non aux lois, mais à la force

des armes contre les lois. Les doctrines anarchiques, dont la presse opposante empoisonne le peuple, ont évidemment pour effet de le disposer partout à des commotions de ce genre : prévoir la répression éventuelle des malheurs que peut enfanter, dans l'avenir, cette tendance coupable, est donc à la fois un droit et un devoir pour le législateur. Cela est non-seulement dans l'intérêt de la société, qui a besoin de protection contre ces désordres réitérés, mais cela est dans l'intérêt de ceux-là même dont on prévient ainsi les desseins coupables. Avertis de la répression qui les atteindra, s'ils écoutent les factions qui cherchent à les séduire, il est infiniment probable qu'une grande partie d'entre eux ne s'exposera pas à braver un gouvernement fortement armé par la loi : la loi, comme mesure comminatoire, suivie d'effet, s'il est nécessaire, sera donc déjà un grand bien.

Vainement les philanthropes opposants se livreront-ils à toute leur sensiblerie de commande, et s'écrieront-ils que l'on ôtera ainsi aux citoyens les garanties du jury ! —A qui voulez-vous donner cette garantie, insensés? A la guerre civile, aux factions homicides, à la révolte, qui, foulant aux pieds toutes les lois, remplit la cité de deuil et de sang?... Est-ce un moyen d'encouragement que vous voulez lui laisser, afin qu'elle soit plus facilement tentée de recommencer ses saturnales?... Non, sans doute, nous ne voulons pas laisser de garanties à de tels actes. C'est au contraire à la société, à la liberté publique que nous voulons donner des garanties contre les émeutes et la guerre civile, et c'est précisément pour atteindre ce but que nous réclamons la juridiction qu'elles ont rendue nécessaire.

On dirait, en vérité, que l'on a peur que la région du

désordre soit trop étroite, trop restreinte, trop limitée?
Par malheur, il y aura encore un vaste champ d'attentats
politiques qui n'autoriseront en rien la déclaration de l'é-
tat de siége. Les conspirations isolées, les complots épars,
tous les crimes qui ne se résoudront pas en commotion
guerrière, étendue et violente, resteront encore en dehors
de la législation nouvelle, et l'activité dévorante des factions aura bien de quoi se repaître. Raison de plus pour
lui enlever, au moins, la faculté de dévaster nos champs,
d'assiéger nos demeures, et de nous fusiller dans les rues !

Il ne faut qu'un peu de réflexion pour voir que dans
ces grandes commotions de la force rebelle armée et en-
régimentée, le jury n'est plus qu'une juridiction insuffi-
sante, illusoire, souvent même impossible, et ridicule par
l'évidence de cette impossibilité. Prenons un exemple. —
Nous voici dans la Vendée. Supposons qu'elle devient ce
que déjà nous l'avons vue. J'espère qu'il n'en sera point
ainsi, mais néanmoins il ne faut pas tenter la destinée. Il
vaut mieux prévoir le mal, dût-il ne pas se réaliser entièrement, que se laisser envahir par lui, faute de précau-
tion. — Supposons donc des bandes armées, des localités surprises, des villes recélant des conspirations inté-
rieures, d'accord avec les chouans qui les assiégent au
dehors. Admettons que les communications soient mal
sûres ou interrompues, que certaines localités soient successivement occupées par des partis divers, — que l'on m'ex_
plique, de grâce, comment dans de tels cas les formes judiciaires, leur lenteur, le tout prédominé par le jury, of-
friront à l'autorité publique les moyens nécessaires pour
la résistance? Comment fera-t-on juger les délits intérieurs lorsque le jury sera peut-être composé des compli-

ces de l'ennemi? Comment suivra-t-on les délais de la loi
ordinaire, quand la rapidité des évènements ôtera la possibilité d'attendre, de telle sorte que les ennemis intérieurs
auront eu le temps d'être délivrés par ceux du dehors, et
d'égorger les citoyens avant que l'on ait eu le temps de les
traduire à d'impossibles assises? Que l'on m'explique où l'on
trouvera, dans de tels moments, un peuple de jurés assez
fermes pour donner secours à la loi, quand chaque juré
saura qu'à son retour dans ses foyers il courra le risque
d'être égorgé par les complices de ceux qu'il aura condamnés? Certes, dans l'état normal et régulier de la société, le
jury est une institution sublime, précisément parce qu'elle
tempère ce que la justice fixe d'un tribunal aurait de trop
rigoureux. Mais au milieu de la guerre civile et des commotions armées, le jury n'est plus qu'une mauvaise plai-
santerie, une simagrée illusoire de répression impossible :
quand la société est calme et paisible, lorsqu'elle suit son
cours régulier, lorsqu'on juge les crimes ordinaires, le juré
ne monte pas à la brèche en montant sur son banc, il ne
s'expose pas aux poignards, sans défense et sans armes. Et
ne voit-on pas qu'il est mille fois plus pénible à la nature
humaine de braver ainsi la mort, que de combattre au coin
des rues les armes à la main? On trouvera plutôt mille
gardes nationaux pour faire le coup de fusil, que douze
jurés qui jugeront de sang-froid sous le coup des factions
converties en émeutes et en guerres civiles! — Sur les douze,
il faudrait huit héros pour que la rebellion ne fût pas
assurée de l'impunité; et sur les huit, si un seul fléchissait,
tout le courage des sept autres ne servirait plus à rien!...

Et quand j'admettrais même que le jury offrirait, dans
ces cas extrêmes, une répression réelle, cela n'aboutirait en-

core à rien, parce que les masses soulevées sont imbues de, l'opinion contraire. Or, l'essentiel n'est pas tant que les factieux soient punis, que de les bien convaincre qu'ils le seront; car c'est de cette conviction seule que naîtra le découragement qui doit les porter à se soumettre. Ce n'est pas le fait matériel du châtiment une fois prononcé qui importe au rétablissement de l'ordre; c'est la crainte antérieure et profonde de ce châtiment, l'idée qu'il est inévitable, la certitude que les coupables en seront atteints, qu'il faut faire pénétrer dans les masses agitées. Or, pour cela, le jury est radicalement impuissant, et l'état de siége souverainement efficace.

De quelque côté que l'on considère donc cette grande question, on aboutira toujours à ces deux éternelles vérités : d'abord, que c'est la loi qui fixe les juridictions, qu'elle a le droit de les établir telles qu'il faut qu'elles soient pour le plus grand bien de la société, et que les juges, ainsi déterminés par elle, sont les juges naturels des citoyens. Ensuite, que la société est elle-même soumise à deux modes généraux d'existence, son état normal ou de paix intérieure, son état de lutte armée ou de guerre interne, et que cette grande division de l'existence sociale doit entrer comme élément dans la loi organique qui établit les juridictions; que chacun travaille dans son esprit sur ces deux bases principales, constitutives de l'État; qu'il les féconde par les réflexions de son patriotisme, de son amour des lois, de l'ordre, de la liberté véritable, et j'ose croire que la cause que je défends sera gagnée aux yeux de tous les bons citoyens.

Oui, c'est l'amour de la liberté véritable que j'invoque dans cette cause. Une grande bataille se livre entre les

gouvernements qui protégent cette liberté, et les factions
qui l'attaquent : armerons-nous le pouvoir pour qu'il
nous défende, ou bien lui demanderons-nous, insensés et
criminels à la fois, lui demanderons-nous secours et protection, en lui refusant nous-mêmes la force légale dont
il ne peut se passer, et qu'il ne veut, qu'il ne peut recevoir que de nous seuls? Voyez ce qui se passe dans cette
atmosphère, épuisante de doute et d'incertitude, qui rend
toute existence vacillante et précaire : le pouvoir s'affaiblit
par ses victoires, parce qu'après chaque mêlée, croyant
follement que tout est fini, on l'abandonne à lui-même,
comptant que l'on a assez fait parce qu'on l'a aidé à
ne pas mourir.... Il faut le faire vivre!.... Il faut lui
donner cette force pleine et agissante, devant laquelle se
courberont les factions découragées! Il faut que nous
soyons tous bien convaincus que le pouvoir constitutionnel, tel qu'il est établi en France, de nos jours,
ne peut et ne veut rien faire contre la liberté. — La liberté!..... les factions seules la compromettent, l'attaquent, l'assiégent! — Plus nous donnerons au pouvoir
de force contre elles, plus nous serons libres. — Mais si,
poussés par une méfiance stupide, nous marchandons avec
lui, refusant le nécessaire à la liberté, et réclamant pour
elle un superflu de garanties mal entendues dont elle n'a
que faire, alors cessons de nous plaindre, et préparons
nos bras pour l'esclavage. J'ignore d'où sortira la tyrannie ; mais soyez certains qu'elle ne se fera pas attendre
vainement!

CHAPITRE XII.

De la Compétence des Tribunaux Militaires.

—

C'est une bien grande erreur que d'appliquer aux choses politiques les règles du droit civil. Cette erreur devient vraiment impardonnable quand on donne une fausse interprétation à des maximes du droit civil, qui déjà ne seraient pas applicables par elles-mêmes.

Pour motiver le renvoi des conjurés militaires devant le jury, les légistes dont nous combattons les erreurs fatales, raisonnent ainsi :

La juridiction militaire, disent-ils, est une juridiction exceptionnelle. Elle n'est compétente que pour les militaires.

La juridiction des assises, au contraire, est de droit commun : elle est donc compétente pour tous les citoyens.

Si donc, dans le même crime, il y avait des coupables militaires et des complices civils, et qu'on les fît juger tous par les tribunaux militaires, on enlèverait les accusés civils à leurs juges naturels; au lieu qu'en les renvoyant tous devant les assises, les accusés militaires seront encore devant un tribunal compétent pour eux, puisqu'il est de droit commun pour tous les Français.

Et c'est sur ce pitoyable sophisme, sur ce mauvais jeu de mots, que l'on hasarde, que l'on compromet la destinée de l'État, et qu'on laisse sans garantie, contre l'insurrection militaire, précisément la société civile, que l'on semble vouloir protéger !

Je dis, en effet, que ce raisonnement, dont les juris-

consultes de l'opposition sont si prodigieusement satisfaits,
n'est qu'une confusion dans les termes, une pétition de
principes, un renversement de toute bonne logique.

Qu'est-ce qu'une juridiction de droit commun?

Qu'est-ce qu'une juridiction exceptionnelle?

Évidemment, les deux choses sont corrélatives. En droit
criminel, quand on dit juridiction de droit commun, on
ne dit pas pour cela une juridiction universelle pour tous
les Français, en quelque qualité qu'ils aient agi; car, s'il
en était ainsi, il n'y aurait plus place pour aucune juridiction exceptionnelle dans l'État.

C'est que le mot juridiction exceptionnelle est très-
inexactement employé en parlant des conseils de guerre.
— Ces conseils sont une juridiction spéciale pour les militaires. Mais *spécial* et *exceptionnel*, je l'ai déjà dit, ne
sont pas deux termes synonymes. Tout citoyen qui, selon
la position légale qu'il occupe dans l'État, comparaît devant la juridiction attribuée à cette position, devant la
juridiction attribuée à la qualité de l'accusé; tout citoyen,
dis-je, est alors devant la juridiction qui est pour lui le
droit commun. Quand, dans une circonstance prévue, on
l'enlève à cette juridiction pour le faire comparaître devant une autre juridiction, alors celle-ci devient pour lui
une juridiction exceptionnelle.

Regardez donc comme certain que la juridiction des
conseils de guerre est le droit commun pour les militaires, et que la juridiction des assises serait pour eux, si
on les y faisait comparaître, le droit exceptionnel.

Réciproquement, la juridiction des conseils de guerre
serait exceptionnelle pour les accusés de l'ordre civil, et
la juridiction des assises est pour eux le droit commun.

On ne peut donc pas dire, d'une manière absolue, iso-
lée, que telle juridiction criminelle est de droit commun,
que telle autre juridiction criminelle est exceptionnelle.
Ce grand argument de palais qu'on nous oppose, n'est,
en soi, qu'une subtilité fausse, une véritable logomachie.
Pour savoir si une juridiction criminelle est de droit
commun, il faut savoir quelle est la qualité de l'accusé et
la nature du délit qui lui est imputé. Quand il est question d'un militaire accusé de crime militaire, le conseil de
guerre est évidemment le droit commun. La juridiction
civile, non-seulement en ce cas serait exceptionnelle, mais
le simple bon sens suffit pour juger qu'elle devrait être
déclarée incompétente, non-seulement en raison de la personne, mais encore en raison de la matière; incompétence
que rien ne peut couvrir.

D'ailleurs dans le soldat il y a deux personnes distinctes :
le citoyen français et le militaire :—les actes du militaire
ressortissent au conseil de guerre, mais les actes civils, ceux
qu'il fait en qualité de citoyen, quoique parfois soumis à
des formalités particulières pour leurs conséquences civiles, ressortissent à la juridiction civile.

Eh bien! par analogie, les actes civils des simples citoyens restent bien dans la juridiction civile, mais les actes militaires qu'ils commettent doivent les mener devant
la juridiction militaire, de même que les actes civils des
militaires conduisent ceux-ci devant la juridiction civile.

Il est universellement reconnu que la juridiction civile est impuissante contre les crimes militaires; et il
faut bien que l'on en convienne, puisque c'est cette impuissance même qui a motivé l'établissement d'une juridiction spéciale pour l'armée; il faut bien que l'on en con-

vienne, puisque si l'on soutenait, au contraire, que la juridiction civile est suffisante pour assurer la discipline de
l'armée et sa subordination, sans laquelle il n'y aurait
plus de paix civile dans l'État, la première conséquence
de cette assertion serait qu'il faut détruire le code militaire et les conseils de guerre : progrès de philanthropie
dont je me plais à croire que l'opposition est incapable
jusques à présent. En vertu de quelle logique veut-on
donc soutenir que la juridiction militaire n'est pas applicable aux simples citoyens qui se transforment en militaires, attaquent l'ordre établi à main armée, et lui font
courir tous les dangers que l'on a voulu prévenir par
l'institution des conseils de guerre?

D'après la jurisprudence consacrée, en effet, il faut
faire partie de l'armée pour être justiciable des conseils
de guerre. Bien plus, lors même qu'au nombre des auteurs d'une conspiration militaire, se trouveraient des individus appartenant à l'armée, s'ils ont quelques complices non militaires, cela suffit pour que les conseils de
guerre ne soient plus compétents.

Tel fut le cas des instigateurs du mouvement de Strasbourg. Ces instigateurs, tous militaires, portaient tous
l'uniforme militaire, ne cherchaient à embaucher que des
militaires. En un mot, leur conspiration avait le caractère le plus militaire qu'on puisse imaginer. Mais voilà
qu'à leur tentative s'était associée une femme : cela suffit
pour annihiler la compétence du conseil de guerre. Le
caractère civil de cette femme l'emporta sur le caractère
tout militaire des chefs du complot, tous appartenant à
l'armée, et qui aidaient Louis Bonaparte à insurger nos
soldats !

C'est là une anomalie tellement choquante, qu'elle fait toucher du doigt les vices de l'arrêt de 1832. Mais une autre circonstance rend cette anomalie encore plus palpable.

Il y a eu, à Vendôme, une mauvaise contrefaçon de la conspiration de Strasbourg. Le but était le même, mais les personnages qui y figuraient étaient beaucoup moins importants que les complices de Louis Bonaparte. Il n'y avait là ni prince, ni colonel : le chef du mouvement était un simple brigadier ; le foyer de la sédition était une guinguette. L'exemple venait donc de beaucoup moins haut, et avait beaucoup moins de chance d'être contagieux. Cependant la loi militaire fut appliquée à ceux-là dans toute sa rigueur par un conseil de guerre, tandis que les chefs de la conspiration de Strasbourg, qui avaient pris l'initiative, qui avaient donné l'impulsion, et dans la conduite desquels il était entré plus d'intelligence, plus de préméditation, plus de culpabilité réelle, furent acquittés par les passions ou les frayeurs d'une juridiction locale que le hasard seul avait formée.

Cela est-il équitable? Cela est-il raisonnable? Et n'a-t-on pas donné une espèce de prime de garantie aux embaucheurs ou conspirateurs militaires, lorsqu'on a décidé qu'il leur suffirait de s'adjoindre un homme n'appartenant pas aux drapeaux, ou seulement une femme, pour échapper à la sévérité d'un conseil de guerre?

Combien il eût été plus juste de reconnaître que le caractère du crime ou du délit pouvait seul déterminer le caractère de la compétence; que, de même qu'en faisant acte de commerce on devient justiciable des tribunaux de commerce, de même en faisant acte de guerre on devrait

devenir justiciable des conseils de guerre! Certes, ce n'eût
point été violer la disposition de la charte qui veut que
nul ne soit distrait de ses juges naturels; c'eût été, au
contraire, la consacrer dans son sens le plus rationnel,
car il est évident que les juges naturels sont ceux qui
n'évoquent que les procédures placées par la loi dans la
sphère de leurs attributions. Or, croit-on que des jurés
et des magistrats civils fussent des juges bien naturels
pour le colonel Vaudrey, le commandant Parquin, les
officiers allemands ou suisses qui accompagnaient Louis
Bonaparte, et les sous-officiers du 4ᵉ régiment d'artillerie
qui eurent la faiblesse de répondre à leur appel? (1)

CHAPITRE XIII.

De la Disjonction des causes, lorsque le même attentat a été commis par des citoyens de l'ordre civil et par des militaires.

On a proposé (en 1837) une loi qui décidait que, dans
le cas où le même attentat serait commis contre la sûreté
de l'État, par des citoyens de l'ordre civil et par des militaires, les accusés civils seraient renvoyés devant le jury,
et les accusés militaires devant le conseil de guerre.

Ce projet n'avait rien d'inconstitutionnel.

_____

(1) Les sociétés populaires qui préparèrent et effectuèrent l'insurrection lyon-
naise, dans un catéchisme militaire qu'elles publiaient pour séduire les soldats,
leur promettaient l'abolition des conseils de guerre, et l'établissement d'un jury
nommé et pris parmi les soldats pour juger les accusations portées contre eux
par les officiers!!! Que l'on juge par là quelles sont les intentions du parti démocratique!... Et qu'on ne se dissimule pas qu'en bonne logique, si l'on admettait
les principes de l'opposition, c'est à ce dernier degré qu'il faudrait nécessairement descendre!...

S'il faisait une exception au principe de l'indivisibilité des causes où plusieurs accusés sont poursuivis pour avoir concouru au même fait, cette exception était, en elle-même, une chose assez simple; elle ne détruisait pas le principe de l'indivisibilité; elle prouvait seulement que ce principe peut souffrir une exception, et nous ne connaissons guère, ni en droit, ni en fait, aucune règle générale au monde qui n'ait au moins une exception. D'ailleurs, si cette exception eût été utile à la société, pour laquelle le droit civil lui-même a été créé, on aurait montré un véritable pharisaïsme, un rigorisme ridicule, en sacrifiant la société elle-même au maintien absolu d'un principe de droit civil.

Quant à l'exécution de la loi, elle présentait des inconvénients assez graves; mais aucun n'était d'une difficulté insoluble; aucun n'était de nature à devoir faire repousser la loi.

Parmi ces inconvénients, un seul était sérieux, c'est celui-là qui causait l'impuissance et l'inefficacité de la loi proposée.

Il y a, pour tout ce qui tient aux attentats politiques, exécutés au moyen de l'action militaire, une circonstance principale, essentielle, qui domine tout : c'est la promptitude de l'action qui doit nécessiter, à la fois, la promptitude et la certitude de la pénalité. Or, dans la loi dont il s'agit, la pénalité aurait été lentement appliquée, et souvent inapplicable, par l'effet même de la disjonction.

Car, quand le conseil de guerre aurait eu jugé et prononcé, dans les cas qui le nécessiteraient, la peine de mort contre les coupables, il aurait fallu, personne ne le contestait, l'opposition l'exigeait, le gouvernement le concédait, un sursis à l'exécution ou une commutation, pour que le militaire condamné pût comparaître comme témoin cité par les accusés civils, devant la cour d'assises.

Or, s'il y a commutation, la peine de mort est détruite pour la répression des conspirations militaires.

S'il y a sursis jusqu'après l'arrêt de la cour d'assises qui doit juger les complices civils, la peine de mort devient inapplicable.

Il est trop évident, en effet, qu'après toutes les lenteurs de l'information judiciaire, après les délais qu'elle nécessite, et que les accusés eux-mêmes, aidés par leurs avocats, ont le moyen de prolonger encore; après le pourvoi en cassation, non-seulement sur l'arrêt de renvoi, mais encore sur l'arrêt au fond; après le renvoi éventuel devant une autre cour d'assises, si l'arrêt de condamnation est cassé, il aurait fallu que les militaires déjà condamnés depuis long-temps, témoins voyageurs, allassent porter leurs dépositions orales de ressort en ressort, de département en département.

Or, après ces longs délais, croit-on que la sentence primitive du conseil de guerre eût pû être exécutée? Jamais... Et quand elle aurait été exécutée, à quoi eût-elle servi? A rien.

Car la partie la plus essentielle de la répression militaire, c'est la promptitude et l'infaillibilité. C'est là son attribut nécessaire, c'est pour ce but qu'elle est principalement créée. — Non que le roi ne puisse faire grâce, s'il le juge convenable, dans ces sortes d'affaires comme en toutes; mais il ne faut pas que cette grâce, purement éventuelle, soit au contraire prévue, nécessaire, convenue d'avance, rendue inévitable par la loi elle-même. Rien n'est plus dérisoire que de prononcer contre l'accusé militaire une sentence dont il est d'avance certain d'être exempté. L'intimidation est détruite à sa source même, et la poursuite devient une parodie.

Ainsi donc, par la loi de disjonction proposée en 1837, la peine de mort était virtuellement supprimée pour les conspirateurs militaires qui auraient eu un seul complice civil. — Et par une conséquence *a fortiori*, elle était supprimée aussi pour leurs complices civils. De sorte que ce grand changement à notre système criminel, ce changement qui aurait exigé tant de méditation, de réflexion et de travail d'esprit, se serait trouvé effectué épisodiquement, à propos d'une loi de disjonction, à propos d'un simple changement de juridiction. Et ce qu'il y a de plus étrange, de plus inouï, c'est que la loi qui devait produire infailliblement ce résultat, était destinée, disait-on, à réprimer plus sûrement les factions, et à leur imprimer une intimidation plus réelle, par la certitude de cette répression dont elle détruisait le principal mobile... J'ai peine, je l'avoue, à m'expliquer cette manière de procéder.

Que l'on remarque encore que renvoyer à une époque éloignée la punition des conspirateurs militaires, en outre que c'est la rendre à peu près impossible, c'est lui ôter aussi, d'une autre manière, son caractère d'intimidation; car, dans les factions agitées par l'espoir du succès au point de s'insurger par les armes, les conjurés ont toujours la croyance que leur parti triomphera. Si donc ils ont devant eux un long délai, même après que leur complot aura été déjoué et condamné, ils verront toujours, dans ce délai, le temps nécessaire au succès de leur cause, au triomphe de leurs amis, et à leur propre délivrance avec gloire et récompense pour leur dévoûment. Rien n'est plus capable d'exciter et de maintenir le fanatisme des opinions politiques et des partis qu'elles égarent.

Voilà les deux motifs qui rendaient ce projet de loi insuffisant et inefficace : c'est qu'il n'eût pas agi sur la confiance publique, d'abord; c'est, ensuite, qu'il n'eût pas donné les moyens d'une répression réelle.

A ce système, quel système aurait-il donc fallu substituer?

J'ai déjà fait connaître mon opinion sur ce point :

Je crois d'abord que, pour le cas des commotions violentes, les conjurations par les armes, des renversements entrepris à main armée, il ne faudrait pas créer une législation obligatoire pour le Gouvernement, mais qu'il faudrait lui confier une législation facultative. .

C'est-à-dire que, soit pour le cas d'évènements insurrectionnels comme à Paris, en juin 1832 et avril 1834, comme à Lyon, en 1831 et en 1834; ou bien encore pour les évènements comme celui de Strasbourg, où l'attentat est militaire, non-seulement par sa nature, mais encore par le concours personnel des militaires, il faudrait créer une législation spéciale que le gouvernement pourrait appliquer si les évènements lui paraissaient assez graves pour en nécessiter l'emploi; mais qu'il serait libre de ne pas appliquer si les évènements lui paraissaient de nature à n'exiger que l'application du droit ordinaire; — et dans l'un et l'autre cas, sous sa responsabilité et sous l'obligation de rendre compte aux chambres, à leur première réunion, et d'obtenir leur approbation.

Et cette législation ne serait pas temporaire, exceptionnelle, passagère. Non, elle serait durable, fixe, constitutive. Cette loi, comme toutes nos lois constitutionnelles,

ferait partie de la législation régulière et normale du pays.
— Seulement, le gouvernement serait juge des circonstances où il lui conviendrait de s'en servir. C'est ainsi
que j'entends l'union de la légalité et de la puissance arbitrale, sans laquelle le gouvernement est privé de la libre appréciation des faits auxquels il doit suffire et remédier avec les moyens qui lui ont été constitutionnellement
accordés.

Cette loi me paraît impérieusement exigée, précisément
parce que la révolution de juillet a fait à notre monarchie constitutionnelle des modifications qui affaiblissent
considérablement son action. Ce n'est pas la destruction
de ces modifications imprudentes, mais c'est le contre-
poids qu'elles nécessitent dans notre organisation politique.

En résumé :

La législation que j'indique peut être constitutionnellement votée ;

Les dispositions qu'elle contiendrait ne violeraient pas
la charte ;

Ce système serait efficace pour raffermir la confiance
publique dans le gouvernement, et pour lui donner ensuite les seuls moyens d'une répression réelle contre les
conjurations militaires ;

Enfin, la faculté laissée au gouvernement d'appliquer
la loi, n'aurait aucun danger pour la liberté des citoyens,
et, en augmentant, au contraire, la responsabilité du
gouvernement dans l'emploi de la mesure répressive, lui
imposerait la nécessité d'une plus grande sagesse, d'une
plus grande modération.

Sur le premier point, d'abord, il est évident que les
trois pouvoirs peuvent voter constitutionnellement une

mesure qui donnerait à la royauté agissant par ses ministres responsables, une coërcition facultative contre les
rebellions à main armée. Ce qui est obligatoire pour le
gouvernement, c'est d'avoir une loi qui l'autorise à agir ;
mais il n'est pas nécessaire qu'elle le contraigne à employer
les moyens qu'elle lui donne ; elle peut évidemment lui
laisser la faculté, selon l'appréciation des faits, d'employer
ces moyens spéciaux, ou de se borner à la législation ordinaire, s'il juge que les évènements survenus puissent
être ainsi suffisamment réprimés.

Secondement, je dis que la disposition facultative que
je demanderais pour le gouvernement ne violerait pas la
charte. Pour qu'on en puisse juger, la voici :

La faculté, en cas de conjuration à main armée contre
le gouvernement, de traduire, devant les conseils de guerre,
tout coupable et tout complice, quelle que fût d'ailleurs
leur qualité, civile ou militaire, sauf par le gouvernement
à rendre compte aux chambres, dans la session suivante,
du parti qu'il aurait pris et des motifs qui l'auraient déterminé.

Selon moi, le gouvernement est le seul bon appréciateur des circonstances, et lui laisser la faculté de cette appréciation est, pour l'État, un grand motif de sécurité,
ainsi que pour les citoyens une excellente garantie ; j'attache un grand intérêt à cette faculté : je voudrais qu'on
suivît une marche semblable, non-seulement en ces matières, mais encore pour la plupart des matières civiles,
administratives et commerciales.

Car, ainsi que je l'ai démontré, la puissance arbitrale
laissée au gouvernement peut seule assurer à la direction
de l'État une marche intelligente, et toujours appropriée

aux circonstances si diverses qui surgissent dans la vie des nations.

—————— ✦ ——————

CHAPITRE XIV.

Continuation du même sujet.

—

Dans la grande question qui nous occupe, c'est toujours le pouvoir social que nous voulons constituer, c'est toujours le pouvoir social que nos adversaires tendent à détruire. Pour rendre évident à tous les yeux cette perspective terrible, il ne faut que réfléchir aux vérités suivantes:

Il n'y a que trois solutions possibles à la difficulté :

Ou il faut joindre la cause civile et la cause militaire, et déférer le tout à la juridiction militaire;

Ou il faut disjoindre les causes, pour renvoyer les accusés civils devant la juridiction civile, et les accusés militaires devant la juridiction militaire;

Ou il faut laisser les choses comme elles sont, c'est-à-dire joindre la cause civile et la cause militaire, et renvoyer le tout au jury... au jury de Strasbourg, par exemple, s'il plaisait aux conjurés d'y porter de nouveau le siége de leurs opérations.

Les préjugés parlementaires se sont insurgés contre le premier parti, qui était le seul complètement rationnel et efficace.

Les préjugés parlementaires n'ont pas voulu du second parti, qui était incomplet; mais qui, malgré cela, donnait au moins quelques faibles garanties à l'ordre social.

Les défenseurs de ces préjugés ont donc voulu le troisième parti; c'est-à-dire qu'ils ont voulu confirmer purement et simplement une jurisprudence folle, subversive, inouïe dans les fastes de l'humanité, une jurisprudence qui détruit de fond en comble toute juridiction militaire, laissant aux conjurés militaires la faculté d'éluder cette répression en s'associant un conjuré civil, mâle ou femelle, peu importe; pris dans les rangs élevés de la société ou dans les rangs les plus vils, peu importe encore; une fille publique, un vagabond repris de justice, tout sera bon : pourvu que les conjurés militaires aient avec eux un conspirateur en veste ou en jupon, ils peuvent narguer leurs chefs et faire fi des conseils de guerre.

Voilà donc en définitive la dernière, la claire, la très-incontestable expression des adversaires des juridictions militaires!... voilà les garanties morales et politiques qu'ils offrent à la France; voilà les institutions libérales dont ils veulent la doter!...

Je sais que quelques-uns des honorables opposants au projet de disjonction se défendaient d'une pareille supposition. Leur conscience se révoltait, par instinct, contre les conséquences des sophismes adoptés par leur esprit. Mais qu'importe cette convulsion morale de leur patriotisme!... Du moment qu'il n'y avait pas un quatrième parti à prendre; du moment qu'ils repoussaient la juridiction complète et la juridiction partielle des conseils de guerre, n'était-il pas d'une évidence forcée qu'ils votaient pour le maintien de l'anarchie légale qui a produit le verdict de Strasbourg? Ils auront beau faire des phrases éloquentes, le fait reste, et rien ne peut l'anéantir.

Oui, disaient certains d'entr'eux, nous convenons que

l'État actuel des choses est fâcheux, il faudrait y remédier. Que le gouvernement présente un remède acceptable, nous l'accepterons ; mais nous ne pouvons adopter celui qu'il nous propose.

Tout cela n'était que vaines paroles. Quand il n'y a que trois partis à prendre, et qu'on repousse les deux premiers, il est clair qu'on se décide forcément pour le troisième. Si les opposants en connaissaient un quatrième, que ne le proposaient-ils ? Il n'y avait pas d'excuse à leur silence ! S'ils connaissaient ce bienheureux, cet infaillible topique qui pouvait ranimer le pouvoir et la sécurité publique, sans offrir les inconvénients que leur critique signalait dans le projet de loi présenté, c'était un crime qu'ils commettaient en se taisant. La charte d'ailleurs ne leur donnait-elle pas le droit d'initiative?... Eh bien ! c'était le moment d'en user, de ce droit, de ce grand droit, dont ils sont si fiers ; ils devaient prouver qu'on a bien fait de le leur donner, et que nous avons eu tort de nous en plaindre. Ces grands hommes qui voulaient un roi sans royauté, un gouvernement fort, sans armes et sans défense, qui voulaient une armée disciplinée et soumise sans juridiction militaire ; qui voulaient à la fois détruire et conserver, devaient sortir donc, une bonne fois pour toutes, de cette critique stérile, pointilleuse, hargneuse, qui repousse tout et qui ne produit rien. Ils n'en ont rien fait, la loi de disjonction n'a été pour eux qu'un motif d'opposition stérile, un prétexte pour une guerre de portefeuilles. Ils se sont campés dans ce projet de loi, espérant que leur artillerie y serait mieux placée, et foudroierait le pouvoir accablé d'ailleurs par une foule de projectiles d'un nouveau genre, code, digeste, institutes, novelles, recueils

d'arrêts, papiers timbrés de toute sorte, tout ce qui a pu
germer d'arguties, de distinctions, de subtilités, dans les
fortes têtes discutantes, consultantes, militantes, de la pa-
trocine. Cependant un grand bien aurait pu sortir de cette
vaine discussion, si les hommes d'état qui gouvernaient
alors la France avaient eu le courage de monter à la tribune et de dire :

« Un mal immense, une anarchie pire que toutes les
anarchies s'est manifestée. Pour y remédier, nous vous
avons présenté un projet de loi, trop faible peut-être, que
vous avez repoussé en exprimant une volonté plus prononcée encore, de repousser un projet de loi plus complet
et plus fort, s'il vous avait été soumis. Armés de l'initiative, vous ne voulez pas en faire usage, parce que vous
savez vous-mêmes que, hors des deux législations que
vous repoussez, il n'y en a aucune possible, si ce n'est la
jurisprudence qui a produit le scandale judiciaire dont la
France est indignée. A vous donc, à vous seuls, la responsabilité de votre refus; à vous le blâme et l'improba-
tion de la France. Mais nous n'augmenterons pas le mal
que vous avez fait, en vous donnant les moyens d'en faire
un plus grand encore : nous ne délaisserons pas volontairement le ministère pour le laisser tomber en vos mains.
Nous resterons au pouvoir comme des soldats fidèles dans
une forteresse assiégée. Détruisez, si vous le voulez, les
derniers remparts de la morale, de l'ordre, de la paix publique; renversez les derniers remparts de la royauté, symbole
vivant de toutes ces forces providentielles de l'État; nous,
nous resterons dans la forteresse démantelée, et nous la
défendrons contre vous, tant qu'une dernière tour, un
dernier bastion ne sera pas entièrement détruit et couché

sur le sol!.... Ensuite, vous ferez de nous ce que vous voudrez. »

Alors la France aurait parlé, soyez-en sûrs. Sa grande voix aurait couvert toutes ces harangues de légistes, tous ces froids plaidoyers prononcés au nom de l'ordre en faveur du désordre ; et vous, députés de la nation, songez-y, songez-y bien : les volontés humaines, les décisions humaines, les lois humaines, sont peu de chose en comparaison des lois éternelles de l'ordre social. Il ne dépend pas de vous de faire vivre l'impossible, parce que vous l'auriez voté. En rendant la monarchie impossible, vous la détruiriez. Vos votes et vos serments ne seraient plus qu'une paille légère que la tempête de la contre-révolution disperserait sur les ruines de la liberté. Il est au fond des choses un mot, un mot terrible et néfaste, mot vain, sans force, sans magie, sans pouvoir, tant qu'il ne sort pas des entrailles de la nation, tant qu'il n'est pas crié par elle. Mais savez-vous ce qui pourrait arriver le jour où, fatiguée, harassée, ulcérée de blessures, d'impatience et de dégoût, elle s'écrierait, dans sa gigantesque colère : —*Ah ! que je serais mieux gouvernée, si je n'avais pas de députés !*

Est-ce donc là que vous voulez en venir, légistes ergoteurs, qui entravez à toute minute la marche du pouvoir royal ? Est-ce ainsi que vous voulez recommander les institutions électives à la vénération des peuples ? Vous voulez donc, à toute force, faire regretter à la France le sceptre absolu de Napoléon et le silence impassible de ses législateurs muets ?... Vous vous prétendez libéraux ?.... Vous.... vous êtes les plus grands contre-révolutionnaires qui jamais aient étouffé la liberté !....

LIVRE XX.

DE LA CENTRALISATION ADMINISTRATIVE.

CHAPITRE PREMIER.

De la Centralisation.

En administration, je veux la hiérarchie, l'union, la centralité, mais je ne veux ni le despotisme bureaucratique, ni la centralisation absolue.

Je désire donc le changement d'un système dans lequel les intérêts locaux des extrémités de la France sont soignés, jugés, surveillés, garrottés par une administration trop éloignée et trop étrangère aux localités, pour savoir ce qui leur convient ou ne leur convient pas. Je trouve pitoyable la perte de temps et la sujétion qui en résulte; de sorte que les projets les plus utiles sont gâtés, ou approuvés seulement quand il n'est plus temps de les exécuter, ce qui dégoûte fort souvent les intéressés d'en faire seulement la proposition. Je trouve humiliant pour les citoyens des départements de dépendre des volontés parisiennes, et souvent d'une intrigue de bureau à laquelle il leur est impossible de rien comprendre ou de rien opposer. Je dis que cette idée, qui perpétuellement les assiége, que leurs réclamations seront accueillies selon le plus ou le moins de protection qu'ils pourront se procurer dans les bureaux de la capitale, les humilie et leur ôte cet esprit d'indépendance, de juste et fière indépendance qui

doit animer tous les citoyens d'un État libre. J'ajoute que
cette dépendance des provinces envers la capitale, conséquente et naturelle sous l'empire, gouvernement absolu
sans être oppressif sous ce point de vue, est un contre-
sens dans un gouvernement constitutionnel et représentatif : d'où il suit que le système administratif de Napoléon n'est pas du tout convenable à la monarchie représentative, et qu'en composant ainsi un ensemble politique
de pièces de rapport, empruntées à deux systèmes opposés,
on s'expose à n'avoir que les vices de l'un et de l'autre,
sans recueillir les avantages d'aucun des deux.

Je crois que l'habitude imprimée à la nation française
d'avoir toujours les yeux fixés sur la capitale, d'en recevoir les inspirations, d'en copier les opinions et les écarts,
d'attendre par la poste ou par le télégraphe le sort auquel
il faut se soumettre, est une disposition d'esprit servile
au dernier degré; que loin de chercher à l'encourager et
à l'étendre, ainsi qu'on le fait, le gouvernement devrait
relever les provinces de cette minorité dégradante, leur
adjuger la robe virile, et leur permettre enfin de penser,
de parler, d'agir, sans tutelle, au moins pour ce qui concerne leurs intérêts locaux. Sous le rapport politique, il
est certain que l'État aurait alors plus de liberté, plus de
dignité, et surtout plus d'aplomb sur ses bases; car si le
gouvernement a sa centralisation, la dépendance morale
des provinces, l'état subordonné où se trouve réduit
leur commerce, leur agriculture, leurs finances, leurs
travaux publics, les habituent à un tel esprit d'imitation,
de faiblesse, d'abnégation de leur propre jugement, que
les factions ont aussi leur centralisation, dont elles peuvent faire un usage dangereux contre l'ordre et la paix

publique. Nous ne sommes plus exposés aux révolutions de palais, mais nous sommes exposés aux révolutions de capitales, ce qui peut être très-fâcheux dans l'avenir, surtout si en maintenant le système industriel et financier qui nous dévore, on accroît follement la prépondérance parisienne, comme on y paraît trop disposé!........ Ah! c'est un mal, un grand mal, un mal d'autant plus immense que nos hommes d'État semblent, à l'envi l'un de l'autre, y voir la source de tous les biens.... Cependant ils devraient réfléchir que s'il est désirable d'éviter un système fédéral sous le rapport politique, et s'il convient de tenir d'une main ferme le lien central qui fait de la France un grand corps, une sublime unité, composée de toutes ses parties jointes et scellées en faisceau pour présenter une barrière impénétrable aux factions et à l'étranger, c'est précisément afin de maintenir dans le corps social cette cohésion politique, qu'il ne faut pas faire violence aux intérêts locaux, aux intérêts matériels des provinces éloignées, en leur imposant une dépendance fâcheuse : car l'irritation des intérêts locaux peut relâcher, peut même briser le lien politique ! J'indique ce danger avec une extrême circonspection. Il me semble qu'en exprimant ma pensée tout entière, je commettrais presque un blasphème. Mais pour peu que le gouvernement ait des agents fidèles, et qu'il se fasse rendre un compte exact de la situation des esprits dans la zone méridionale de la France, par exemple; pour peu qu'il se fasse une idée de la souffrance des intérêts matériels, dans cette partie du royaume, intérêts toujours et en tout sacrifiés à la France du nord, il comprendra jusqu'où peut aller le mécontentement, non pas aujourd'hui sans doute, mais dans un nombre d'années plus ou moins considérable, si le même système est maintenu, développé, agrandi... La Belgique s'est séparée de la Hollande pour moins que cela.

Les provinces, dit-on, ont peu de lumières; et pourquoi? Parce que la vie publique y est anéantie. Qu'on leur rende leurs libertés municipales; qu'on leur donne de libres assemblées départementales; qu'on offre à la jeunesse quelque noble motif d'émulation et d'activité, et l'on verra alors si l'énergie de l'âme et si la capacité de l'esprit manquent dans les départements! En même temps que cette réforme politique aura lieu, que l'on cesse d'absorber les ressources financières au centre de l'État; que l'on annule les rentes acquises par la caisse d'amortissement pour la réduire à sa dotation primitive; que l'on profite de l'économie qui en résultera dans le budget, pour supprimer les impôts qui détruisent l'activité du commerce et qui ruinent l'agriculture. Alors on verra l'équilibre renaître, les grands capitaux se répartir, la véritable fortune de la France reprendre sa valeur. Quelques portefeuilles pourront, il est vrai, restituer à notre sol les capitaux qu'ils ont absorbés, mais jamais plus juste restitution n'aura été opérée par des moyens plus légaux. Les fonds publics pourront baisser momentanément, mais la force nationale n'aura point chancelé, car c'est une grande erreur de confondre deux choses, je ne dirai pas si distinctes, je dirai deux choses si opposées dans l'état actuel de la politique. Dans l'acception la plus favorable, le crédit public est un instrument neutre : il peut faire beaucoup de bien et beaucoup de mal, selon la main qui le fait mouvoir.

Et, si par de sages et fortes institutions, on relève le

patriotisme et l'énergie de l'esprit public dans les provinces ; si on réalise ainsi les vues les plus politiques et les
plus morales de l'Assemblée constituante, déplorablement
faussées par la constitution impériale ; si on rend, au
même instant, aux départements agricoles et maritimes,
les moyens de prospérité qui leur sont propres, en modifiant et le système de finances, et le système d'impôt, et
le système prohibitivement industriel ; alors, que des éco-
les nombreuses s'ouvrent pour le peuple, il aura tout à
la fois, l'intérêt, la disposition et les moyens d'en profiter. On verra tout-à-coup ce qu'est la nation française,
quand on veut bien la compter pour quelque chose, et ne
pas renfermer ses destinées dans les murs d'une seule ville,
si grande, si brillante, si patriotique même qu'elle puisse
être !

Les écrivains qui travaillent à augmenter l'ascendant
de Paris sur la France, nous citent en toute occasion
l'exemple de l'Angleterre ; mais, ici, la nature des mœurs
politiques des deux pays établit une différence essentielle
qui échappe à leur préoccupation. Malgré son immense
commerce, Londres n'a jamais eu sur l'Angleterre l'influence que Paris exerce sur la France. Les grands seigneurs, les lords, les pairs d'Angleterre, ou les riches
qui, moins illustres par leur naissance, tiennent à honneur de les imiter, en résidant six mois de l'année dans
les provinces, en exerçant eux-mêmes dans les comtés des
magistratures et même une grande partie des pouvoirs
populaires, en dépensant loin de la capitale une grande
portion de leurs revenus territoriaux, rétablissent l'équilibre de la balance politique. L'aristocratie britannique,
pouvoir véritable et protecteur, tient ainsi par les plus

profondes racines au sol de la vieille Angleterre; sur ces
racines, la liberté croît impérissable, et, chose étrange !
les débris de la féodalité, luttant contre l'influence de
Londres, préservent les mœurs politiques de la corruption qui envahit les mœurs privées !...... En France,
rien de pareil, ni d'équivalent : aussi nos mœurs politiques sont plus faibles que nos mœurs privées. L'aristocratie française, vain simulacre péniblement ressuscité
ou fictivement improvisé, n'existe que dans l'atmosphère
de la capitale. Aucune institution, aucun lien politique
ou fraternel ne l'attache aux provinces. C'est pourquoi,
faute de contre-poids aristocratique, les institutions provinciales nous sont indispensables pour balancer l'influence de Paris.

Si la réforme opérée par l'assemblée constituante n'a
pas produit l'effet qu'on devait en attendre; si elle n'a
pas empêché les malheurs et les crimes qu'une grande révolution traîne à sa suite, la faute en est à l'assemblée
constituante elle-même, qui ne prit pas les mesures conservatrices nécessaires au maintien de son ouvrage, et qui,
par sa précipitation, par sa délicatesse mal entendue, dé-
chaîna les passions, que des résistances insensées s'étu-
diaient à provoquer sans cesse.

Et qui peut nier que les malheurs de la révolution ne
soient venus, en grande partie, de ce que, pendant une
période fatale, Paris reprit, sur la France entière, l'ascendant aristocratique que l'assemblée constituante avait
voulu lui ôter? Cet ascendant, au lieu d'être exploité par
des privilégiés féodaux, tomba entre les mains des tigres
populaires; mais qu'importe, la cause du mal était la
même, quoique les moteurs du despotisme fussent changés.

Répétons-le, répétons-le sans cesse : point d'aisance, point de bonheur, point de liberté véritable, dans un pays où la concentration du pouvoir, de la fortune, des lumières, s'effectue sur un seul point! Dans un pays surtout qui, comme la France, est tellement appauvri de mœurs politiques, par l'antique et constante servilité des institutions qui l'ont régi pendant des siècles, qu'il est susceptible, avec les meilleures intentions du monde, de tomber successivement et presque sans intervalle, dans les excès les plus opposés! Déplorable mobilité d'une nation qui, lorsqu'elle s'affranchit des sophismes coupables du pouvoir, se jette, comme un esclave volontaire, sous les sophismes intéressés des partis, tout étonnée qu'elle est ensuite de se trouver dupe et victime des maux qui furent son ouvrage!

Et, non-seulement, la concentration de la richesse et du pouvoir, dans la capitale, est un grand obstacle au bonheur, à la liberté intérieure du royaume, mais elle affaiblit aussi son indépendance extérieure. Cette vérité est tellement évidente, qu'elle nécessitera peu de développements, d'autant que la situation actuelle de la France en rendra l'application doublement incontestable.

Tout empire qui tombe lorsque sa capitale est conquise, si belliqueux que soient ses habitants, n'a qu'une indépendance précaire. L'armée de Napoléon, la première armée du monde, commandée par le premier des capitaines, a été tellement dispersée dans une seule affaire, que les étrangers sont arrivés à Paris sans que leur marche ait été retardée d'un jour.

C'est donc une grande faute politique de concentrer la fortune nationale dans une ville si rapprochée d'une frontière ouverte de notre côté, et, du côté de nos voisins, entourée d'une chaîne de forteresses dont nous avons payé la construction. Je sais qu'on peut répondre à la prévision d'un grand malheur par des déclamations usées sur la valeur française, sur le dévoûment à la couronne, sur la disposition où sont tous les citoyens à mourir pour la défendre. Chacun peut faire le cas qu'il voudra de ces amplifications de rhétorique. Il n'en est pas moins vrai que la valeur française, le dévoûment à la couronne et le royalisme de la nation, auraient encore une garantie de plus, et une grande garantie, si la capitale n'absorbait pas toute la force sociale; si sa conquête ne décidait pas la destinée de l'État, si sa défense n'était pas, en quelque sorte, impossible, à cause des richesses qu'il faudrait exposer en soutenant une attaque. Souvenons-nous que tel fut le motif réel de sa capitulation. En pareil cas, nous verrions un dénoûment pareil, et la France paierait une nouvelle rançon, sur laquelle les louangeurs du crédit public gagneraient une nouvelle opulence.

Et pourquoi l'Espagne, quand elle a voulu se défendre, a-t-elle présenté à la conquête des obstacles si multipliés? Précisément parce que, toute monstrueuse qu'était sa désorganisation politique, elle avait au moins cet avantage, que la chute de la capitale ne décidait pas la destinée générale du royaume. Malheur aux peuples dont toute la force est dans une ville ou dans une armée!

Dans le système vraiment libéral, dans celui que j'ai esquissé rapidement, les citoyens, également protégés, sont partout également dévoués à la patrie et au gouvernement. La conquête de la capitale est insignifiante, car la perte est peu de chose, et la résistance est naturelle-

ment organisée sur tous les points du royaume. Bien loin
de là, dans un gouvernement centralisé, la force militaire elle-même n'agit plus librement pour la défense
du pays, car la nécessité de couvrir la capitale, abandonne
aux maux de la guerre les provinces qui n'ont même pas
profité des bienfaits de la paix! Tant il est vrai que les
inconvénients naissent les uns des autres, et qu'en sortant
de la route prescrite par les lois éternelles de la justice,
on ne peut rencontrer que désordre et calamités.

CHAPITRE II.

Continuation du même sujet.

Je veux prouver que si le gouvernement peut et doit
être centralisé, l'administration ne doit pas l'être.

Des esprits exacts, trop exacts peut-être, m'inviteront
d'abord à définir les termes; car les mots *gouvernement* et
administration, fréquemment employés l'un pour l'autre,
quoiqu'on comprenne par-là à peu près la grande nuance
qui les sépare, ne présentent pas toujours un sens bien
distinctement apprécié dans le langage politique. Or, rien
ne conduit à la confusion des idées comme la confusion des
mots.

Je voudrais éviter cet écueil, mais je crains d'en rencontrer un autre; le gouvernement a nécessairement une
grande influence sur l'administration, et fort souvent
aussi l'administration a des parties gouvernementales. Ces

deux éléments du pouvoir social se confondent et s'entre-
lacent dans la pratique, quoique théoriquement distingués l'un de l'autre; et je ne connais pas de définition assez précise pour éviter, dans l'emploi des mots, la confusion qui existe dans la réalité même des choses.

Je me contente donc de donner ma définition générale,
sans promettre de m'y astreindre rigoureusement moi-
même : ceci est une discussion de bonne foi; il ne faut
donc pas la convertir en arguties; et il suffira, je pense,
que le bon sens puisse apprécier facilement dans quelle
acception les mots gouvernement et administration seront
employés par moi dans chaque occasion, pour qu'on ne
m'oppose pas de vétilleuses chicanes prises dans la définition que j'en aurai donnée.

J'appelle gouvernement, l'ensemble des lois et des pouvoirs généraux du pays.

J'appelle administration, l'ensemble des réglements et
des pouvoirs qui dirigent les droits et qui gèrent les intérêts particuliers, nés pour le pays de la nature même
de son gouvernement.

En partant de cette base, on verra que par l'effet de
notre organisation sociale, qui, en cela, n'est pas bonne,
les mêmes magistratures sont tantôt gouvernementales,
tantôt administratives. — Un préfet, par exemple, tantôt
agit comme partie du gouvernement, tantôt comme partie de l'administration. Si malheureusement la même confusion se fait remarquer dans les pouvoirs municipaux,
elle sera bien plus fatale, et rendra toujours impossible l'affranchissement des communes; car on sent facilement que
leur laisser une part quelconque dans l'action gouverne-

mentale, et les rendre indépendantes du gouvernement, ce serait introduire l'anarchie dans l'État.

Ainsi, dès le premier pas, nous apercevons nettement le point de la difficulté que les partisans de la centralisation nous opposent; ils prennent, dans un vice qu'il faudrait corriger, un prétexte pour l'augmenter encore. Ils nous objectent, à nous réformateurs, l'existence du mal dont nous nous plaignons; mais cette argumentation sophistique s'évanouira, je l'espère, quand nous l'aurons soigneusement analysée.

Avant d'entrer dans le fond de la discussion, j'ai dû jeter en avant ces premiers aperçus; car de là sortiront, et là aboutiront, sans cesse, tous nos raisonnements.

Mais cela ne suffit pas. Le terrain où nous allons marcher a été si souvent, et si récemment encore, encombré de divagations spécieuses, de comparaisons fausses, d'inductions à contre-sens, que nous ne pourrions nous-mêmes y tracer une route claire, uniforme et profonde, si nous ne commencions par le déblayer de tous ces obstacles.

Ceci est d'autant plus nécessaire, que la confusion qui existe malheureusement entre nos pouvoirs gouvernementaux et nos pouvoirs administratifs, se trouve prodigieusement aggravée par la nouvelle confusion d'idées que la dernière révolution a traînée à sa suite; car il est à remarquer que la dernière révolution, claire et simple dans ses moyens et dans son but de renversement, a été, comme toutes les révolutions possibles, obscure et complexe dans son but et dans ses moyens de reconstruction; et comme il n'y a pas eu accord entre le but qu'elle veut atteindre et les moyens qu'elle a employés, il est résulté des erreurs gouvernementales qu'elle a commises, de nouveaux et graves obstacles à la décentralisation administrative qu'elle réclame, et qu'elle n'obtiendra pas de longtemps si elle persiste dans la mauvaise voie où elle est entrée.

Or, sans décentralisation administrative, il n'y a aucune liberté réellement possible et durable.

Examinons donc d'abord comment la marche politique suivie depuis la dernière révolution a créé de nouveaux obstacles à la décentralisation administrative.

Réfutons ensuite les objections présentées par les apologistes de la centralisation.

Puis enfin, pour terminer, montrons comment la décentralisation administrative peut se concilier avec l'unité gouvernementale.

Voilà notre plan clairement tracé : si je réussis à le remplir, je crois que la discussion de cette grave question aura fait un grand pas devant l'opinion publique.

Si j'échoue, le plan n'en restera pas moins arrêté; d'autres, plus habiles, le rempliront.

CHAPITRE III.

Des Obstacles à la Décentralisation administrative, nés de la marche politique suivie depuis la révolution de 1830.

Ici vont se retrouver les conséquences des vérités politiques que je me suis opiniâtré à soutenir immédiatement après la révolution, et depuis, et toujours : je

tàcherai d'éviter les longueurs et les répétitions ; mais je
ne puis cependant repousser ce qui est partie intégrante
du sujet que nous traitons, et ce n'est pas ma faute, en
vérité, si chaque pas que nous faisons dans la carrière est
le corrollaire, la conséquence forcée des premiers pas que
nous y avons faits.

Une révolution qui réussit, peut avoir simultanément
deux mobiles de succès : 1º Le *mal-être* (1) des populations, mal-être qui ne permet à personne de rester en
repos, de sorte qu'une fois le premier mouvement donné,
tout part à la fois ; 2º la conviction, vraie ou fausse (ceci
importe peu pour le moment), que ce mal-être vient de
telle ou de telle cause, et que, pour détruire cette cause,
il est indispensable de changer le gouvernement.

Cette conviction fournit les instruments de l'action révolutionnaire, mais le mal-être social produit, lui, la
force réelle qui rend ces instruments efficaces.

Ces deux circonstances se rencontrant simultanément
chez un peuple, on conçoit qu'il accomplisse facilement
la destruction de son gouvernement, c'est-à-dire qu'il fasse
une révolution.

Mais quand cette révolution est faite, il faut, pour
qu'elle soit close, que l'on ne se trompe pas sur la nature
des causes du mal-être social dont elle est née ; car si on
se trompe sur ces causes, on y appliquera un faux re-

---

(1) On m'objectera peut-être que j'ai dit ailleurs qu'en France comme en Angleterre, les anciennes dynasties ont été chassées, non pour avoir opprimé le
peuple, matériellement, mais pour avoir violé les principes de la constitution. —
Cela importe peu, parce que l'incertitude où cette violation de principes politiques jetait les populations sur leur avenir, a produit le même effet, et même un
plus grand effet qu'un mal-être présent, la crainte allant toujours au-delà de la
réalité, une fois les imaginations ébraulees.

mède, le mal continuera ou s'aggravera, et le nouveau gouvernement portera en lui le germe d'une révolution nouvelle.

Ce que je dis ici, l'opposition l'a dit en d'autres termes depuis la révolution de juillet; mais je le dis dans un sens tout contraire au sien.

Effectivement, elle s'est efforcée de persuader aux populations que le mal-être social provenait, en France, de ce que les droits politiques n'avaient pas reçu une extension suffisante dans le sens de la démocratie.

Une grande partie de la population a reçu cette erreur comme une vérité.

Le gouvernement lui-même, craignant de se voir déborder, s'il résistait en face à ce mouvement, a cédé sur quelques points pour défendre les autres.

Et comme il n'était pas vrai, du tout, que le mal-être social provînt en France de ce que la charte n'avait pas fait à la démocratie une part assez large dans le gouvernement, il n'est résulté des réformes politiques faites en faveur de la démocratie aucune amélioration véritable au sort du peuple. Le peu d'améliorations qui ont été obtenues sont venues tout simplement des circonstances générales qui ont éloigné les chances de guerre extérieure ou civile.

Mais il est résulté de ces réformes démocratiques, et je les énumère, la destruction de la pairie, l'abaissement du cens électoral, l'élection municipale placée sur de mauvaises bases relativement aux mœurs de nos communes; il en est résulté, dis-je, que la force centrale du gouvernement se trouvant trop promptement affaiblie, il est aujourd'hui naturellement poussé à vouloir y suppléer, soit en conservant la centralisation administrative, soit en l'aggravant même, s'il est possible.

De sorte que, pour avoir cédé ce qu'il devait refuser, il nous refuse aujourd'hui ce qu'il devrait nous accorder.

De sorte que nous avons obtenu de prétendues améliorations politiques insignifiantes, si même elles ne sont réellement mauvaises (ce que je crois fort), et que nous sommes privés des améliorations administratives, qui, elles, seraient bien positivement le remède au mal-être et à l'incertitude sociale, qui dénotent dans l'État une mauvaise organisation.

En un mot, nous avons tendu à décentraliser le gouvernement et à centraliser l'administration.

C'est-à-dire que nous avons fait précisément le contraire de ce que nous devions faire, car nous avons délaissé la liberté pour courir après son ombre!

Certes, ce serait une belle discussion que celle où nous pourrions nous livrer pour faire voir tous les effets fâcheux qu'ont produits, pour la liberté réelle du pays, les réformes parlementaires qui ont altéré en France la nature et les rapports de la pairie et de la chambre élective; l'on verrait par-là combien, dans un système fondé sur les véritables combinaisons sociales, tout se tient, tout se lie, tout s'enchaîne, en dépit des volontés humaines qui s'efforcent, à coups de scrutin et de majorité, d'agglomérer ensemble et de faire jouer des rouages disparates qui se contrarient au lieu de s'engraîner; des forces qui s'entrechoquent au lieu de se balancer; des impulsions excentriques qui, celles-là, ôtent réellement au gouvernement sa puissance et son unité morale : mais cela nous éloignerait trop de notre sujet. — Bornons-nous à parler de la réforme communale, qui s'y rattache immédiatement, puisque là repose le premier échelon de la centralisation ou de la décentralisation administrative, selon que la commune est organisée.

La même erreur que nous retrouvons partout aujourd'hui a prévalu là comme ailleurs. On a pensé que de l'origine d'un pouvoir quelconque, dépendaient en réalité sa nature et son action, et que, par conséquent, plus l'élection des pouvoirs municipaux serait largement disséminée dans la population, meilleure serait l'organisation des communes. C'était merveille de voir les membres de l'opposition enchérissant les uns sur les autres pour augmenter le nombre des électeurs municipaux. Dieu sait les belles et absurdes théories qu'ils nous ont converties en amendements, qui heureusement pour eux et pour nous ont été repoussés. — Pauvres dupes, en vérité, qui ne s'apercevaient pas qu'en prodiguant l'électorat municipal à ceux qui ne pourraient ni ne voudraient en faire usage, c'était à peu près comme s'ils en assuraient le monopole aux moins dignes de l'exercer !

Je ne nie certainement pas que l'origine d'un pouvoir constitué n'ait une influence importante sur sa nature ; mais il s'en faut de beaucoup que cette origine en détermine toutes les conditions. Il est telles circonstances où un pouvoir constitué, nommé par le gouvernement, serait plus apte à défendre les intérêts populaires, que s'il était choisi par la population elle-même. Mais ici, telle n'est point la thèse que je veux développer ; car, à mon sens, il ne fallait pas donner au gouvernement le droit de nommer les corps municipaux, mais seulement régler leur élection sur des bases différentes de celles qu'on a prises.

Quoi qu'il en soit, en point de fait, c'est tout à la fois de la situation sociale de chacun des membres d'un corps, et de l'indépendance d'attributions donnée à ce corps comme être collectif, que dépend la nature de son action sur le peuple, et ces deux circonstances, quand elles sont favorablement combinées, sont beaucoup plus efficaces que l'origine du corps lui-même.

C'est-à-dire que des corps municipaux, quelle que fût l'origine de leur pouvoir, s'ils étaient composés d'hommes indépendants par leur situation sociale, et s'ils étaient investis d'indépendance dans leurs attributions administratives, protégeraient infiniment mieux les intérèts populaires, que des corps municipaux élus par les citoyens, mais qui ne réuniraient pas ces deux conditions.

Or, sauf les exceptions, c'est précisément dans cette dernière hypothèse que nous a placés l'organisation communale établie par les lois faites depuis la révolution de juillet.

Ainsi, que nous sert l'origine électorale d'un corps municipal tellement assujetti aux volontés du ministère, qu'il ne peut exécuter une décision, quelle qu'elle soit, si elle nécessite le vote d'un centime sans obtenir la permission du gouvernement qui, en définitive, est ainsi constitué, sans y rien connaître et sans pouvoir y rien connaître, le juge suprème de tous les intérèts locaux?...

Cherchez des inductions dans un autre corps, dans le corps judiciaire, par exemple; eh bien! là, l'origine du corps n'est point électorale; au contraire, elle émane entièrement du gouvernement lui-mème, et cependant, voyez si l'indépendance des attributions (1) ne crée pas,

_____

(1) Ce n'est pas que je proposasse de donner l'inamovibilité aux corps muni

dans le corps judiciaire, une force morale et populaire, suffisante pour protéger les intérêts des citoyens qui ne l'ont pas élu, contre le gouvernement qui l'a nommé?

Eh bien, avec nos mœurs actuelles, avec la force de l'opinion, avec la liberté de la presse, il en aurait été de même des corps municipaux, même quand ils seraient restés à la nomination du pouvoir (ce que je ne demande pas), et à bien plus forte raison, si l'élection eût été moins démocratiquement combinée, mais que les attributions eussent été rendues indépendantes.

Alors vous auriez vu les pouvoirs municipaux, fiers de leur indépendance, tenir à honneur de prouver au peuple qu'ils en faisaient usage dans ses intérêts. La force de l'opinion toute seule aurait été un mobile suffisant pour arriver à ce résultat.

Qu'est-il arrivé, au contraire? C'est qu'on s'est jeté sur l'élection comme sur un topique infaillible, et que la nation, dupe des bavardages de la tribune, a pris le change sur la foi de ses mandataires.

Puis les trois quarts des électeurs municipaux, étrangers par leurs mœurs politiques, ou par leur défaut de mœurs politiques, à l'institution où on les intronisait intempestivement, ne se sont seulement pas rendus aux collèges. — La composition générale des corps municipaux, dès-lors subordonnée à des intrigues intéressées, n'a pas donné au gouvernement les garanties d'ordre qu'il croit avec raison nécessaires à sa sécurité politique; et précisé-

---

cipaux, car chaque chose doit avoir sa mesure; et il y a là, comme ailleurs, un juste-milieu qu'il ne faut dépasser dans aucun sens. — Que si l'on m'objectait qu'on a cependant recours au jury, je répondrais que ce n'est qu'en matière criminelle, et que les corps municipaux ne régissent que des intérêts civils.

ment à cause de cet effet fâcheux de l'élection municipale, le pouvoir refuse aujourd'hui aux communes la décentralisation, qui donnerait à des corps mal constitués (1) une indépendance dont ils ne feraient peut-être pas un usage convenable.

De sorte que la trop grande extension électorale, appliquée aux communes, est la principale cause qui maintient et maintiendra la centralisation administrative.

On voit donc combien tout concourt à prouver que nous avons fait le contraire de ce que nous devions faire. Comme je l'ai dit souvent, après une révolution, l'intérêt des citoyens est de donner de la force à l'action centrale du gouvernement, d'abord pour consolider le nouvel ordre de choses; ensuite, pour que le gouvernement puisse, sans se croire menacé, laisser une protectrice indépendance à tous les corps intermédiaires, en décentralisant l'administration.

CHAPITRE IV.

Objections présentées par les apologistes de la Centralisation.

Depuis long-temps les partisans de la centralisation ne se tiennent plus sur la défensive : ils ont repris l'of-

---

(1) Je ne veux point attaquer par-là la totalité des pouvoirs municipaux actuels. Je sais qu'il en est de fort honorables; mais dans l'ensemble, ils sont fort mal combinés ; à quoi l'on peut ajouter que, dans l'Ouest et dans le Midi, ce système a été long-temps plus mauvais que dans le reste de la France. On en sent facilement la raison.

fensive, avec une merveilleuse assurance, aussitôt qu'ils ont vu que les folies de l'opposition légitimiste et de l'opposition républicaine les avaient tellement déconsidérées, que nul raisonnement venant de cette source ne serait écouté par la nation, et que, par ce résultat facile à prévoir (car dès 1830 je l'avais prédit aux principaux chefs de l'opposition), le pouvoir centralisateur avait acquis toute sécurité dans ce qu'il veut faire de bien, ce dont, certainement, je ne me plains pas; mais aussi une puissance presqu'assurée pour ce qu'il fait de mal, ce qui est le plus grand de tous les dangers pour le gouvernement lui-même, tout autant que pour le pays.

Telle est, en réalité, la position où nous sommes. En luttant contre les folies politiques de l'opposition, nous avons réussi à rétablir enfin cette force gouvernementale dont la France et la liberté ne peuvent se passer; et lors même que le pouvoir devrait faire maintenant un usage imprudent et mal calculé de cette force que le juste-milieu lui a donnée, Dieu m'est témoin que je ne me repentirais pas une seule minute de m'être dévoué pour cette sainte cause; car dans les convulsions publiques, ainsi que dans un incendie, il faut courir au plus pressé; il faut arracher aux flammes l'édifice qu'elles menacent de consumer, dussent ensuite les appartements intérieurs et l'édifice entier être détourné de sa meilleure destination, pour être consacré par d'imprudentes mains à de pernicieux usages. — Le plus pressé d'abord, c'est d'éteindre le feu.

Or, puisque l'opposition, dans la déconsidération politique où elle est descendue, n'a plus de crédit auprès du pays, c'est donc à nous, amis du gouvernement et de la monarchie; à nous, dont le zèle dévoué ne peut lui être suspect, car il date de ses plus mauvais jours ; c'est à nous, dis-je, d'élever une voix indépendante pour rappeler au pouvoir, et les conditions nécessaires à son existence, et ces libertés véritables que la révolution doit à la France, jusqu'à présent encore tout emmaillotée dans le réseau centralisateur de la convention, de l'empire et de la restauration.

Mais lorsque nous avons voulu remplir ce devoir sacré, que d'inconcevables accusations se sont élevées contre nous !

Nous, les amis et les plus fidèles défenseurs du gouvernement, on nous a accusés de vouloir briser l'unité politique de la France, d'y ramener les divergences féodales qui, si long-temps, lui ôtèrent la force et le repos, de dissoudre ce lien gouvernemental qui, rassemblant en faisceau toutes les ressources du pays, assure ses moyens de résistance en cas d'invasion, et ses moyens de victoire s'il est réduit par l'étranger à le punir chez lui-même de la violation des traités. Si l'on écoutait les défenseurs de la centralisation, on croirait vraiment qu'en attaquant la centralisation, nous allons plonger la France dans le chaos et l'anarchie, que nous allons la livrer, toute pantelante et désarmée, aux factions de l'intérieur et aux ennemis du dehors !

C'est à ces accusations que je viens répondre.

Abordons la question.

Pour juger jusqu'à quel point la décentralisation administrative que nous réclamons peut altérer ou dissoudre l'unité politique de la France et nuire à l'action du gouvernement, il faut voir comment cette unité politique s'est établie en France, et quels sont les éléments qui la composent.

Il est certain que jusqu'au cardinal de Richelieu, la France n'avait pas d'unité politique. Je n'irai pas fouiller dans l'histoire pour y puiser la facile érudition dont on fait usage à l'appui d'une telle vérité. Nous avons mieux à faire.

Le cardinal de Richelieu ébaucha les bases de cette unité politique, mais il ne put l'édifier complètement. Louis XIV s'efforça d'y suppléer par l'absolutisme le plus complet. Entreprise vaine qui ment à la destination de l'homme et aux progrès de la civilisation.

Nous sommes ainsi arrivés à la révolution de 89 avec un gouvernement composé de bigarrures et d'anomalies. Au centre, pouvoir absolu et sans contrôle; aux extrémités, résistance anarchique et sans frein légal.

La révolution voulut d'abord mettre quelque ordre dans ce chaos; mais les passions soulevées parmi les réformateurs, les résistances insensées des privilégiés sur qui portaient les réformes, rendirent le succès impossible. La tempête révolutionnaire passa sur le sol et nivela tout.

C'est sur ce sol nivelé que l'édifice nouveau a été construit; c'est sur ce sol nivelé que s'est assise l'unité politique de la France.

Ces vérités sont constantes pour nous comme pour nos adversaires. — Continuons.

Il n'y avait pas d'unité politique en France sous l'ancien régime, parce que :

1° Les provinces successivement réunies avaient conservé une organisation et des priviléges distincts;

2° Parce que la législation civile et criminelle variait de province à province, les unes admettant le droit romain, les autres le droit coutumier;

3° Parce que la législation financière était sans uniformité, les pays d'états votant eux-mêmes l'impôt sous le titre de don, tandis que les autres étaient taxés arbitrairement par les édits;

4° Parce que la législation militaire était empreinte des mêmes divergences que la législation civile, criminelle, financière;

5° Enfin, parce que la puissance politique elle-même n'était ni définie, ni uniforme, l'influence des états-généraux dans la législation gouvernementale étant un fait périmé, relégué dans une histoire confuse, et sans pratique habituelle; — surtout, parce que les parlements, qui croyaient avoir le droit de suppléer les états-généraux tombés en désuétude, joignaient à leur puissance judiciaire une tendance perpétuelle à envahir le pouvoir politique et la haute police de l'État, ce qui occasionait des collisions sans cesse renouvelées, non-seulement dans la nation, mais encore dans le gouvernement lui-même.

Telles étaient les principales causes qui brisaient l'unité politique du pays; et cependant il est si faux que cette unité politique soit indispensable à sa défense contre les agressions extérieures, ainsi qu'on l'a prétendu, qu'alors même la France les a toujours repoussées, et que, malgré les inconvénients attachés au régime que je viens de décrire, le grand Frédérick disait alors que « s'il était roi » de France, il ne se tirerait pas en Europe un coup de » canon sans sa permission. » C'est qu'en réalité l'unité politique est beaucoup plus nécessaire au bonheur inté-

rieur du pays qu'à sa force extérieure, quoique certainement elle y contribue beaucoup. Nous verrons pourquoi.

Pour le moment, bornons-nous à reconnaître que cette
unité politique a été établie par la révolution en détruisant toutes les causes qui la brisaient.

Nous avons aujourd'hui pour toute la France :

Un seul pouvoir politique au centre, composé de la
représentation nationale, et du roi qui lui-même en fait
partie.

L'ordre judiciaire, circonscrit dans ses attributions véritables, n'a plus les moyens d'opposer, comme les anciens
parlements, une résistance dangereuse à l'action politique
et financière du gouvernement.

Nous avons pour toute la France une seule législation
civile, criminelle, commerciale; — une seule législation
financière, — une seule législation militaire.

Ainsi l'action gouvernementale a été concentrée et uni-
fiée (si l'on veut me permettre de créer ce mot); ainsi s'est
accomplie l'application de ce premier principe que j'ai
posé sous cette forme : — Le gouvernement doit être centralisé.

Or, maintenant, je le demande, n'est-il pas merveilleux
qu'on nous accuse de dissoudre cette grande et belle unité
politique, lorsque nous demandons, en respectant toutes
les lois qui l'établissent, que nos départements et nos communes puissent gérer leurs intérêts locaux, sans être as-
treints au bon plaisir d'un commis ministériel qui, les
pieds dans ses pantoufles, commodément assis dans son
fauteuil, décide, par un infaillible instinct de souveraineté
bureaucratique, ce qui peut convenir ou ne pas convenir
à des localités éloignées de cent cinquante lieues, et qui

lui sont parfaitement inconnues? Lorsque nous demandons, qu'après avoir fidèlement satisfait à toutes les lois
générales du pays, le département et la commune, considérés comme individualités, puissent jouir des droits d'administrer leur propre chose confiée aux soins de toutes
leurs notabilités civiques? Je serais curieux, par exemple,
qu'on m'expliquât comment l'unité gouvernementale serait menacée, parce que l'on pourrait, sur l'avis du conseil
municipal, réparer un édifice communal qui tombe en
ruine, avant d'avoir reçu l'autorisation du conseil des
bâtiments civils, qui n'arrivera peut-être que lorsque
l'édifice sera entièrement irréparable et détruit? Établir
un marché, réparer un chemin, assainir un marais,
creuser les ports ruraux qui servent au transport des
productions des propriétés riveraines (1)?... Érudits écrivains, orateurs éloquents, tâchez de me montrer comment ces immenses usurpations de la commune, ou du
département, sur l'absolutisme central, détruiraient l'unité
politique du pays? Comment elles nous ôteraient l'unité
de nos trois grands pouvoirs représentatifs? Comment
elles rendraient à nos cours royales le droit de remon-
trances et d'enregistrement des anciens parlements? Comment elles détruiraient l'uniformité de notre code civil,
de notre code criminel, de notre code commercial, de
notre code de procédure, de notre code militaire, de notre
législation financière, de notre jurisprudence judiciaire?
Comment elles diviseraient la France, en pays d'états, en

---

(1) On dira que pour tous ces intérêts des communes rurales, il ne faut pas
l'autorisation du ministre, mais seulement celle du préfet. — C'est une erreur.
— Car ces améliorations-rurales ne peuvent se faire sans argent, et les communes
rurales ne peuvent s'imposer un centime sans l'autorisation du ministre.

pays de droit romain, en pays de droit coutumier?...
Eh! dites, n'est-ce pas une dérision, que l'on ose nous jeter à la tète des accusations si follement exagérées, si
complètement impossibles, et cela pour nous refuser,
dans un gouvernement libre, après la glorieuse révolution de juillet, les plus simples libertés locales dont jouis-
sent tant de peuples encore soumis aux liens de la féodalité?

Non, nous ne voulons point affaiblir l'action gouvernementale : nous ne voulons point altérer l'unité politique de la France. Cette unité politique n'a point été créée
par la centralisation administrative, qui s'est au contraire
entée sur elle comme une superfétation dangereuse et op-
pressive pour le pays. Non-seulement la centralisation
administrative que nous attaquons ne concourt pas à for-
tifier pour l'avenir notre unité politique, mais au contraire elle tend à l'altérer, à la dissoudre, à créer précisément tous les maux dont elle prétend être le remède;
et c'est ce que j'espère prouver quand j'aurai déblayé le
terrain du fatras d'objections dont on l'a encombré, comme
pour nous faire perdre de vue la route que nous devons
suivre dans ce dédale. C'est à ce déblaiement que sera
consacré la fin de ce chapitre et le chapitre suivant. Puis,
nous montrerons comment la centralisation a bien une
autre portée encore; comment elle plonge la France dans
une éternelle enfance; comment elle altère la vérité du
gouvernement représentatif; comment elle tend à n'en
faire qu'un vain simulacre, en viciant même la représentation élective, mécanisme dérisoire du moment que,
comme l'a dit M. Thiers, « les extrémités de la France
» seraient réduites à penser à Paris par la presse de la

» capitale, » monopole odieux et flétrissant que nous re-
poussons avec indignation, pour nous et pour la postérité!

Je n'examine encore la question que sous ses rapports
généraux; — que les intérêts des communes soient mieux
régis par le ministère qu'ils ne le seraient par elles-mêmes;
qu'elles fussent inévitablement conduites à se ruiner si on
les laissait administrer leur propre chose; qu'elles n'en-
tendissent rien à leur bonne gestion; que les grandes villes elles-mêmes fussent ainsi livrées à l'arbitraire et à
l'absence de toute idée saine, comme je ne sais quels renseignements apocryphes l'ont fait croire, à M. Thiers, de
la ville de Bordeaux, au sujet de l'abattoir; ce n'est pas
ce que j'examine aujourd'hui. Nous verrons cela en son
lieu; nous verrons que, sans être aussi prodigieusement
éclairés que les bureaux ministériels, nous ne sommes pas
cependant, dans nos villes et dans nos campagnes, aussi
ignares, aussi désordonnés, aussi processifs que les divers
ministères nous ont représentés, d'après les faux renseignements qu'on leur a donnés; que, surtout, nous ne mé-
ritons pas le ton de dénigrement et de supériorité pris
contre nous par les écrivains centralisateurs.

Mais, pour le moment, il s'agit seulement de la centralisation dans ses rapports avec l'unité politique de l'État.
Epuisons ce point avant de passer à un autre.

A l'appui de la doctrine, les centralisateurs ont cité la
centralisation judiciaire établie en France par l'existence
de la cour de cassation. Ils ont dit que sans cette cour,
malgré l'uniformité de nos codes, une jurisprudence diverse et contradictoire s'établirait dans le ressort de nos
cours royales; que, pour arriver à l'unité administrative,
il fallait donc faire ce qu'on avait fait pour l'unité de la

jurisprudence; que, pour arriver à ce but, il fallait donc à Paris un pouvoir administratif unique et centralisé qui servît de contrôle à tous les pouvoirs administratifs de France, pour les ramener à l'unité, ainsi que la cour de cassation le faisait pour les pouvoirs judiciaires; et que ce pouvoir, régulateur de l'administration provinciale, ne pouvait être mieux placé que dans les mains du ministère.

Tel est l'argument. Je lui donne toute sa force, afin de mieux le réfuter.

Je fais observer d'abord qu'il n'est plus question ici de l'unité politique du pays, mais seulement de l'unité administrative, ce qui, certes, est bien loin d'avoir la même importance. Il est bon, dès le premier pas, de ne pas laisser s'établir, sans la signaler, cette confusion des mots qui pourrait s'étendre jusqu'aux choses.

Mais, abordant la difficulté elle-même, je m'empare de la comparaison qu'on nous oppose, et je la retourne contre mes adversaires comme l'arme la plus puissante qui pût être remise en nos mains.

En effet, à quoi se borne le pouvoir, l'action, la centralisation de la cour de cassation? Uniquement à juger si les arrêts des cours royales sont ou non conformes aux lois dans leurs dispositions spéciales à chaque matière; mais la cour de cassation a-t-elle le droit d'entrer dans l'examen des faits, de réformer l'appréciation des faits, et de casser, sur ce point, les arrêts de la magistrature provinciale? Non, sans doute : tout se borne, pour elle, à l'examen du point de droit; encore faut-il remarquer que si trois cours royales décident successivement le point de droit dans un sens opposé à celui de la cour de cassation, la jurisprudence des cours royales prévaut, sauf le recours à la puissance législative pour une nouvelle interprétation de la loi.

Or, est-ce ainsi que procède la centralisation adminis- trative? Non, sans doute : elle ne se borne pas à exami- ner si les administrations provinciales ont ou non violé les lois, par les décisions qu'elles ont prises sur leurs in- térêts locaux; mais elle a la prétention positive, et c'est là son caractère le plus distinctif, d'apprécier les faits eux- mêmes sur lesquels reposent les intérêts locaux, de réfor- mer la décision des autorités locales, en ce qui touche leurs décisions sur les faits locaux; en un mot, non pas seulement de ramener les décisions administratives à l'u- niformité légale, mais de juger de nouveau le fond de ces décisions elles-mêmes, et de le juger souverainement, quoiqu'en pleine ignorance de cause.

C'est donc nous qui avons à nous servir, pour notre dé- fense, de l'exemple invoqué par les centralisateurs. Qu'on réduise la centralisation administrative aux mêmes limites que la centralisation judiciaire de la cour de cassation, c'est précisément ce que nous demandons; et encore fau- dra-t-il examiner ensuite si cette centralisation, ainsi ré- duite, devra être confiée aux mains du ministère. Ceci est une question qui viendra plus tard; mais toujours est-il vrai que, pour conserver l'unité de la jurisprudence, la cour de cassation ne rejuge pas le fond des procès déjà jugés par les cours royales; tandis que le ministère, au lieu de se borner, comme elle, à voir si les décisions lo- cales ne violent pas les lois, entre dans le fond même des questions, entreprend d'apprécier les faits, leurs rapports avec les intérêts locaux et avec les décisions intervenues; en un mot, qu'il rejuge de nouveau, qu'il prononce seul et en souverain arbitre sur le point de fait, ce qui est essentiellement interdit à la cour de cassation dans l'ordre judiciaire.

On voit, par cet éclaircissement, que ce n'est pas l'unité administrative qui est établie par la centralisation que je combats, mais bien l'absolutisme administratif de la capitale, et l'asservissement universel de toutes les administrations locales; aussi, dans l'ordre judiciaire, toutes nos cours royales conservent leur pleine et entière indépendance, ce qui concilie la bonne, prompte, impartiale distribution de la justice avec l'unité de la jurisprudence; tandis que la fausse et monstrueuse centralisation administrative fait peser une mauvaise, une lente et une partiale oppression sur tous nos intérêts locaux.

CHAPITRE V.

Continuation du même sujet.

Au point où nous avons conduit cette discussion, on doit être parfaitement convaincu qu'en attaquant la centralisation administrative, je ne porte aucune atteinte à l'unité politique du pays et du gouvernement; qu'il n'est nullement question, ainsi qu'on nous l'a reproché à la tribune, de créer en France trente-sept mille petits états indépendants, faisant, à eux seuls, leur police et leur législation, et que c'est par le plus étrange abus de mots qu'on est arrivé à une pareille confusion d'idées.

En maintenant tout ce qui fait l'unité politique de l'État, en maintenant tout ce qui assure la hiérarchie et la dépendance constitutionnelle des corps constitués, une fois toutes les obligations de la commune et du département remplies envers la patrie, il n'est question, en les considérant comme individualités, que de leur laisser la libre gestion de leurs intérêts particuliers, en se conformant aux lois, de même que les citoyens eux-mêmes ont la gestion de leurs propres affaires, vendent, aliènent, empruntent, bâtissent, plantent, arrachent, et cependant ne sont pas législateurs, ne sont pas affranchis de toute obéissance aux lois faites par les pouvoirs politiques, ne sont pas, en un mot, en état d'anarchie.

Quant à l'unité de la jurisprudence administrative, nous avons expliqué que nous ne refusons pas à l'État le moyen de la maintenir, précisément en usant de moyens semblables à ceux qui maintiennent cette unité dans la jurisprudence judiciaire ; que nous trouvons convenable et bon que le pouvoir ait les moyens de ramener toutes les décisions administratives, soit du département, soit de la commune, au respect des lois, si elles s'en écartent ; mais seulement en jugeant la légalité des décisions, et nullement le fond des questions, le point de fait, l'intérêt local et matériel sur lequel les décisions sont intervenues. Ainsi tombent et s'évanouissent toutes les craintes d'illégalités municipales dont on a voulu nous effrayer, et, pour les prévenir, nous n'avons pas besoin de maintenir l'omnipotence ministérielle dont, jusqu'à présent, les départements et les communes sont esclaves.

Pour arriver à cette unité administrative (qui n'est pas la centralisation, qu'on y prenne bien garde !) il serait bien, je pense, que le gouvernement, résumant toutes les

règles de la matière, présentât aux chambres un réglement général sous le nom de *code administratif* (1) ; puis
une autorité spéciale pourrait être créée, qui serait précisément aux corps administratifs ce qu'est la cour de cassation aux corps judiciaires, et qui, sans juger les questions de fait, jugerait seulement la légalité des décisions
qui lui seraient déférées par les parties intéressées ou par
la puissance publique ; confirmant celles qui seraient conformes aux lois, et réformant les autres. Et je n'omet-
trai pas d'ajouter que toutes matières gouvernementales
ne ressortiraient point de cette autorité, et resteraient toujours sous la seule surveillance du pouvoir exécutif proprement dit.

Alors, les décisions communales et départementales seraient exécutoires, non pas lorsqu'elles auraient été con-
firmées, mais quand elles n'auraient pas été cassées, ce
qui éviterait à la fois la subjection des provinces et l'in-
terminable lenteur des affaires. Car, il ne faudrait que
fixer un délai fatal, pour la puissance publique comme
pour les parties intéressées qui croiraient devoir attaquer
la légalité de ces décisions ; passé ce délai, quand il n'y
aurait pas eu appel, tout serait dit et les affaires marcheraient. S'il y avait appel, un délai fixe encore pour le vi-
der (ce qui serait facile puisqu'il ne serait plus question
d'examiner des faits compliqués, mais seulement la légalité des décisions), et les affaires marcheraient bientôt.
A quoi j'ajoute qu'il serait bien que la légalité des délibérations communales fût examinée au chef-lieu du dé-

----

(1) Ce code, qui nous manque, et auquel il faut péniblement suppléer en colli-
geant des lois éparses. serait le complément précieux de nos codes civil et criminel.

partement, et la légalité des délibérations départementales, à Paris.

Ce que je propose ici, serait sans doute une grande réforme : mais je la crois bonne et possible. Je fais observer, d'ailleurs, que si l'on ne voulait pas créer cette cour
de cassation administrative (1), on pourrait laisser au ministère la latitude exorbitante, à mon avis, d'en exercer
le pouvoir régulateur; mais, je le répète, en ne lui donnant le droit de juger que la légalité des décisions municipales et départementales, et en lui interdisant le droit
de juger le fond, de décider le point de fait, d'attenter, en
un mot, à l'individualité de la commune et des départements, et de se mettre en leur lieu et place pour la gestion
de leurs propres affaires.

Ainsi, l'unité politique, la hiérarchie des corps constitués, l'unité administrative seraient soigneusement distinguées et maintenues. La centralisation seule disparaî-
trait.

Avant de passer à l'examen des effets que cette organisation aurait pour la bonne ou mauvaise gestion des intérêts communaux et départementaux, terminons tout ce
qui touche l'unité politique de l'État.

Nos adversaires mettent tout au pire sur ce point. Ils
nous attribuent mille exagérations auxquelles nous ne pensons pas, pour se donner le plaisir de les réfuter. Par
exemple, ils nous attribuent le projet d'établir l'affranchissement intégral, l'indépendance absolue des communes, ce qui les conduit à supposer que toute unité admi-

---

(1) Je prévois qu'on va me renvoyer au conseil d'État, mais le lecteur sentira
facilement que l'organisation et les attributions de ce corps ne sont pas conformes à ce que je demande ici.

nistrative serait détruite, et que mille illégalités municipales seraient commises sans qu'il fût possible d'y remédier. Ils en concluent encore qu'il faudrait ôter au roi le
choix des maires, et le laisser à la libre disposition des
communes. Puis, ils font mille raisonnements pour démontrer les inconvénients de ce système dans l'ouest et
dans le midi de la France. A tout cela, je ne répondrai
rien ; cela tombe tout seul. Nous ne demandons pas l'a-
bolition de la hiérarchie administrative, nous ne demandons pas que les illégalités soient exemptes de contrôle ;
nous ne demandons pas que les maires soient directement
nommés par les communes, et constitués, dans leur ressort, législateurs suprêmes. Le temps que l'on a employé
à réfuter les prétentions que nous n'avons pas, est du
temps perdu.

Mais, passant à la question politique, nos contradicteurs voient, dans la centralisation administrative, le
moyen qui donne à l'État le nerf nécessaire pour porter
la guerre au dehors avec succès et promptitude ; à propos
de quoi, ils citent les succès de Napoléon qui, tous les deux
ans, se jetait sur l'Europe, et qui, grâce à la centralisation administrative de la France, sillonnait le continent
de victoires rapides et multipliées.

Sans examiner jusqu'à quel point la centralisation pouvait contribuer aux miracles militaires de Napoléon, j'admets le fait, et je dis que je ne la regretterai nullement,
même sous ce point de vue ; au contraire, c'est précisément
pour cela que je ne voudrais pas de centralisation, arme
terrible, qui, étouffant la liberté au dedans de l'État,
donne effectivement à un chef militaire le moyen d'accomplir de funestes triomphes qui flattent la vanité na-

tionale, et qui lui offre l'esclavage des autres peuples en indemnité de son propre asservissement!

L'exemple de Napoléon est on ne peut plus mal choisi. La centralisation, bonne pour l'agression, ne vaut rien pour la défense; c'est avec ce système qu'il a déchiré l'Europe tant qu'il fut secondé par la victoire; c'est avec ce système que, dans ses revers, il est resté seul et abandonné, parce que la centralisation lui avait donné le moyen d'abuser des forces nationales et d'éteindre le patriotisme par épuisement; ainsi la France fut envahie, et Paris une fois pris... tout fut fini!...

Quand nous examinerons la question sous le point de vue de la liberté politique, je ferai voir que la centralisation était en harmonie avec l'absolutisme impérial; mais qu'elle est un contre-sens, une anomalie, dans un système vraiment libre et représentatif.

Je me borne à dire maintenant que la centralisation administrative ne donne aucune garantie de la défense de l'État; je soutiens, au contraire, qu'elle fournit des chances de succès à l'invasion.

Quand les localités diverses sont accoutumées à s'administrer elles-mêmes, il en résulte pour elles l'habitude de prendre, sans recevoir la direction de Paris, toutes les décisions qu'elles croient bonnes et utiles; il en résulte une habitude d'indépendance, une habitude de résolution, un sentiment de dignité et de force. Que la guerre soit malheureuse, que la capitale soit envahie, la nationalité n'est point pour cela subjuguée; au contraire, elle a mille foyers, mille cratères, mille patriotiques éruptions, et l'ennemi qui a conquis la capitale n'a pas pour cela conquis la nation.

Mais en admettant l'omnipotence centralisante, les esprits des citoyens sont par cela seul énervés sur toute la surface du pays; ils sont accoutumés à ne rien faire par eux-mêmes, à ne rien prendre sur eux. Quand ils ne reçoivent pas les ordres de la capitale, les journaux de la capitale, la vie de la capitale (ce que nos contradicteurs trouvent si beau, si admirable, et moi, ce que je trouve si funeste et si anti-libéral), alors ils ne pensent plus, ils n'agissent plus, ils ne vivent plus. L'habitude de l'assujétissement, de la subjection même, les a *dévirilisés*; ils sont inertes, routiniers, passifs. — La capitale une fois prise, tous les ressorts centraux de l'administration sont entre les mains du vainqueur étranger, ou de la faction intérieure qui a triomphé. — Tout est dit, et le reste du pays obéit en silence. Il ne faut pour cela qu'un courrier par département.

Toutes ces déclamations, sur la force militaire, que la centralisation administrative donne à l'État, portent donc à faux. En cas de guerre défensive, la centralisation est une source féconde de faiblesse et de revers. En mettant tout au mieux, elle serait au moins sans aucun bon effet, parce qu'alors tout son mécanisme serait détraqué par les évènements.

Si, de nos jours, l'Espagne a eu tant de moyens de résistance, tout envahie qu'elle était, c'est précisément à sa décentralisation qu'elle les a dûs (1).

Si nous examinons la résistance victorieuse qu'en 93

_____

(1) Je ne cite certainement pas l'Espagne comme un modèle d'organisation à suivre, mais je fais voir cet avantage au milieu de tous les vices anarchiques qui la minent.

la France opposa à l'Europe conjurée, nous aurons occasion de réfuter de nouvelles erreurs.

Ce ne fut pas du tout, grâce à la centralisation administrative qui n'existait pas, que la convention repoussa l'invasion du territoire. Ce fut par la dictature politique, non-seulement au centre, mais partout, sur toute l'étendue du territoire, où cette dictature civile, militaire, politique, judiciaire, était exercée par des proconsuls. — Or, certainement, rien ne ressemble moins à la centralisation administrative, telle qu'elle est maintenant établie, et telle qu'on veut la maintenir.

Cette dictature politique, tout à la fois concentrée et divisée, est une merveilleuse, une horrible, une incommensurable anomalie dans l'état social ; une de ces crises stupéfiantes et inimitables, que le génie des révolutions improvise au moment du besoin, mais qui n'a aucun rapport avec l'organisation régulière, lucide, libérale de l'état normal d'une société politique ; et c'est avec un étonnement mêlé de peine, que j'ai vu certains défenseurs de la centralisation, à propos de ces temps de troubles et de calamités, ressuscitant toutes les vieilles calomnies que la Montagne entassa contre les Girondins pour les conduire à l'échafaud, y joindre leur opinion personnelle, âpre, tranchante et profondément injuste.

Non-seulement, les écrivains dont je parle ont accusé les Girondins d'avoir voulu scinder l'unité nationale de la France, mais ils ont attribué ce prétendu projet aux motifs les plus puérils et les plus intéressés. — Habitués à des succès de province, disent-ils, les Girondins voulaient constituer celles où ils avaient pris naissance en états isolés, mais unis par un lien fédéral, afin de prolonger ces succès si chers à leur vanité, et de les prolonger sur des théâtres qui eussent plus d'éclat et d'élévation qu'auparavant. — Après cette accusation injurieuse à la mémoire de tant de grands citoyens, qu'elle calomnie, ils ont représenté la lutte établie entre la Montagne et la Gironde, comme ayant pour objet, de la part de la Montagne, d'empêcher cette division de la France; de la part des Girondins, de l'accomplir; de sorte que pour empêcher le succès de cette fatale prétention, la Montagne fut réduite à leur trancher la tête.

Quand on est aussi ignorant de l'histoire récente de son pays, on ne devrait pas en parler. Pour peu que nos contradicteurs eussent pris la peine d'étudier les faits, ils auraient su qu'ils étaient entièrement contraires à l'opinion qu'ils ont exprimée.

Les Girondins voulaient une organisation libérale, légale, forte pour la France; mais ils ne voulaient pas tolérer les crimes dont les jacobins et la commune de Paris souillaient la révolution. — Que ces crimes, et la terreur qui les suivit, fussent ou non nécessaires au salut de la patrie; que les jacobins eussent raison de les tolérer, que les Girondins eussent tort de vouloir les réprimer, ceci est une autre question tout à fait étrangère à ce que disent aujourd'hui nos contradicteurs; question généralement mal posée et mal connue; et que j'examinerai ailleurs. — La commune de Paris, protectrice des assassins des 2 et 3 septembre, dont la Gironde demandait le jugement, fut alors dans la nécessité ou de céder, ou d'opprimer la convention dont la grande majorité suivait la Gironde. Cette commune de Paris, centralisatrice féroce, qui voulait absorber en elle toute la puissance publique, entreprit donc de proscrire les chefs de la Gironde; et pour obtenir de la convention, qui les défendit jusqu'au dernier moment, la proscription des Girondins, elle ameuta contre elle toute l'infâme tourbe des faubourgs, excitée par les calomnies dont on se fait aujourd'hui l'écho, non pas à mauvaise intention, j'en suis convaincu, mais par ignorance historique.

Les Girondins, au contraire, voyant la représentation nationale opprimée, voyant une force usurpatrice et centralisante, imposer un joug de fer sur les délibérations du pouvoir constitutionnel émané du libre vote des quatre-vingt-trois départements, furent conduits, comme moyen défensif, à s'appuyer sur les départements, c'est-à-dire sur la France, contre le despotisme sanguinaire de la commune de Paris. C'était donc pour la défense de la convention, seul véritable pouvoir central, seule véritable unité politique, qu'ils appelèrent, hélas! vainement les départements à leurs secours. — Et l'échafaud termina leur glorieuse vie!

Si l'on me croit partial dans le récit des faits, que l'on consulte l'histoire de la révolution par M. Thiers, par M. Thiers qui défend la cause de la centralisation, et on verra que les faits y sont racontés, précisés, détaillés, ainsi que je les raconte moi-même, et que l'imputation adressée aux Girondins de vouloir rompre l'unité nationale, y est nettement traitée de calomnie.

Encore, si l'on s'était contenté de défigurer le fait historique, je le laisserais faire. L'histoire est là, les souvenirs contemporains sont là, et les défenseurs de la centralisation ne prévaudront certainement pas sur la voix de la France. Mais qui leur a donné le droit d'interpréter les intentions mêmes des Girondins? De supposer à ces grands patriotes le projet de diviser la patrie, pour satisfaire les misérables vanités de leur amour-propre? Où donc a-t-il vu que « les Girondins fussent accoutumés aux succès de » province?... » Aux succès de province!... Je souhaite à mes contradicteurs des succès de province semblables à ceux de Guadet et de Vergniaud!... illustres enfants de la liberté, qui, par la force de la parole et de la vertu, conservèrent leur ascendant sur la représentation nationale de toute la France, jusqu'au dernier moment, malgré l'insurrection permanente de la capitale, et qui ne le perdirent, cet ascendant glorieux, que sous la centralisation féroce du tocsin, des piques et des canons de la commune de Paris!... Il faut être possédé d'une cruelle manie de donner raison à la capitale et tort aux provinces, pour émettre dans cette occasion une opinion pareille!

Je ne m'excuserai pas de la digression à laquelle je viens de me livrer; elle est toute de mon sujet, et mes lecteurs comprendront que j'y ai été naturellement conduit. — Continuons donc l'examen dans lequel nous sommes engagés.

Les défenseurs de la centralisation sont animés d'un tel enthousiasme pour la centralisation, qu'ils trouvent étonnant que nous attaquions ce beau système que toute l'Europe nous envie, ce système que les radicaux anglais, au moins les plus instruits, ceux qui veulent profiter de la réforme, ont le dessein d'introduire en Angleterre, pour remplacer, par des magistratures salariées, les magistratures libres des comtés, qui sont entre les mains de l'aristocratie. — Éclaircissons un peu cette confusion de mots.

Si par l'Europe, on entend les gouvernements du con-

tinent; si l'on pense que ces gouvernements, à l'absolutisme de leur pouvoir politique, seraient charmés d'ajouter la centralisation administrative, je suis assez porté à
croire qu'il peut effectivement en être ainsi. Mais si par
l'Europe, on entend les peuples européens, les Prussiens
par exemple, et si l'on pense qu'en outre de l'absolutisme
politique qui pèse sur eux, ces peuples voudraient abdiquer leurs franchises municipales pour y substituer la
centralisation administrative qui compléterait leur asservissement, je ferai observer qu'on se trompe, et beaucoup.
Il ne faut que s'entendre sur le sens des mots.

Si l'on pense que les radicaux anglais désirent se servir
de la réforme pour affaiblir l'influence de l'aristocratie,
on a raison. Mais si l'on pense que, pour atteindre ce but,
ils veulent détruire les franchises municipales qui font
l'orgueil et la liberté de la vieille Angleterre, on a tort,
complètement tort.

J'ai eu occasion de causer sérieusement sur ce sujet avec
le docteur Bowring, lors de son passage à Bordeaux; je
ne sais pas si M. Bowring est précisément ce que l'on appelle un radical, mais je peux du moins affirmer que c'est
un wigh libéral fort instruit, et dont les opinions sont,
en beaucoup de points, plus démocratiques que les miennes.

J'essayai de lui expliquer notre système de centralisation, et de lui faire comprendre le mécanisme par lequel
nos provinces sont dépouillées de toute volonté, de tout
libre arbitre sur leurs propres intérêts, et ne peuvent les
gérer que sous le bon plaisir du ministère. Ce lui était un
grand sujet d'étonnement. En Angleterre, me disait-il,
nous ne souffririons rien de semblable. Quand nos provinces ont rempli leurs devoirs envers le gouvernement,

et satisfait aux besoins des intérêts généraux, elles sont
libres, maîtresses de leurs intérêts particuliers, et cela,
jusqu'aux plus petites ramifications. C'est ce qui rend in-
vulnérable la liberté de l'Angleterre. En effet, quand le
ministère tory, le ministère de. Wellington était à la tête
du gouvernement, vous nous croyiez opprimés en Angleterre, et vous vous trompiez. La force des libertés locales
empêche le pouvoir d'arriver jusqu'aux intérêts de la cité.
L'idée de l'essayer ne viendrait même pas au ministère le
plus tory qu'on pût imaginer. Un ministère de ce genre
serait un fléau qui passerait sur l'Angleterre presque sans
la toucher, et qui se servirait de ses forces pour aller opprimer au dehors la liberté des autres peuples, ainsi que
leurs développements sociaux; et c'est précisément dans
la force de nos libertés provinciales que nous avons un
égide impénétrable à toute tyrannie.

CHAPITRE VI.

Objections présentées contre la bonne gestion des intérêts communaux et départementaux.

Après avoir réfuté les arguments des défenseurs de la
centralisation en faveur de la centralisation administrative relativement à l'unité politique de l'État, examinons
la centralisation dans ses rapports avec la bonne gestion
des intérêts communaux et départementaux.

Car, qui l'aurait cru? Les orateurs et les écrivains centralisateurs ont entrepris de prouver que c'est uniquement

à la centralisation que ces intérêts doivent être soumis, si l'on veut qu'ils soient bien gérés ; que, par nous-mêmes, nous chétifs provinciaux, nous sommes incapables de régler nos affaires ; que nous sommes si ignorants, si processifs, si dilapidateurs, qu'avant long-temps, toutes nos communes, toutes nos grandes et petites villes, tous nos départements seraient ruinés par nous, si on nous dégageait du joug protecteur de la bureaucratie ministérielle.

Certes, je le reconnais, il a fallu du courage pour se consacrer à la défense d'une pareille cause, et c'est avec raison que ses avocats eux-mêmes l'ont qualifiée de cause désespérée. Le bon sens général (et c'est ici sans contredit qu'on peut faire la juste application de cet antique adage, *vox populi, vox dei*) s'élève comme une immense clameur contre cette prétention, et la frappe d'une invincible réprobation. Tout le monde comprend que les besoins locaux ne peuvent être bien appréciés que par les parties intéressées elles-mêmes, par l'intelligence locale qui connaît les ressources, les difficultés, l'urgence plus ou moins grande de tel ou tel développement. Tout le monde comprend que réunir à Paris tous les ressorts administratifs qui doivent présider à l'action de tous les intérêts locaux des quatre-vingt-six départements, et des trente-huit mille communes de France, comme tous les fils d'une toile d'araignée qui aboutissent au centre où elle se tient pour dévorer sa proie, c'est sacrifier le bien-être de tous les intérêts au désir dangereux de faire du pouvoir à tout propos, et hors de propos ; c'est sacrifier à la fois au seul intérêt et au seul amour-propre de la capitale, le juste amour-propre et l'intérêt légitime de toute la France. C'est ce que je vais développer et prouver, dût-on m'accuser de fédéralisme, et me reprocher de courir après des succès de province. Je prendrai volontiers ma part des calomnies dirigées contre Vergniaud, Guadet, Gensonné, contre nos plus grands et nos meilleurs patriotes !

Je ne me dissimule pas que les développements où je vais entrer auront quelque étendue, mais j'espère qu'on aura la patience de m'y suivre. C'est notre cause à tous que je défends ; elle est combattue par des sophistes adroits, qui puisent dans la prétendue exactitude de certains chiffres, et dans la prétendue certitude des documents officiels dont ils ont le monopole, des arguments qu'ils croient décisifs contre nous. Il est donc urgent d'analyser leurs arguments pas à pas, afin de ne laisser aucun échappatoire à leur insidieuse dialectique ; il faut en faire voir tous les vices, tous les contre-sens, tout le néant ; il faut en séparer toutes les inductions historiques dont ils font une fausse et subtile application.

Avant d'aborder le fond du débat, je dois dire un mot d'une note de Napoléon, dont toute la presse parisienne s'est appuyée pour défendre la centralisation. Cette note, empreinte de cette rectitude de vue, de cette volonté simple et forte, de ce positif, en un mot, qui faisait le caractère principal du génie de Napoléon, sert d'appui à mon système, bien loin de pouvoir lui être opposé.

D'abord, quel est le premier objet qui frappe Napoléon ? C'est le désordre, la spoliation universelle des communes au sortir de nos temps de troubles et d'anarchie. Quelle était la cause de cette spoliation générale ? C'est précisément l'empire que la terreur centralisatrice avait exercé sur tous les départements ; c'est parce que nos départements avaient été soumis au pouvoir de proconsuls venant de la capitale; c'est parce que tous les administrateurs locaux avaient été choisis sous l'empire de cette terreur et du parti qui l'organisait; c'est parce que ces administrateurs étaient les agents des réquisitions, des taxes, des envahissements de toute sorte dirigés contre le *propriétairisme*, contre le *négociantisme*, contre le *fédéralisme*; c'est parce qu'une seule dénonciation, venant de ces milliers de petits tyrans, suffisait pour conduire à l'échafaud le suspect qu'elle aurait désigné à la vindicte jacobine; c'est par l'ensemble de toutes ces circonstances que toutes nos villes et communes avaient été spoliées et ruinées, car on conçoit facilement qu'en cet état de choses, personne n'avait envie de faire rendre compte aux pouvoirs départementaux et municipaux de l'abus qu'ils pouvaient avoir fait, contre les citoyens, de la gestion locale qu'ils avaient exploitée.

A ce désordre, que la faiblesse du gouvernement directorial n'avait pas réprimé, quel remède propose Napoléon dans sa note adressée à Lucien? Une véritable dictature, intelligente, active, arbitraire, inquisitoriale même, mais agissant pour le bien-être et la pacification des peuples. Et, tout partisans que nous sommes de la légalité, de la constitutionnalité, nous ne contestons pas que, dans les circonstances où était alors le pays, les moyens indiqués par Napoléon ne fussent appropriés aux nécessités terribles qu'il n'avait point créées, mais dont il lui fallait tout à la fois accepter et dompter les conséquences.

Mais on voit que cette dictature temporaire (qu'ensuite il eut le tort de rendre organique, quand, après avoir réprimé l'anarchie, il perpétua le pouvoir absolu) n'a rien de commun avec nos circonstances actuelles, qui n'en nécessitent en aucune manière l'établissement. Dans notre système libéral et représentatif, le maire ne pouvant agir financièrement qu'avec le concours d'un conseil municipal indépendant, auquel il rend compte de tout; le maire obligé même, dans toutes les communes rurales, d'appeler au conseil les plus fort imposés de la commune en nombre égal aux membres du conseil municipal lui-même, toutes les fois qu'il est question d'une mesure que nécessite l'accroissement de l'impôt; le maire, limité dans les termes d'un budget arrêté par le conseil municipal lui-même, est certainement dans l'impossibilité de spolier l'intérêt communal confié à sa gestion, surtout lorsque l'ensemble de toutes ces garanties est encore prédominé par la liberté de la presse, liberté dont nous jouissons avec la plus grande extension, et qui signalerait à l'instant les dilapidations municipales si elles étaient commises.

Les motifs qui dictaient à Napoléon cette note énergique et positive, n'existent donc plus. Ce serait donc un anachronisme sans excuse que d'invoquer aujourd'hui les principes sur lesquels elle est basée, et je ne puis m'empêcher ici d'exhaler le mécontentement intérieur, fort rationnel à mon avis, qui s'empare de moi, lorsque, pour justifier telle ou telle mesure, on nous dit, comme argument sans réplique : *C'est une pensée de Napoléon, c'était un projet de Napoléon.* Mais cette pensée, mais ce projet, s'appliquaient à d'autres circonstances, reposaient sur d'autres nécessités, faisaient partie d'un ordre politique différent de notre système actuel. C'est le plus étrange contre-sens que de vouloir appliquer à une ère éminemment pacifique, les plans commerciaux, prohibitifs, stratégiques même, d'un régime fondé sur la guerre et l'envahissement universel; et c'est un contre-sens au moins aussi dangereux, que de vouloir appliquer à l'organisation intérieure d'un régime de liberté, les principes d'un régime basé sur la consécration du pouvoir politique le plus absolu qui ait jamais existé!

Débarrassés maintenant de toutes fausses inductions historiques, examinons la question en elle-même.

Est-il vrai que si on laisse aux corps municipaux la libre gestion des intérêts de la commune, la commune sera mal administrée et promptement ruinée?

Mise ainsi à nu, la doctrine ministérielle paraît ce qu'elle est, souverainement injuste et choquante.

Examinons-la en détail.

Et pourquoi la commune serait-elle ruinée?

Parce que, nous répondent les écrivains ministériels, les pouvoirs municipaux la grèveraient incessamment d'impôts, de centimes additionnels, pour fournir aux travaux, aux réparations, aux défrichements, aux dessèchements, etc., etc., qu'ils ordonneraient.

Or, je réponds, moi, que rien n'est plus absurde qu'une pareille assertion.

A part quelques erreurs de ce genre qui ont pu être commises dans quelques grandes villes, et qui ne se reproduiraient plus, parce qu'elles tenaient au régime municipal alors existant et sont impossibles sous le régime actuel, on doit remarquer, dans toutes les communes du second ordre, et surtout dans l'immense généralité des communes rurales, une tendance tout opposée, c'est-à-dire l'économie poussée à l'excès, et une grande répugnance à voter des centimes additionnels pour satisfaire aux nouveaux travaux dont le maire pourrait faire la proposition.

Cela paraîtra d'autant plus évident, si l'on réfléchit que, pour donner force à toute délibération de ce genre, le maire est obligé de convoquer les plus fort imposés de la commune, en nombre égal au conseil municipal siégeant; or, ces propriétaires, ces plus fort imposés, pris en dehors du conseil municipal (1), n'ont aucun motif de corps qui puisse les induire à consacrer, par leur vote, une décision ruineuse pour la commune, et dont le poids tomberait principalement sur eux, en leur qualité de plus imposés. N'est-il pas contradictoire jusqu'à l'absurde, de supposer que le maire, le conseil municipal et les propriétaires les plus imposés de la commune, s'entendront pour la grever et la ruiner par des dépenses exorbitantes et sans utilité? et que le chef du bureau du ministère, d'après le rapport duquel la sanction ou le refus ministériel sera prononcé sur la délibération communale, doué d'un infaillible instinct, devinera à cent cinquante lieues de là, si les travaux proposés sont utiles à la commune, et si elle peut supporter sans inconvénient le surcroît de charges financières nécessité par ces travaux?

Voilà la doctrine des partisans de la centralisation ; qu'on la juge !

Vainement nos contradicteurs ont-il dit, avec une convenance d'expression que tout le monde appréciera, qu'il serait absurde de laisser à la disposition de deux douzaines de villageois la décision des intérêts de leur commune.

---

(1) Notez bien que si l'élection a eu quelques inconvénients, ceci les corrige; car les plus imposés, qu'on appelle dans ces circonstances importantes, sont pris nécessairement parmi ceux des propriétaires que l'élection n'a pas portés au conseil municipal et qui, par conséquent, ont un motif de position, d'intérêt et d'amour-propre, à surveiller soigneusement le maire et le conseil municipal.

Je trouve au contraire que cela est éminemment juste et rationnel. Deux douzaines de villageois, puisque villageois il y a, quand ils sont pris parmi les notabilités du pays, parmi les propriétaires les plus imposés, sont beaucoup plus aptes à connaître ce qui convient à leur village que les chefs du bureau du ministère, et que le ministre lui-même; à quoi j'ajoute que, parmi ces villageois, se trouvent toujours des propriétaires instruits, intéressés au bien-être de la commune où ils ont leurs domaines, et dont les villageois écouteront les conseils avec autant de bienveillante attention, qu'ils sont naturellement portés à se roidir contre les exigences sans raison de la bureaucratie préfectorale et ministérielle.

Mais, à l'appui des prétentions centralisantes du ministère, on nous a rendu le service de dire que, si les communes s'imposent elles-mêmes pour leurs besoins particuliers, pour leurs améliorations locales, le gouvernement ne pourra plus frapper sur elles de nouveaux impôts si ses besoins les nécessitent.

D'abord c'est supposer, contre la vérité, que les communes feront usage de leur droit pour se grever elles-mêmes outre mesure : c'est supposer encore que les travaux qu'elles exécuteront ne tourneront pas à leur avantage, car toute dépense faite en travaux utiles enrichit une commune au lieu de la ruiner. Mais, à part tout cela, traduisons la pensée des centralisateurs en bon français, clair et intelligible à tous; voici ce qu'elle signifie :
— Quand nous, hommes du pouvoir, siégeant à Paris, nous voudrons, par exemple, dépenser trente millions pour embellir la capitale, nous ne pourront plus demander, par surcroît d'impôt, ces trente millions aux commu-

nes des provinces, parce que les villageois mal appris, les fédéralistes indisciplinés qui dirigent ces communes, auront déjà dépensé sur leur propre sol, en améliorations locales, les trente millions que nous voudrions leur prendre pour les monuments de la capitale. — N'est-ce pas affreux? N'est-ce pas intolérable?

Mais si vous empêchez les communes de dépenser pour elles les impôts qu'elles voteraient sur elles-mêmes, de peur qu'en se ruinant elles ne puissent plus suffire aux exigences du trésor public, pourquoi n'en faites-vous pas autant pour chaque citoyen? Car tout citoyen qui ménage mal ses intérêts, qui dirige mal ses affaires, et qui s'endette au-delà de ses moyens, s'ôte par cela seul le moyen de payer facilement au trésor de l'État les impôts qu'il réclame. Ne serait-il pas convenable, avec les doctrines que j'attaque, que le ministère se fît le tuteur général de tous les citoyens, afin de mieux assurer les recettes du trésor? ... Quelle pitié de voir employer des arguments semblables, pour disputer aux communes les plus simples et les plus légitimes libertés!

Quant à l'ardeur processive qu'on leur suppose, elle n'est pas plus réelle que leur prétendue ardeur de se grever outre mesure elles-mêmes de centimes additionnels. Tout cela n'est que sophisme à l'appui d'une mauvaise cause. S'il se trouvait quelque maire processif, lui imposer la nécessité d'obtenir, pour plaider au nom de la commune, l'assentiment du conseil municipal et des propriétaires les plus imposés, après avoir pris une consultation de trois avocats, comme le tuteur d'un enfant mineur, serait une garantie très-suffisante pour ce cas exceptionnel. J'ai l'honneur d'être un de ces villageois que mes

contradicteurs apprécient à la douzaine; je connais les
conseils municipaux des communes environnantes, et je
puis assurer qu'ils n'ont ni l'ardeur de fiscalité communale, ni la rage processive, ni l'ignorance de leurs propres affaires, que les écrivains de Paris leur attribuent
très-gratuitement.

Pour échapper aux inconséquences évidentes d'un système qui viole évidemment tout droit de propriété, le ministère a été obligé de soutenir que les communes n'étaient
pas propriétaires de leurs biens, comme les citoyens étaient
propriétaires des leurs. Mais à l'appui de cette inintelligible assertion (et je dis inintelligible, car en France il n'y a
plus qu'un droit uniforme de propriété), les défenseurs de
la centralisation n'ont donné aucune explication satisfaisante, aucune définition de ce droit imparfait de propriété,
droit qui serait plus que l'usufruit, et moins que la propriété, droit enfin dont il est impossible de se faire aucune
idée précise. Quant à moi, je suis convaincu que les communes sont bien propriétaires, et non pas simples usagères
de leurs biens, et que, comme propriétaires, il est tyrannique de leur en ôter, non-seulement la disposition pour
échanger ou vendre, mais encore pour les gérer à leur
fantaisie.

Il est si vrai que les communes sont réellement proprié
taires, que nous savons, d'une manière positive, qu'il en
est où l'on s'occupe, avec l'autorisation du gouvernement,
à partager les communaux entre tous les habitants, par
portions égales, à raison du nombre des habitants de la
commune, de sorte qu'alors cette propriété, au lieu de
collective qu'elle est, deviendrait particulière et spéciale
à chaque membre de la communauté. Mesure qui, dans

tous les cas où les localités permettent de l'exécuter, serait, selon moi, très-libérale, très-progressive, très-utile;
car en donnant à une grande quantité de prolétaires les
moyens de devenir propriétaires, pour si peu que ce soit,
on les attacherait à l'ordre politique et social, dont alors
ils ne se regarderaient plus comme des parias, comme
des enfants déshérités! Et j'ajoute que les communaux
ainsi exploités par les particuliers, rendraient dix fois
plus qu'ils ne rendent aujourd'hui,

De ce fait, je conclus que la propriété des communes
est bien réelle et positive; qu'elle est bien cette propriété
définie par les lois *jus utendi et abutendi*, et que leur en
ôter la libre disposition, c'est très-certainement violer en
elles le plus précieux et le plus incontestable de tous les
droits.

On peut apprécier maintenant ce que valent les assertions des défenseurs de la centralisation sur les prétendus
inconvénients qu'il y aurait à laisser les communes gérer
elles-mêmes leurs intérêts. Dans le chapitre suivant, nous
verrons la contre-partie de celui-ci. D'accusés, nous nous
ferons accusateurs. Nous tracerons l'exposé rapide des inconvénients innombrables qui résultent, pour les communes et pour les citoyens, de l'omnipotence ministérielle
qui centralise à Paris la décision de tous les intérêts des
provinces, et l'on verra quels sont, pour les progrès du
bien-être et de la civilisation nationale, les désastreux
effets de ce régime arbitraire et despotique.

CHAPITRE VII.

Des Inconvénients et des Dangers de la Centralisation.

—

Après avoir montré que les craintes inspirées par l'affranchissement des communes sont dénuées de fondement, faisons voir les inconvénients bien autrement réels qui naissent de la dépendance forcée où on les retient. — Et si je ne parle ici que des communes, c'est pour ne pas compliquer encore notre sujet et l'étendre sans mesure, car la centralisation porte le même préjudice à l'arrondissement et au département. Avant d'aller plus loin, je dois cependant réfuter des erreurs assez répandues.

Les partisans de la centralisation ne peuvent guère contester l'existence de la commune comme individualité dans l'État. Mais ils contestent, sans crainte, l'existence de l'arrondissement et du département. Selon eux, ce ne sont que des délimitations idéales, fictives, tracées sur la carte de France, pour diviser et subdiviser l'administration, et faciliter l'action du gouvernement, mais le département et l'arrondissement n'ont pas de véritable individualité qui leur soit propre. On pourrait, disent-ils, les agrandir, les diminuer, en changer les limites, en restreindre, en augmenter le nombre à volonté, sans porter préjudice à leurs intérêts, sans faire violence à leurs habitudes, ce qui indique suffisamment que leur existence est tout-à-fait factice et de convention. Si l'on accorde ce point, on voit facilement que les centralisateurs se croiront fondés à nier les intérêts particuliers du département et de l'arrondissement qui n'auraient point d'existence particulière.

et à les considérer uniquement dans leurs rapports avec
l'existence centrale de l'État. Ils n'osent en dire autant de
la commune, quoiqu'ils en eussent grande envie. Mais
forcés de lui reconnaître une existence théorique, ils la lui
suppriment, par le fait, au moyen de la centralisation.
Cela revient presque au même.

Si nous voulons nous rendre un compte exact de la réalité, une analyse complète nous fera voir que dans l'État,
en outre des citoyens considérés comme individualités personnelles, ayant leur intérêt particulier en dehors de leurs
rapports avec l'État, il n'y a d'individualité réelle que
celle de la famille; encore celle-ci, par les séparations et
alliances successives, tend sans cesse à se diviser, à se subdiviser, et enfin, après un petit nombre de générations,
à s'éteindre pour renaître en individualités nouvelles du
même genre.

La commune elle-même n'a point une existence primitive et réelle; la nature n'a point créé de commune. Le
seul rapprochement des intérêts voisins qui se groupent,
la forme et la constitue. Puis, le laps de temps, les souvenirs, les usages en consacrent l'existence.

De même l'arrondissement, ou le canton, qu'on pourrait et qu'on devrait considérer comme une grande commune, n'a certainement pas d'existence primitive. Mais si
la loi qui l'a tracé permet à l'arrondissement, ou au canton, pour son bien-être et son administration, de mettre
en commun ses ressources, ses délibérations, ses efforts,
afin de travailler à l'amélioration morale et physique de
ses habitants, il en résultera nécessairement, pour l'arrondissement et pour le canton, une communauté d'intérêts, de souvenirs, d'action sociale qui lui donnera une

existence très-réelle, une très-véritable individualité. Au lieu d'une subdivision chimérique dans l'État, vous aurez ainsi une organisation sincère et forte qui accélérera puissamment les progrès de la civilisation et de la liberté.

Il en sera de même, et à plus forte raison, du département.

Puis, en considérant cet ensemble d'individualités sociales successivement unies pour former la grande individualité nationale de la France elle-même, on aura les citoyens groupés en communes, les communes groupées en cantons et en arrondissements, les arrondissements groupés en départements, et enfin tous les départements groupés sous l'action directe du gouvernement, constituant l'État dans toute sa grandeur et dans toute sa force, au moyen de toutes ces individualités réunies.

Que l'on ne crie point au fédéralisme, car jamais système social ne fut plus unitaire que celui que je présente aux méditations des hommes éclairés : jamais l'unité de l'État ne serait plus homogène et plus compacte, que celle qui serait ainsi formée par l'assimilation et l'agglomération réelle des individualités. — Dans le système factice que la centralisation cherche à faire prévaloir, au contraire, on n'a que l'apparence de l'unité ; mais, en réalité, tout y est contradiction et dissentiment.

Quoique nos contradicteurs ne reconnaissent pas d'existence individuelle au département et à l'arrondissement (1), ils en ont une cependant, en dépit d'eux ; car il est impossible que, sur un territoire plus ou moins étendu,

_____

(1) Un grand nombre de nos contradicteurs ont prétendu prouver que le département et l'arrondissement n'étaient que des êtres de raison, des délimitations administratives, mais sans existence réelle dans l'État

un nombre d'hommes quelconque vivent un certain temps
dirigés par une même administration, sans que, par ce
fait seul, des intérêts communs ne s'établissent entr'eux;
la division par arrondissement et par département, d'a-
bord idéale et fictive, devient donc par le fait réelle et individuelle, quoique l'on persiste à la regarder comme fictive encore. De sorte que nous avons une organisation
bâtarde, où le mot et la chose sont en contradiction, et
pour faire un tout de ces éléments avortés, la centralisation les attache à la capitale par des liens forcés, parce que
naturellement ils n'ont avec elle ni entr'eux aucune cohésion sympathique et réelle. En un mot, nous avons
un grand tout, composé de parties distinctes, attachées
les unes aux autres par des liens officiels, mais sans vie
organique qui leur soit commune et qui les fasse marcher d'accord.

Veut-on que cette vie organique anime toutes les parties de l'État, et l'État lui-même?.... Eh bien, qu'on ne
lutte plus contre la nature même des choses : à mesure
que les libres intérêts des communes réunies en arrondissement, donnent une existence réelle à cet arrondissement,
que l'on reconnaisse cette existence dans la loi, et qu'on la
consacre par des attributions analogues : à mesure que
les intérêts du département, gérés par son administration
supérieure, constituent l'être du département, que l'on reconnaisse aussi cette individualité, et qu'on l'organise selon ses besoins. Puis enfin, par les lois générales, que l'on
régularise la grande vie de l'État, composée de toutes ces
individualités successivement englobées les unes dans les
autres, et l'on parviendra à la véritable unité nationale,
tout à la fois administrative et politique.

Mais que l'on ne vienne pas surtout nous dire que le corps social, étant semblable au corps humain, il faut que la capitale prédomine et dirige toute l'administration de l'État, comme la tête de l'homme prédomine et dirige les mouvements de tous ses membres. Cette comparaison d'écolier est la plus triviale et la plus fausse qu'on puisse imaginer, parce que le corps humain est composé de parties qui, elles, n'ont pas d'être à part, n'ont pas d'individualité, n'ont pas de vie morale qui leur soit propre. Dans le corps social, c'est tout le contraire : considéré dans son ensemble, il n'a de vie que celle qu'il reçoit de ses membres, c'est-à-dire des nombreuses individualités qui le composent. La vie du corps social et celle du corps humain sont donc d'une nature tout opposée : le corps social la reçoit de ses membres, et le corps humain la leur donne (1).

Aussi, pourquoi les membres de l'homme chercheraient-ils à se soustraire à la direction unique et suprême de la tête? La tête aura-t-elle jamais la volonté de diminuer, de restreindre la vie des membres pour augmenter la sienne? Jamais. Mais croit-on que les intérêts de la capitale, cette prétendue tête du corps social, ne la porteront pas naturellement à s'enrichir, à s'agrandir par toutes les mesures possibles, lors même que la prospérité des provinces devrait en souffrir? Croit-on qu'il soit toujours de l'intérêt de ces provinces d'obéir aveuglément à la volonté

(1) Séparez un membre du corps humain, ce membre meurt, et le corps vit. Séparez une province du corps social, la province continue à vivre ; c'est la vie du corps de l'État qui est diminuée d'autant. Séparez du corps humain toutes ses parties, elles meurent toutes, et le corps aussi. Séparez du corps de l'État toutes ses provinces, le corps de l'État meurt seul, mais les provinces continuent à vivre, soit isolées, soit unies entr'elles ou à un nouvel état.

de la capitale, comme il est de l'intérêt de nos membres
d'obéir à la seule volonté de notre tête? Non, sans doute.
— Cette comparaison que les absolutistes de tous les temps
ont exploitée, n'a donc aucun sens; la pensée sociale est
dans le corps social tout entier; la volonté sociale est dans
le corps social tout entier; la liberté doit donc être aussi
dans le corps social tout entier, comme la pensée et la volonté. Dans le corps humain, au contraire, la tête seule
veut et pense. Paris n'est donc pas la tête de la France, à
moins que pour rendre cette comparaison juste, on ne
veuille priver la France entière de volonté, de pensée et
de liberté ! — Tel n'est peut-être pas le but que cherchent
les partisans de la centralisation, mais tel est certainement le but où ils marchent.

Je prie qu'on me pardonne cette digression : quoiqu'abs-
traite, elle est utile pour faire voir la permanente fausseté des principes et des comparaisons qu'on nous oppose.
— Voyons maintenant en détail les effets pernicieux de
la centralisation administrative pour les provinces; en
même temps nous ferons le tableau des avantages injustes qu'en recueille la capitale; c'est sous ce dernier point
de vue, surtout, que les aperçus de nos adversaires devront être réfutés et mis à nu dans toute leur inexactitude.

Le premier dommage éprouvé par les provinces, pro-
vient incontestablement de ce que les questions locales
sont décidées par des hommes étrangers à ces localités,
ignorants de leurs besoins et de leurs ressources réelles,
ne connaissant rien, en un mot, à la question de fait dont
ils usurpent la décision.

. Ce dommage se complique, s'aggrave, se décuple par
la lenteur et les délais éternels, qui sont l'inévitable con-

séquence de cette fausse organisation administrative. Les moindres projets, comme les plus importants, s'éternisent dans les cartons ministériels. Et lorsque quelque personne influente veut contrarier le développement des intérêts locaux qui nuiraient aux siens, elle a mille moyens, sinon de faire repousser la délibération provinciale, du moins de lui opposer, par ses intrigues, dans les bureaux du ministère, des lenteurs tellement interminables, que tout projet finit par s'éteindre, par périmer, d'atonie et d'oubli.

Cette fausse organisation est éminemment favorable à l'intrigue et à l'injustice; telle détermination contraire aux intérêts locaux, mais favorable à quelque intérêt aristocratique et monopoleur, peut être prise à Paris dans un bureau ministériel, sans que l'opinion publique s'en émeuve; car là, l'opinion publique est aussi ignorante de la nature des faits que le ministère lui-même. On est donc livré pieds et poings liés au ténébreux absolutisme des bureaux. Sur les lieux mêmes, bien souvent la pudeur publique opposerait un frein aux écarts de la bureaucratie.

Mais lorsqu'une décision est prise à cent cinquante lieues des localités, le plus riche, le plus intrigant, le plus corrupteur, voit toutes les chances de succès s'établir en sa faveur, et le gouvernement lui-même commet d'abominables injustices sans s'en douter.

Il résulte de cet état de choses, un mal moral plus grand encore pour les provinces que leur mal matériel : c'est le profond découragement qui s'empare de tous les hommes qui seraient capables de s'y occuper des améliorations locales; leur zèle, paralysé par d'éternels délais, par le succès flétrissant de l'intrigue, par cette conviction désespérante que leurs efforts seront repoussés ou éludés, se refroidit, s'éteint, se meurt, et abandonne le champ de bataille à la vieille routine de l'aristocratie et de la bureaucratie conjurées.

Car la première question que se fera tout homme dévoué au pays, qui aurait un projet utile à proposer dans sa commune, ou dans son département, est celle-ci : — Puis-je aller à Paris pour le soutenir, comme l'homme riche et influent qui aura intérêt à le faire repousser? — Et pour cela, comme pour presque tout, le voyage à Paris est la condition primordiale et nécessaire du succès.

Ici, la question s'élargit; elle embrasse le commerce, l'industrie, le droit d'association, presque toutes les professions et entreprises. Ce sera à Paris, à Paris seulement, et toujours à Paris, qu'il faudra chercher l'autorisation sans laquelle on ne peut rien faire.

Ainsi, non-seulement la commune est astreinte à la centralisation du conseil des bâtiments civils, de la direction des ponts et chaussées, etc., etc., mais les citoyens eux-mêmes sont centralisés pour leurs intérêts privés ou leurs professions.

Voulez-vous être courtier, par exemple?... En outre du brevet privilégié qu'il faut acheter, il vous faudra être admis par les bureaux du ministère. Il serait, ce me semble, raisonnable que les autorités locales, les autorités commerciales surtout, pussent exercer au moins cette juridiction. Point du tout : il vous faudra aller à Paris, valeter dans les bureaux et dans les antichambres. Les commis du ministre seront juges de votre moralité, de votre capacité, et des questions d'état civil même qui pourront toucher votre personne.

Voulez-vous faire quelque nouvelle entreprise, quelque association établissant quelque grande exploitation au service du public?—Croyez-vous que notre centralisation vous donnera les mêmes moyens de succès et la même promptitude d'expédition que l'administration anglaise, par exemple? Détrompez-vous : des milliers d'entraves, d'exigences bureaucratiques vous enlaceront, vous opprimeront de toutes parts,—et toujours c'est à Paris qu'il faudra discuter, à Paris qu'il faudra se rendre, à Paris qu'il faudra lutter contre l'intrigue de toutes les prétentions rivales. Ce ne sera rien pour vous que d'avoir eu l'adhésion des conseils municipaux, des conseils de département, des conseils de commerce, de la préfecture, des bureaux de voirie, de salubrité publique, etc., etc.; vous serez renvoyés ensuite à la préfecture de police; de là, vous tomberez sous l'inspection des ponts et chaussées, fort heureux si le génie militaire ne vous saisit pas au passage; dans beaucoup de cas, la direction des douanes, la direction des impôts indirects ont aussi besoin d'examiner votre projet. Enfin, après tout cela, vous arriverez au ministère, si vous n'avez pas fait naufrage en route, et l'on préparera enfin l'ordonnance royale qu'il vous faut obtenir, qui néanmoins passera encore au conseil d'État, jugeant d'après une jurisprudence à lui seul connue, et examinant un à un tous vos projets, et tous les articles, tous les mots de l'acte qui constitue l'association.

Tous ceux de nos concitoyens qui ont voulu essayer quelque entreprise utile à nos départements, savent que je n'exagère rien, et le résultat de cette centralisation étouffante, en outre des obstacles déplorables qu'elle oppose au développement général des améliorations provinciales, est un esprit de torpeur qui allanguit une foule de génies industrieux et actifs, qui voient leur activité et leur zèle dégoûtés, anéantis, éteints par cette énervante, par cette dilatoire dépendance où nous tient la capitale. Ainsi l'esprit d'association avorte et périt en France, tandis qu'en Angleterre il croit, et enfante des merveilles.

Et la rage de la centralisation prédomine tellement l'administration française, que lorsqu'elle est lasse d'enchaîner les citoyens, elle cherche à se dévorer elle-même par une centralisation intestine. Ainsi, pour les caisses des pensions de retraite, par exemple, qui, par leur nature même, devraient être inhérentes à chaque administration, et complètement inséparables des retenues exercées sur les employés de chaque service pour constituer les retraites, on a voulu les centraliser au ministère des finances, afin de tout confondre, tout brouiller, tout décourager, sous prétexte d'établir une unité financière, qui, en ce cas, est un mensonge, un néant, un démenti donné à la justice et au bon sens !...

Bref, je ne finirais pas si je voulais peindre tous les effets, tous les détails, tous les abus de cette omnipotence centralisante; mais on peut juger suffisamment de son ensemble par cette simple esquisse.

Ceci ne ressemble guère, sans doute, aux dithyrambes harmonieux que les ministres et les préfets publient en l'honneur de la centralisation. Mais je crois que mon exposé est beaucoup plus conforme aux tristes réalités dont nous sommes témoins et victimes, et qui motivent, d'un bout de la France à l'autre, une réprobation universelle contre cette admirable centralisation, ce beau, ce magnifique système, ainsi que le qualifient les centralisateurs.

Vainement dirait-on que pour nos édifices, nous provinciaux, nous n'avons que des maçons et non pas des
architectes; que, pour nos fontaines, nous n'avons que des
porteurs d'eau et non pas des hydrauliciens; que pour nos
canaux, nos routes, nos ponts (bien entendu ceux qui touchent nos intérêts locaux seuls, nos communes, nos arrondissements, notre département), nous n'avons que des
manœuvres ignorants, et point d'ingénieurs; que, par
conséquent, nous ne ferions que des sottises, si les directions centrales de la capitale ne prenaient la peine de nous
redresser. — On me permettra de répondre que ce tableau,
tracé par le dédain et le dénigrement, est d'une exagération choquante, et qu'il est d'autant plus inique de nous
gratifier de pareilles inculpations, que le peu de vérité
fâcheuse qui se trouve dans ce tableau, est précisément
l'œuvre et le résultat de la centralisation elle-même.

Et pourquoi les gens à talents viendraient-ils habiter
et féconder la province, quand on organise un système
administratif qui ne leur laisse de chances de travail, de
succès, de gloire, que dans la capitale? Pourquoi viendraient-ils élaborer en province des plans, des projets,
qui n'ont de force et d'avenir qu'en passant de nouveau
sous l'inspection de la capitale!... Quoi! on nous déshé-
rite de toute liberté d'action, de tout libre arbitre dans
nos propres destinées, de toute indépendance dans nos travaux, et l'on nous reproche ensuite le mal que l'on nous a
fait?

Je rappellerai ici, succinctement, un des aperçus que
j'opposai à M. Ch. Dupin lors de sa fameuse et irrationnelle carte ombrée. Si le nord de la France a pris ce développement rapide qui lui a donné la supériorité dont il

se targue sur le midi, c'est précisément l'influence de la capitale et de son action centralisante qui a produit ce résultat. Que l'on remonte plus haut dans l'histoire, et l'on verra que lorsque Paris n'avait pas acquis cette surabondante existence; lorsque le midi de la France, divisé en royaumes ou comtés, avait, lui aussi, ses centres de civilisation et d'activité directrice, ce fut précisément dans le midi de la France que les lettres et les arts reçurent leurs premiers développements et leurs premières palmes. Mais à mesure que la concentration politique et administrative s'est opérée à Paris, les lettres, les arts, les sciences, tout a suivi, parce que toutes les forces vitales de la société se portent inévitablement et toujours sur le point du territoire où les citoyens peuvent espérer le plus prompt et le meilleur emploi de leurs facultés. Que l'on nous émancipe, et l'on saura ensuite ce que nous sommes capables de faire!

Loin de là!... Pour remédier à notre état d'infériorité que l'on exagère outre mesure, que propose-t-on?... On propose de maintenir et d'aggraver encore l'état de dépendance et de subjection qui l'a créé!... Est-ce ainsi qu'on nous laissera acquérir notre part de progrès dans la grande civilisation française? Ou ne sera-ce pas plutôt au moyen de cette tutelle dérisoire, que l'on éternisera l'infériorité qu'on nous reproche avec autant d'exagération que d'inconvenance?

CHAPITRE VIII.

Continuation du même sujet.

———

J'ai montré quelques-uns des nombreux inconvénients que la centralisation administrative fait peser sur les ci-toyens des provinces. Je vais continuer l'accomplissement de ce devoir. Néanmoins, je n'ai pas l'intention d'épuiser la matière : je citerai seulement quelques faits, les uns très-importants, les autres très-chétifs, et d'après lesquels on verra que la centralisation n'oublie rien et despotise tout.

J'ai déjà dit qu'en admettant même que la délimitation du canton, de l'arrondissement, du département, fût pri-mitivement conventionnelle et fictive, la seule réunion des citoyens sous ces administrations hiérarchiques leur créait, dans chacune, des intérêts communs par la seule force des choses. Il ne faut que jeter les yeux autour de soi pour être convaincu de cette vérité.

Mais, en outre, quelles que soient les divisions et sub-divisions cantonnales et départementales, que les limites en soient plus étendues ou plus resserrées, il y aura tou-jours sur le sol qu'elles renferment, des intérêts locaux, des fortunes locales, des industries locales, des ressources locales, qui ont des rapports forcés avec l'administration. Que cette portion du sol soit renfermée dans tel ou tel ar-rondissement, dans tel ou tel département, cela ne change rien à toutes les circonstances locales : dans tel cas, elles constitueront un intérêt de tel arrondissement : dans tel autre cas, elles constitueront un intérêt de tel autre arrondissement; mais quelque hypothèse que l'on imagine, quelque délimitation que l'on trace, elles ne constitueront jamais un intérêt central, dont l'administration centrale siégeant à Paris puisse apprécier les besoins et les ressources. La distance seule des lieux et l'innombrable quantité des affaires s'y opposent invinciblement.

En n'examinant la centralisation que sous ce seul point de vue, on voit l'effet qu'elle produit quant à nos pouvoirs communaux !

A Bordeaux, par exemple, la police et les réglements des marchés ressortissent de l'autorité municipale; les droits qui y sont perçus forment une des parties essentielles de nos finances. Eh bien ! le bail de ces droits étant expiré il y a quelque temps, il fallut renouveler les réglements et les adjudications de la ferme de ces droits. Réglements et tarifs, tout fut envoyé au ministère, où cette affaire demeura pendante pendant des années. La municipalité, pour ne pas retarder indéfiniment sa solution urgente, consentit aux changements de détails exigés par le ministère; cela n'empêcha point que plus d'un an s'écoula avant que rien ne fût décidé, et notre municipalité, nos magistrats, honorés de la confiance des électeurs et du roi, demeurèrent pendant tout ce temps dans l'impossibilité de régler cette affaire toute locale, faute de réponse du ministère, quoiqu'ils n'eussent cessé, par l'entremise de la préfecture, de solliciter une décision !

Veut-on connaître les effets de ce retard? Les voici : Le bail à ferme étant expiré, et la mairie étant dans l'impossibilité de le renouveler sans avoir obtenu l'autorisation ministérielle, il fallut le proroger de trois mois. Mais les fermiers, profitant de la fausse position de la ville, exigèrent une diminution qu'il fallut bien subir. Première perte pour nos finances municipales. Les trois mois expirés, et le ministère n'ayant pas eu le temps, dans ce délai, de s'occuper de nos affaires, il fallut procéder à une nouvelle prorogation du bail, pour laquelle la ville fut encore obligée de supporter un nouveau sacrifice.

Dira-t-on que toutes ces lenteurs sont nécessaires pour que la municipalité bordelaise ne s'écarte pas de la légalité ! Mais si l'on avait recours à ce pitoyable sophisme, je le briserais en pièces; car la fausseté n'en est-elle pas évidente, et n'est-il pas bien facile de garantir la légalité des décisions, sans avoir recours à cette destruction de toute liberté, de toute activité municipales ?..... J'ai déjà dit comment, et j'y reviendrai encore.

Autre exemple : On accorde aux voyageurs indigents un secours de route, c'est-à-dire trois sous par lieue. La préfecture autorise ce secours sur la demande du maire de Bordeaux, et suivant que cette demande paraît ou non motivée. — Eh bien ! il vint dans la pensée d'un commis du ministère d'exiger qu'on en référât à Paris pour cet important objet ! Or, voyez la déraison d'une telle prétention : rien n'est plus urgent que la décision de pareilles affaires. Que voulait-on que fissent les voyageurs indigents en attendant la réponse du ministre? Quand devrait arriver cette réponse? Jusque-là, qui aurait nourri, qui aurait soigné ces malheureux réclamants?... Les villes, sans doute, qui de cette sorte se seraient trouvées chargées ainsi d'une double et triple dépense?... Et cela était si évident, que le préfet de la Gironde dut prendre sur lui de faire exception à la prescription ministérielle, dès le début, pour la première application qui s'en présenta. Mais la prétention ministérielle n'en était pas moins fâcheuse et déraisonnable.

Veut-on descendre aux communes rurales? — Eh bien, en voici une où il faut faire une réparation urgente dans l'église : il s'agit des fonts baptismaux, qui sont tellement dégradés qu'on ne peut les laisser ainsi. Curé, conseil de fabrique, maire, conseil municipal, tout le monde est d'accord. Comme il faut pour cela des fonds extraordinaires votés par la commune, le conseil municipal est obligé de s'adjoindre les propriétaires les plus imposés. Une fois tout cela fait, vous croyez que cette double et triple délibération des notabilités de tout genre suffira pour cette grande affaire? Point du tout, il faudra l'autorisation du ministre...... et Dieu sait quand elle arrivera !

En effet, songez qu'il y a trente-huit mille communes en France; que chacune a ses marchés, son église, sa mairie, etc.; que pour tout cela il faut des taxes locales, et que, pour les établir, en outre du budget ordinaire, qui n'a pas de ressources permanentes pour les dépenses accidentelles ou extraordinaires, il faut nécessairement avoir l'autorisation du ministre... Or, d'après cela, voyez l'innombrable quantité d'affaires, chétives en elles-mêmes, mais très-importantes pour les localités, qui vont s'engloutir dans les bureaux parisiens! Voyez quel chaos, quelle confusion, quelle ignorance doivent présider à l'expédition de ces cent mille décisions, qui sont perpétuellement à renouveler, à modifier, à régulariser! Voyez quelle lenteur, quel dégoût, quelle masse de correspondance il en résulte, et de plus ayez la bonté de m'expliquer en quoi cela peut concourir à l'unité, à la force, à l'union de l'État !..... Il me sera bien facile, à moi, de prouver que cela désorganise tout, que cela désunit tout, et affaiblit considérablement le gouvernement, au lieu de lui donner cette force centrale après laquelle il court si maladroitement.

Après ces exemples, qui me semblent de nature à faire apprécier les milliers de cas semblables, continuons notre discussion.

Les partisans de la centralisation ont à leur service deux ruses d'argumentation qu'il convient de signaler.

Ils produisent d'abord en son honneur certains faits utiles, certaines mesures protectrices, qu'ils attribuent faussement à la centralisation ; puis ils nous demandent fièrement si nous blâmons ces faits, si nous blâmons ces mesures, si nous n'en reconnaissons pas au contraire la convenance et l'utilité.

Ainsi, on cite pour exemple une commune qui, étant trop pauvre pour suffire aux frais de son instruction primaire, a reçu des secours financiers du gouvernement pour subvenir à ce premier de tous les besoins sociaux. Puis, on nous dit : — blâmez-vous cet effet de la centralisation?... Et on en conclut que si nos communes souffrent sous plusieurs rapports, ce n'est point par l'effet de la centralisation, mais bien au contraire parce que la centralisation n'est pas assez puissante, assez développée, parce qu'elle n'atteint pas un assez grand nombre de faits.

On peut juger par-là de la dialectique des écrivains centralisateurs ; tout cet échafaudage tombe d'un mot. C'est que personne au monde n'appellera centralisation, l'usage que le gouvernement fera d'un fonds de réserve (1) pour

_____

(1) On pourrait, sans doute, en outre des fonds votés et employés par chaque

venir au secours des communes; mais, bien au contraire,
l'action qu'il veut envahir en dirigeant l'emploi des propres fonds qui appartiennent à chaque commune, qui sont
votés sur elle, par elle-même, pour elle-même; donner
à un être collectif, ou à un individu, ce qu'il n'a pas et
ce dont il a besoin, ou bien vouloir le despotiser en l'o-
bligeant d'employer ou de ne pas employer ce qu'il a, selon une volonté centrale qui lui est étrangère, sont deux
choses absolument différentes, et souvent tout-à-fait opposées. La première est un bienfait, la seconde une oppression.

Or, je le demande, que devient, après cette simple explication, l'argument de nos contradicteurs?... Je n'insis-
terai pas plus long-temps sur ce point, et j'engage mes
lecteurs à faire l'application de cette distinction à tous les
arguments semblables qu'on nous oppose, et ils verront
toujours que les partisans de la centralisation arrivent à
la confusion des choses par la confusion des mots. C'est
là leur grande science.

Leur seconde ruse d'argumentation consiste à laisser
de côté toutes les causes morales et leurs effets, pour se
renfermer dans des exemples matériels, dans des chiffres
qu'ils citent, qu'ils groupent à leur fantaisie, pour prouver que les provinces ne perdent rien, et que Paris ne ga-
gne rien par l'effet de la centralisation.

C'est encore dans les écrits des défenseurs de la centra-

---

commune pour elle-même, établir une réserve prise sur l'ensemble des fonds
communaux, et applicable, soit par un conseil cantonnal, soit par le conseil d'arrondissement, aux communes les plus pauvres pour y avancer l'instruction primaire. Mais ceci constituerait un intérêt, un droit du canton ou de l'arrondissement, et il serait tout-à-fait superflu et irrationnel d'y faire intervenir l'action
centrale du ministère qui ne peut y rien entendre. — De même pour les intérêts
départementaux.

lisation que je vais prendre les exemples de cette argumentation sophistique ; et là, nous aurons à prouver, et je
crois très-facilement, que les faits et les chiffres, subti-
lement détournés de leur véritable application par ceux
qui nous les opposent, produiront une démonstration
toute favorable à notre cause, une fois que nous aurons
rétabli les choses dans leur réalité.

Ainsi, on entreprend de prouver que le conseil des bâtiments civils a rendu aux provinces d'immenses services,
bien loin de froisser leurs intérêts ; car, dit-on, les communes qui ont à faire des bâtisses qui dépassent même le
prix de vingt mille francs, manquent d'architectes habiles. S'agit-il de construire une mairie, un hospice, une
prison, une halle?..... Le conseil des bâtiments civils, au
contraire, a sous la main cent modèles de pareils édifices ;
il rectifie d'après eux ce qu'il y a de fautif dans les plans
que les provinces sont obligées de lui soumettre, et les
ramène ainsi aux règles, à l'unité de l'art.

Puis, on cite Catherine, impératrice de Russie, d'après
les ordres de laquelle tous les édifices de la Russie ont été
construits sur les plus beaux modèles de l'architecture
antique, même dans les villages où ils sont faits en bois.

Je m'intéresse sans doute beaucoup aux règles de l'art,
à l'unité de l'art. Je conçois tout le plaisir que les yeux
du voyageur peuvent avoir à rencontrer sur sa route des
monuments copiés de l'antique, même en planches de sa-
pin ; mais je m'intéresse beaucoup plus, je l'avoue, à l'intérêt matériel des communes, et à la dignité morale des
citoyens. — Or, l'un et l'autre sont gravement opprimés par la centralisation architecturale dont on a entrepris l'apologie.

La commune qui a vingt mille francs à dépenser, ne peut être dépourvue d'architecte capable de faire un édifice d'intérêt local, sinon avec toute la pureté des règles de l'art, du moins avec économie et solidité, propre, en un mot, à remplir le but qu'elle veut atteindre; n'en eût-elle pas, elle le trouverait très-facilement et à proximité, au chef-lieu du département (1). Les communes d'un ordre inférieur, celles qui n'auraient que trois, six, neuf mille francs à dépenser, s'inquiètent encore moins de la pureté des lignes antiques pour leurs bâtisses; l'essentiel, c'est qu'à peu de frais elles puissent aller au plus pressé, et ménager leurs intérêts.

Les plans soumis par les communes au conseil des bâtiments civils, sont donc toujours conçus sur la double base et de la nature des localités, et des ressources réelles qui peuvent être employées; mais comme le conseil des bâtiments civils, lui, ne connaît ni les localités, ni les limites des ressources financières communales, il ne s'inquiète que des règles de l'art; il prend effectivement un des cent modèles qu'il a sous la main, rectifie les dessins vulgaires qui lui ont été soumis, fait un plan très-beau, très-régulier, qui n'a que le minime inconvénient de ne pas être en rapport avec les localités, et de nécessiter une dépense double ou triple des ressources que la commune peut y affecter. Sur quoi, longs délais, débats éternels, réclamations, observations, correspondances, et enfin, après un an ou deux, la commune, dans l'impossibilité

---

(1) Mais qu'importe à ces Messieurs, puisqu'aux chefs-lieux eux-mêmes, à Bordeaux, par exemple, ils croient que nous n'avons pas d'architectes capables, et nous obligent à subir l'absolutisme de leur centralisation architecturale? Je pourrais en citer des effets presque incroyables.

de bâtir un monument antique, se passe de l'édifice dont
elle a besoin, ou se résigne à conserver les vieilles masu-
res qui lui en tiennent lieu.

Voilà à peu près comment les choses se passent, et j'a-
voue que mon amour pour les règles de l'art ne peut
m'empêcher de trouver cette organisation administrative
très-choquante. — Mais là, n'est pas encore toute la véritable question.

En effet, quand j'admettrais que les plans imposés par
la centralisation architecturale (qui certainement, on en
conviendra, j'espère, ne contribuent pas à l'unité politique
du pays) seraient exécutables, meilleurs, et plus économiques que les plans dessinés en province, eh bien! cela ne
m'empêcherait pas, moi, homme politique et libéral, moi
qui veux l'amélioration intellectuelle et civique des populations françaises, de m'élever contre le conseil des bâtiments civils. Il importe moins à nos communes d'avoir
un édifice un peu mieux fait, de dépenser quelques cents
francs de plus ou de moins (1), que de conserver leur indépendance, leur dignité, leur sphère d'activité; en un
mot, la liberté d'action qui peut seule nous donner les
moyens de féconder et de développer tous les germes de progrès que nos communes renferment dans leur sein. — Je l'ai
déjà dit, tant que toute l'impulsion partira de la capitale, là
iront toutes les fortunes, là iront tous les talents, là iront
toutes les énergies inventrices, et la France entière sera
comme un grand cadavre galvanisé par l'action irritante
du magnétisme parisien, mais n'ayant par lui-même ni
vie, ni moralité, ni progrès. En face de ces grandes vues

_____

(1) Si dans les premières années de liberté, on commettait quelques erreurs de
ce genre, l'expérience les aurait bientôt corrigées

sociales, quelle grimace misérable et mesquine ne font-ils pas, ces chétifs et fallacieux avantages que la centralisation nous promet, et que même elle ne nous donne pas, puisque au lieu de cela, elle nous accable de lenteurs interminables ou de projets inexécutables à cause de leur cherté?

Si nous examinons les arguments employés par les défenseurs de la centralisation pour prouver que Paris ne retire aucun avantage de la centralisation administrative aux dépens des provinces, nous y trouverons la même absence de vue politique, la même inexactitude d'induction des causes aux effets.

Voici, en effet, comment procédait l'un de nos adversaires.

Prenant le chiffre total du budget de l'État, il le divisait par le nombre des habitants de la France, et trouvait que si chaque habitant du royaume participait également aux charges publiques, chacun paierait annuellement à l'État vingt-huit francs.

Puis, cumulant les impôts payés par la ville de Paris, et divisant cette somme totale par le nombre des Parisiens, il trouvait que chacun, terme moyen, payait à l'État quatre-vingt-dix-sept francs par an, c'est-à-dire soixante-neuf francs de plus que la moyenne des contribuables de la France.

Et d'après ce beau raisonnement, il concluait que Paris, au lieu d'être avantagé à notre préjudice, est au contraire surchargé à notre avantage.

En vérité, l'on est pétrifié d'étonnement lorsqu'on se voit obligé de réfuter d'aussi inconcevables arguments, et

quand on pense que le *Moniteur* lui-même s'est empressé
de les promulguer dans ses pages approbatrices !

On veut bien convenir cependant que le gouvernement
dépense annuellement en frais politiques ou administratifs, dans Paris, à peu près trente-deux millions, pré-
levés sur le budget de la France, et que ces trente-deux
millions peuvent bien être pour quelque chose dans le
recouvrement des taxes payées par les Parisiens eux-
mêmes; mais selon eux, c'est trop peu de chose pour détruire les conséquences de leur calcul (1).

Quant à moi, je ne ferai même pas usage de cette circonstance, quoiqu'elle ait une bien plus grande importance que celle qui lui est attribuée. En effet, trente-deux
millions venant chaque année du dehors, et dépensés sur
un seul point, y causent nécessairement un développement de consommation, et par contre-coup de production
bien plus efficace pour la prospérité des habitants que ne
l'indiquent nos contradicteurs : car cet énorme capital, rapidement consommé, reproduit, et perpétuellement consommé et reproduit de nouveau dans toute l'ardeur d'une
sphère d'activité si puissamment excitée, fournit à l'industrie, et par suite aux impôts, un aliment dont il est
difficile de fixer les bornes.

Mais là n'est pas du tout le nœud de la difficulté. Où
a-t-on vu que pour baser un calcul proportionnel du
genre de celui qu'on établit, il soit raisonnable de considérer l'impôt comme capitation, et de le calculer à tant
par tête! Ne sait-on pas qu'un habitant de Paris, qui

---

(1) Et toutes les masses d'argent qu'on dépense à Paris en embellissements et
monuments publics, tandis que nos provinces, qui paient, n'obtiennent rien pour
elles-mêmes?... On oublie d'en tenir compte.

paierait terme moyen 97 fr., en réalité est peut-être beaucoup moins chargé qu'un habitant des provinces qui paierait 28 fr.?... Sur quelle base l'impôt est-il donc établi?
— Sur la base comparative des fortunes des contribuables, et non pas sur leur nombre. — Or, si les fortunes
parisiennes se sont si rapidement élevées, et ont fourni
un tel aliment à l'impôt qu'elles supportent, est-ce, je le
demande, parce que l'homme parisien est un homme d'une
nature particulière, naissant avec d'autres sens physiques,
avec d'autres facultés morales que les autres bipèdes hu-
mains qui naissent sur le sol du reste de la France? Je
ne crois pas que les flagorneries envers la capitale puissent aller jusqu'à soutenir une telle assertion. Quelle est
donc la cause des prodigieux développements de la fortune parisienne?... Il faut la voir dans ce mouvement de
la circonférence au centre, qui, ne laissant de chances au
succès dans toutes les affaires, à la réussite dans toutes
les carrières, aux palmes de la renommée dans tous les
arts, aux choix du pouvoir dans toutes les places, que
dans les décisions qui sont prises au sein de la capitale
elle-même, y transporte à la fois tous les moyens de développement et de progrès. Voilà cette attraction concen-
trique contre laquelle nous nous élevons avec toute l'énergie de l'égalité, violée et foulée aux pieds par l'organisation sociale qui nous prédomine, et dont les injustices les
plus manifestes sont défendues avec un acharnement sans
exemple par les populations privilégiées qui en profitent
à nos dépens.

En face de ces grandes questions vitales, que m'importe,
je vous le demande, ces petits calculs, ces vues étroites,
cette érudition de bureau? Que me font l'inexactitude ou

la fausseté d'une argumentation que je repousserais, comme complètement abusive, aussi bien si elle était régulière ainsi qu'on l'a prétendu, que fausse et mal établie comme je crois l'avoir prouvé?... Dans le système que j'attaque, ce ne sont pas les conséquences matérielles et immédiates qui nous écrasent; c'est l'ensemble vaste et général de l'influence morale, et des ramifications successives qui en découlent. Avec ce système tout s'agglomère au centre, fortune, talent, pouvoir, administration; tout s'accumule, tout s'entasse, tout *s'enparisienne*, si je puis m'exprimer ainsi. Mais, me répond-on, il vous en reviendra quelque chose; du centre, les effets réjailliront ensuite à la circonférence. — C'est fort bien, en vérité, et je vous admire! Il me semble entendre les défenseurs des anciennes communautés religieuses, qui, déplorant la suppression des couvents monastiques, disaient qu'ils faisaient l'aumône au peuple. — A tout prendre, il vaut mieux, je crois, ne pas réduire le peuple à l'aumône que de se réserver les moyens de la lui faire. — Qu'on nous donne donc une organisation sociale, d'après laquelle nos provinces, notre France tout entière (car les provinces, c'est la France, entendez-vous!), d'après laquelle, dis-je, nos provinces puissent se développer, vivre, grandir par elles-mêmes, par leur propre participation à la force vitale du corps politique dont elles font partie, et non plus par la dédaigneuse aumône d'une capitale absorbante, qui se borne à faire rejaillir jusqu'à nous quelques rares rayons de l'atmosphère où elle s'enivre d'honneurs, de plaisirs et de prospérité!

CHAPITRE IX.

Des Moyens de détruire la Centralisation sans nuire à l'unité politique de la France.

Je me suis principalement appliqué à faire voir les vices de notre organisation actuelle, à montrer, dans les mauvaises combinaisons des institutions, la cause positive de ces vices, et à réfuter ainsi les arguments émis à l'appui de ces institutions vicieuses.

Il faut maintenant indiquer les bases d'une véritable organisation communale.

Néanmoins, ce n'est point un projet positif et spécial que je vais hasarder. Je n'ai pas cette présomption. Voici pourquoi :

J'ai dit souvent que l'initiative des lois, conférée aux pairs et aux députés depuis la révolution de juillet, me semblait une institution mal appropriée à la nature de notre gouvernement; que cette initiative resterait inféconde et sans résultat possible.

Je me fondais sur ce que les pairs et les députés, quelque grande capacité morale qu'on se plût à leur supposer, étaient privés de cette masse de documents, de cette universalité de renseignements relatifs au ménagement de tous les intérêts du pays; et que, par conséquent, aptes à conserver et à émettre de bons principes, à contrôler habilement l'initiative du pouvoir, ils n'étaient pas aptes à exercer eux-mêmes l'initiative de ce pouvoir, et à connaître, comme lui, la réalité des faits auxquels les principes devaient être appliqués par les lois.

Je persiste dans cette opinion toute gouvernementale. Le ministère seul, qui a sous la main tous les éléments d'une enquête nationale, universelle, continue, vivante en quelque sorte, peut appliquer aux besoins de la France les vrais remèdes législatifs qu'elle réclame. Il peut à la fois connaître et les principes et les faits que ces principes doivent diriger, améliorer, concilier par les lois. A mon avis, l'initiative de toute loi organique ne peut donc être utilement exercée que par le ministère. Je l'ai dit dès le début de la révolution de juillet; je l'ai répété depuis, je le répète encore aujourd'hui.

La seule chose que nous puissions donc, nous simples citoyens, ce n'est pas de tracer les détails spéciaux des lois à faire, mais d'indiquer les principes réels qui doivent prédominer ces lois, et les bases sur lesquelles il faut les établir. — Le ministère seul peut faire le reste, parce que, seul, il possède les documents spéciaux émanés de tous les points de la France, ou, du moins, s'il ne les possède pas, ce que je suis assez porté à croire, c'est sa faute; c'est qu'il n'a pas usé habilement des moyens qu'il a de se les procurer.

Cela posé et bien entendu, voici mes idées :

Je préviens d'abord que dans ces mots *organisation communale*, je comprends à la fois l'organisation municipale, cantonnale (1), départementale, en un mot, l'ensemble des institutions destinées à régler l'administration de tous les intérêts locaux du pays, juridiction qui ne doit jamais empiéter, en quoi que ce soit, sur celle des intérêts géné-

_____

(1) Le mot *cantonnale* signifie ici intermédiaire entre la commune et le département. Qu'on s'arrête au canton ou qu'on aille jusqu'à l'arrondissement, cela ne dépend que de l'appréciation des faits

raux exclusivement confiés à l'action centrale du gouvernement.

Dans l'organisation communale, je vois deux choses : la formation des pouvoirs communaux, et les attributions de ces pouvoirs.

La formation doit être élective, les attributions doivent être indépendantes.

Mais avant de traiter successivement ces deux points, j'avertis, derechef, que j'attache un beaucoup plus grand prix à l'indépendance des attributions, qu'à l'électorat communal lui-même. La raison en est simple : c'est que l'indépendance des attributions rectifie graduellement les vices qui peuvent résulter d'un électorat incomplet, ou peu rationnellement combiné ; au lieu que la perfection de l'électorat ne peut produire aucun résultat utile, si le corps municipal, une fois élu, n'a pas d'attributions indépendantes. Au contraire, en ce cas, le bon résultat de l'élection se vicierait peu à peu, et la dépendance des attributions se communiquerait promptement au personnel élu chargé de les exercer.

Néanmoins le véritable but qu'il faut atteindre, c'est de combiner les effets de l'électorat convenablement réglé, avec l'indépendance raisonnable des attributions.

Commençons par l'électorat.

J'ai déjà dit que le résultat, peu satisfaisant dans son ensemble, des élections communales, avait produit, dans les opinions gouvernementales, une répugnance marquée à compléter l'affranchissement communal par l'indépendance des attributions.

Je dois dire maintenant que le peu de réussite de ce

premier essai d'élection communale ne me paraît pas de nature à décourager les amis de la liberté.

C'est dans les circonstances irritantes qui suivent immédiatement une révolution politique, que nous devons voir le principal obstacle apporté au bon résultat des élections communales; mais à mesure que l'ordre des choses actuel se consolidera, les élections communales perdront et pourront perdre, sans aucun danger, leur tendance passagèrement politique, pour rentrer dans leur nature administrative et locale. Les partis accoutumés à vivre ensemble, seront forcés à s'accorder pour les intérêts matériels qui leur sont communs; et quand, d'un côté, les craintes de réaction révolutionnaire seront éteintes; quand, de l'autre, les craintes de coalition et de résurrection légitimiste auront disparu, l'élection communale produira tous ses bons résultats, et perdra les vices passagers qui l'ont altérée.

C'est précisément cette conviction qui m'a toujours fait penser qu'il aurait été plus convenable, de beaucoup, au sortir d'une révolution, de tenir moins à l'extension de l'électorat, et beaucoup plus à l'indépendance des attributions communales; d'autant plus que les fonctions communales devenant alors plus dignes, plus efficaces, plus puissantes, les électeurs auraient compris rapidement combien il était de leur intérêt de concourir tous au meilleur choix des citoyens destinés à exercer ces fonctions. Alors, il en serait résulté nécessairement, et avant longtemps, que l'électorat mieux compris, exercé avec plus de zèle et d'exactitude, aurait pu sans danger recevoir une nouvelle extension.

Si, au contraire, on maintient l'assujettissement où

languissent nos pouvoirs communaux et la dépendance
qui les frappe , en tant de circonstances essentielles , d'une
presque complète nullité , quelle importance voulez-
vous que les électeurs communaux attachent à leur droit?
Que leur importe de nommer des mandataires qui, en
résultat, n'auront d'autre office à remplir que de se conformer aux volontés préfectorales ou ministérielles?... Peu
à peu le dégoût s'emparerait des citoyens, et le système électif
tombant en désuétude à sa naissance même, laisserait le
champ ouvert à l'intrigue par l'absence d'une grande
quantité d'électeurs. Ainsi, le mauvais résultat de l'élection empirerait au lieu de se bonifier, et le vrai moyen
de rendre l'élection à sa sincérité, à sa pureté patriotique,
c'est de rendre les attributions communales fortes et indépendantes.

Je ne demande donc pour le moment aucun changement aux lois électorales de nos communes ; leur bon résultat dépend de la marche du temps, de la sincérité du
gouvernement, du zèle des électeurs. La fréquence des
remaniments des lois électorales est l'obstacle le plus grave
qui puisse s'opposer à l'établissement d'un esprit de liberté
stable et politiquement inoculé dans les mœurs du pays;
tandis que, peu à peu, et par la nature même des choses,
les défauts d'un système électoral habituellement pratiqué
avec zèle et bonne foi, s'atténuent, se corrigent, disparaissent
par l'usage et par les progrès de la raison publique. Que le
gouvernement aperçoive, enfin, les dangers de sa déplorable centralisation administrative; qu'il laisse entrevoir
sa bonne volonté de rendre graduellement aux communes la liberté d'attribution inhérente à leurs besoins et à
leurs droits, et vous verrez combien les élections s'amé-

lioreront naturellement et sans effort, et sans aucun changement au système électoral lui-même.

Quant aux élections d'arrondissement et de département, nous allons faire le premier essai de la loi qui vient d'être promulguée. Cette expérience nous éclairera sur ses défauts et sur ses avantages. Nous ne saurions trop recommander à nos concitoyens le zèle et l'exactitude à concourir à ces élections; c'est le moyen le plus net d'apprécier la vraie portée de la loi; car si une fraction seule des électeurs se rendait dans les colléges, certes le gouvernement serait en droit d'imputer à la tiédeur de l'esprit public, à l'inertie coupable des citoyens, tout le mal qui pourrait suivre, et la loi ne pourrait être jugée dans les combinaisons qu'elle a établies, puisque les électeurs eux-mêmes en auraient empêché l'effet en ne faisant pas usage de leurs droits(1).

L'essentiel pour nous maintenant, en partant du système électif tel qu'il est organisé pour l'administration communale, c'est de voir comment les attributions doivent être réglées, quelle doit être leur hiérarchie entr'elles, et leur indépendance relativement au pouvoir central de l'État. Là est en réalité le grand intérêt de la question pour le gouvernement et pour nous.

J'ai déjà établi, dans cet ouvrage, que tout pouvoir social complètement organisé devait être indépendant et souverain dans l'exercice de ses attributions (2); ce qui n'exclut en aucune façon, d'après moi, l'établissement d'une hiérarchie administrative et centrale, ayant pour objet d'empêcher les pouvoirs divers de sortir de leurs

—————————

1) Ceci a été écrit en 1831.

2 Voir tom. 1er, pag. 226 et suivantes.

attributions et de la légalité. J'ai déjà cité la cour de cassation, en répondant à l'un de mes contradicteurs. Ce pouvoir central, degré supérieur de l'ordre judiciaire, n'en laisse pas moins les cours royales souveraines dans leur décision de fait, sauf la légalité; et dans la décision de cette légalité, l'ordre judiciaire lui-même reste souverain. — Il cesserait de l'être, si les arrêts de la cour de cassation étaient cassés par le ministère. — Ils ne le sont pas; ils ne peuvent l'être. — Lors même que l'interprétation de la loi par le pouvoir législatif changerait la jurisprudence, cette interprétation agirait pour l'avenir, non pour le passé. — Les arrêts rendus par les cours souveraines n'en conserveraient pas moins toute leur force sur les faits qu'ils auraient jugés.

Ainsi, ma proposition est claire, nettement posée, irréfutable, selon moi.

Du jour qu'un pouvoir quelconque, en dehors de l'ordre judiciaire, casserait ses arrêts,..... il n'y aurait plus de pouvoir judiciaire, et l'anarchie ou le despotisme serait dans l'État.

L'analogie est entière pour le pouvoir communal, à moins qu'on n'essayât de prouver que ce pouvoir n'est pas un pouvoir, qu'il n'est qu'un simple dérivatif d'un des autres pouvoirs légaux de l'État.

Or, on n'essaiera pas cette démonstration. — Si on l'essaie, on échouera.

En admettant qu'on réussît à faire cette démonstration fatale, alors je dirais : — Si le pouvoir communal n'existe pas par lui-même et pour nous, s'il existe par dérivation du pouvoir exécutif et sur nous, alors supprimez à la fois et l'élection communale, et les attributions communales :

établissez un, deux, trois bureaux de plus dans vos préfectures, chargez-les d'administrer nos communes, et ne nous fatiguez plus par le vain simulacre d'institutions municipales sans réalité !

Je désire que l'on comprenne bien la portée de mon argumentation, et que l'on ne m'attribue pas des pensées désorganisatrices qui sont bien loin de moi. — Je sais que dans l'État tous les pouvoirs, indépendants et souverains dans leurs attributions, sont cependant unis par un sympathique lien qui constitue l'unité nationale, et je ne demanderai point ici une exception excentrique. Je ferai voir au contraire comment cette indépendance souveraine des pouvoirs communaux, indépendance sans laquelle aucune institution de pouvoir n'existera jamais dans le monde, peut et doit se concilier avec l'unité organique de l'État. — Mais n'anticipons pas.

La première chose à faire est de distinguer, dans les attributions communales, ce qui est purement communal et ce qui participe de la nature gouvernementale.

Car, comme lien entre le pouvoir central et le pouvoir communal, il y a certaines fonctions que les pouvoirs communaux exercent au profit du gouvernement. Ces dernières fonctions sont, de la part des pouvoirs communaux, un service gratuit rendu au pouvoir central. En beaucoup de choses l'action du gouvernement est d'une nature rigoureuse; et le pouvoir communal, servant d'intermédiaire, adoucit le coup et rend plus facile l'obéissance de la nation. Ainsi donc, pour tout ce qui touche l'intervention des pouvoirs communaux dans le recrutement, dans l'impôt, dans l'appui que doit la garde nationale au gouvernement, etc., etc., je reconnais hautement que la suprématie du pouvoir central ne peut et ne doit pas être contestée. Tous les partisans raisonnables de la décentralisation seront, je crois, de mon avis.

Ce n'est, et nous le répétons expressément, ce n'est que pour les attributions purement communales, que nous demandons l'indépendance de la commune, et nous y joignons des conditions fixes, invariables, efficaces pour que la commune ne puisse sortir du cercle légal qui lui serait tracé, pour qu'elle soit constamment obligée de respecter la légalité, de même que les citoyens sont obligés de la respecter, même dans l'usage qu'ils font de leurs droits privés.

Les pouvoirs communaux, dans l'usage qu'ils font de leurs attributions purement communales, doivent donc être indépendants, souverains; mais cela n'empêche pas que leurs décisions ne fussent susceptibles d'être révisées. Tout dépend de la hiérarchie qu'on établirait. Ainsi, dans l'ordre judiciaire, les décisions du fait sont révisables à deux degrés, les décisions du droit, le sont à trois, mais toujours par le pouvoir judiciaire lui-même. C'est cette habile combinaison qu'il faudrait imiter.

C'est ce que j'ai déjà indiqué. Donnons de nouveaux développements à cette idée.

La révision des décisions communales devrait être établie au chef-lieu du département pour tout ce qui concerne les municipalités du département.

La révision serait exercée à Paris pour tout ce qui concernerait les décisions des conseils-généraux de département.

Un délai fixe serait établi pour demander la cassation des décisions qui paraîtraient avoir violé la légalité.

Ce délai courrait, pour l'agent de la puissance publique (le préfet), à partir de la communication officielle, que toute autorité municipale, dans le département, serait obligée de lui donner de ses décisions.

Ce délai courrait, pour les citoyens, à partir de la promulgation et affiche, faites dans la commune, de toutes décisions touchant l'intérêt de la commune, ou de la notification personnelle des décisions qui toucheraient à l'intérêt particulier d'un citoyen lui-même.

Ce délai courrait, relativement aux actes des conseils-généraux de département, à l'égard du ministère, à partir de la communication officielle qui lui serait donnée par le conseil départemental de toutes ses décisions.

A l'égard des citoyens, de la promulgation, affiche, insertion dans les journaux de toutes décisions concernant l'intérêt du département, et de la notification personnelle de celle de ces décisions qui toucherait à l'intérêt particulier d'un citoyen.

Une fois la demande en cassation repoussée, les décisions seraient par cela seul exécutoires. Il en serait de même si le délai expirait sans qu'on eût fait appel.

Et comme l'appel n'aurait inévitablement lieu que pour la plus petite partie des décisions communales, on sent combien la marche de l'administration serait simplifiée et prompte, tandis qu'aujourd'hui la masse des décisions communales est assujettie à la sanction gouvernementale, ce qui de l'exception fait la règle, et de la règle fait l'exception, contre-sens irrationnel et anti-social. Si l'on avait commis le même contre-sens dans l'ordre judiciaire, il y a long-temps que la société serait détruite.

Pour conserver aux pouvoirs communaux leur nature

amiable et locale, je voudrais même un degré intermédiaire de révision entre la commune et le département.

Admettez qu'un canton ait quinze communes; on y formerait, au chef-lieu, un conseil cantonnal, composé de trente membres, dont deux seraient délégués par chacun des conseils municipaux du canton. Ce conseil s'assemblerait une fois par mois, soit pour examiner les affaires du canton, soit pour réviser les décisions communales dont la régularité serait contestée. Il est probable que, par esprit de conciliation, tout ce qui pourrait toucher à des intérêts en contact de commune à commune, s'éteindrait là; et quant à la légalité, il faudrait avoir passé par ce degré intermédiaire de révision avant d'en appeler au chef-lieu du département; mais le délai ne serait pas prolongé pour cela. L'appel au conseil cantonnal serait compris dans le premier délai établi pour l'appel au chef-lieu de département.

On sent facilement toutes les conséquences que de pareilles institutions auraient pour la promptitude, la bonne expédition des affaires traitées dès-lors avec pleine connaissance de cause. On sent aussi quelle influence de pareilles institutions auraient pour l'amélioration des mœurs publiques du pays, et pour la dignité des citoyens.

Quant à donner au ministre de l'intérieur le droit de casser une décision communale, c'est certainement ce que je ne lui accorderai pas (excepté en matière gouvernementale, comme je l'ai déjà expliqué), pas plus que le ministère de la justice n'a le droit de casser les arrêts des tribunaux.

Si vous me demandez maintenant à quel corps sera dévolue la révision des légalités communales, je vous répondrai que ce ne sera ni au conseil de préfecture pour les communes, ni au conseil d'état pour les départements.

Je voudrais des corps spéciaux, indépendants, et n'ayant absolument aucune autre attribution, aucune autre fonction. Sans quoi on n'aurait jamais ce qui est le plus essentiel en pareille matière, c'est-à-dire une attention constante, un zèle non interrompu, une promptitude d'expédition complète. Je voudrais un corps tout occupé de son but, et qui n'en fût jamais distrait par quoi que ce fût au monde.

Un corps pareil aurait en outre aux yeux des citoyens la garantie de sa responsabilité morale, bien entière et bien nette. Si, au contraire, le conseil d'état rend une décision injuste contre les communes ou le département, au milieu de son organisation compliquée, de ses sections qui roulent et s'occupent de diverses matières, où remontera, où s'attachera positivement la responsabilité morale de l'opinion? — C'est un abîme trop obscur.

Quant à la composition de ces corps de révision communale, je ne serais pas éloigné de laisser au pouvoir royal une influence importante sur leur nomination, et là serait précisément ce lien qui rattacherait l'organisation communale à l'unité de l'État; et moyennant de sages précautions et de bonnes conditions d'indépendance, la liberté des communes n'en souffrirait pas, pas plus que la souveraineté des tribunaux ne souffre de la surveillance de la cour de cassation.

Je l'ai déjà dit, c'est dans les attributions de tous les corps collectifs, et dans la situation morale des membres qui les composent, plus encore que dans l'origine même d'où ils émanent, que se trouve la bonne garantie de leurs actes : il faudrait donc combiner ces trois éléments dans la composition des corps qui réviseraient les décisions communales.

Mais je ne crois pas qu'il convienne de laisser à nos chambres législatives aucune intervention quelconque en pareille matière. Ce serait confondre tous les pouvoirs, ce serait donner action au pouvoir législatif dans le pouvoir exécutif et dans le pouvoir communal à la fois. Ce serait lui déférer le droit de décider des questions pour lesquelles il est à la fois incompétent et incapable.

Aussi, je n'approuve point le droit que les chambres ont actuellement de statuer sur certains votes des conseils-généraux de département. Pour tout ce qui touche les intérêts de chaque département, sur quatre-vingt-six députations de département, il y a toujours dans la chambre quatre-vingt-cinq députations qui n'y connaissent rien. Aptes à décider les questions d'intérêts généraux, les intérêts locaux ne sont pas de leur ressort. Aussi voyez ce qui s'est passé quand la chambre des députés a eu à statuer sur le vote du conseil départemental de la Gironde, relatif aux prisons du département?... La chambre, en toute ignorance de cause, a rejeté, sans savoir ce qu'elle faisait, l'allocation très-convenablement votée par notre conseil-général, et nos prisons sont encore dans le hideux état que chacun sait. — Sans doute cela ne durera pas ainsi; cette mauvaise décision de la chambre sera réformée par elle; mais que de temps perdu, que d'incertitude, que de délais, que d'obstacles à toute amélioration ! Nos chambres législatives doivent être législatives, et pas autre chose. Les intérêts généraux seuls sont de leur ressort.

En soumettant à mes concitoyens mes vues sur l'organisation communale, on comprend facilement que je n'ai pu y joindre ici tous les développements nécessaires, indiquer toutes les liaisons du système avec le reste de notre organisation sociale, réfuter ni prévoir toutes les objections. Cela sera l'affaire du temps, et de discussions successives. D'ailleurs, je le répète, ceci n'est qu'un germe, une base générale, l'exposition fondamentale d'un système légal. L'exécution et les détails doivent être soumis aux lumières spéciales, à l'expérience, et surtout au résultat d'une grande et facile enquête sur un pareil sujet.

CHAPITRE X.

Continuation du même sujet.

Achevons d'esquisser les principaux traits de l'organisation communale, telle qu'elle doit être, pour établir une juste indépendance d'attribution sans porter atteinte à l'unité de l'État.

Ainsi que nous l'avons dit, les décisions municipales seraient soumises, en cas d'appel, à un conseil établi dans le chef-lieu de chaque département, après avoir préalablement subi l'épreuve du conseil cantonnal. — Le conseil du chef-lieu prendrait le nom du département ; ainsi, celui qui serait établi à Bordeaux, serait nommé cour communale de la Gironde.

Les décisions des conseils-généraux de département seraient soumises, en cas d'appel, à un conseil établi à Paris, et qui prendrait le nom de cour communale de France.

Si quelques personnes craignaient que l'établissement de cette nouvelle juridiction ne fût l'occasion de quelque conflit avec l'ordre judiciaire, je leur ferais observer que cette crainte serait sans fondement. Ces nouvelles cours hériteraient des droits de révision communale actuellement exercés par les préfets, les ministres, et le conseil-d'etat; mais loin d'avoir plus d'attributions, elles en auraient moins, puisqu'elles réviseraient seulement la légalité, non la question de fait. Il n'y aurait donc pas plus d'occasion de conflit que dans l'organisation actuelle. Au contraire, il y en aurait moins.

J'ajoute d'ailleurs, ce que j'ai déjà dit, c'est que le préalable indispensable serait la rédaction d'un code administratif et communal, qui réunît en corps toutes les lois de la matière, coordonnées aux principes politiques de l'État, formant un tout clair, rationnel, compacte, dégagé de tous ces vieux réglements, décrets impériaux, instructions ministérielles, véritable chaos où le public n'entend rien, et où l'autorité souvent ne connaît pas grand'chose; ce qui l'oblige à s'en rapporter à quelques anciens chefs de bureaux, qui sont en quelque sorte les archives vivantes de cette confusion administrative, et qui, pour tous les détails des affaires, pour les décisions contentieuses surtout, sont souvent plus préfets que les préfets, et plus ministres que les ministres.

La rédaction et la promulgation de ce code administratif nous ferait sortir enfin de ce dédale, mettrait la nation en état de se faire une opinion juste des actes des autorités, donnerait à chaque citoyen les moyens de connaître ses droits et ses devoirs, et nécessairement diminuerait les occasions de conflits entre les diverses juridictions.

Les principaux résultats de l'organisation que j'indique seraient :

1° La prompte expédition des affaires confiées à des cours qui n'auraient aucun autre emploi, aucun autre travail que leur examen ; qui, d'ailleurs, seraient débarrassées de cette immensité de détails et de faits qui encombrent actuellement les bureaux préfectoraux et ministériels, puisque les cours communales n'auraient à prononcer que sur les décisions communales dont la légalité serait contestée, ce qui ne serait que la très-petite partie des actes communaux (1) ;

2° La plus grande clarté dans toutes ces procédures communales, confiées à des cours indépendantes, et dégagées de l'arbitraire occulte de la bureaucratie ;

3° La publicité de toutes les affaires contentieuses, suprême garantie de la justice des décisions ;

4° Enfin, le gouvernement lui-même, débarrassé d'une multitude de réclamations, de démarches, de correspondances, de récriminations de toute espèce, pourrait imprimer plus d'activité et de force à son administration gouvernementale, et porter d'autant plus de soin aux intérêts-généraux du pays, qu'il serait débarrassé de la gestion des intérêts locaux.

A ces considérations, il faut ajouter encore les observations suivantes :

_____

(1) Il est bien entendu que les matières urgentes, sommaires, de chaque jour, la police, les passeports, la surveillance des lieux publics, etc., etc., resteraient sous la seule action de l'autorité municipale, sauf ce qui serait gouvernemental, et sauf le recours aux tribunaux si l'autorité municipale lésait les citoyens et dépassait les lois. Il n'y aurait rien à changer à cela.

Les conseils municipaux et cantonnaux (renforcés des propriétaires les plus imposés), auraient sans doute des pouvoirs plus étendus qu'aujourd'hui. Il en serait de même, et à plus forte raison, des conseils-généraux de département; mais aussi la loi qui les constituerait y mettrait des limites précises et infranchissables. — Ainsi, quand un conseil-général voterait un impôt départemental pour subvenir aux réparations des chemins, à l'amélioration des prisons, au développement de certaines parties de l'instruction publique, à l'ouverture de nouveaux moyens de communication, la loi fixerait à cette puissance financière un terme qu'elle ne pourrait dépasser. Par exemple, elle déciderait que le conseil-général ne pourrait employer en améliorations départementales qu'une somme annuelle égale, je suppose, au cinquième de l'impôt payé par le département au trésor de l'État. Il en serait de même pour les communes, mais dans une proportion plus faible, le dixième si l'on veut. — Mais une fois le vote du conseil-général émis, il serait définitif, et l'allocation des fonds ne pourrait être ni contestée ni détournée sur d'autres travaux que ceux qui auraient été fixés par le conseil-général lui-même.

Que si l'autorité gouvernementale voulait avoir une inspection quelconque sur ces travaux, elle ne lui serait accordée que sous le rapport légal, et non sous celui de la nature des travaux eux-mêmes. Ainsi, les plans et devis ne seraient en rien soumis ni à la direction des ponts-et-chaussées, ni au conseil des bâtiments civils; mais, lors de l'exécution, le gouvernement, s'il ne s'en rapportait pas aux ingénieurs, aux architectes locaux, pourrait faire constater les infractions qui pourraient être commises aux lois générales établies pour la sécurité publique, et, par son organe auprès de la cour communale, il en requerrait la rectification.

Voulez-vous prendre un autre exemple? S'agirait-il d'une école publique dont le conseil-général voterait l'établissement dans le département?... Eh bien, le ministre de l'instruction publique n'aurait en rien le droit de s'y opposer; mais il faudrait seulement que les lois générales de la matière y fussent suivies, soit pour l'instruction, soit pour la discipline scolastique; et s'il y avait infraction, le ministère en requerrait la rectification par l'organe du gouvernement auprès de la cour communale. Ainsi de suite, car il serait trop long de suivre une à une toutes les branches de l'administration. — Ainsi, l'unité, la légalité seraient rigoureusement maintenues partout.

Alors, on conçoit facilement combien les provinces deviendraient centre d'action financière, d'action administrative; combien elles deviendraient directrices de leurs intérêts locaux, libres d'y appliquer leurs ressources, arbitres de leurs améliorations : on comprend comment un conseil-général, élite élective du département, pourrait avoir des vues suivies, s'appliquer à des projets pleins d'avenir, établis sur des bases invariables. N'ayant sous les yeux, pour les améliorations locales, que des motifs de localités, il ne serait pas assujetti à voir renverser la série de ses espérances par un changement de ministère, par un changement de majorité politique dans les chambres. Le pays matériel vivrait par lui-même, s'administrerait par lui-même; et quant aux intérêts généraux de l'État, ils s'agiteraient dans la sphère qui leur est propre, dans la sphère gouvernementale et politique. Entre ces deux natures d'intérêts, il ne doit pas y avoir sans doute rivalité, hostilité, lutte; mais aussi il ne doit pas y avoir dépendance, subjection de l'un à l'autre. Ce sont deux intérêts parallèles, dont l'un peut s'appuyer sur l'autre, mais ne doit jamais pouvoir l'envahir et l'opprimer.

J'irai même plus loin encore : je voudrais qu'on permît ce qui est expressément défendu par nos lois actuelles; je veux dire les rapports amiables qui pourraient s'établir entre les pouvoirs communaux et entre les pouvoirs départementaux, pour le bien-être des intérêts locaux qui pourraient être communs à plusieurs communes ou à plusieurs départements.

Ainsi, dans une commune, un chemin peut être fait, qui serait utile à une commune voisine, et qui n'aurait même de bon effet pour les deux communes, qu'autant que celle-ci réparerait certaines portions de ses propres chemins. J'avoue que je ne vois pas en quoi la sécurité de l'État serait compromise, parce que les deux conseils municipaux communiqueraient sur cet objet d'intérêt local. J'ai déjà indiqué dans la formation d'un conseil cantonnal, formé au chef-lieu de canton par délégation de tous les conseils municipaux du canton, un moyen de communication entre ces divers conseils municipaux, afin de régler les affaires qui, touchant plusieurs communes, deviennent en quelque sorte celles du canton qui les renferme.

Quant aux conseils-généraux des départements, il semble, au premier coup d'œil qu'un intérêt qui devient commun à plusieurs départements contigus, est par cela seul un intérêt général qui ressort de l'action générale du pouvoir central de l'État; cependant l'expérience prouve le contraire. Ainsi, le département des Landes et de la Gironde peuvent avoir des rapports d'intérèts locaux, complètement étrangers aux intérêts locaux du reste de la France; les départements qui longent le cours de la Garonne de Bordeaux à Toulouse, ont certainement, à l'amélioration de cette rivière, des intérêts locaux qui leur sont communs, et qui n'ont rien de commun avec les intérèts locaux de certains départements éloignés. En quoi donc serait-il irrationnel de les voir mettre en commun leurs délibérations, leurs efforts, leurs ressources, pour le bien-être de ces intérêts locaux, si précieux pour eux, si étrangers pour d'autres, et si complètement dédaignés par l'action centrale du pouvoir politique, ainsi qu'une malheureuse et trop fréquente expérience nous l'a malheureusement prouvé?

Que si le gouvernement nous refusant tout secours, tout aide, toute participation à ses faveurs financières, dont il est prodigue pour tant d'autres, et surtout pour la capitale, nous interdisait en outre la faculté de faire pour nous-mêmes ce qu'il ne veut pas faire, quoique ce fût certainement, non-seulement son droit mais son devoir, alors il y aurait réellement comme un dessein invariablement arrêté de ne vouloir ni agir pour nous, ni nous laisser agir nous-mêmes, c'est-à-dire de nous condamner à la plus complète nullité qu'il fût possible d'imaginer !

Je sais qu'on me répondra que si, pour de tels intérèts, plusieurs départements étaient autorisés à s'entendre entr'eux, il en résulterait comme une sorte d'union fédérale dont ils pourraient se servir un jour contre le pouvoir central, contre l'unité politique de l'État. L'objection n'est pas neuve, mais elle n'en vaut pas mieux pour cela;

car ce ne serait jamais que dans le cas où le gouvernement sacrifierait les intérêts de ces départements à d'autres intérêts, qu'il pourrait avoir l'intention de résister,
et par conséquent cette intention ne naîtrait pas de leur
fait, mais bien des actes du pouvoir central lui-même.
En admettant cette triste hypothèse, ce n'est certainement
pas des délibérations graves et consciencieuses des conseils-
généraux que sortiraient les divisions intestines de l'État,
mais bien plutôt des privations, des souffrances, de la
pénurie des masses populaires. Donner aux départements
disgraciés par le gouvernement le moyen de réparer eux-
mêmes le mal qu'ils éprouvent, c'est au contraire diminuer les chances de mécontentement et par conséquent les
occasions de résistance. Mais leur dire : — je ne veux
rien faire pour vous, et je ne veux même pas que vous
fassiez pour vous-mêmes ce que je ne veux pas faire de
mon côté, — c'est très-certainement s'exposer à doubler
toutes les causes de dissentiment et de division. Ainsi, le
gouvernement s'attache beaucoup plus à l'apparence de
l'union qu'à la réalité, et il ne voit pas que ce qui est
uni par force, par organisation factice, est, en réalité,
très-désuni, très-peu compacte; s'il imagine, par exemple,
que, par l'effet de son système, le midi de la France soit
uni au nord, il se trompe du tout au tout, et chaque jour
il double et triple ainsi les motifs de désunion entre ces
deux grandes fractions du royaume. Et combien ne sera-
t-il pas plus compromis encore dans cette voie fatale, s'il
essaie de demander à l'impôt des boissons les quarante
millions d'impôt qu'on a eu la velléité d'établir, et auxquels on a renoncé, non pas de bonne volonté, mais parce
qu'on n'a pas osé encore aller jusqu'au bout!... Si le

gouvernement croit ainsi augmenter sa force centrale, il est plongé dans une bien déplorable erreur; car c'est bien ainsi qu'il compromettrait tôt ou tard, non-seulement son unité, mais, bien plus, son existence elle-même !...

Revenons à l'organisation de nos cours communales.

Le gouvernement aurait auprès d'elles un procureur-général, de même qu'il en a un auprès de la cour des comptes et auprès de la cour de cassation. Quant au nombre des conseillers, c'est une question de détail que je n'ai pas le moyen de résoudre ici. Cependant, il me paraît, par la simplicité de la juridiction elle-même et son isolement de tout autre genre d'affaires, qu'il ne serait pas nécessaire que le nombre des conseillers fût considérable.

Ici l'on va m'objecter que le traitement annuel de ces nouveaux corps serait une nouvelle charge, une dépense de plus pour le budget.

C'est ce que je ne crois pas. Il faut considérer d'abord que la division des communes, dans le ministère et dans les préfectures, serait, par le fait, à peu près supprimée, ou du moins considérablement réduite, ce qui ferait une économie équivalente. Mais s'il fallait quelque chose en sus pour le traitement des cours communales, certes, les communes et les départements eux-mêmes y fourniraient volontiers sur leurs budgets particuliers, et ce serait si peu de chose pour chacun d'eux, comparativement à la liberté d'action et à l'économie du temps pour toutes les affaires, que cette charge serait en réalité imperceptible.

Après cette esquisse rapide, si nous examinons ce qui touche la composition des cours communales elles-mêmes, je me vois forcé d'aborder les règles électorales établies pour la formation des conseils d'arrondissement et de département.

Je ne veux ni ne puis m'expliquer ici sur les détails compliqués de cette nouvelle combinaison électorale ; mais, dans son ensemble, je ne l'approuve pas. On ne devrait pas tant multiplier les rouages et les assemblées électorales. C'est dégoûter les citoyens, surtout les habitants des campagnes ; et j'ai bien peur là, comme pour les élections de la garde nationale, comme pour les élections municipales, comme pour les élections politiques, qu'une grande partie des électeurs ne se rendent pas.

J'ai d'ailleurs exprimé déjà une vue, que je trouve aussi énoncée dans un écrit de M. Larreguy, en réponse à M. Saulnier. — C'est que la commune devrait être l'élément constitutif du canton, de l'arrondissement et du département : une fois donc la commune bien constituée, bien personnalisée, si j'ose m'exprimer ainsi, dans sa représentation municipale, c'est par l'action de tous les conseils municipaux du département que j'aurais voulu constituer les conseils de canton, d'arrondissement et de département, sans qu'il fût nécessaire de convoquer de nouveau, pour ces doubles et triples élections, les citoyens, en leurs qualités d'électeurs individuels. Ce mode d'élection individuelle et réitérée, est bien plus démocratique sans doute, mais c'est aussi pour cela qu'il court risque d'échouer, parce que nos mœurs populaires ne sont pas démocratiques, et que les *lois, sans les mœurs, sont illusoires et vaines*. — Il y a long-temps que Tacite l'a dit.

J'ai déjà donné un exemple de ce genre d'organisation lorsque, pour le conseil de canton, par exemple, j'ai indiqué la délégation de deux membres de chacun des con-

seils municipaux du canton qui, réunis tous les mois au
chef-lieu, formerait l'assemblée cantonnale.

Par induction du même genre, j'aurais voulu qu'on
combinât l'élection du conseil de département en rassemblant par sections, convenablement combinées, selon les
localités, tous les conseils municipaux du département,
en donnant toutefois aux municipalités urbaines l'importance convenable, parce qu'elles sont à la fois moins nombreuses que les communes rurales, et présentent des intérêts et des capacités plus grandes.

La loi est basée sur un autre système, plus populaire
en apparence, mais certainement moins libéral dans ses
résultats, ainsi qu'on s'en apercevra par l'expérience.

Vainement aurait-on reproché au mode que j'indique
d'être une élection à deux degrés.

Je crois que ce reproche manquerait de logique. Ce
sont les citoyens qui constituent la commune. Mais dans
l'assimilation sociale, ce sont les communes qui constituent le canton et le département, et non pas les citoyens
individuellement. Rassembler les électeurs pour leur faire
nommer les conseils municipaux, puis pour leur faire
nommer les conseils cantonnaux, puis pour leur faire
nommer les conseils de département, c'est évidemment
double, triple emploi, puisque ces divers conseils sont
hiérarchiques ou doivent l'être. De plus, je le répète, c'est
fatiguer les citoyens qui, en définitive, emploieraient
toute leur vie en réunions électorales, auxquelles il faudrait encore joindre celle de la garde nationale, celle de
la chambre des députés. — C'est très-impolitique.

Si l'on admet, au contraire, que la commune est le
premier élément de toute la hiérarchie communale, elle

procéderait seule à la formation des conseils de canton et de département, non point par élection à deux degrés, mais comme étant elle-même le premier degré électoral, le premier élément de la hiérarchie cantonnale et départementale. Une fois l'élection des pouvoirs municipaux faite par les électeurs, le droit communal individuel des citoyens serait épuisé. Et cela serait bien plus logique que de les voir revenir trois fois à la charge pour élire trois assemblées hiérarchiques, qui dès-lors manquent à la fois de lien commun et de caractère distinct, ce qui me semble réunir deux vices opposés, et que peut-être on ne verra jamais réunis au même degré.

Quoi qu'il en soit, c'est ce qu'on n'a pas fait. Tôt ou tard on y reviendra, du moins si la commune est jamais réellement et bien constituée en France.

En attendant, c'est sur une base de ce genre que je voudrais établir nos cours communales.

Pour la cour communale de chaque département, les conseils municipaux réunis par canton nommeraient une quantité de candidats quadruple du nombre des membres qui devraient composer la cour. Sur ces candidats, le pouvoir royal choisirait les membres de la cour communale pour le département. — Une fois nommés, ils seraient inamovibles comme les membres de toutes les cours.

Pour la cour communale de France, les 85 conseils-généraux de département (1) présenteraient chacun quatre candidats, pris dans le département ou hors du département, peu importe, et le roi choisirait sur la totalité

---

(1) Je laisse le département de la Seine en dehors, puisqu'on a fait passer, en force de chose jugée, que ce département doit avoir une organisation communale spéciale et différente des autres.

de ces candidats ; et remarquez que le pouvoir royal aurait ici une immense latitude, puisque le nombre des conseillers n'excéderait certainement pas vingt ou trente. — Mais, une fois nommés, ils seraient inamovibles.

Quant aux procureurs-généraux, ils seraient à la nomination absolue du pouvoir royal, et révocables à volonté.

En partant de ces bases, on voit que le pouvoir royal conserverait certainement une grande et salutaire influence dans la composition des cours conservatrices des légalités communales ; mais fallùt-il lui donner une influence plus grande encore, ce ne serait pas à mes yeux un grave motif de dissentiment, parce que l'indépendance des attributions compenserait, et bien au-delà, cette sorte de dépendance dans la composition des cours communales. Cependant elles ne devraient jamais être à l'entière nomination du pouvoir royal comme la cour de cassation et la cour des comptes. — On en sent facilement les raisons.

Je me borne à ces détails. Dans cette matière neuve et ardue, j'ai peut-être abusé de la patience de mes lecteurs. Mais si les aperçus que je leur ai soumis les engagent à réfléchir eux-mêmes sur ce grave sujet, qu'on approuve ou qu'on blâme mes idées, je me féliciterai de les avoir publiées, persuadé que le travail de l'opinion, dirigé vers cette importante matière, fera découvrir à d'autres la vérité qui m'aurait échappé.

LIVRE XXI.

DE L'ADMINISTRATION DÉPARTEMENTALE ET COMMUNALE (1).

CHAPITRE PREMIER.

De l'Importance de l'Administration et de son Influence.

QUELQUE fatales que puissent être les fautes que peut commettre un gouvernement dans sa marche centrale, celles qui sont commises par l'administration, et qui, malheureusement, sont souvent les conséquences des premières, sont bien plus fatales encore. L'administration aboutit à toutes les parties du territoire, à tous les intérêts des citoyens, à toutes les passions des partis; elle est en contact réel avec le corps social, elle lui donne la vie et l'action, comme les extrémités nerveuses communiquent la sensibilité à toutes les parties du corps humain. Une administration bien dirigée pourrait donc modifier les conséquences des erreurs qui se seraient mêlées au système général du gouvernement; mais il arrive malheureusement que souvent, soit par la nature des choix, soit par la nature des instructions reçues du ministère lui-mème, une administration mal dirigée, au contraire, au lieu de

_____

(1) Ce livre est loin d'être complet, mais il renferme tout ce que H. Fonfrède a écrit d'important sur l'administration départementale et communale. (Note de l'Éditeur).

rectifier les fausses conceptions du pouvoir, les aggrave
encore par l'application qu'elle en fait.

C'est donc sur ce point important que j'appelle l'attention. Je désire qu'on soit bien convaincu que c'est par la
marche de l'administration dans les départements que
l'opinion juge la bonté ou les vices du système ministériel, plus encore que par les débats de la tribune et par
les discussions de la presse. C'est donc principalement par
les instructions transmises à tous ses agents administratifs
que le gouvernement peut et doit travailler à détruire, dans
l'opinion du pays, le mauvais effet produit par quelques
erreurs législatives, par quelques phrases oratoires échap-
pées peut-être à l'entraînement de l'improvisation, par de
fausses mesures générales, dont l'exécution peut être rec-
tifiée par le pouvoir, discrétionnaire en quelques points,
des administrateurs eux-mêmes. C'est, en résultat, l'administration qui réalise et personnifie, pour le pays, l'action favorable ou nuisible du gouvernement; c'est elle qui
le fait aimer ou haïr, qui le rend impopulaire ou national, qui décide en définitive de sa faiblesse ou de sa force.

Ainsi, arrêtons-nous un instant aux deux hypothèses
suivantes.

Voyons, dans le premier cas, le ministère posant de
bons principes à la tribune, défendant les intérêts du pays,
luttant contre les mauvaises et fausses doctrines de l'absolutisme ou de la démagogie.

Mais supposons qu'il laisse à ses administrateurs trop
de latitude, qu'il leur donne des instructions d'après lesquelles, pour se rattacher les partisans des opinions extrêmes, il prescrit de faire pencher la balance en leur faveur dans tous les démêlés d'intérêts qu'ils auront avec

les défenseurs du gouvernement, comme si l'on pensait qu'un ennemi favorisé devienne, par cela seul, dévoué, et qu'un ami, lésé dans ses intérêts, est à l'épreuve de tout le ressentiment que doit lui inspirer cet ingrat et faux calcul !

Supposons, dis-je, un pareil état de choses, quelle confiance pense-t-on qu'inspireraient aux populations indécises quelques lois libérales, quelques discours patriotiques prononcés à la tribune par des ministres, quelques manifestations officielles démenties par les réalités ? — Aucune, je le dis, avec une entière certitude. L'administration seule, par ses fausses démarches, par ses molles complaisances ou par ses injustes rigueurs, détruirait, en un clin-d'œil, tout l'effet des actes gouvernementaux du pouvoir ministériel. Ceci est vrai pour les communes rurales, surtout. Là, il n'y a point de réunions publiques, de point d'union et de contact pour éclairer l'opinion, comme dans les grandes villes. Tout le gouvernement, pour les habitants de ces communes, c'est l'administration, et dans l'administration, cette partie surtout qui agit immédiatement sur eux, qu'ils voient, qu'ils entendent, qu'ils éprouvent tous les jours. Si celle-là reçoit de l'autorité supérieure une tendance semblable à celle que je viens d'exposer, la désaffection s'emparera bien vite des citoyens, et l'administration détruira, sans aucun doute, le gouvernement, et fera germer des sentiments hostiles contre lui dans tous les cœurs.

Admettons maintenant la supposition contraire. Supposons qu'un ministère ait fait des fautes; qu'il ait émis des doctrines contraires aux véritables principes, qu'il ait prononcé à la tribune des paroles imprudentes, et que l'opinion en soit généralement alarmée dans le public; eh bien! s'il comprend sa position, s'il s'aperçoit de l'erreur commise, tout peut encore se réparer par l'administration. Il n'a qu'à donner de bonnes instructions à tous les administrateurs départementaux; il n'a qu'à surveiller ses choix, donner une impulsion différente, prescrire une tendance contraire dans l'usage de la partie discrétionnaire du pouvoir (et elle est grande en administration), aussitôt qu'on verra dans les départements les intérêts populaires protégés, les prétentions ennemies réprimées, chacun rigoureusement maintenu dans les limites légales, les citoyens honorés pour leurs services réels, quelles que soient leurs nuances politiques, toutefois quand ils ne sont pas hostiles à la monarchie elle-même; quand on verra, surtout, ce qui reste encore en permanence des injustices du passé, soigneusement réparées par l'administration, alors les populations oublieront les fautes législatives et politiques commises par le ministère, elles prendront foi et confiance dans sa loyauté, dans ses intentions, dans sa marche; et le gouvernement pourra compter sur leur appui, sur leur concours, en toute occasion, et sur leur vigoureuse assistance si quelque crise violente l'exigeait contre ses ennemis, quels qu'ils soient.

C'est donc avec une profonde conviction que j'appelle l'attention des gouvernements sur cette partie de leur système; là est leur destinée, là est leur avenir; là est le remède instantané et positif qui, raffermissant le pouvoir dans leurs mains, leur permettra de réparer les erreurs qu'ils auront commises, et de mettre une homogénéité et un ensemble complet dans l'édifice des lois constitutionnelles de leur pays.

CHAPITRE II.

De l'Élection des Conseils-Généraux de département.

—

La révolution française, vaste drame dont l'avant-scène remonte aux premiers siècles de notre histoire et s'est graduellement développée jusqu'à l'exposition du premier acte en 1789, n'est autre chose que le triomphe du principe libéral représenté par l'élection, sur le principe de la domination féodale, représenté par le privilége né de la conquête.

Pour que cette révolution soit terminée, et porte ses fruits d'ordre social et de liberté, il faut deux choses :

Que ce principe libéral d'élection soit admis à surveiller, par son développement, toutes les branches de notre administration sociale et politique ;

Et qu'en même temps le développement de la puissance électorale soit proportionné au développement réel des mœurs, des lumières, des capacités sociales, de telle sorte que la marche gouvernementale de l'État soit dirigée, non pas par la majorité du nombre ou des forces, mais par la majorité des intelligences morales. — Telle est la différence qui distingue la monarchie constitutionnelle de la république.

Pour atteindre ce double but, il faut que le principe électoral soit étendu dans ses applications. — Ainsi, s'il avait été borné à l'élection politique des députés, le système aurait été faussé précisément parce qu'il aurait été incomplet. — Il devait donc être étendu aux degrés hiérarchiques de notre ordre social, afin que la gestion de tous nos intérêts sociaux fût rationnelle et coordonnée. — De là le principe électoral dans la garde nationale, dans les conseils municipaux, dans les conseils d'arrondissement et de département. — De là l'extension et la rectification de ce principe pour les tribunaux et les chambres de commerce.

Mais en même temps que la législation étend les fonctions électorales, il faut, pour que le système ne soit pas faussé en sens contraire, que les citoyens acceptent et pratiquent, en réalité, l'exercice de ces fonctions ; car si une minime fraction du corps électoral se rend seule dans les colléges, plus le système électoral aura reçu d'extension, plus la liste sera nombreuse dans son ensemble total, et plus le résultat du scrutin sera faux, plus le système représentatif sera vicié, plus nous nous éloignerons du but véritable de la révolution.

Car, supposez un droit électoral restreint, tel que nous l'avons vu sous la restauration, tout à la fois par le cens de trois cents francs, par le double vote, par la malveillance de l'administration ; mais admettez que, par un redoublement de zèle proportionné au danger, tous les citoyens appelés s'excitent, se rendent, et votent, malgré toutes les entraves, l'opinion nationale se fera jour, sera représentée et triomphera. — Nous en avons eu la preuve par les faits.

Mais supposez, au contraire, un droit électoral très-étendu, mais exercé avec tant d'apathie par les citoyens qu'une très-faible portion des électeurs se rendent au collége, aurez-vous de même l'expression du vœu de la majorité, l'expression de la volonté morale de l'opinion ?

Non, sans doute; plus l'extension électorale aura été grande, plus la minorité aura pu y recruter de ressources pour l'intrigue; et se rendant seule au scrutin, parce que les minorités sont toujours actives et ardentes, elle disposera seule des fonctions les plus importantes de l'État.

Lorsque, par exemple, dans un collége municipal qui compte quatre à cinq cents électeurs, il ne s'en sera présenté au scrutin que cent cinquante à cent soixante, n'est-il pas évident que le principe de la loi n'a pas reçu son application, qu'elle est faussée, et que l'élection devient un contre-sens, une sorte de violation du système représentatif?

Je ne prends point cet exemple au hasard. Tout le monde sait quelle malheureuse apathie préside aux élections dans une grande partie de la France.

Je sais qu'il y a dans ce peu d'empressement à remplir les devoirs électoraux un fond de confiance de la nation dans son gouvernement, symptôme consolant qu'il ne faut pas perdre de vue. Mais une telle confiance serait une imprudence énorme, qui agirait contre son propre but, ainsi qu'il m'est facile de le démontrer.

Quand la nation se méfiait de la restauration, tout le monde se rendait aux élections et remplissait son devoir. Maintenant que l'on a confiance dans le gouvernement, on ne croit pas qu'il soit aussi nécessaire de le surveiller avec tant de zèle; on reste chez soi, on le laisse aller à sa guise, et l'on se croit en sécurité.

Cette erreur est grave.

D'abord, un bon gouvernement tend à devenir mauvais s'il n'est pas surveillé par la nation;

Secondement, de ce que les bons citoyens, qui ont con-

fiance au gouvernement, ne se rendent pas aux élections,
il ne s'ensuit pas que leurs adversaires ne s'y rendront
pas. Au contraire, quand la majorité s'absente, la minorité est doublement excitée à se rendre au poste, puisqu'il
lui est livré presque sans défense. De sorte que, par confiance dans le gouvernement, on l'expose à être faussé et
renversé.

On doit se souvenir que la liberté est une vie d'action,
non d'immobilité. Il faut se rendre aux colléges électoraux pour combattre un mauvais gouvernement; mais il
faut aussi se rendre aux colléges électoraux pour soutenir
un bon gouvernement, car le premier ne tomberait pas
s'il n'était pas attaqué; et le second ne se maintiendrait
pas s'il n'était pas soutenu : n'oublions pas, n'oublions
jamais, que le gouvernement n'a pas sa cause, son mobile, son point d'appui en lui-même, mais en nous; en
nous nation, en nous électeurs de tous les pouvoirs administratifs et politiques : fatale, fatale confiance que
nous témoignerions au gouvernement de notre choix,
en l'abandonnant à lui-même, en lui refusant le concours
de nos forces morales, lorsque cependant nous avons fait
et nous voulons maintenir une révolution qui ne lui a
laissé d'autre force possible que celle qu'il peut recevoir
de nous !

Peut-être croira-t-on que ces graves considérations
s'appliquent seulement aux élections politiques de la chambre, mais qu'elles n'ont pas autant de poids lorsqu'il n'est
question que des élections municipales ou départementales. — Il faut repousser ce dangereux sophisme, inju-
rieux à la fois pour notre patriotisme et pour notre rai-

son, en même temps qu'il serait fatal à nos plus chers intérêts.

Un gouvernement libre ne se compose pas seulement des sommités politiques placées au faîte de l'édifice social. C'est dans toutes les ramifications secondaires que se trouve la réalisation de la liberté, l'accomplissement de ses bienfaits, les moyens de sa durée et de sa stabilité ! C'est dans tout l'ensemble des administrations publiques que se trouve la vie du corps social; tous les organes de ce corps vivant et actif doivent être en rapport, doivent être coordonnés, doivent être animés d'une vie semblable, si l'on veut que l'État lui-même puisse respirer librement, et se mouvoir sans secousse. Que l'on mette des principes de liberté dans quelques lois; que l'on organise, au sommet du gouvernement, quelques garanties générales, tout cela sera peu de chose, bien peu de chose, si les citoyens ne concourent pas eux-mêmes à surveiller ensuite tous les degrés de la hiérarchie administrative. La vue du pouvoir central ne porte pas aussi loin que ses bras peuvent atteindre; ce n'est que par les yeux mêmes des citoyens qu'il peut voir ce qui les touche, ce n'est que par leur voix qu'il peut recevoir de sages avis sur la gestion des milliers d'intérêts qui forment l'intérêt général de l'État; si on lui refuse à la fois et les lumières et l'appui dont il a besoin, quel droit aura-t-on de lui reprocher ensuite les erreurs qu'il pourrait commettre au préjudice de chacun, le mauvais choix de ses délégués, leur incurie, leur négligence, qu'excuseraient à l'avance la négligence et l'incurie personnelles des gouvernés? Quel droit aurait-on de lui reprocher de ne pas faire pour la nation ce que seule elle peut faire, ce qu'il lui laisse le droit d'exécuter, et ce qu'elle refuse d'accomplir?

De quelque manière que l'on considère la question, que l'on ait pour but la stabilité de la révolution et sa gloire, la force du gouvernement et sa bonne surveillance, la durée de la liberté et ses résultats féconds, le maintien de l'ordre public et de la bonne administration, on trouvera toujours que cet heureux état de choses, cette consécration d'un état social à la fois calme et progressif, ne peut être obtenu que par le concours de tous les bons citoyens, par leur zèle à remplir exactement, avec ardeur, avec joie, toutes les fonctions électorales qui leur sont dévolues : toutes sont importantes, aucune ne peut être négligée sans danger; on ne peut s'en abstenir sans manquer à la fois à ses devoirs envers la patrie, envers la famille et envers soi-même; sans compromettre à la fois l'honneur et l'intérêt de tous.

CHAPITRE III.

De l'Importance des Conseils-Généraux de département.

L'importance des conseils de département n'a pas encore été bien appréciée : pendant long-temps, nommés par le gouvernement lui-même, ils ne pouvaient avoir sur lui qu'une faible influence, par cela même qu'ils ne lui offraient aucun point d'appui en dehors de sa propre action. Ils ne pouvaient lui rendre que ce qu'ils avaient reçu de lui. Mais les conseils-généraux, nommés par les citoyens, porteront avec eux la résistance ou l'appui de l'opinion réelle de la société,—au moins si l'élection est sincère, si les citoyens y concourent avec zèle, s'ils choisissent avec patriotisme et discernement, non avec esprit de passion et de partialité.

L'importance des élections de ces conseils paraîtra donc bien grande, si l'on réfléchit à la nature des attributions qui leur sont dévolues.

Ceci doit être envisagé sous plusieurs points de vue.

En thèse générale, d'abord, la nature de ces attributions est à peu près fixée par la nature de l'institution elle-même : la défense des intérêts départementaux, l'entretien ou la création des routes, canaux, moyens de transport ou de communications quelconques, la propagation de l'instruction primaire, le bon état des prisons, des monuments et édifices publics dont l'usage est commun à tout le département, etc., etc., tels sont les objets qui tombent naturellement dans le domaine du conseil-général, objets pour lesquels il a le droit de voter des fonds, dont l'allocation est ensuite soumise à la sanction des chambres législatives.

Ce seul exposé fera sentir à nos lecteurs quel grave intérêt tous les citoyens du département ont à la bonne composition du conseil-général. Ils doivent ajouter encore à ces attributions, la tendance naturelle que le gouvernement aura toujours à demander l'avis du conseil-général sur tous les projets d'amélioration qui pourront être présentés par les particuliers. Avant de donner son approbation ou d'opposer son refus à quelque proposition qui lui soit faite pour une entreprise, un travail, une innovation quelconque dans un département, c'est inévitablement au conseil-général que le ministère renverra d'abord ; c'est un premier degré d'examen qu'il faudra subir, c'est le préalable indispensable où devront passer tous les projets de progrès et de développement social et administratif.

Mais élargissons encore la carrière : souvenons-nous de ce que nous avons dit quand il a été question de la centralisation administrative ; rappelons-nous les justes plaintes que nous avons fréquemment fait entendre à ce sujet, et que nous avons rassemblées, liées entre elles, systématisées en un mot, de manière à faire apercevoir l'étendue du mal et la nature du remède.

Eh bien, nous verrons que le premier pas à faire pour appliquer ce remède sans occasioner de perturbation dans la direction centrale de l'État (point important qu'il ne faut jamais perdre de vue), ce premier pas, dis-je, c'est par la bonne composition des conseils-généraux que nous pouvons obtenir le moyen de l'accomplir.

Car il ne faut pas oublier que la décentralisation administrative ne peut être effectuée seulement par l'élection. Peu importe que les pouvoirs municipaux et départementaux soient électifs, si, une fois élus, ils sont dépendants et assujettis ! C'est dans l'indépendance de leurs attributions, c'est dans le jeu libre et spontané des fonctions qui leur sont dévolues, que la véritable décentralisation doit trouver naissance.

Ici, je dois faire observer que les conseils-généraux ont un immense avantage sur les conseils municipaux.

Moins nombreux, plus en regard, composés inévitablement des sommités sociales les plus distinguées que l'électeur aura pu choisir, et comme trier avec soin dans l'ensemble total des notabilités municipales de plusieurs centaines de communes; exerçant leur action dans un centre de civilisation plus avancé puisqu'ils agissent au chef-lieu du département, soumis directement à la surveillance de l'opinion et de la presse, ils offrent au pouvoir central une masse de garanties que la multitude des pouvoirs municipaux ne peut encore présenter dans un grand nombre de petites localités. Il n'est pas douteux, aux yeux de tout homme politique, que la décentralisation s'opérera plus facilement en la commençant par le département qu'en la faisant surgir de la commune elle-même. C'est un moyen graduel et sage d'émanciper les intérêts locaux, sans occasioner de secousse et de trouble dans les intérêts généraux de l'État.

Mais pour faire ce premier pas, il faut que ces conseils-généraux soient réellement nommés par l'ensemble des électeurs appelés par la loi. Si, au lieu d'être l'expression de la majorité réelle de ces électeurs, l'apathie et l'éloignement des citoyens abandonnent à l'intrigue, aux partis, aux vanités de quelques coteries, la composition des conseils-généraux qui ne représenteront alors que d'imperceptibles minorités, comment voulez-vous que les pouvoirs politiques et centraux de l'État aient assez de confiance dans des conseils-généraux ainsi composés, pour leur attribuer des fonctions étendues et indépendantes qui puissent être un moyen de décentralisation? Les pouvoirs centraux de l'État ne pourraient agir ainsi sans la plus grave imprudence; il est évident que du zèle des électeurs à composer les conseils-généraux dépend l'affranchissement des départements. La loi ne décentralisera l'administration qu'autant que les départements se montreront dignes et capables de s'administrer eux-mêmes; et certainement ils s'en montreraient peu capables et peu dignes s'ils n'attachaient aucune importance à la composition de leurs conseils-généraux, si les citoyens étaient assez iner-tes, assez égoïstes pour ne pas remplir la facile fonction qui leur est confiée, et s'abstenaient, par insouciance, de déposer leur vote au scrutin.

D'ailleurs, autant il serait rationnel et logique de con-fier des attributions indépendantes et étendues aux con-seils-généraux réellement élus par la majorité des élec-teurs, autant il serait irrationnel et impolitique d'agir de même en faveur de conseils-généraux qui ne seraient que l'expression accidentelle d'une minime fraction des colléges, et le pouvoir politique qui refuserait alors d'en-trer dans les voies de la décentralisation, aurait un argu-ment auquel on ne pourrait rien répondre de sensé.

Il faut donc bien comprendre que l'élection des conseils-généraux, en outre de son importance intrinsèque, a le grand mérite d'être une occasion d'épreuve, un moyen de démontrer que la nation est digne et capable de liberté politique et administrative. Il dépend d'elle de mettre le gouvernement central dans la nécessité salutaire de mar-cher dans la voie du progrès réel; mais il faut pour cela qu'elle y marche elle-même devant lui. Il a ouvert la car-rière, il faut y entrer franchement; il suivra, qu'il le veuille ou non; mais si, parlant sans cesse de progrès et de liberté, les actions des citoyens contredisent leurs pa-roles, s'ils demandent qu'on les charge de fonctions pu-bliques en même temps qu'ils refusent d'en porter le poids, de quel front reprocheraient-ils au gouvernement qu'il ne les traite pas en hommes mûrs, en hommes libres, eux qui agiraient comme des enfants paresseux, ou comme des sybarites irréfléchis?

En outre de leurs actes positifs, les conseils-généraux ont encore la mission de donner au gouvernement leur avis, d'exprimer leur vœu sur la marche des affaires, sur les besoins du pays, sur l'état des esprits, sur tout ce qui touche à l'intérêt général. — Ces vœux, ces avis avaient peu de poids, peu de portée, quand ils étaient exprimés au gouvernement par les délégués du gouvernement lui-même; mais quand ils sont exprimés par les élus des citoyens, c'est tout autre chose; non-seulement le ministère, mais les chambres elles-mêmes doivent en être fortement impressionnées. Comme je viens de le dire, les conseils-généraux sont réellement nommés par la majorité des électeurs, s'ils sont la véritable expression de l'opinion du pays. — Hors de cette condition, leur voix n'aura plus de force, leurs avis seront non avenus, et cette portion de nos garanties sera illusoire et vaine.

Les conseils-généraux sont ou doivent être l'élite de la population de chaque département : par le patriotisme, par le talent, par les lumières qui brilleront dans ces assemblées, le reste de la France jugera le patriotisme, le talent, les lumières de tout le département; car il aura dû nécessairement choisir ce qu'il avait de mieux dans son sein; et lorsque déjà il y a tant de préjugés injustes contre nous, voudrions-nous leur donner un nouvel aliment, en n'apportant ni zèle, ni soin, ni bon et sage concours à l'élection des conseils-généraux? On doit donc songer que si, par apathie ou négligence, on laissait la médiocrité envahir les fonctions destinées au vrai mérite, on ferait rejaillir un reflet d'incapacité, une sorte de déconsidération intellectuelle et morale sur tout le département ! Et la presse de la capitale, exclusivement dirigée par les centralisateurs littéraires et politiques, traiterait, avec un redoublement de dédain et de pitié, les départements déjà si opprimés par l'omnipotence parisienne !

Jusqu'à présent nous n'avons pas eu de stage pour les fonctions publiques. Le choix des électeurs allait prendre un citoyen dans son comptoir, dans son étude, dans son cabinet, et de là, sans transition, le jetait tout neuf dans la carrière politique : de négociant, d'avocat, de notaire, il devenait député. Sans préparation, souvent sans aucune étude spéciale autant que sans pratique d'application, il lui fallait entrer dans une région nouvelle, transporté qu'il était au milieu d'un monde composé d'hommes depuis long-temps accoutumés au maniement des affaires publiques, et contre lesquels il lui était dès-lors bien difficile de lutter avec avantage. — Ainsi, les meilleures causes se sont trouvées souvent perdues, ou du moins bien compromises.

Eh bien ! la composition élective des conseils-généraux offre le moyen de créer ce stage, ce temps d'épreuve, cette éducation pratique pour les hommes publics. — Là, si l'on met en vue les notabilités intellectuelles qui peuvent offrir de justes espérances pour l'avenir, on les verra à l'œuvre ; les conseils-généraux seront un premier degré de candidature pour la chambre des députés ; les membres de ces conseils s'accoutumeront à la discussion, à la décision des intérêts publics ; ils seront poussés à en faire l'objet de leurs études, par cela seul qu'ils se sentiront exposés à tous les regards ; et cette expérience publique du talent, de la moralité, de l'indépendance des hommes, vaudra

quelque peu davantage que ces complaisantes protesta-
tions et déclarations de principes que chaque candidat
improvisé est d'autant plus disposé à faire aux électeurs,
qu'il a moins l'intention ou les moyens de tenir les promesses intéressées dont il est prodigue pour parvenir à la
députation! — Au lieu d'une garantie illusoire, plus propre à favoriser l'intrigue et la médiocrité que le talent et
le patriotisme, vous aurez une garantie réelle, préparée
et mûrie de longue main, et non pas tout-à-coup calculée
et déclamée pour vous éblouir !

Je dois ajouter encore une réflexion importante qui
trouve naturellement ici sa place : c'est qu'il faut prendre
garde, dans la composition du conseil-général, à ne pas
donner trop d'empire aux notabilités locales de chaque
canton. Il faut agrandir l'horizon , et regarder, pour
choisir, dans le département entier. Prenez, dans votre
canton, à mérite égal, rien de mieux ; mais choisissez
hors de votre canton, si vous trouvez mieux que dans
son enceinte. Sans cela vous auriez, pour diriger les affaires du département, une réunion d'hommes qui pourraient bien, individuellement, connaître les intérêts de
leur village ou de leur petite ville, mais qui ne pourraient
juger l'intérêt général du département. Et en même temps
que les affaires générales du département seraient mal
faites, celles de chaque localité ne triompheraient pas davantage pour cela, car chaque député de localité n'aurait
jamais que sa voix contre celle de tous les autres, ce qui
n'avancerait à rien. C'est par l'influence de la raison et
du talent que les délibérations s'emportent dans un conseil-
général comme dans toute assemblée où l'on discute; et il
importe très-peu à une localité d'avoir une boule dévouée,

si elle n'a pas, dans le conseil, une parole influente pour déterminer les votes de la majorité. Ne perdez jamais cela de vue, autant dans votre intérêt particulier de localité, que dans l'intérêt du département lui-même. — D'ailleurs, les notabilités tout-à-fait locales ont leur place naturellement fixée dans les conseils d'arrondissement qui leur sont évidemment destinés. Ce serait en faire un faux emploi et très-mal calculer, que de les porter de prime-abord dans le conseil-général du département. Sachons nous mettre au dessus d'un égoïsme étroit de localité qui compromettrait nécessairement l'intérêt local lui-même.

CHAPITRE IV.

Publication des votes et des débats des Conseils-Généraux.

Lors de la première session des conseils-généraux électifs, celui de la Gironde prit, à l'unanimité, la résolution de publier le résultat de ses travaux.

Cette résolution fut accueillie avec faveur par nos concitoyens. Il en fut de même dans la plupart des départements. Dans plusieurs, on manifesta l'intention de l'imiter.

Mais, à Paris, les avis furent partagés; dans la haute bureaucratie ministérielle, dans plusieurs salons du gouvernement ou de la pairie, la publication du conseil-général fut blâmée.

On disait qu'un pareil acte n'était conforme ni au texte, ni à l'esprit de la loi; qu'il était d'une exécution difficile, accompagnée d'inconvénients, susceptibles d'exciter et d'irriter les amours-propres; qu'il tendait à mettre l'administration sous le joug des exigences locales et à lui ôter son indépendance; qu'il portait à la connaissance du public des actes administratifs qui, par leur nature, devaient rester entre l'administration et le gouvernement; que, par conséquent, une telle publication était contraire à la hiérarchie gouvernementale, et diminuait l'esprit de déférence qui doit régler les rapports des citoyens avec l'autorité publique.

Il était tout naturel qu'ayant proposé la publication dont il s'agit, ayant été chargé moi-même de l'exécuter, je cherchasse à connaître les arguments sur lesquels des personnes, très-respectables d'ailleurs et pour lesquelles je professe une haute estime, se fondaient pour nous blâmer. J'y portais un intérêt d'autant plus grand, que la plupart de mes adversaires, en cette circonstance, étaient placés parmi mes amis politiques, et défendaient les mêmes opinions gouvernementales que moi. Il m'était pénible, je l'avoue, d'être blâmé par eux et d'être approuvé par l'opposition. Ce contraste devait me faire craindre d'avoir commis une grave erreur.

J'ai donc examiné la matière de nouveau. Je l'ai tournée et retournée sous toutes ses faces; j'ai discuté contre moi-même, je me suis fait toutes les objections que j'ai pu imaginer; dévoué comme je le suis au gouvernement, partisan déclaré du pouvoir, convaincu que le plus grand progrès que la France libérale puisse faire aujourd'hui, c'est de reconquérir, d'affermir dans son sein l'esprit d'ordre, de conservation, de respect pour l'autorité, que les convulsions révolutionnaires ont déplorablement affaibli dans une grande partie de ses populations ; j'ai cherché dans toute la sincérité de mon esprit, comment il aurait pu se faire que j'eusse contribué à donner un démenti aux doctrines que je professe avec tant de chaleur et de spontanéité ; bien décidé, si le résultat de cet examen me faisait reconnaître ma faute, à la réparer hautement en m'opposant désormais de toutes mes forces aux publications du conseil-général de la Gironde ; déterminé à profiter de mon influence pour dissuader les autres départements qui s'étaient promis de faire de semblables publications.

Mais plus je me suis enfoncé dans cet examen, plus il m'a convaincu que le conseil de la Gironde était dans une bonne et saine voie ; qu'il avait usé d'un droit constitutionnel, qu'il avait rempli un devoir, qu'il avait pris une initiative conforme à la nature de ses attributions, qu'il avait fait un acte éminemment utile à l'administration elle-même ; un acte propre, non à la déconsidérer, comme on le craignait à tort, mais, bien au contraire, à la recommander au respect et à la confiance de ses administrés ; et que, par conséquent, il devait persister dans la détermination qu'il avait prise.

Je veux, de nouveau, débattre cette question. Loin de redouter les objections, loin de vouloir soustraire mes pensées à l'investigation du pouvoir et de la raison publique, j'appelle au contraire leur attention sur cette importante matière. Ce n'est pas le triomphe de mon opinion que je cherche, c'est le triomphe de la vérité, où qu'elle soit. C'est à la propagation des idées saines, utiles, gouvernementales, que je travaille ; c'est à la formation des mœurs publiques que je veux concourir autant qu'il dépendra de moi. Qu'on me réponde, et que la raison publique décide.

Voici l'ordre de la discussion :

J'établirai d'abord que la publication des travaux du conseil-général est légale et constitutionnelle.

Après avoir établi qu'elle est un droit, je prouverai qu'elle est un devoir, un indispensable devoir.

Enfin, je prouverai que la réalisation de ce droit, l'accomplissement de ce devoir, n'a aucun des inconvénients prétendus, et présente, au contraire, au gouvernement et aux citoyens, tous les avantages désirables.

CHAPITRE V.

La publication des travaux des Conseils-Généraux est légale et constitutionnelle (1).

La liberté de la presse est le droit commun des Français.

L'interdiction d'un droit ne se présume pas ; il faut qu'elle soit spécialement prononcée.

Les citoyens français composant les conseils-généraux sont donc dans le droit commun de la liberté de la presse, tant qu'une loi positive ne les aura pas mis hors la loi constitutionnelle de l'État.

Qu'ils usent de ce droit un par un, deux par deux,

---

(1) Ces chapitres ont été écrits, en 1835, avant l'adoption de la loi sur les attributions des conseils-généraux.

collectivement et tous ensemble, peu importe, car la charte ne fixe nullement le nombre d'auteurs que doit avoir une publication.

La loi qui interdirait aux citoyens français composant les conseils-généraux l'usage de la presse;

La loi qui leur dirait :

Comme simples citoyens, je reconnais vos droits. Par cela seul que vous ne m'offririez aucune garantie spéciale, je vous permettrais de les exercer;

Mais puisque l'élite électorale d'un département vous a choisis; puisque vous m'offrez la garantie de la haute confiance qu'elle vous a témoignée, je vous retire la miènne. Ce que je permets aux cinq cent mille habitants de la Gironde, je vous l'interdis à vous trente, en tant que composant le conseil-général qu'ils ont élu. Votre ilotisme est le fruit de leurs suffrages;

Et ce droit que je vous interdis, je vous l'ôte expressément pour que vous ne fassiez pas connaître aux citoyens qui vous ont nommés comment vous avez rempli les fonctions dont ils vous ont honorés, car je veux qu'ils puissent vous nommer pour surveiller leurs intérèts, ordonner leurs travaux, voter les fonds qu'ils devront payer pour y subvenir; mais je ne veux pas qu'ils sachent comment vous avez surveillé leurs intérèts, comment vous avez ordonné leurs travaux, comment et pourquoi vous les avez assujettis à payer les fonds pour y subvenir. Je vous constitue pouvoir à la fois électif et occulte. C'est dans ce contresens que je place la sécurité et la dignité de l'administration;

Cette loi serait profondément impolitique et déraisonnable.

Mais si elle existait, tout absurde qu'elle fût, il faudrait lui obéir, parce que toute loi mérite obéissance jusqu'à ce qu'elle soit régulièrement révoquée.

Si cette loi existait, les citoyens composant les conseils-généraux devraient donc s'y conformer, ou donner leur démission si leur conscience répugnait à conserver leur charge sous cette condition.

Pour ce qui me concerne personnellement, je donnerais ma démission, parce que je tiens plus à mes droits de citoyen français qu'à ma qualité de conseiller-général, et je ne voudrais pas abdiquer les uns pour conserver l'autre.

Mais cette loi n'existe pas. Comme membres des conseils-généraux, nous restons donc sous l'empire du droit commun.

Et je dis bien plus. Non-seulement cette loi n'existe pas, mais il existe une loi contraire : c'est la loi constitutive des conseils-généraux.

En effet, cette loi interdit la *publicité des séances du conseil-général.* (Art. 13).

Mais la publication des travaux du conseil après la clôture des séances, après la fin de la session, cette loi n'en parle pas, cette loi ne l'interdit pas; donc elle la permet. *Qui de uno dicit de altero negat.* La loi dit simplement : *Les séances du conseil-général ne sont pas publiques.* — Si la loi eût voulu interdire la publication des actes, elle l'aurait fait comme elle l'a fait pour interdire la publicité des séances. Ce qu'elle n'a pas dit, nul n'a le droit de le dire pour elle.

Y a-t-il analogie dans les deux cas?

Qu'importerait? Un droit positif et légal ne s'interdit pas par induction.

Mais il n'y a aucune analogie. La loi n'avait pas de motif pour prononcer la même interdiction dans les deux cas.

La publicité des séances place un corps constitué dans une position toute excentrique. Le public qui lui sert d'auditoire est en quelque sorte adjoint à l'assemblée. Il peut l'influencer, la troubler, l'insulter, l'opprimer. Et de là vient que les corps publics, la chambre des pairs, la chambre des députés, les cours de justice, sont investis d'un droit actuel et répressif, qui leur donne la force de maintenir leur indépendance en sévissant à l'instant même contre tout assistant qui voudrait y porter atteinte.

Placer les conseils-généraux dans une position semblable était impraticable. Les laisser soumis aux usurpations de l'auditoire, excité par ses passions d'intérêts locaux, était absurde. On aurait vu, dans certains cas, les habitants d'un arrondissement qui se serait jugé moins bien partagé qu'un autre, venir mêler leurs réclamations aux débats du conseil, s'y porter en foule, troubler la discussion, et les orages de ces petits parlements auraient anarchisé la France. Donner aux conseils-généraux un droit répressif sur l'auditoire, n'était pas dans nos mœurs. Les conseils-généraux sont une institution trop nouvelle. Ce droit répressif, ils n'auraient eu ni la force, ni la volonté, ni le tact de s'en servir. D'un autre côté, l'auditoire n'étant pas sous l'empire des sensations et des souvenirs qui escortent les grands corps politiques et les corps judiciaires, aurait peu respecté le droit répressif accordé aux conseils-généraux, et aurait pu ajouter à ses premiers torts, le nouveau tort d'une coupable résistance.

Une telle institution aurait choqué nos mœurs, nos habitudes, aurait mis le chaos dans l'administration.

Mais quand les séances sont closes, quand la session est finie, quand les travaux sont terminés, définitivement terminés, quand les membres des conseils ont regagné leurs foyers, quand nulle influence bienveillante ou coupable ne peut plus être exercée sur eux, la loi n'avait aucun motif pour interdire la publication des travaux du conseil. Aussi ne l'a-t-elle pas interdite.

Il y a plus.

La loi a prévu certains actes qu'elle défend aux conseils-généraux.

Ainsi, par l'article 15, elle leur défend de délibérer hors la réunion légale du conseil-général.

Par l'article 16, elle leur défend de se mettre en correspondance avec un ou plusieurs conseils d'arrondissement ou de département.

Par l'article 17, elle leur défend de faire ou de publier aucune proclamation ou adresse. Certes, si elle eût voulu leur défendre de publier le procès-verbal de leurs travaux accomplis dans l'étendue régulière de leurs attributions, c'était bien le cas d'en parler ici. C'est ici que son silence est complètement significatif.

Enfin, par l'article 19, elle défend la publication de tous les actes interdits aux conseils-généraux par les articles 15, 16 et 17, et prononce contre tout éditeur, imprimeur ou journaliste qui aura servi d'instrument à cette publication, l'application des peines portées par l'article 123 du code pénal.

Or donc, ici, la conclusion est claire et inévitable. Si la loi n'interdit que certains actes, et ne défend la publication que de ces actes, il est évident qu'elle permet, par cela seul, la publication de tous les autres; car, si la publication par voie de la presse était interdite aux conseils-généraux, quel besoin aurait eu la loi de défendre la publication des actes spécifiés par les articles 15, 16 et 17? Cette défense serait oiseuse, sans portée, irrationnelle. Les actes illégaux dont il est question seraient bien évidemment et à plus forte raison compris dans la défense commune. L'interdiction spéciale que la loi prononce est, au contraire, une exception qu'elle pose à la règle générale. C'est comme si elle disait : Je permets aux conseils-généraux de publier tous leurs actes légaux, mais je leur défends de publier les actes illégaux auxquels ils auraient eu le malheur de se laisser entraîner. Il me paraît tout-à-fait impossible d'échapper à cette conséquence. — La loi défend la publication des actes illégaux : donc elle permet la publication des actes légaux. — Et qu'y a-t-il de plus légal que le procès-verbal de ces actes?

On voit donc que le droit public de la charte et la législation spéciale qui en découle, conformes en cela aux principes du gouvernement monarchique et constitutionnel, établissent d'une manière incontestable le droit de publier les débats et les votes des conseils-généraux. Plus j'ai réfléchi sur cette matière, plus j'ai été surpris de l'opiniâtreté que de très-bons esprits mettent à soutenir l'opinion contraire.

Laissant de côté la discussion légale qui me paraît complètement épuisée, je rentre dans la question morale et politique, et je dois réfuter ici une objection qui me paraît une étrange confusion de mots.

En tant que citoyens, on ne pourra contester que les

membres composant les conseils-généraux, n'aient le droit
de faire imprimer leurs actes, mais on le leur contestera
comme composant un corps délibérant et administratif,
organisé par une loi qui a pu mettre à cette organisation
telle condition qu'elle a voulu.

On ajoutera que les actes qui émanent des conseils sont
des actes administratifs, dont l'administration supérieure
peut empêcher la publication si elle le juge convenable.

Ce sont deux sophismes.

Premièrement, il est impossible de distinguer dans
l'homme les deux qualités de citoyen et de membre d'un
corps délibérant. Ce sera, si vous tenez à cette subtile et
fausse distinction, le citoyen qui publiera les actes du
conseiller-général; de plus, il ne s'agit pas de savoir ce
qu'il aurait à faire si, malgré la charte, une loi lui im-
posait cette défense d'user de la presse, puisque je viens
de prouver qu'aucune loi ne la lui impose.

Quant à la défense qui pourrait venir de l'administration supérieure, il faut distinguer. Toute puissante sur
les administrateurs qu'elle nomme, sur les préfets, par
exemple, elle a bien le droit de leur ordonner ou de leur
défendre d'imprimer les actes qui sont entre ces administrateurs et le ministère. Cette défense, en certains cas, pourrait être très-impolitique, dans d'autres elle pourrait être
convenable. La nature même des actes et des matières administratives est si diverse, si variée, qu'on ne peut établir à cet égard une règle générale et fixe. La bonne ou
mauvaise application de ce droit ministériel dépend du
tact, du savoir, du génie du ministre lui-même.

Mais les actes du conseil-général n'émanent pas d'une
autorité nommée par le ministre. Il n'a, sur les conseil-

lers-généraux, aucun droit d'ordonner ou de défendre. Il peut, d'après les règles de notre centralisation, rayer ou modifier certains de leurs votes, quand les procès-verbaux lui en sont envoyés, et je n'examine point ici les avantages ou les inconvénients de ce droit. Que le ministre l'exerce. — Là, se bornent ses droits sur les conseils-généraux.

Mais les rapports des conseils-généraux avec les électeurs qui les ont nommés, ne dépendent en rien de la volonté ministérielle. Aucune loi ne donne au ministre le droit de dire aux conseillers-généraux : je veux ou je ne veux pas que vous fassiez connaître à vos concitoyens ce que vous avez fait en vertu de l'élection qu'ils vous ont conférée. Le ministre, sous ce point de vue, n'a aucune autorité hiérarchique sur les conseils-généraux, ni sur leurs actes. Toute prétention de sa part à ce sujet serait une usurpation coupable.

Je vais même plus loin : S'il y a dans certains actes administratifs un caractère gouvernemental qui doit les faire tenir secrets entre la préfecture et le ministère, il n'en est point de même des actes des conseils-généraux ; ces actes ont un caractère particulier qui ne permet pas d'en défendre la publication. Quand un acte, un compte, un projet, une proposition sont présentés et remis à un être collectif ou individuel pour régler ses propres affaires, ils deviennent, par le fait même, sa propriété ; il peut les examiner, les débattre, les publier pour son avantage et son intérêt comme il le juge convenable, quand une loi ne l'interdit pas. Or, par la nature des actes départementaux, soumis au conseil-général, ils deviennent sa chose, sa propriété, son œuvre ; ils reçoivent vie de son approbation; ils règlent les intérêts de ses commettants, les travaux de ses commettants, les impôts de ses commettants pour leurs propres travaux. Et quel sens politique, moral; rationnel, y aurait-il à empêcher les intéressés d'avoir connaissance du réglement de leurs affaires par ceux qu'ils ont chargés de les régler? Ce serait la première fois dans ce monde qu'on afficherait une si déraisonnable prétention. — Là pourtant se résume toute la question.

L'administration supérieure, c'est-à-dire le ministère, n'a donc aucun droit de défendre aux conseils-généraux la publication de leurs actes, d'abord parce que les conseillers-généraux ne sont point des agents tenant leur pouvoir du pouvoir ministériel; ensuite parce que la nature des actes du conseil-général ne donne au ministère que le droit de les modifier par l'usage de la centralisation, mais non celui d'en ôter la connaissance aux intéressés.

Qu'arriverait-il donc si le ministre défendait au préfet la publication ordonnée par le conseil-général? Il arriverait que le conseil-général, par la nature même de son existence et de ses fonctions, serait placé tout-à-fait en dehors de cette défense. Il conserverait le droit de faire ce que la loi elle-même lui permet, et il effectuerait sa publication, car le ministre n'a le droit ni de la lui ordonner, ni de la lui défendre.

Et, sans cela, voyez ce qui pourrait arriver. Les conseils-généraux proportionneraient la spécialité des travaux et des dépenses départementales, conformément aux intérêts, aux ressources, aux besoins du département. Puis, quand leur travail serait envoyé au ministre, un caprice de centralisation bureaucratique bouleverserait l'économie de leurs décisions, changerait la nature des travaux, des dépenses, des emplois. Et si les intérêts du département venaient à en souffrir, les concitoyens des membres des conseils-généraux, les électeurs qui les ont nommés, leur imputeraient ce fâcheux résultat, parce que la publication de leurs procès-verbaux, ayant été interdite, ils ne pourraient comparer le travail primitif avec l'œuvre des-bureaux parisiens?... Or, voilà précisément ce que ces bureaux veulent, et voilà ce que les conseils-généraux ne peuvent et ne doivent pas vouloir. Que les bureaucrates parisiens exercent leur absolutisme centralisateur, soit; nous le supportons puisque la loi nous y soumet, et nous respectons toutes les lois tant qu'elles existent; mais en outre de l'absolutisme sur nos délibérations, ils veulent encore qu'un voile mystérieux cache à tous les yeux l'usage qu'ils en font; et nous, nous voulons donner à cet absolutisme bureaucratique et centralisateur le frein moral de la publication; nous voulons que chacun supporte la responsabilité de son œuvre, de ses actes. Pour cela, la publication du vote des conseils-généraux est indispensable. Si on leur ôte cette garantie, il ne leur en reste plus aucune, et ils ne seront, comme conseil-général, qu'une succursale soumise aux commis du ministère.

CHAPITRE VI.

La publication des travaux des Conseils-Généraux est un devoir.

—

C'est une maxime bien vieille et bien vraie que celle-ci, en morale et en politique : — qu'il n'y a point de droit qui n'impose à celui qui en est revêtu l'accomplissement d'un devoir. Droits et devoirs ne vont jamais l'un sans l'autre, dans la famille et dans la société.

Or, je dis qu'il est de l'essence même des droits conférés par la patrie et la constitution à toute assemblée élective et délibérante, d'enfanter, à titre de devoirs, pour ces assemblées, la publication complète et fidèle de leurs débats et de leurs actes.

Je soutiens qu'il n'y a, quant à ce devoir, aucune distinction à faire entre les assemblées législatives et les assemblées administratives. Je vais même plus loin : j'ajoute que s'il y avait une distinction à faire, elle prescrirait ce devoir plus étroitement encore aux secondes qu'aux premières ; qu'ainsi, la publication de leurs actes est non-seulement un droit pour les conseils-généraux, mais un devoir étroit qui leur est rigoureusement imposé par la nature de nos lois constitutionnelles.

Il suffit, pour être convaincu de cette vérité, de se faire une idée exacte des rapports que l'élection établit entre les électeurs et les élus.

On sait que, pour base de ces rapports, je n'admets pas le mandat impératif, donné par les électeurs à leur représentant, d'agir dans tel ou tel sens, de se faire l'organe de leurs opinions, et d'en porter le joug.

Cela serait en soi tout-à-fait absurde, anarchique, et de plus impossible.

Nulle délibération ne serait possible dans une assemblée dont les membres seraient d'avance tenus de prendre telle ou telle résolution, parce que leurs électeurs leur en auraient fait la condition, par eux acceptée. Nul ne pouvant modifier cette résolution par les lumières acquises dans les débats, à quoi bon discuter? De telles assemblées, parfaitement logiques à la souveraineté du peuple, n'auraient pour mission que de servir d'organe passif à cette souveraineté, d'en consacrer les décrets ignorants, antérieurs à toute connaissance acquise des questions à débattre et des documents qui y sont relatifs; la conséquence, en un mot, serait absurde comme le principe de la souveraineté du peuple lui-même; — et si, dans l'intervalle du mandat donné jusqu'à la discussion parlementaire, les électeurs avaient changé d'avis? Et si dans la majorité électorale, il se trouvait des avis différents et contraires sur certaines questions, tandis qu'il y aurait accord sur d'autres? De quelque manière qu'on envisage la chose, on n'y verra qu'un chaos d'anarchiques impossibilités, et la destruction de toute délibération sincère et utile dans les assemblées électives.

Je ne donne donc point une pareille base au devoir de publication imposé, selon moi, aux assemblées électives. Je l'établis, au contraire, sur un principe tout opposé.

Selon moi, l'élection, loin d'être un mandat impératif, est une mission toute de confiance. Ce n'est point parce que les électeurs se croient plus éclairés, plus instruits,

plus capables de discerner le vrai moyen de bien faire les
lois ou de bien faire marcher l'administration; ce n'est
pas, en un mot, parce qu'ils croient avoir plus de capacité administrative ou politique que leur député, qu'ils le
choisissent et le nomment. C'est, au contraire, parce qu'ils
croient que le candidat présentera plus d'instruction acquise et de capacité qu'eux, qu'ils lui confient leurs intérèts et qu'ils s'en remettent à lui du soin de protéger la
chose publique; et, dans ce but, il est de l'essence de l'é-
lection de diriger toujours ses regards et son choix sur
les plus dignes, de prendre au sein de la société, pour les
porter à la tête de l'État, les citoyens les plus capables et
les plus patriotes. Quand elle n'agit pas ainsi, c'est qu'elle
se trompe et manque son but, mais tel est toujours son
but constitutionnel.

C'est donc comme si les électeurs disaient à leur élu :
— Nous croyons que, parmi nous, vous êtes celui qui
avez le plus de lumières pour bien juger les intérêts que
nous vous chargeons de discuter. Nous vous croyons le
dévouement nécessaire pour faire un usage actif de ces
lumières. Nous vous croyons une conscience pure et patriotique pour en diriger l'emploi. Voilà pourquoi nous
vous nommons. Lumières, dévouement, conscience, c'est
ce que nous attendons de vous. Dans toutes les questions
qui se présenteront, appliquez fortement votre esprit,
écoutez tous les arguments pour et contre, examinez tous
les documents qui vous seront soumis, portez une lucide
investigation sur tous les faits qui s'y rattachent.... ensuite, votez selon votre conscience.

A mes yeux, voilà toute l'action représentative, sa base,
ses règles, son droit.

Et c'est précisément parce que la mission donnée au candidat élu repose sur cette vaste et généreuse confiance des électeurs, que les assemblées électives sont consciencieusement obligées de leur faire savoir comment elles en ont usé, ce qu'elles en ont fait, comment elles l'ont fait, pourquoi elles n'ont pas fait autrement. Plus la confiance a été large d'un côté, plus le devoir est étroit de l'autre. Si les membres élus recevaient un mandat impératif comme un serviteur reçoit un ordre de son maître, leurs comptes seraient bientôt rendus. Instruments passifs et obéissants, ils diraient : — Vous m'avez ordonné de faire cela, et je l'ai fait. — Souvent même ils n'auraient besoin de rien dire. Le résultat tout seul parlerait pour eux, et prouverait qu'ils ont obéi. — Mais quand les citoyens élus se sont approchés de la tribune et de l'urne, parlant et votant au nom de tous, et cependant libres dans toute l'étendue de leur conscience d'agir selon leurs propres lumières et leurs inspirations, combien leur mission n'est-elle pas plus grande, plus haute! Quelle plus grande responsabilité morale ne fait-elle pas peser sur eux! Par quelle téméraire usurpation auraient-ils la pensée de vouloir échapper à cette responsabilité? Par quelle aberration d'orgueil voudraient-ils que les électeurs, qui leur ont témoigné tant d'estime civique et de confiance, ne pussent seulement savoir l'usage qu'ils en ont fait, les motifs qui les ont dirigés, les objections qui les ont arrêtés, le bien qu'ils ont accompli, les fautes qu'ils ont commises, les moyens qui restent de les réparer?... Comment, en un mot, une mission publique de confiance et de liberté serait-elle accomplie par un mystère de méfiance et d'absolutisme?... Si quelqu'un peut répondre à ma question d'une manière satisfaisante, qu'il le fasse !..... J'écoute.

Mais la morale éternelle et la raison publique rendent à cette question toute réponse impossible. Il n'y aurait plus ni droit moral, ni liberté publique, si les assemblées élues pouvaient cacher à la conscience électorale, dont elles émanent, l'usage qu'elles ont fait de leur charge ! Les conséquences immédiates de ce contre-sens feraient naître dans le pays une méfiance et une obscurité toujours croissantes, et les élections futures, manquant de bases rationnelles, augmenteraient ce chaos au lieu de le dissiper.

Et si la publication des actes est un devoir pour les assemblées politiques, pourquoi n'en serait-elle pas un pour les assemblées électives, qui, chargées d'intérêts locaux, discutent et décident ces questions locales au milieu des populations mêmes qui les connaissent? Les principes sont les mêmes dans les deux cas; l'élection basée sur une confiance semblable réclame la même confiance. Je dis plus : elle y a des droits plus grands encore, parce qu'il s'agit de questions plus à la portée de tous, d'intérêts sur lesquels tous ont des lumières plus certaines et peuvent être plus utiles. — Certainement, il y a parmi les électeurs plus de citoyens capables de discerner si le conseil-général a bien ou mal voté pour les routes et les édifices du département, que d'électeurs capables de bien juger les hautes questions de politique et de diplomatie, débattues à la tribune législative. — Pourquoi donc leur cacher le débat qu'ils peuvent juger le plus sainement, et dont l'objet leur est en quelque sorte spécial ?... Cela n'aurait pas de sens.

Ne dites pas que pour atteindre ce but il suffirait que

chaque membre du conseil-général rendît compte directement à ses commettants de ce qu'il a dit, fait et voté dans le conseil, et qu'il ne serait pas nécessaire de publier les actes du conseil lui-même dans toute leur teneur.

Certes, ce serait bien mal comprendre la question que lui donner une telle solution. Ce serait le plus complet de tous les contre-sens.

Outre qu'il n'est guère dans nos mœurs que chaque membre du conseil se dressât à lui-même une sorte de piédestal pour haranguer ses commettants, il est facile de voir que chacun de ces récits isolés manquerait d'ensemble, ne donnerait aux électeurs aucun moyen de bien juger, de juger complètement les débats du conseil et les résolutions prises. Ce n'est pas seulement le dire du membre qu'ils ont nommé qu'il leur faut, c'est l'ensemble du débat, la connaissance des documents, les objections faites par les autres conseillers; en un mot, le tableau exact de la discussion. Qui ne sent que dans son compte rendu (que la plupart d'ailleurs ne rendraient pas) chaque membre du conseil serait nécessairement porté à abonder dans son sens, à plaider pour s'exalter aux yeux des électeurs, bien plus qu'à examiner et à rendre le fond des choses? C'est une tentation à laquelle il n'est ni convenable, ni prudent de pousser l'esprit humain. Je vous le dis, à vous qui repoussez notre publication par crainte de ses suites démocratiques, — suites qu'elle ne peut avoir, comme je vous le prouverai bientôt, — et qui la laisseriez remplacer par des comptes rendus bien plus démocratiques et bien moins rationnels; comptes rendus qui pourraient avoir les inconvénients que vous voulez éviter, et qui, très-certainement, n'auraient pas les avantages que nous cherchons.

Je sais que, pour combattre ma thèse, on peut me citer en exemple les conseils municipaux, auxquels la chambre des pairs a enlevé le droit de publier les procès-verbaux de leurs débats. On peut m'objecter que les conseils municipaux, assemblées électives et administratives, ont le même droit à réclamer, les mêmes devoirs à remplir dans leur sphère que les conseils-généraux, pour ce qui touche leurs rapports avec leurs commettants. On peut faire le tableau des inconvénients qui résulteraient d'une telle application de mes doctrines sur la publication.

Je ne recule point devant mes principes. Je suis prêt à en subir les conséquences. Mais je ne veux pas qu'on les outre et qu'on les fausse pour s'en servir contre moi.

Oui, je crois que le droit et le devoir est le même dans les deux cas; mais ce droit et ce devoir, comme toutes choses sociales, ne sont pas absolus; ils sont d'une nature essentiellement relative; ils sont soumis aux bornes qu'y mettent les obstacles matériels, les impossibilités physiques et morales qui naissent de l'état même de notre civilisation. Or, sous tous ces points de vu, il s'en faut de beaucoup que les conseils municipaux soient dans une position entièrement semblable à celle des conseils-généraux. La différence est au contraire très-grande. On va le voir.

Je laisse d'abord de côté la décision prise par la chambre des pairs. Malgré tout mon respect pour cette honorable assemblée, je suis convaincu qu'elle s'est trompée dans cette circonstance. Au lieu de rester dans le juste-milieu, elle a pris un parti extrême, que, selon moi, rien ne justifie.

Le droit et le devoir pour toute assemblée élective de publier ses travaux, pour les porter à la connaissance des électeurs, est toujours subordonné aux impossibilités matérielles, aux inconvenances morales de la sphère administrative et politique dans laquelle ces assemblées agissent. — C'est pourquoi les adversaires de l'opinion que je soutiens, relativement aux conseils-généraux, ont affirmé que la publication de leurs procès-verbaux était pleine d'impossibilités et d'inconvénients graves, qui devaient les faire renoncer à cet usage de leur droit, qu'un devoir d'un ordre plus élevé encore leur interdisait. Je leur prouverai, dans le chapitre suivant, qu'ils se trompent entièrement dans leur assertion.

Mais ce qui n'est pas vrai, quant aux conseils-généraux, peut devenir vrai très-souvent pour les conseils municipaux, pour plusieurs motifs que je vais dire succinctement.

D'abord, dans la Gironde, il n'y a qu'un département, et il y a à peu près cinq cents communes. — Donc un seul conseil-général et cinq cents conseils municipaux. — Donc trente conseillers-généraux, et à peu près sept mille conseillers municipaux.

On me dira que le nombre ne fait rien à l'affaire, et ne change pas la vérité des principes. Soit, mais il change la convenance et surtout la possibilité de leur application ; car, je le rappelle, ces principes ne sont pas absolus, ils sont très-logiquement soumis aux impossibilités qui naissent des imperfections humaines, et dont il faut tenir compte dans les lois, ainsi qu'un habile mécanicien après avoir calculé, comme s'il avait à sa disposition des machines parfaites, des matériaux susceptibles d'être régularisés par les instruments, selon toute la rigueur spéculative, tient compte ensuite des imperfections, des frottements, des irrégularités que la nature lui oppose, et qu'il lui faut subir.

Or, il est bien plus facile de trouver dans un département trente citoyens capables de débats graves, sérieux, suivis, de rédaction claire, précise, utile, pour le procès-verbal de ces débats, que de trouver dans le même département sept mille citoyens ayant la même capacité. Le simple bon sens indique que dans un grand nombre de communes rurales, où souvent on a peine à trouver un maire et un adjoint qui sachent lire et écrire et qui aient les plus simples données de l'administration, la publication des débats municipaux est tout-à-fait impossible, qu'elle n'est réclamée ni par les élus, ni par les électeurs qui ne voudraient certainement pas en supporter les frais sur leur budget communal. Ceci est une question de temps, d'époque, de civilisation. Le droit existe, mais c'est comme s'il n'existait pas pour ceux qui n'ont ni volonté, ni intérêt, ni possibilité d'en faire usage.

La question, pour ce qui concerne les conseils municipaux, ne peut donc s'élever que relativement à quelques centres de populations éclairées, dans les grandes villes et dans nos cités secondaires. Ailleurs elle n'existe même pas.

C'est pourquoi j'ai dit que la chambre des pairs, au lieu de rester dans le juste-milieu, est tombée dans l'extrême, c'est-à-dire dans l'erreur, quand elle a manifesté l'intention d'interdire aux conseils municipaux la faculté de publier leurs procès-verbaux, pour la grande masse des communes, il était parfaitement inutile de leur interdire un droit dont elles n'ont ni l'intention, ni la possibilité de faire usage; et, pour les communes avancées, pour les villes populeuses et éclairées de la France, c'était à leur propre délibération qu'il fallait s'en remettre. Elles sont certainement en état de comprendre leurs intérêts, et de savoir s'ils leur prescrivent ou s'ils leur défendent l'usage de leur droit. Le leur ôter, sous prétexte qu'elles en abuseraient, est ce me semble fort inconstitutionnel.

Ainsi, la ville de Bordeaux, par exemple, a vu son conseil municipal décider que le procès-verbal de ses séances ne serait pas publié, et les intentions de la chambre des pairs ont été remplies, quoiqu'elles ne fussent pas légalement obligatoires. Avec un peu plus de réflexion, la pairie aurait compris que dans nos assemblées provinciales, il y a plus d'amours-propres hostiles à la publication que d'amours-propres qui la désirent, et que par conséquent la publication ne serait ordonnée par elles que lorsqu'il serait doublement prouvé qu'elle est utile et indispensable. Loin d'y recourir trop tôt, il est certain qu'on ne s'y décidera que long-temps après l'époque où on aurait pu le faire sans danger. La chambre des pairs s'est donc préoccupée de craintes tout-à-fait chimériques. La délibération du conseil municipal de Bordeaux lui en est une preuve.

Maintenant, si nous examinons cette délibération en elle-même, quoique nous soyons d'un avis différent, quoique nous pensions que notre conseil municipal ait donné trop d'importance aux inconvénients présumés qu'entraînerait la publication de ses débats, notre impartialité nous fait un devoir de reconnaître que les conseils municipaux ont des conditions d'existence administratives autres que celles des conseils-généraux ; que ces conditions créent à la publication des délibérations municipales des inconvénients et des difficultés qui n'existent pas pour les conseils du département.

En effet, les conseils municipaux ne sont point limités dans la durée de leurs travaux, comme les conseils-généraux de département. Ceux-ci n'ayant annuellement qu'une session de huit ou quinze jours, et leur publication n'ayant lieu que lorsque la session est terminée, il en résulte qu'ils sont complètement à l'abri des influences extérieures, et des réactions intéressées que pourraient produire leurs débats. Ils ont d'ailleurs tout le loisir nécessaire pour coordonner la rédaction et les matériaux d'une publication qui ne paraîtrait qu'une fois, en corps d'ouvrage, chaque année. Mais il n'en est pas de même des conseils municipaux ; en outre de leurs sessions constitutionnelles, ils ont dans le cours de l'année de très-fréquentes réunions pour des objets d'intérêts actuels, importants, graves, qui touchent à beaucoup de prétentions et de projets particuliers. La rédaction de leurs procès-verbaux devrait donc être constamment un sujet de publication presque non interrompue, un travail qui nécessiterait une activité et un zèle de tous les jours, et qui, de plus, mettrait journellement les conseils municipaux en présence et sous la férule des intérêts particuliers qu'ils ont à froisser quelquefois, et cela au milieu même de discussions chaleureuses et non terminées. On voit dès-lors que leur position est tout autre que celle des conseils-généraux. Leur droit est sans doute le même, mais l'usage en est plus difficile, et présente quelques inconvénients dont les premiers sont complètement exempts. D'ailleurs, pour les conseils municipaux, la loi y a partiellement suppléé, en autorisant la communication aux citoyens de la commune, sans déplacement des pièces ; moyen qui n'est pas praticable pour les conseils-généraux de département, à cause de l'étendue du territoire. Dans la ville de Bordeaux, tout citoyen peut aller facilement à la commune prendre connaissance des affaires municipales ; mais il serait par trop abusif d'obliger un citoyen de Bazas ou de Libourne à quitter ses foyers pour prendre connaissance, à la préfecture de Bordeaux, des procès-verbaux du conseil-général. Aussi la loi n'a-t-elle rien institué de semblable.

On voit la différence des deux cas. Je crois donc être fondé à dire que la publication des conseils municipaux peut être en certain cas un objet de doute, non pour le droit, qui est incontestable, mais pour les facilités et l'avantage de l'exécution. Quant aux publications du conseil-général, il n'y a d'inconvénients et de difficultés ni en droit ni en fait.

CHAPITRE VII.

La publication des actes des Conseils-Généraux accroît la facilité de l'Administration et la force du Gouvernement.

J'ai prouvé que la publication des débats et des votes des conseils-généraux est un droit constitutionnel et légal.

J'ai prouvé que cette publication était, pour eux, un

devoir résultant immédiatement de la mission élective
acceptée par eux.

Voyons maintenant quels seraient les effets de l'usage
de ce droit, de l'accomplissement de ce devoir.

C'est ici que s'agitaient, dans la bureaucratie ministérielle, tous les préjugés déclamatoires de l'amour-propre
centralisateur; c'est ici que les adversaires de toute publicité, de toute libéralité en matière administrative, faisaient, avec une crédulité qui approchait de la bonhomie,
ou avec une passion dont il serait presque permis de sus-
pecter la sincérité, un effrayant tableau de l'anarchie prétendue où la publication des débats départementaux devait, selon eux, conduire la France.—Tout cela ne nous
imposa pas. Nous connaissions la véritable cause de ces
déclamations sans bon sens et sans vérité. Nous avions,
j'ose le dire, l'esprit trop positif et le cœur trop ferme,
pour nous laisser influencer par des accusations vides de
sens et de réalité.

On voit, en effet, ce qui est arrivé.

Cette publication était, disait-on, impossible. — Elle a
été possible.

Elle devait irriter les amours-propres personnels, être
un sujet de réclamations individuelles contre son inexactitude, une cause de division entre les administrateurs et
les administrés. — Elle n'a irrité aucun amour-propre,
elle n'a excité aucune réclamation contre son inexactitude;
elle a été un sujet, un mobile, un moyen victorieux d'u-
nion et de confiance entre l'administration préfectorale et
les départements.

Elle devait mettre l'administration sous le joug des exigences locales, par l'effet d'une publicité intempestive. —

Elle a, au contraire, calmé ces exigences ; elle a affermi l'administration ; elle a rendu à l'action gouvernementale, même dans une partie de l'opposition, des moyens d'action et de vitalité que l'administration centrale n'avait pas avant cette publication.

Et pourquoi les choses se sont-elles passées ainsi ? — Je vais le dire. — Le public pourra comparer les résultats opposés des deux régimes administratifs qu'on met en présence.

La publication des procès-verbaux des conseils-généraux a prouvé presque partout aux populations que, loin d'être pleine d'incurie, de négligence, de favoritisme, l'administration préfectorale avait usé dans ses travaux du plus grand zèle, de la plus grande vigilance, de la plus grande impartialité. La publication des nombreux rapports soumis aux conseils-généraux par les préfets, a prouvé au public qu'une préfecture ainsi gérée, loin d'être, comme l'opposition avait réussi à le faire croire à plusieurs, une sinécure richement rétribuée, était une fonction utile, laborieuse, pleine de travaux incessants, de labeurs pénibles, qui nécessitaient dans un préfet une assiduité, un zèle, une activité soutenus et sans interruption. Les préjugés anti-gouvernementaux et anti-administratifs se sont affaiblis dans les populations ; les méfiances ont diminué dans les arrondissements ; l'union administrative s'est accomplie, non pas basée sur la hauteur, le mystère, le dédaigneux silence d'une centralisation muette, dédaigneuse, despotique, comme le conseil des dix de Venise ; mais basée sur une estime et une confiance réciproques, bill universel d'indemnité pour le passé, de sécurité et de puissance pour l'avenir. — Ici, je dois rendre justice à tout le monde. Lorsque la première fois que les débats du conseil-général de la Gironde furent publiés, il y avait à Bordeaux un journal d'opposition républicaine, dont les doctrines politiques étaient exagérées et dangereuses. — Eh bien ! cette opposition elle-même, malgré quelques objections sur certains points administratifs où il lui était bien libre d'ailleurs d'avoir un avis différent du nôtre, se rallia sur le terrain administratif, reconnut le talent, la clarté, le zèle de l'administration préfectorale, et la convenance des rapports présentés par le préfet à l'appui des chapitres du budget départemental. — Les débats de la presse, dans toutes ses nuances, n'entravèrent rien, ne dénigrèrent rien, n'injurièrent rien. Chacun soutint son opinion, fondée ou non, avec égard et dignité; tous ces grands inconvénients, toutes ces sources fécondes d'anarchie, véritables chimères des bureaux parisiens, furent remplacés par des avantages incontestables, par une union générale, par un acheminement réel vers la formation des mœurs publiques et vraiment libérales, qui manquent seules à la France, pour consolider chez elle le véritable gouvernement représentatif, la véritable liberté de discussion, la véritable tolérance de toutes les opinions sincères et patriotiques.

Ainsi, précédemment, les arrondissements avaient adressé, sur divers points d'intérêts locaux, des réclamations nombreuses; mais jamais ils n'avaient pu savoir ni pourquoi, ni comment on y avait fait droit ou on les avait repoussées. Nous savons qu'on leur avait même refusé communication des décisions motivées du conseil-général, sous prétexte que la loi interdisait toute correspondance entre le conseil-général et les conseils d'arrondissement (1).

---

(1) On comprend, sans que je le prouve, que la connaissance donnée aux arron-

De là, irritation; de là, méfiance; de là, l'opinion généralement répandue dans les arrondissements, qu'on ne
s'était pas occupé de leurs réclamations, ou qu'on les avait
repoussées, sans discussion impartiale, pour plaire peut-
être à quelques interêts particuliers puissants, qui avaient
plus de crédit que les populations rurales auprès du pouvoir; de là, une irritation inévitable entre les arrondissements et le chef-lieu préfectoral; de là, enfin, la réclamation à peu près générale des arrondissements, qu'on
sortît enfin de ces ténèbres administratives, et qu'on leur
fît connaître, après la session et par voie d'impression,
les décisions prises sur leurs demandes.

Mais quand les arrondissements ont vu que le conseil-
général s'était réparti en commissions spéciales pour chaque branche d'administration; que les demandes de tous
les arrondissements avaient été examinées une à une, avec
détail, avec bienveillance, avec bonne foi; que l'intérêt
public avait seul motivé les décisions du conseil-général,
et ses refus quand ils étaient devenus nécessaires,—toute
irritation s'est éteinte, toute méfiance a disparu; la justice et la raison publique ont pris un incontestable empire
sur tous les esprits, et de tous les côtés l'union administrative, la confiance dans un gouvernement libre qui pro-
duisait de tels résultats, se sont affermies sur des sentiments inaltérables et réciproques d'estime et de sécurité.

Je pourrais en citer de nombreux exemples pris dans
le conseil-général de la Gironde. Je me bornerai à un
seul, parce qu'il est saillant, parce qu'il porte sur un point

dissements des décisions du conseil-général, n'est pas plus la correspondance interdite par la loi, que la publication des procès-verbaux n'est la publicité interdite aux séances seules; mais la centralisation faisait la même fausse interprétation dans les deux cas.

essentiel, sur un point d'un intérêt très-vivace, qui touche le mobile le plus puissant de la prospérité locale des arrondissements : — Je veux dire le système de la viabilité, l'ouverture des communications, le classement de ces communications en routes départementales, classement qui favorise les localités dans toute l'exploitation de leurs ressources rurales ou industrielles.

Eh bien! sur ce point si vital, d'un intérêt si vivace et si universel, des réclamations très-nombreuses avaient été adresées au conseil-général, en 1834, des demandes multipliées de classement de route en étaient l'objet; c'était à cela que tous les arrondissements et leurs représentants élus attachaient, avec raison, la plus grande importance.

Ces demandes si nombreuses et si pressantes, furent toutes écartées, toutes repoussées, pour maintenir un système différent, afin de ne pas commencer de nouveaux travaux avant le complet achèvement de ceux qui étaient déjà entrepris. — Eh bien! comme à l'appui des refus, la publication des débats avaient fait connaître aux arrondissements la justice et la justesse des motifs qui avaient déterminé le conseil; comme ils furent convaincus que nulle préférence injuste, pour telle ou telle localité n'avait été cause de la décision intervenue; comme ils furent, en un mot, éclairés par la connaissance de la discussion, nul mécontentement n'en résulta, l'approbation la plus complète en fut le fruit, et la population satisfaite, attendit, avec confiance, le moment où l'état du département permettrait d'entrer dans le nouvel accroissement de viabilité qu'elle avait réclamé.

Que si, au contraire, sans connaître les motifs du cou-

seil, sans pouvoir lire ses débats, sans assister morale-
ment à ses travaux, les populations avaient seulement vu
plus tard, par le fait, que leurs demandes étaient repoussées,
est-il bien nécessaire de dire ce qui en serait résulté? Tout
esprit sagace ne le devine-t-il pas?...... Une méfiance
universelle aurait pénétré dans les localités : chacune aurait pensé que ses réclamations seules avaient été repoussées ; que celles des autres ou d'une autre localité, avaient été
admises, parce qu'elles avaient eu un protecteur plus puissant dans le conseil ou dans l'administration préfectorale;
mille fausses rumeurs auraient circulé, mille sources de
division se seraient manifestées. On connaît à cet égard
la crédulité populaire, surtout dans les cantons ruraux,
parce qu'il y a moins de moyens de certitude et de publicité; de sorte que les moyens de confiance, de force administrative, d'union avec le gouvernement, c'est de notre publication qu'ils sont résultés. — Les causes de mécontentement, de méfiance pour l'administration, d'irritation contre les agents du gouvernement, et, par une conséquence inévitable, contre le gouvernement lui-même,
c'est du système de despotisme silencieux et centralisateur
qu'on nous oppose, qu'elles seraient nées! Et après cela,
la bureaucratie parisienne est-elle bien fondée à accuser
ceux qui réclament contre elle, de tendre à l'anarchie, et
de dissoudre la force gouvernementale de l'État?...

On dira peut-être que les bons résultats obtenus sont
dus à ce que le zèle, la vigilance, les travaux de l'administration préfectorale ont mérité et obtenu l'approbation
du conseil-général; — mais que si le contraire était arrivé, si les préfets eussent présenté des rapports confus,
vagues, en petit nombre, se bornant à quelques objets,

et négligeant toutes les autres parties de l'administration, alors on aurait blâmé l'administration préfectorale, et la publication donnée à ce blâme aurait déconsidéré les préfets dans l'esprit des populations. — Je ne le nie pas. Est-ce donc des mauvais administrateurs que l'on veut prendre la défense? Si, par suite des intrigues de bureau, on en a imposé quelques-uns à certains départements, faut-il absolument les conserver au détriment du pays? Ne comprend-on pas qu'en ce cas c'est le pouvoir central lui-même qui agirait contre la force gouvernementale, par le mauvais état et le mauvais effet de l'administration départementale, par le mécontentement qui en résulterait? Ne sent-on pas qu'au lieu de blâmer, en ce cas, la publication des débats des conseils-généraux, on devrait la demander à mains jointes? que c'est le plus grand service que l'on pût rendre au gouvernement? Ne comprend-on pas que tel préfet qui aurait été négligent et peu actif, s'il n'avait pour juge que les bureaux ministériels auxquels il écrirait ce qu'il voudrait, se représentant comme très-laborieux, pendant qu'en réalité il gagnerait ses appointements sans rien faire, deviendra, au contraire, très-laborieux, très-zélé, très-actif, très-investigateur, très-occupé des intérêts matériels et moraux de son département, s'il sait qu'au bout de chaque année les décisions du conseil-général sur les rapports du préfet, seront rendues publiques par voie d'impression, et connues de tout le monde? — Oui, c'est pour le roi, c'est pour le ministère, c'est pour l'administration que la publication des débats des conseils-généraux agit en agissant pour la France. Qui perdrait donc à la publication des travaux, des débats, des votes de ces conseils? Les mauvais administrateurs, les mauvais serviteurs, les créatures des bureaux parisiens imposées aux départements par la faveur ou l'intrigue : — voilà ce pouvoir caché, envahisseur, despotique, qui seul serait réfréné. — Et les ministres ne se doutent pas quelquefois qu'ils en sont les premiers esclaves, à leur grand détriment, et surtout au détriment du pays !

Cependant, il faut le dire, ces mauvais choix ne sont que des cas exceptionnels. La très-grande généralité de l'administration préfectorale est bonne en France, et c'est pourquoi précisément la publication des travaux des conseils-généraux a eu immédiatement un bon et favorable résultat, parce que d'abord elle a dissipé dans les populations beaucoup de préjugés injustes qui existaient encore contre l'administration, et qui se sont évanouis devant la publication de ses œuvres ; ensuite, parce que l'administration préfectorale, aiguillonnée et tenue en haleine par la perspective de cette publication annuelle, deviendra tous les jours meilleure, plus active, plus zélée, plus forte par la confiance et la sécurité des administrés, dont le concours volontaire est toujours le meilleur moyen de succès.

Voilà l'anarchie dont la publication des débats des conseils-généraux menace la France.

Que si, au contraire, les préjugés de la bureaucratie parisienne l'eussent emporté, et eussent étouffé, à sa naissance, ce grand progrès administratif, alors la méfiance générale se serait accrue dans une proportion indéfinie. Tout le monde eût dit : Le gouvernement veut cacher au public les œuvres de ses administrateurs, parce que ses intentions sont mauvaises, parce que ses œuvres sont mauvaises, parce que ses administrateurs sont mauvais. Il craint la lumière, donc il a intérêt aux ténèbres ; il veut nous cacher comment il administre nos intérêts, donc il les administre mal, donc il est indigne de notre confiance. Et peu à peu nos hommes de tribune auraient vu si les ressorts politiques qu'ils ont entre les mains ne seraient pas eux-mêmes altérés et affaiblis par l'effet inévitable de leur préoccupation administrative, qui repousse les moyens de force réelle pour s'attacher routinièrement, étroitement, mesquinement, à de vieux étais pourris, incapables de la supporter.

D'après ce que nous venons d'exposer, on voit donc que nous ne sommes pas des hommes à théories abstraites, à utopies chimériques, à exagérations absolues : c'est sur les faits, sur les intérêts réels, sur la connaissance morale des hommes et des ressorts administratifs que nous nous appuyons. C'est là, c'est dans la réalité du gouvernement représentatif que nous cherchons notre force, et que nous voudrions voir le pouvoir chercher toujours la sienne.

CHAPITRE VIII.

Des Attributions des Préfets et des Conseils-Généraux de Départements.

Il faut bien distinguer les pouvoirs délibérants, les assemblées délibérantes, des pouvoirs administratifs : les premiers tracent les décisions réglementaires dans leur

sens général ; les seconds en font l'application aux cas
particuliers, à mesure qu'ils se présentent.

La loi a voulu associer les assemblées délibérantes, connues sous le nom de conseils-généraux de département, à
certains actes administratifs qui, naturellement, seraient
dans les attributions préfectorales; a-t-elle bien ou mal
fait? c'est une question que je ne veux pas examiner ici;
toujours est-il qu'elle est entrée dans une voie exceptionnelle qui présenterait des dangers, si l'on s'y engageait
trop avant; car il en résulterait l'envahissement du pouvoir administratif par une assemblée délibérante qui doit
avoir pour mission de le surveiller, de le contenir, de
sanctionner ses actes ou de les repousser, mais non pas
d'administrer elle-même, de trancher les questions administratives par sa seule volonté. Il faut donc que les conseils-généraux se tiennent scrupuleusement aux droits que
leur donne les lois, et qu'ils n'aillent pas au-delà.

Pour citer un exemple, que voit-on dans la loi sur les
chemins vicinaux? On y voit que le préfet propose le classement et la direction des voies vicinales après avoir consulté les conseils municipaux et les conseils d'arrondissement, et que le conseil général, sur les propositions qui
lui sont faites par le préfet, déclare la vicinalité et détermine la direction.

Que faut-il donc pour que l'œuvre soit complète ? Il
faut que les deux volontés y aient concouru ; il faut que la
volonté préfectorale ait proposé; que la volonté du conseil-général ait consenti, pour que le classement soit déclaré, pour que la direction soit déterminée. Jusqu'à ce
que le conseil ait donné son adhésion, ait rendu la proposition du préfet décisive, irrévocable, complète, détermi-

née en un mot, il n'y a rien de fait encore; il n'y a qu'un projet : le consentement du conseil rend définitif et arrêté ce qui n'était encore que provisoirement indiqué.

Mais de ce que le concours de la volonté du conseil-général est nécessaire pour rendre définitif le classement et la direction proposés, s'ensuit-il que le conseil soit compétent pour proposer lui-même un autre classement et une autre direction, pour les délibérer, les voter, les sanctionner sans le concours de la volonté préfectorale? S'ensuit-il que le conseil ait le droit d'obliger le préfet à exécuter cette décision à laquelle cet administrateur n'aurait concouru en rien, à laquelle même il ne consentirait pas après qu'elle aurait été proposée et votée par le conseil? On sent que c'est là une question toute différente; car alors, au lieu d'être associé au préfet pour rendre la décision définitive, le conseil-général, en réalité, proposerait, déciderait, sanctionnerait la décision à lui tout seul, en usurpant toute l'autorité administrative, au lieu de s'y associer.

Tel n'est donc point, tel ne peut être le sens de la loi, car alors elle n'aurait pas de sens, et détruirait tous les principes sur lesquels elle est fondée.

Il est, en effet, un principe dont il est impossible de s'écarter : toutes les fois qu'on donne à un pouvoir quelconque l'initiative d'une proposition présentée à un pouvoir délibérant, si cette proposition est repoussée par l'assemblée délibérante, et qu'elle y substitue une décision différente, il faut nécessairement, indispensablement que le pouvoir qui a fait la proposition, ait le droit d'admettre ou de repousser la décision différente qu'on y a substituée; sans quoi, son droit d'initiative, son droit de proposition est complètement anéanti ; le pouvoir délibérant ne s'associe pas à l'œuvre du pouvoir qui a proposé, il le chasse, il l'exclut, il le remplace ; il fait une proposition nouvelle et accomplit l'œuvre à lui tout seul, au lieu d'y participer.

Toute loi d'organisation départementale qui ne serait pas basée sur ce principe, aurait pour résultat de transporter le pouvoir tout entier au conseil-général, qui aurait, à-la-fois, l'initiative et la sanction, c'est-à-dire toute l'autorité administrative. Ce serait la destruction de tout droit administratif, l'oubli de toute prudence, jointe à l'impossibilité d'application.

Le conseil-général, étant juge souverain, sa volonté seule ferait loi, et l'autorité préfectorale serait anéantie. — Et cependant, elle peut seule, dans la plupart des cas, décider utilement les questions qui s'agitent dans le département. — Qui ne voit, en effet, que le préfet est pouvoir central, que ses agents administratifs, dans tous les arrondissements, lui font connaître l'ensemble de tous les besoins, et qu'il peut juger avec connaissance complète ; qu'il s'y rend lui-même de sa personne pour voir, écouter, entendre, décider. Les conseillers de département, au contraire, ne connaissent généralement, en détail, que leur arrondissement particulier, de sorte que la majorité, relative à chaque arrondissement, serait toujours, dans le conseil, composée par les membres des arrondissements qui ne connaîtraient pas celui dont il serait question. Ne serait-il pas révoltant de vouloir que le préfet n'eût aucun pouvoir sur les affaires qu'il a déjà étudiées, lui, pouvoir administratif et central du département, et que le conseil pût les décider malgré lui, le conseil dont la majorité jugerait presque toujours sans connaître !

En politique, comme en administration, l'équilibre dans les pouvoirs amène une conciliation, toutes les fois qu'elle est bonne et utile. Si le conseil-général ne peut changer la proposition sans le consentement du préfet, et si le préfet ne peut exécuter sa proposition sans le consentement du conseil-général, l'intérêt commun tendra toujours à les rapprocher : au lieu que si le conseil-général se croyait le droit de forcer le préfet à subir la direction qu'il voudrait lui imposer, il n'y aurait jamais de conciliation possible. Un des deux pouvoirs étant entièrement subordonné à l'autre, ne pourrait en obtenir aucune concession, et serait dépouillé de toute liberté.

CHAPITRE IX.

Sur les Conseils d'Arrondissement.

Outre les intérêts qui leur sont communs avec le reste du département, les arrondissements ne peuvent-ils pas en avoir qui soient distincts, et, dans certains cas fort rares heureusement, qui soient contraires à ceux des autres arrondissements? Il est impossible de le nier. Ces intérêts, une fois reconnus, il faut accorder aux conseils d'arrondissement le droit de voter les fonds nécessaires à leur satisfaction. On a, contre les abus de ce droit, une garantie suffisante dans celui qu'a le gouvernement d'en arrêter l'exercice. Malgré cet obstacle, l'arrondissement s'élèvera comme une autorité nouvelle, si l'on peut s'exprimer ainsi, entre l'autorité départementale et l'autorité municipale, les seules qui, aujourd'hui, sont positivement reconnues.

Mais si l'on ne voulait pas qu'il en arrivât ainsi tôt ou tard, il ne fallait pas créer des conseils d'arrondissement, il ne fallait même pas créer d'arrondissement. L'arrondissement existe comme unité administrative par l'institution des sous-préfectures, comme unité judiciaire par les tribunaux de première instance, comme unité politique par la nomination des députés. Comme la plus forte ville de l'arrondissement, le chef-lieu est devenu également le centre du commerce.

Il faut fixer les conséquences de la création qu'on a faite. Les arrondissements existent, il faut les détruire ou donner satisfaction à leurs besoins.

Une autre considération plus grave encore nous semble d'ailleurs planer au-dessus même de ces considérations déjà si graves d'intérêts matériels.

En constituant les intérêts locaux, on décentraliserait, on affaiblirait par un heureux fractionnement cette activité maladive, révolutionnaire, qui se porte aujourd'hui de tous les points de la France au foyer de la vie politique pour, de là, renvoyer à tous les points un esprit de désordre et d'anarchie plus intense. Agitée dans toutes ses parties comme l'est à l'heure présente notre malheureuse société, les hommes d'ordre ont bien de la peine à donner un peu de fixité au point central, à la base sur laquelle est posé le trône de la monarchie constitutionnelle. Dans cette position, ne serait-ce pas un bonheur de multiplier les points fixes, d'établir de nouveaux centres qui puissent immobiliser autour d'eux des sentiments et des idées, et d'organiser la vie locale de manière à laisser toute sa force à l'unité nationale.

CHAPITRE X.

De l'Influence des Députés sur l'Administration départementale.

C'est une chose déplorable à signaler, que les dégradations politiques que l'omnipotence parlementaire impose à notre pays.

La hiérarchie administrative, si fortement et si sagement organisée par Napoléon, aurait pu sans doute compenser une partie des inconvénients politiques que la puissance élective nous fait subir, si elle n'avait pas eu à subir elle-même cette fâcheuse influence. — Mais les députés ministériels se sentant forts, auprès du ministère, du besoin absolu qu'il a de leurs votes, en profitent pour dominer l'administration préfectorale et sous-préfectorale de leurs départements, afin de la faire servir, exclusivement et même aux dépens des véritables intérêts locaux, aux combinaisons nécessaires à leur réélection future.

Ainsi, par exemple, l'ordre public a voulu que les nominations départementales, dans les diverses administrations, fussent faites par le ministre sur une liste de candidats présentés par les chefs de ces administrations.

Cette disposition de nos lois est sage; elle remédie en partie aux vices de la centralisation administrative. Un préfet étant sur les lieux, étant en communication, en

rapport direct avec les notabilités du chef-lieu et des arrondissements, étant en relation directe avec les maires et les
conseils municipaux, pouvant étudier lui-même les dispositions des esprits et les besoins des intérêts locaux ;
étant gravement intéressé, d'ailleurs, à faire sérieusement
cette étude d'où dépendent, en définitive, les succès ou les
obstacles que rencontrera son administration ; le préfet,
disons-nous, est l'homme le plus spécialement placé pour
bien connaître les sujets qu'il doit présenter au ministère
pour remplir les places de conseiller de préfecture, de maire
et des autres agents du gouvernement qui doivent lui servir d'intermédiaires dans la direction du département.

Eh bien, qu'arrive-t-il ? Lorsqu'un préfet, après avoir
étudié mûrement une question de ce genre qui présente de
graves difficultés, appuyé sur l'avis réitéré du sous-préfet
de l'arrondissement, sur l'opinion réitérée, formelle et
presqu'unanime du conseil municipal ; après s'être éclairé
de l'opinion des citoyens les plus honorables et les plus
dévoués au gouvernement ; lorsqu'un préfet, disons-nous,
après avoir pris toutes ces sages précautions qui rentrent
dans l'esprit de la loi, a fait au ministre la présentation
de sa liste de candidats, si cette liste ne convient pas au
député de l'arrondissement, ce député fait repousser par le
ministre la liste des candidats du préfet, et le fait inviter
par le ministre à y mettre le nom du candidat que le député veut faire nommer.

Et s'il arrive que le préfet, examinant de nouveau la
question, consultant de nouveau le sous-préfet, l'autorité
municipale, les citoyens notables, croie de son devoir de
persévérer avec fermeté dans sa première présentation, le
député n'en tient aucun compte, et pour trancher la dif-

ficulté, pour réduire complètement l'autorité préfectorale au néant, il fait donner au préfet, par le ministre, l'ordre de présenter le candidat qu'il veut faire nommer. Ainsi le ministre obéit au député; le préfet obéit au ministre : il présente, malgré lui, le candidat du député, et le ministre le nomme!

Ainsi, toute la hiérarchie administrative est renversée en faveur du député, qui l'exploite au seul profit de sa réélection future. Ainsi, la règle est violée dans sa condition la plus essentielle et la plus sage; car elle a voulu que les présentations de candidats fussent volontairement et consciencieusement faites par le préfet, et non point par le député qui la lui ferait imposer d'office par le ministère. Oui, la règle est violée; car le préfet, présentant au ministre un candidat qui lui est imposé par l'ordre du ministre, il est évident que c'est le ministre qui se présente à lui-même le candidat qu'il veut nommer pour plaire à son député. Ainsi, la centralisation triomphe, d'une manière absolue, de tous les intérêts locaux, de toutes les résistances locales les plus sages et les plus légitimes. Ainsi, l'autorité préfectorale et sous-préfectorale est profondément déconsidérée; quand le préfet et le sous-préfet énonceront un avis, une résolution, le projet d'effectuer telle ou telle présentation pour une place qui deviendra vacante, leurs administrés n'en feront plus aucun cas, ils n'en tiendront aucun compte; on saura, par ce qui s'est passé, qu'on n'a qu'à s'adresser au député de l'arrondissement et le menacer dans sa réélection future, et qu'alors le député contraindra le ministre à repousser les avis et la présentation de l'autorité préfectorale, en lui ordonnant d'y substituer la présentation qu'elle avait repoussée. Ainsi, le ministre déconsidère lui-même ses agents administratifs, il les frappe lui-même d'impuissance et de discrédit ; il apprend à la population départementale qu'il n'y a plus de ministre, qu'il n'y a plus de préfet, qu'il n'y a plus de sous-préfet, qu'il n'y a plus de conseillers municipaux ; que le député seul est tout, et qu'il dispose en maître des destinées et des places de l'arrondissement !

Et pour que l'anarchie administrative soit bien complète, pour que l'omnipotence parlementaire soit bien absolue, il s'est vu quelquefois que les députés des divers arrondissements, formant une sorte de coterie ou de coalition, s'appuient mutuellement auprès du ministre dans leurs exigences contre l'autorité préfectorale. Aidez-moi, se disent-ils entr'eux, à dominer mon arrondissement, je vous aiderai à dominer le vôtre, et notre réélection sera assurée. Dans cette hypothèse, il ne reste plus même au préfet un simulacre d'autorité ; il devient tout simplement le très-humble exécuteur des volontés et des ordres de messieurs les députés.

Or, rien n'est plus blâmable que cette omnipotence parlementaire qui bouleverse toute l'administration pour assurer la réélection future des députés ministériels. Avec de pareils procédés, l'administration devient bientôt un chaos inextricable comme la politique, et les administrateurs, dépouillés de leur indépendance et de leur dignité par le gouvernement lui-même, n'ont plus qu'à résigner leurs fonctions, ou bien à les exercer humblement, non pas suivant leur conscience et leur conviction, mais selon les ordres des députés souverains !

CHAPITRE XI.

Élections et Lois municipales.

—

Lorsque la loi municipale fut discutée dans les chambres françaises, l'opposition ne trouvait pas d'expressions assez hyperboliques pour peindre l'ardente soif qui brûlait la France pour les élections municipales : on aurait dit, à l'entendre, que toute la population de nos cités demandait à se précipiter dans ces comices municipaux, nouvelle issue ouverte à la souveraineté du peuple, au suffrage universel, au gouvernement de la société du bas en, haut.

Là, comme en toute chose, l'opposition avait vu la France tout au rebours de la réalité. Il eût été à désirer que la France eût, sinon toute l'ardeur, au moins une portion du zèle électoral que lui attribuait l'opposition. Mais il n'en a point été ainsi, et la loi municipale que l'opposition trouvait infiniment trop étroite, se montre, par le fait, beaucoup plus large, beaucoup plus avancée que nos mœurs communales.

Il y a là deux graves inconvénients, inconvénients qui auraient été beaucoup plus graves encore, si le gouvernement avait poussé la faiblesse jusqu'à accorder une plus grande extension que celle qu'il a donnée aux droits électoraux du municipe. Le premier inconvénient est de décréditer dans l'esprit national, le droit électoral lui-même, première base de toute liberté, et qui néanmoins devient presqu'un objet de ridicule quand on le voit dédaigné et abandonné par les citoyens qui devraient en faire usage. Le second est la composition irrégulière et imparfaite des conseils municipaux, qui, dans un très-grand nombre de localités, ont été beaucoup moins habiles, beaucoup moins utiles au pays, que s'ils eussent été nommés par le gouvernement, au lieu d'être élus par les citoyens. — Cela est sans doute pénible à dire; mais le fait étant vrai, il faut avoir la franchise d'en convenir, et ne pas nous laisser retenir par une fausse honte. — En tout et avant tout, la vérité.

De ce double inconvénient est résulté un troisième mal. Lorsque, fidèles aux principes de la liberté, nous avons réclamé la décentralisation administrative et l'indépendance d'attributions qui est le véritable nerf de l'institution municipale, on nous a répondu, non sans raison, que le peu de connaissance, le peu de zèle, le peu de capacité d'un très-grand nombre de conseils municipaux, tels que les citoyens, ou pour mieux dire tels que l'insouciance et l'éloignement des citoyens les avaient constitués par l'élection, rendait déjà l'administration du pays infiniment difficile; que si on donnait à ces conseils, ainsi composés, une plus grande indépendance d'attributions, il serait impossible désormais d'y rien comprendre, et que la France communale deviendrait un véritable chaos.

C'est ainsi que les maux s'enchaînent. Au lieu d'étendre le droit électoral au-delà des limites que comportaient nos mœurs réelles, il aurait fallu circonscrire sagement l'élection, et étendre l'indépendance des attributions. On a fait tout le contraire, et nous en portons doublement la peine.

Néanmoins, j'espérais que de nouvelles épreuves de la

loi municipale, épreuves faites dans des circonstances moins agitées, seraient plus favorable. Déjà, parmi les conseils municipaux élus, il y avait eu d'heureuses exceptions. Dans certaines communes, peu nombreuses à la vérité, les électeurs avaient été exacts, et l'élection par conséquent bonne. On pouvait regarder comme probable que cet exemple porterait ses fruits, et que les autres communes s'apercevraient enfin que l'apathie électorale avait le plus triste effet sur leur administration, sur leur bien-être, sur leur fortune (1).

Ainsi, dans une très-grande partie des communes de la Gironde, les rapports de la police judiciaire et de la hiérarchie administrative avec les municipalités, étaient devenus d'un embarras extrême par le peu de capacité de ces dernières; ainsi, l'instruction primaire, repoussée par beaucoup de municipalités élues, ne trouvait d'appui que dans l'intervention directe que la loi a sagement réservée à l'administration préfectorale. Il serait trop long d'énumérer tous les résultats illibéraux que l'administration du pays a soufferts et peut souffrir encore par l'effet de l'apathie des électeurs municipaux.

On trouvera peut-être étrange l'exposé que je fais maintenant, comparé avec l'effet bien plus favorable que j'attribue à l'action des conseils-généraux des départements, issus cependant d'une élection semblable. — Cependant cette différence est bien facile à justifier. Il ne faut pas réfléchir bien profondément, pour voir qu'il est bien plus facile de trouver dans le département de la Gironde trente notabilités pour en former le conseil-général, que d'en

_____

(1) Ce chapitre a été écrit en 1834.

trouver sept mille et au-delà, pour composer les cinq cents conseils municipaux du département. — Ce qui fait voir qu'au lieu de suivre idéalement l'impulsion théorique de certains prétendus principes de souveraineté, faux, selon moi, mais en toute hypothèse au moins fort mal appliqués, il faut toujours, pour la pondération des lois électorales, examiner l'état réel du pays, ses mœurs, le rapport des capacités et de l'œuvre qu'il est question de leur confier, afin de circonscrire l'action électorale, pour chaque spécialité, dans la juste limite où elle peut s'harmonier avec les progrès réels et successifs de la nation.

Quoi qu'il en soit, je le répète, on pouvait se flatter, et tel était mon espoir, que les nouvelles épreuves de la loi municipale trouveraient la nation communale moins insouciante de ses droits et plus fidèle à ses devoirs; en un mot, plus digne des libertés conquises par la révolution. — Mais la réalité, — triste et humiliante, en vérité! — est venue anéantir cet espoir. A part quelques exceptions, l'apathie a redoublé, et la plus grande partie des électeurs manque à l'appel. — Venez donc maintenant nous parler du gouvernement du pays par le pays! venez redemander votre programme de l'Hôtel-de-Ville et vos institutions républicaines! Embouchez la trompette tribunitienne pour réclamer la réforme électorale, et vos millions d'électeurs..... sur le papier!... O pauvres politiques! vous ne méritez pas même le nom de sophistes!... car un sophiste a au moins quelque chose de spécieux, de séducteur, de captieux, dans son argumentation... La vôtre, à chaque instant, semble prendre plaisir à se démasquer elle-même. Elle ne rencontre pas sur sa route le plus léger obstacle, qu'elle ne s'empresse de s'y briser comme à plaisir !...

Le mal qui résulte de l'apathie des citoyens est encore augmenté par les mauvaises combinaisons de notre loi municipale. J'ai déjà eu occasion d'en parler au sujet de la loi départementale qui présente un vice du même genre. J'y reviens encore aujourd'hui.

Au premier tour du scrutin, le candidat, pour être élu, doit réunir la majorité absolue des suffrages exprimés. — Mais, au second tour, il suffit de la majorité relative, quelle qu'elle soit, et quelque faible que soit le nombre des votants.

Il résulte de là deux anomalies étranges jusqu'au ridicule.

D'abord, le candidat que cent suffrages peut-être ne pourront élire au premier tour de scrutin, pourra être élu au second tour, par vingt, par dix, par cinq peut-être !... Comme si au second tour les suffrages avaient une force virtuelle, quintuple, décuple, vingtuple, de celle qu'ils ont au premier.

Ensuite, le nombre exigible des votants n'étant fixé (1) ni au premier tour, ni au second, la plus petite minorité, la plus petite fraction électorale, si elle se rend exactement, peut remplacer la majorité absente; de sorte qu'alors le système représentatif devient un mensonge complet.

On voit bien quel motif secret a poussé nos législateurs,

---

(1) Malgré l'usage contraire de nos lois, ce n'est pas le nombre exigible des votants qui devrait être fixé, mais le minimum de la majorité exigible. Car il est bien évident que lorsque cette majorité serait une fois acquise, les votants qui pourraient survenir pour compléter le nombre exigé, seraient impuissants à la changer.

peut-être à leur insu, à rédiger aïnsi la loi municipale.
— C'est qu'ils ont pensé que si on fixait un nombre de
votants, ou une certaine majorité exigible, il serait très-
possible que ce nombre de votants ne se présentant pas,
ou cette majorité n'étant pas atteinte, une grande quantité de communes fussent privées de conseils municipaux
et d'administration, — ce qui est absolument intolérable.

Je conviens de ce risque. Mais que prouve-t-il ? Il
prouve précisément que la loi est singulièrement mauvaise, ou que la nation est singulièrement anti-électorale ;
car la loi a évité de stipuler les conditions qui pouvaient
seules constituer une majorité réelle, et par conséquent
une élection sincère, parce qu'elle a pressenti que la minorité des électeurs serait seule présente , et qu'elle a
voulu, afin d'avoir une élection quelconque, ménager un
moyen pour que cette minorité pût suffire à l'effectuer. —
Mais, je le demande, y a-t-il jamais eu rien de plus contraire à toute vérité représentative ?...... Y a-t-il jamais
eu un aveu plus formel que la France n'était pas mûre
pour l'extension électorale qu'on donnait à ses droits municipaux ? Qu'est-ce donc qu'un électorat communal qui
ne réussit pas à accomplir l'élection, si l'on ne donne à
la minorité, et à la minorité si petite, si faible qu'elle fût,
le droit de maîtriser le scrutin et de constituer la représentation communale ?

Mais, dira-t-on, « ce n'est pas tout que d'exposer ainsi
» avec une cruelle franchise l'état apathique de la France
» communale et les vices de nos lois ; il faudrait indiquer
» le remède de cette fâcheuse situation. — Voulez-vous
» donc qu'on supprime les droits électoraux accordés aux
» communes ? ou voulez-vous qu'on fixe dans la loi des

» conditions de majorité qui, n'étant pas atteintes dans
» les sept huitièmes des cas, laisseraient la plus grande
» partie des communes sans administration?... L'une et
» l'autre hypothèse étant inadmissibles, il faut donc, par
» force, laisser les choses telles qu'elles sont; tant pis pour
» les communes qui se laisseront administrer par la mi-
» norité! Pourquoi la majorité électorale ne se rend-elle
» pas au scrutin? »

— Je ne prends pas mon parti si facilement sur ce
point. Tant pis pour les communes, c'est bientôt dit!....
Mais tant pis aussi pour la patrie, tant pis pour le gouvernement, tant pis pour la paix publique, tant pis pour
le progrès social arrêté dans sa source même, tant pis
pour le régime représentatif, vicié de fond en comble dans
sa base la plus essentielle!... Tout cela est-il donc si peu
important qu'on puisse en faire ainsi le sacrifice avant de
s'être bien convaincu qu'il n'y a pas de remède au mal?...

Eh bien! moi, je crois qu'il y a un remède, et je vais
l'indiquer tel que je le conçois. — Voici les changements
qui me paraissent urgents dans la loi municipale :

1° Au premier tour de scrutin, exiger un nombre de
votants au moins égal à la moitié plus un des membres
inscrits, et la majorité absolue des suffrages exprimés;

2° Au second tour de scrutin, les mêmes conditions sans
aucun changement.

Il est bien entendu que, dans l'un et l'autre tour, il y
aurait élection, quand même le nombre des votants ne
serait pas complet, si le nombre des suffrages obtenus par
le candidat égalait la majorité absolue du nombre des votants exigés.

Mais si, après les deux tours de scrutin effectués, il n'y

avait pas élection, ou si l'élection n'étant pas complète il restait encore des conseillers à élire, alors le gouvernement nommerait lui-même aux places qui resteraient vacantes dans les conseils municipaux.

Deux motifs péremptoires appuient la disposition législative que je propose.

D'abord, les électeurs, appelés par deux fois, et deux fois manquant à l'appel, par leur refus même abdiquent l'usage de leur droit, et ne peuvent se plaindre que le gouvernement l'usurpe, surtout lorsque la loi les préviendra que leur refus de voter conférera au gouvernement le droit de nommer les conseillers municipaux. Le gouvernement ne les dépouille pas de leur droit. Ce sont eux qui n'en veulent pas. De qui se plaindraient-ils donc, si ce n'est d'eux-mêmes?

Ensuite, en l'absence de la majorité électorale, il est bien plus conforme aux principes de rendre les nominations au gouvernement, que de les laisser aux mains d'une imperceptible minorité, d'une minorité qui, aux termes de la loi actuelle, pourrait être de cinq votants sur un collége de quatre cents électeurs!

Le gouvernement représente la direction morale du pays, il marche avec la majorité des chambres, il a une grande responsabilité politique, il porte le poids de ses fautes, s'il en commet, et il a le plus grand intérêt que la France soit bien administrée. Les nominations qu'il fera auront donc toujours un caractère de majorité, un caractère de nationalité.

Mais les élections qui tomberaient aux mains d'une imperceptible minorité du collége municipal, seraient le contraire de toute nationalité, de toute majorité, de toute

vérité représentative. Ce serait le dernier degré du mensonge gouvernemental. Ce serait la liberté tuée par l'élection dégradée. Ce serait le beau idéal de la déraison politique.

Je vois, d'ailleurs, un grand avantage à la disposition
législative que j'indique : — c'est qu'elle servirait de stimulant au zèle des électeurs. — Lorsqu'ils sauraient que
leur absence du collége électoral donnera au gouvernement le droit de nommer les conseillers municipaux, alors,
par une sorte de pudeur, ils se rendraient dans les colléges, pour n'avoir pas à subir les reproches de la presse
nationale tout entière, qui les accuserait, à juste titre,
d'aliéner les franchises du pays, par leur inexcusable indifférence.

Alors, de deux choses l'une :

Ou la majorité des électeurs municipaux, excitée par
la crainte de voir le gouvernement nommer les conseillers,
se rendrait au scrutin; alors le but serait atteint, l'élection serait sincère, la majorité électorale prononcerait, et
les citoyens prendraient peu à peu l'habitude de remplir
leurs devoirs publics;

Ou bien, l'apathie des électeurs municipaux est si profonde qu'ils continueraient à s'absenter de leur collége;
alors le gouvernement nommerait; et pour moi, je le déclare, je crois mille fois plus conforme aux principes et
mille fois plus utile au pays, que les nominations, en ce
cas, fussent faites par le gouvernement, que de les abandonner à l'arbitraire des minorités microscopiques d'un
collége municipal déserté par les cinq sixièmes des électeurs inscrits. J'en ai dit les raisons. S'il fallait en ajouter
d'autres, j'en remplirais encore plusieurs pages, tant tous

les motifs d'ordre social se pressent à l'appui de cette thèse et la rendent invincible.

Je n'en dirai qu'une de plus : — c'est que la majorité municipale qui ferait deux fois défaut, étant prévenue que son refus de voter constitue une délégation tacite de son droit au gouvernement, serait très-rationnellement présumée consentir à cette délégation ; tandis que rien au monde ne peut faire présumer que la majorité du collége municipal délègue son droit à la minorité, — Ceci serait un contre-sens si monstrueux dans les termes, qu'il suffit de l'exprimer pour porter la conviction dans tous les esprits qui connaissent la valeur des mots politiques.

CHAPITRE XII.

Continuation du même sujet.

Lorsque la tendance évidente et générale de l'opinion proclame solennellement, de tous les côtés, la réfutation des aberrations républicaines, il n'est pas très-nécessaire d'entrer avec elles dans un débat réglé ; il faut laisser les opinions républicaines s'user dans leur vide, dans leur solitude, dans leur néant. Toutes les fois que, sortant de la théorie, elles voudront se transformer en fait social, elles trouveront en elles-mêmes et hors d'elles-mêmes, une résistance invincible. Mais il est nécessaire, seulement, en examinant l'état des esprits et la marche de nos institutions, d'indiquer, toutes les fois que l'occasion s'en présente, la partie des doctrines républicaines que les évène-

ments démolissent. C'est une étude plus utile qu'une po-
lémique directe contre les raisonnements de la souveraineté du peuple et du suffrage universel : — deux immenses erreurs si intimement liées l'une à l'autre, que la logique la plus forte ne fournit aucun moyen de les séparer ; et que grâce à Dieu, elles se tuent ainsi l'une par
l'autre, dans leur naturel et anti-naturel accouplement.

Aussi lorsque, de toutes parts, l'élection qu'on a poussée hors de ses limites se retire et s'affaisse sur elle-même,
lorsque les populations désertent les comices municipaux,
l'opinion républicaine cherche à travestir ce fait qui l'accable. — Si la nation montre peu de zèle, disent les pu-
blicistes républicains, si elle n'exerce pas ses droits électoraux, c'est qu'on ne lui en a pas assez reconnu, c'est
qu'on lui a fait la part trop étroite. Le droit électoral est
trop restreint. Reconnaissez-le dans toute sa latitude,
pratiquez la souveraineté du peuple, et vous verrez comme
les électeurs, à présent si inertes et si peu zélés, seront
exacts à se rendre au scrutin.

Au premier abord ce raisonnement paraît une plaisan-
terie, une sorte de pari de pousser l'absurde au-delà de
toutes limites. Lorsque le système électoral a déjà acquis
plus d'extension que la nation ne veut, par le fait, en pratiquer, proposer de le rendre plus extensif encore pour
lui donner une réalisation plus facile, c'est un aperçu tellement dérisoire, qu'il suffirait de l'exposer pour le réduire à sa juste valeur, — c'est-à-dire au néant. — Mais
je profite de l'occasion pour rappeler des vérités qu'on
pourrait oublier.

Sous la restauration, lorsqu'il fut question des lois
communales, l'opposition demandait, avec juste raison,

que tous les électeurs qui nommaient les députés fussent électeurs municipaux ; — le pouvoir refusait, et se perdait en subtils raisonnements pour prouver que la différente nature du pouvoir politique et du pouvoir communal exigeait que leurs éléments électifs fussent différents ; le parti royaliste d'alors, qui brûle aujourd'hui d'un zèle si miraculeux pour l'extension indéfinie de l'élection communale, assurait, sérieusement et sans rire, que le système proposé couvrirait la France de quarante mille petites républiques indépendantes du pouvoir central.

Cependant, il est visible que si l'on eût confié l'élection municipale aux électeurs politiques, il y aurait eu, dans l'organisation générale du pays, une parfaite identité, une parfaite assimilation des intérêts et des moyens organisateurs de ces intérêts, ce qui aurait donné au gouvernement lui-même une unité morale, bien plus forte, bien plus sympathique, bien plus réelle que l'unité coërcitive qu'il cherchait dans la centralisation administrative.

C'est précisément cette unité morale et sympathique que la restauration ne voulait pas, parce qu'elle sentait très-bien que la tendance en était contre elle ; parce qu'elle comprenait à l'avance que, confier l'élection municipale aux électeurs politiques, c'était établir partout l'esprit constitutionnel qui défendait, dans la chambre des députés, la charte que la restauration avait pour mission nécessaire de fausser et de détruire.

Quant à moi, en réfléchissant mûrement à cette question, je conviens bien qu'il y a entre le pouvoir politique et le pouvoir municipal une différence qui semble devoir exiger une source élective différente pour l'un et pour l'autre. — Mais je ne m'arrêterai pas à cette objection,

— parce qu'il y a moyen de la résoudre d'abord,—parce qu'ensuite, lors même qu'elle ne serait pas résolue, il y a moyen d'y satisfaire, sans étendre le droit électoral, comme on l'a fait intempestivement pour les communes, et sans morceler l'élection, comme on l'a fait aussi, de manière à rendre son cercle si petit qu'on n'y trouve plus ni capacités pour élire, ni capacités pour être élus. — Or, voilà le grand mal, le mal universel qui travaille la France communale, sous l'organisation vicieuse qu'on lui a donnée.

Remarquons d'abord que l'élection n'a pas son principe dans la souveraineté du peuple. — Car, s'il en était ainsi, il faudrait que tous les habitants de la commune, sans exception, fussent électeurs municipaux et éligibles. — Or, que l'on essaye d'organiser ainsi les élections municipales, et on arrivera immédiatement à une si profonde anarchie, à une impossibilité d'administration si complète, que la fausseté du principe apparaîtra toute radieuse et flamboyante d'absurdité.

Mais l'élection a son principe dans cette vérité ci : — que, dans toute société, la portion intellectuelle et morale doit diriger, gouverner, administrer l'intérêt commun. — Ce n'est donc pas l'universalité numérique qu'il faut consulter, mais la majorité dans la portion éclairée, morale, civilisée. — Là seulement se trouve le droit de gouvernement et d'administration, parce que là seulement il y a moyen d'administration et de gouvernement dans l'intérêt général.

Voilà le principe de formation de tout collége électoral. — Voilà pourquoi la délimitation de ces colléges n'établit aucun monopole, ni privilége.

Or, maintenant que l'on tourne les yeux sur les communes en France (je ne dis pas sur quelques-unes, qui sont plus avancées que les autres, mais sur l'ensemble), l'on verra qu'elles sont si petites en étendue, si faibles en civilisation, si peu fournies de capacités administratives dans leurs populations séparées, qu'elles ne peuvent fournir d'éléments intellectuels et moraux pour la composition de leurs colléges municipaux. Que résulte-t-il de ce fait? C'est que pour avoir un nombre au moins plausible et spécieux d'électeurs, on a été obligé de sortir du cercle intellectuel et moral, et d'étendre l'élection hors de ses limites normales. — On pouvait se dispenser de commettre cette erreur dans les grandes villes, dans les communes fortes en population et en civilisation. — Mais dans le système où l'on se plaçait, elle était presqu'inévitable pour l'organisation des petites communes, des communes peu avancées, qui sont infiniment plus nombreuses.

Sans doute l'électorat politique est différent de l'électorat municipal. Mais en définitive cette différence n'est que du plus au moins; car tout électeur capable de nommer un député pour la confection des lois, est, à bien plus forte raison, capable d'élire un conseiller municipal pour l'application des lois aux intérêts communaux.

En allant au-delà du cercle électoral déjà tracé, on a violé la nature même des choses. — Aussi cette nature des choses résiste à une législation factice. — Les électeurs ne se rendent pas, et les choix faits par leur très-petite minorité sont dans leur ensemble effectués avec bien moins de discernement que s'ils eussent été faits par le gouvernement.

Je pourrais citer une commune où, sur soixante-sept

électeurs municipaux, dans l'appel successif des deux jours de scrutin, cinq électeurs seulement se sont présentés! — Que l'on essaye de pratiquer la souveraineté du peuple dans cette commune-là!

Tant que la loi restera pondérée comme elle l'est, je ne vois donc de remède véritable que celui que j'ai proposé dans le chapitre précédent. — Rendre les nominations municipales au gouvernement toutes les fois que la majorité des électeurs ne se présentera pas au scrutin.

Mais reste toujours, soit dans le système de l'élection trop extensive qu'on a adopté, soit dans le système qui confierait l'élection municipale à l'électorat politique, reste toujours le morcellement trop grand des communes, surtout des communes rurales où très-peu de propriétaires riches et instruits ont leur domicile, ce qui rend ces communes encore plus disetteuses en capacités administratives, et ce qui ferait aussi qu'elles présenteraient trop peu d'électeurs politiques pour pouvoir composer leur collége communal, si l'on avait recours à ce système.

Cette difficulté ne pourrait être résolue que par une refonte plus large du système communal, refonte dans laquelle de plus grandes masses de territoire seraient groupées, non pas pour l'administration de la commune, mais pour l'opération électorale. — Cette combinaison serait difficile et laborieuse, mais je la crois rationnelle et utile, c'est-à-dire praticable; car tout ce qui n'est pas praticable doit être mis hors de discussion.

Des éclaircissements qui précèdent, il résulte que l'opinion républicaine raisonne complètement à contre-sens, quand elle prétend que la tiédeur électorale vient de ce que le droit électoral a été trop restreint. — Plus il seraît multiplié, plus les minorités l'emporteraient sur les majorités dans les colléges de plus en plus désertés, plus les choix seraient mauvais, et la France communale serait désorganisée par une administration à la fois sans titre et sans capacité.

Sans doute, si, en appelant tous les citoyens indistinctement aux élections, on composait nos colléges d'un nombre infiniment plus grand d'électeurs inscrits, on pourrait avoir plus d'électeurs votants. Mais relativement au collége total, ils seraient une minorité numérique bien plus faible; et relativement à la capacité intellectuelle et morale, ils ne seraient même pas une minorité quelconque, ils formeraient une quantité négative, ils seraient, rationnellement parlant, au-dessous du néant.

Car, il faut remarquer qu'une fois que l'on aurait dépassé le cercle de l'instruction, de la civilisation intellectuelle et morale, les incapacités, les ignorances, les brutalités que l'on convoquerait par milliers, additionnées, cumulées, greffées les unes sur les autres, ne produiraient pas la valeur d'une seule capacité individuelle. — Au contraire, les incapacités collectivement délibérantes s'aggravent et deviennent plus absurdes et plus ignares par leur contact mutuel; toutes ensemble sont pires, cent fois pires, que chacune prise isolément, à cause de la contagion morale et de l'entraînement physique dont elles sont susceptibles. De sorte que les assemblées, ainsi composées, commettent ordinairement des erreurs dont la plus grande partie de leurs membres seraient individuellement incapables.

Si donc, pour remédier à la désertion électorale des colléges municipaux, on avait recours à une plus grande

extension des droits électoraux, voilà le résultat infaillible qu'on obtiendrait : — La France livrée en pâture
aux minorités les plus subversives et les plus dissolvantes
de tout ordre, de toute liberté, de tout progrès !

Le mal serait d'autant plus grand, que les droits électoraux auraient été plus multipliés au-delà du cercle normal. — Si on allait jusqu'au suffrage universel, le mal
aurait atteint son apogée.

L'opinion républicaine a encore à son service un argument sur lequel elle compte beaucoup, et que l'opposition dynastique, ou du moins qui se croit dynastique, a
la bonhomie de répéter après elle. — Le voici :

Les pouvoirs municipaux, dit-elle, sont si bornés, si
restreints dans leurs fonctions, si dépendants de l'autorité
gouvernementale, que les citoyens n'attachent aucun prix
à la nomination de conseillers municipaux qui ne peuvent rien faire dans l'intérêt de la cité : c'est pour cela
que les électeurs ne se rendent pas au scrutin.

Sans doute, il est fâcheux que la centralisation restrei-
gne trop l'action des pouvoirs municipaux. Ce n'est pas
moi qui contesterai cette vérité que, depuis bien long-
temps, j'ai proclamée. Mais l'application qu'en fait ici la
presse républicaine est complètement fausse; car, plus les
électeurs déserteront leur poste, plus ils abandonneront
les choix aux minorités, plus la représentation municipale sera imparfaite et fausse, et présentera d'obstacles à
la décentralisation. C'est ce que j'ai déjà expliqué plusieurs
fois, notamment dans le précédent chapitre (1).

_____

(1) L'indépendance des attributions municipales serait sans doute pour les électeurs une raison de plus de se rendre au scrutin. Je l'ai déjà dit il y a long-temps.
Mais ceux qui ne comprennent pas que dans l'état actuel des choses ils ont déjà

Mais malgré les restrictions que la centralisation met à l'usage des fonctions municipales, est-il vrai que, dans leur état actuel, elles soient si dépourvues d'influence sur le bien-être ou le mal-être de la cité, que les électeurs municipaux, par dégoût, puissent légitimement s'éloigner du scrutin, n'ayant aucun intérêt à nommer des conseils municipaux sans pouvoir? — Non, sans doute, cette exagération est tout-à-fait contraire à la réalité.

Ainsi, prenons pour exemple la ville de Bordeaux. Qui pourrait dire que la bonne ou mauvaise composition de son conseil municipal est un fait oiseux dont les citoyens sont dégoûtés de s'occuper, parce que ce conseil municipal est sans attributions indépendantes? Celui qui raisonnerait ainsi se tromperait manifestement. Sans doute, les délibérations importantes du conseil municipal ont besoin de la ratification du gouvernement; mais avant d'être ou non ratifiées, il faut d'abord qu'elles soient prises. Le gouvernement n'a pas l'initiative de l'administration de la cité; il ne s'en est réservé que la surveillance. Or, si vous avez un bon conseil municipal, il prendra une bonne initiative; il prendra des délibérations utiles, il les motivera avec talent et lucidité, de manière à mériter et à obtenir l'approbation du gouvernement. Il présentera de bons projets, et l'administration de la cité prospèrera. Que si le gouvernement repoussait ces bons projets, ce serait un malheur sans doute; mais il y a beaucoup plus à parier qu'il les approuvera. Tandis que si vous avez un mauvais

de graves motifs pour exercer leurs droits électoraux, n'ont aucun titre pour exiger qu'on leur donne une nouvelle portée qu'ils ne comprendraient pas mieux. D'ailleurs, plus les collèges sont désertés, moins le gouvernement pourra songer à augmenter les attributions municipales. C'est donc contre leur propre intérêt que l'opinion républicaine raisonne.

conseil municipal, qui n'entende pas bien le progrès de la civilisation physique et morale de la cité, qui ne présente pas de bons et utiles projets, certainement le gouvernement ne pourra approuver des propositions qui ne seront pas faites, et la ville restera stationnaire, inerte, mal administrée, par la faute des électeurs qui se seront absentés des collèges municipaux. — Il y a, d'ailleurs, une masse de faits administratifs dans les attributions municipales, pour lesquels l'approbation gouvernementale est de forme et n'est presque jamais refusée. Sur tous les objets urgents et spéciaux de chaque jour, l'autorité préfectorale voit, pour la forme seulement, les actes municipaux, quand ils émanent d'une administration municipale intelligente, active, éclairée. Or, l'élection des membres du conseil municipal est d'autant plus importante, que le roi ne peut prendre que parmi eux le maire et ses adjoints (1).

C'est donc un sophisme insoutenable que de voir, dans l'état de nos attributions municipales, une cause naturelle et légitime de l'apathie coupable des électeurs. Il ne faut point les excuser de leurs torts. Il faut les leur reprocher et les en faire rougir. Il faut, en même temps, insister sur les vices de la loi municipale qui a mal pondéré l'élection, et y chercher remède.

_____

(1) Le maire et les adjoints fussent-ils bons, ils resteraient encore presque frappés d'impuissance s'ils avaient un conseil municipal sans zèle, sans lumière ou sans exactitude.

LIVRE XXII.

DE L'EMPLOI DE L'ARMÉE AUX TRAVAUX D'UTILITÉ PUBLIQUE.

CHAPITRE PREMIER.

Des Travaux militaires.

Les armées permanentes sont une grande charge pour le budget, un grand obstacle à la civilisation, une grande chance toujours imminente de destruction sanglante pour l'humanité.

Néanmoins les rivalités haineuses qui divisent les gouvernements des états européens; les rivalités tout aussi haineuses, et plus absurdes peut-être, que de faux systèmes d'économie commerciale ont fait naître parmi les peuples eux-mêmes, ne permettent pas d'espérer que, de long-temps encore, le système des armées permanentes soit abandonné, pour faire place à de simples milices communales, organisées partout comme moyen de protection et de défense, nulle part comme moyen d'attaque ou d'oppression. — Tel doit être cependant l'avenir du monde!

Il faut donc se résoudre, pour le moment, à voir par continuation quatre cent mille citoyens dans chaque état européen, arrachés à leurs familles, à leurs foyers, aux travaux productifs de l'agriculture, du commerce et de l'industrie; au lieu de l'augmentation d'aisance qui serait produite dans la société par huit cent mille bras occupés, il faut que le budget de l'État soit au contraire grevé d'une allocation énorme pour faire vivre, pour vêtir, pour armer quatre cent mille hommes improductifs; — et notez bien que ce qui peut arriver dans tout cela de plus heureux et de plus économique, c'est que cette énorme dépense ne soit point suivie d'un emploi effectif; car si malheureusement le cas éventuel, pour lequel elle est calculée, se réalise, si la guerre éclate et que l'armée permanente devienne active sur le champ de bataille, alors les dépenses, les pertes, les désastres de toute sortes se multiplient à l'infini, même en cas de victoire, à plus forte raison si l'on est vaincu. Tel est l'état actuel de la civilisation européenne. Nous chargeons nos budgets de centaines de millions annuellement dépensés, avec la perspective vraiment consolante ou de les perdre purement et simplement si la paix n'est point troublée, ou d'en perdre trois ou quatre fois davantage si la guerre survient.

Or, je pense que ce serait chose très-utile au pays, non de chercher à supprimer le système des armées permanentes, puisque cela est impossible pour le moment, mais de chercher à les utiliser pendant la paix, en les employant à de grands travaux publics, qui seraient pour la société un équivalent des dépenses du budget militaire; pour l'armée un gage d'ordre, de santé, de tempérance; pour la civilisation entière un moyen efficace de progrès et de perfectionnement.

Une première observation se présente. —Que l'imagination se reporte sur les admirables travaux exécutés, en 1832, devant Anvers, par les soldats français, dans la saison mauvaise, dans l'eau, dans la fange, sous le feu d'une artillerie formidable ;—puis, on verra ce que pourraient faire, dans l'intérieur du pays, en pleine sécurité, sans obstacle, dans la belle saison, ces hommes si intrépidement industrieux, si intelligemment actifs, si résolus, si persévérants, si disciplinés! Grâce à eux, pourraient renaître avec plus de perfection, avec plus de grandeur peut-être, ces travaux glorieux qui, tout autant que leurs conquêtes, illustrèrent les légions romaines, maîtresses du monde!

Que l'on suppose, par exemple, un camp de vingt à trente mille hommes dans les landes, entre Bordeaux et la Teste; qu'il fût question d'y pratiquer des chemins, ou d'y creuser des canaux, avec quelle rapidité, avec quelle certitude, ces travaux utiles seraient accomplis. Certes, jamais les ponts-et-chaussées n'auraient travaillé ainsi! Quels immenses avantages la fortune publique en retirerait, et cela vaudrait mieux, sans doute, que ces amendements tribunitiens qui grapillent quelques centaines de mille francs sur le budget militaire?... Oh! quand il faudrait, bien au contraire, accorder une haute-paye pendant la durée des travaux, aux régiments qui s'y remplaceraient, que je verrais dans cette disposition sage et généreuse, une grande, une salutaire, une belle économie!

Je pense qu'on ne m'objectera pas que faire travailler ainsi le soldat, ce serait rabaisser et dégrader l'état militaire. Dieu merci, nous ne vivons plus dans un temps où le travail déshonore. L'oisiveté seule avilit les hommes en même temps qu'elle les corrompt. Comment un travail utile et glorieux au pays, serait-il déshonorant pour les mains qui l'accompliraient? Quelle différence y a-t-il entre creuser une tranchée devant Anvers, ou creuser un canal dans l'intérieure de la France? N'est-ce pas toujours travailler pour la patrie, et, dans le dernier cas, plus efficacement encore que dans le premier? Les légions romaines savaient probablement ce que valait l'honneur militaire : ont-elles jamais cru y porter atteinte quand elles établissaient ces larges et indestructibles voies, quand elles détournaient les fleuves, quand elles travaillaient pour un avenir presque éternel? D'ailleurs, faites attention que les travaux effectués, en temps de paix, par l'armée française, la rendraient encore plus expérimentée, plus pratique, plus habile aux travaux de la guerre. Et ne serait-il pas plus glorieux pour le soldat qui rentrerait dans ses foyers après le temps de son service expiré, de dire : — J'ai contribué aux grands perfectionnements qui vont féconder le sol de la France et l'enrichir, que de dire : — Je suis resté cinq ans oisif dans une garnison de grande ville, exposé à toutes les chances de la débauche et de l'ennui?

Car telle est précisément la question, puisque c'est de l'armée en temps de paix que nous parlons. — Or, voyez ici les immenses avantages du système que je voudrais faire prévaloir.

Je ne parlerai pas des inconvénients de la vie de garnison, lorsque pendant un certain nombre d'années la paix n'est point troublée. Tout le monde les connaît. Mais, au grand avantage de les éviter, si l'on organisait dans l'intérieur du pays un vaste ensemble de travaux

utiles, se joindrait encore cet avantage que le soldat,
constamment en haleine, deviendrait plus fort, plus laborieux, plus propre aux fatigues de la guerre. — C'est
ainsi que les légions romaines acqûirent, par un travail
presque non-interrompu, cette supériorité de force qui
les fit triompher, non-seulement de leurs ennemis, mais
encore des difficultés que la nature elle-même multiplie
sous les pas des soldats en campagne. Tandis que le soldat inactif dans une longue vie de garnison, passant immédiatement aux fatigues extrêmes de la guerre, est
inévitablement exposé à des maladies qui souvent déci-
ment les armées plus cruellement encore que le fer de
l'ennemi.

Mais ce n'est pas tout. Nos jeunes conscrits, après avoir
quitté leurs travaux des champs ou de la ville, pour entrer au service et payer leur dette à la patrie, sont destinés à revenir un jour reprendre aux foyers paternels les
travaux urbains ou rustiques qu'ils ont interrompus. Or,
n'est-il pas évident que, dans le système que je présente,
ils reviendront plus laborieux encore que lorsqu'ils sont
partis, plus forts, plus sains, plus accoutumés à l'ordre,
à la régularité des travaux? Tandis que, dans le système
actuel, après cinq à six ans de vie de garnison, entièrement inoccupés, et presque toujours exposés aux vices
des grandes villes, les jeunes gens reviendront, pour la
plupart, dans leurs foyers, dissipés, oisifs, dégoûtés
du travail matériel, dont ils ont perdu l'usage, et qu'un
long oubli leur aura peut-être appris à mépriser! (1).

_____

(1) Pour le soldat qui revient après avoir fait la guerre, c'est tout l'opposé, précisément à cause des rudes travaux qu'il a à supporter. Mais je fais observer de

Nous avons quatre cent mille hommes sous les armes, le budget en devient lourd à payer, et pour ne pas nous flatter, nous ne devons pas croire le désarmement très-prochain. Tous ceux qui portent un cœur français, et qui comprennent la crise politique qui laboure l'Europe entière, ne doivent même pas désirer très-vivement que le désarmement s'opère encore. En une telle situation, il ne faut pas affaiblir l'armée, il faut l'employer utilement; le moyen que je propose est d'autant plus convenable, que le sol de la France, dans presque toutes ses parties, présente une urgence de grands et utiles travaux que les ponts-et-chaussées sont dans l'impossibilité d'accomplir, et pour lesquels nos mœurs, peu avancées en ce genre, ne fournissent pas d'encouragements aux compagnies particulières, qui d'ailleurs n'y trouveraient pas immédiatement un bénéfice suffisant pour les indemniser de leurs avances, au moins sur beaucoup de points (1). — Si ces grands travaux étaient exécutés comme je l'indique, le budget de la guerre deviendrait par le fait très-léger à porter, et jamais dépense n'aurait été plus utile, puisqu'elle aurait le double effet de nous donner à la fois pleine et entière sécurité contre toute attaque extérieure, et de grands moyens de civilisation, de fortune, de commerce intérieurs. Alors les étrangers, nous voyant dans une position doublement formidable qui augmenterait notre force au dedans et au dehors, il est probable que

nouveau que c'est pour l'armée en temps de paix que le système que je propose serait destiné.

(1) Les économistes qui veulent qu'on s'en rapporte à l'intérêt privé des compagnies pour l'entreprise des grands travaux publics, connaissent bien mal la France; car il y a bien des travaux qui ne seraient pas entrepris par des compagnies, parce qu'elles s'y ruineraient, et qui cependant, s'ils étaient exécutés, seraient très-utiles au pays.

nos relations diplomatiques en deviendraient beaucoup plus faciles; d'autant que dès-lors nous attendrions très-patiemment le désarmement, puisque notre état militaire serait pour nous une source d'avantages au lieu d'être une charge pesante.

———————

CHAPITRE II.

L'emploi de l'armée aux travaux d'utilité publique est un progrès véritable.

———

Si l'on examine le système des armées permanentes, on verra que lors de son institution il fut un progrès, non vers l'état de guerre, mais au contraire vers une modification sociale plus pacifique que l'état de choses auquel il succéda. D'abord, avant nos temps modernes, la guerre était partout, entre les individus, entre les petits seigneurs, entre les grands vassaux, entre les divers royaumes partiels qui morcelaient nos grands empires. Peu à peu cet état de guerre, d'individualisé qu'il était, se concentra dans des régions plus hautes et moins nombreuses; et à mesure que les forces guerroyantes se formèrent par plus grande étendue de pays, et par plus grande organisation de guerre, la guerre cessa d'être multiple, divisée, partout renaissante, jusqu'à ce qu'enfin la paix, étant devenue l'essence de l'état social, considéré dans tous les rapports individuels, la guerre n'exista plus qu'entre les gouvernements eux-mêmes. Tel fut l'effet de l'institution des armées permanentes; elles détruisirent la possibilité de tous ces milliers de luttes sanglantes, et ne lais-

sèrent subsister en Europe que quelques grandes masses
de forces, constituées en gouvernements centraux, qui, de
temps en temps, et trop fréquemment encore, entrent en
lutte les uns contre les autres, mais qui, dans l'intervalle,
maintiennent au moins la paix sociale entre toutes les
forces partielles de chaque état.

Ainsi, la civilisation a marché jusqu'à nos jours. Mais
il n'est plus nécessaire de chercher à faire ce qui déjà est
accompli; ce n'est pas en arrière qu'il faut regarder, c'est
en avant : et c'est là que va se découvrir maintenant tout
le vice du système des armées permanentes qui ont produit tout le bien qu'elles pouvaient faire à la civilisation,
et ne sont plus propres qu'à lui susciter de nombreux obstacles.

Effectivement, à quoi pourra servir désormais le système des armées permanentes? Ce n'est plus à détruire la
féodalité, ce n'est plus à établir l'unité politique dans
chaque gouvernement, ce n'est plus à faire cesser des luttes individuelles de seigneur à seigneur, de province à
province. Tout cela est fait depuis long-temps, pour la
France surtout. Ces grandes masses armées ne peuvent
donc plus servir qu'à défendre chaque état contre l'agression des autres états européens. Mais il est évident que les
armées permanentes ne sont nécessaires, comme moyen de
défense, que parce qu'elles existent chez les peuples voisins comme moyen d'agression. Le système des armées
permanentes n'a donc d'autre utilité que d'être bon à détruire les dangers qui naissent du système des armées permanentes, c'est-à-dire à se neutraliser lui-même; cela n'est
évidemment qu'une utilité négative; et n'est-elle pas hor-
riblement achetée, lorsque chaque peuple épuise ainsi ses

ressources, ses finances, ses capitaux qui lui donneraient tant de moyens de travail et de prospérité, et que le résultat de tous ces grands sacrifices n'a d'autre avantage que de paralyser les chances d'agression qu'ils organisent à la fois, mutuellement et partout?

Néanmoins, je l'ai reconnu et dit positivement, tout fatal, tout vicieux qu'est de nos jours le système des armées permanentes, il ne peut encore être supprimé, parce que nous sommes dans une époque transitoire entre la civilisation du passé et celle de l'avenir; et que le passé nous a légué des dangers, conséquences d'institutions sociales dont les effets subsistent encore lorsque les causes organiques ont déjà en partie disparu. Ce n'est que graduellement, pas à pas, avec prudence que le progrès doit se faire. Mais il est évident pour moi que l'humanité marche vers une civilisation pacifique où les armées permanentes devront être supprimées pour faire place à de simples forces communales, ainsi que je l'ai déjà dit.

Je n'entrerai point aujourd'hui dans tous les détails de cette grande question qui ne peut être comprise par ceux qui s'obstinent à laisser leur esprit s'engourdir dans les liens qui les entravent, et à chercher toujours dans le passé des inductions pour régler un avenir qui ne peut y ressembler; je dirai seulement quelques mots qui feront facilement entrevoir à tous les esprits éclairés la portée et la nature de la modification sociale que j'indique.

Dans le passé, chaque gouvernement se considérait, lui, comme un être, comme une individualité, qui, pour sa gloire, son bonheur, sa puissance, disposait des forces de la nation dont il dirigeait les destinées; et c'est ainsi que l'esprit monarchique était fait. Dès-lors, il était tout na-

turel qu'entre les diverses monarchies européennes, il
survînt de fréquentes et grandes occasions de guerre.
Maintenant, il n'en est plus ainsi. Que les gouvernements
en conviennent par de nouvelles institutions politiques,
ou qu'ils le nient en conservant encore les institutions
politiques du passé, ils ne sont plus en dehors des nations,
ils ne peuvent plus agir sur elles, sans elles, sans leur adhésion, sans leur concours. Les mille fraternités de la civilisation, du commerce, de l'industrie, ont créé entre les
nations européennes une cohésion morale, une union intime, qui ne permet plus de les pousser les unes contre
les autres, pour satisfaire les caprices, l'ambition, ou,
comme on le disait autrefois, *la gloire des grands monar-*
ques. Napoléon, par l'intensité miraculeuse de son génie,
avait redonné une existence posthume au système des
grandes guerres monarchiques. Mais cet effort gigantesque a tué le système lui-même, et Napoléon, prodigieux
anachronisme de l'esprit d'invasion et de conquête, a emporté dans sa tombe le dernier type d'un ordre de choses
mort à toujours.

Les armées permanentes sont donc destinées à devenir
inactives et sans emploi dans chaque état; elles sont destinées à épuiser les ressources financières des peuples, à
arrêter leurs développements industriels par cette déper-
dition absurde d'immenses capitaux, et la race humaine,
dans cet étrange système, resterait, de part et d'autre,
l'arme au bras, en sentinelle sur chaque frontière, pour
voir venir un ennemi qui n'arriverait nulle part. Cette
anomalie fatale, qui est précisément aujourd'hui l'état de
l'Europe, ne peut disparaître instantanément sans doute,
mais il est impossible qu'elle dure long-temps. L'esprit

pacifique envahit toute notre atmosphère, il nous pénètre, il nous environne, il est dans l'air que nous respirons. C'est lui qui, depuis 1830, a neutralisé tous les germes de guerre que tant d'inimitiés politiques semaient en Europe ; c'est lui qui a constamment empêché le choc des masses armées que chaque monarchie, obéissant à un instinct suranné, tient en éveil et en excitation factice, pour parer à des luttes éventuelles qui n'arriveront pas, ou qui n'auront lieu que par quelque fatalité exceptionnelle, pour clore, par une péripétie finale, le règne de l'esprit belliqueux, exhalant son dernier soupir au milieu de ses partisans abandonnés par les populations désillusionnées !

La marche actuelle des esprits tendra de plus en plus à incorporer les gouvernements dans les nations, à détruire les barrières politiques ou fiscales qui les séparent, à généraliser les sentiments de sympathie et d'union parmi les hommes. Et comme les nations comprendront enfin que la guerre ne leur est pas bonne, les gouvernements n'étant plus libres de se faire la guerre pour satisfaire leurs ambitions personnelles, les chances de guerre s'éteindront de plus en plus, car les nations ont mille fois moins de motifs de guerroyer que les gouvernements.

C'est donc entrer dans une voie de progrès véritable que d'utiliser pour le bien du pays, ces forces laissées jusqu'ici sans emploi, et rien, quoiqu'on en ait dit, ne serait plus facile que d'atteindre ce but, car la force militaire est éminemment propre à l'accomplissement des grands travaux publics. Chez les Romains, on y appliqua cette force, pour augmenter encore les moyens d'arriver à la conquète et à la domination universelle. Eh bien ! en France on appliquerait la force militaire à des travaux du même genre, mais entrepris dans un but mille fois plus noble et plus généreux, puisque les travaux de l'armée française assureraient le bonheur national, au lieu de faciliter l'assujétissement et le malheur des peuples voisins.

De ce que nous ne sommes pas une nation organisée militairement comme la nation romaine, conclure que les soldats français ne doivent pas être employés aux travaux publics comme les soldats de Rome, ce serait une étrange inconséquence. Cette considération est, au contraire, pour mon système un argument *à fortiori;* car, puisque l'emploi des soldats romains à la confection matérielle des routes, des aqueducs, des travaux de toutes sortes, n'éteignit pas leur génie guerrier, puisque leurs forces physiques augmentaient par l'effet même de ces travaux; puisque leurs corps n'en devenaient que plus robustes et plus propres à toutes les fatigues de la guerre, pourquoi craindrait-on que l'emploi des soldats français à des travaux du même genre nuisît à leur valeur, à cette valeur innée chez la nation, et qui s'y retrouve partout, aussi bien chez le pauvre, malgré ses privations, que chez le riche, malgré le luxe et les frivolités du monde? C'est une crainte chimérique, et c'est bien vainement qu'on s'est écrié à ce sujet : « Laissez, laissez l'armée à sa » noble destination... L'ennemi, s'il se présente jamais, » doit la trouver comme autrefois, debout, vaillante et » victorieuse! » On n'enlèverait pas l'armée à sa noble destination : son concours aux travaux publics ne l'empêcherait pas d'être debout, vaillante et victorieuse. Bien au contraire, je soutiens, et l'expérience a toujours prouvé que l'application d'une armée à des travaux habituels, la rend plus forte, plus valeureuse, plus disciplinée; si l'ennemi reparaissait sur nos frontières, il serait certainement repoussé avec plus de force encore par une armée accoutumée pendant la paix à la fatigue et au travail, que par des troupes rendues plus brillantes peut-être, mais moins fortes et moins aguerries, par l'oisiveté de la vie de garnison : car tous les officiers qui ont commandé nos soldats pendant les grandes guerres de la république et de l'empire ont toujours vu que les recrues fournies par les classes laborieuses de la population résistaient infiniment mieux aux fatigues de la guerre que celles qui sortaient des classes oisives des grandes villes; de celles-ci, l'hôpital en tuait plus que le canon.

CHAPITRE III.

L'emploi de l'armée aux travaux d'utilité publique n'a rien d'incompatible avec sa dignité.

J'ai dit que la dignité de l'armée ne souffrirait point de ce travail, et que, grâce au ciel, maintenant on sait que l'oisiveté seule dégrade l'homme, mais que le travail l'honore, loin de le rabaisser. On a traité cet axiome de lieu commun, et l'on a prétendu que ce n'est pas le travail qui déshonore, mais l'obligation légale de travailler. On a même cité l'exemple des bagnes, et l'on m'a reproché de vouloir rabaisser l'armée au niveau des forçats.

Ce raisonnement n'est qu'un pur sophisme. Non, l'obligation légale de travailler ne déshonore pas. Ce n'est point l'obligation de travailler qui dégrade le forçat, c'est

le crime qu'il a commis, c'est la flétrissure de la condamnation que ce crime a fait porter contre lui. Voilà où est
sa dégradation, sa plaie morale. Mais l'obligation légale
de travailler, imposée aux soldats par un motif généreux,
patriotique, libéral, n'aurait rien de semblable. Elle serait
un titre honorable à la reconnaissance du pays; elle serait
pour eux un moyen de progrès, de santé, de profit; et,
vraiment, je suis émerveillé que mes contradicteurs se
soient laissé entraîner à une comparaison si incommensu-
rablement erronée!...

Non, il n'est pas vrai que le travail légal, l'obligation
légale de travailler, soit par elle-même plus déshonorante
que le travail volontaire. Et d'abord, cela implique contradiction dans les termes, car l'obligation de faire une
chose honorable en soi ne peut être déshonorante: mais,
en point de fait, nous avons la preuve matérielle de la
fausseté de cet étrange axiome contre le travail légalement obligatoire. Tous nos ouvriers marins classés, char-
pentiers ou autres, sont assujettis par la loi à travailler
pour l'État toutes les fois que l'administration maritime
le leur ordonne, et cela depuis l'âge de dix-huit ans jusqu'à
leur cinquantième année. Ils obéissent à cette obligation
légale, et, quoiqu'ils travaillent dans les mêmes ports que
les forçats, jamais il n'est tombé dans l'esprit d'aucun
homme sensé de les croire dégradés comme les travailleurs des bagnes. Et pourquoi? — Je le répète, parce que
ce n'est pas l'obligation légale de travailler qui dégrade,
mais bien le crime, la flétrissure du jugement, le motif
honteux pour lequel cette obligation a été imposée aux
condamnés. — Or, si les marins ne sont nullement dégradés par l'obligation légale de travailler, comment la di-

gnité des soldats serait-elle blessée par cette obligation ?

Quoi ! les soldats auxquels la loi imposerait l'obligation d'un travail, seraient assimilés aux forçats ! Et c'est à moi que l'on impute de vouloir les dégrader ainsi ! — J'ai lieu d'en être surpris, et d'autant plus que nombre de personnages distingués, soit dans l'ordre militaire, soit dans l'ordre civil, partagent ma manière de voir sur cette importante question des travaux de l'armée. Je pourrais citer des officiers supérieurs, des généraux de l'ancienne armée, qui pensent comme moi, et certes, je ne crois pas qu'ils aient l'intention de réduire la noble épaulette de nos soldats à la condition des bagnes ! En France déjà différentes parties des canaux de Briare, de Loing et d'Orléans, furent exécutés par les régiments en 1636. Plus tard, Louis XIV employa plus de soixante mille soldats aux travaux de l'aqueduc Maintenon, et comme on l'a observé avec beaucoup de sens, les troupes ne s'en battirent pas avec moins d'ardeur sous le maréchal de Luxembourg. A quoi j'ajoute que, sous notre monarchie libérale, avec nos lois constitutionnelles, notre discipline actuelle, et les immenses progrès que l'égalité a faits dans nos mœurs, les travaux de l'armée seraient aujourd'hui réglés d'une façon bien plus digne, plus honorable, plus utile et plus grande à la fois.

Je pourrais, d'ailleurs, citer d'autres autorités, d'autres exemples plus récents. En Suède, d'immenses travaux de canalisation ont été poursuivis pendant plusieurs années, et enfin terminés en 1832 par la coopération de l'armée. Sans l'auxiliaire des soldats comme travailleurs, jamais ces travaux importants et magnifiques n'auraient été accomplis; on n'aurait peut-être même pas osé les entreprendre. Croit-on pour cela que les soldats suédois aient été réduits au niveau des habitants des bagnes ? Ce serait une singulière récompense du service inappréciable qu'ils ont rendu à la Suède en terminant le grand canal de Gothie ! Croit-on qu'il soit plus honorable de tuer quelques vingtaines de mille hommes, que d'avoir creusé un canal qui féconde et vivifie tout un pays ? Et, je le demande de nouveau, comment serait-il déshonorant de creuser un canal qui assurerait la prospérité d'une grande partie de la France, et serait-il honorable de creuser des tranchées devant Anvers ? En creusant ces tranchées, les soldats n'obéissaient-ils pas à une nécessité légale ? L'obligation de ce travail ne leur était-elle pas imposée par la loi qui les a fait soldats ? Comment l'obligation de travailler en France serait-elle plus déshonorante que celle de creuser la terre en Belgique ?

Lorsque, pour la première fois, j'ai traité cette importante question, de singulières réponses me furent faites ; un de mes contradicteurs crut devoir corroborer ses doctrines de l'exemple de Probus, empereur romain, qui ayant fait travailler ses légions à planter de vignes les coteaux de la Gaule, fut exemplairement puni par ces légions elles-mêmes, car elles le massacrèrent ! De sorte que, parce que des soldats mutinés ont égorgé leur empereur, il s'ensuit que l'empereur avait tort de les employer à des travaux utiles, et que les légions ne faisaient qu'une chose toute simple en le massacrant pour le punir exemplairement d'avoir violé leurs droits ! Je ne répondrai que peu de chose à cette étrange citation. C'est qu'à cette époque la discipline des romains était en décadence comme tout le reste de leurs mœurs qui s'imprégnaient de corruption et de férocité, et, par conséquent, devaient répugner au travail et se porter à la violence. Certes, les soldats romains ont égorgé d'autres empereurs que Probus, et non pas pour les punir de les avoir fait travailler. Les légions romaines se sont révoltées contre Germanicus lui-même, quoiqu'il fût à juste titre l'objet de leur admiration et de leur enthousiasme. Mais cela n'a rien de commun avec les mœurs généreuses et loyales de nos braves soldats, et ils n'imiteraient certainement pas l'exemple que si mal à propos on a mis sous leurs yeux.

Je suis même convaincu que pour engager nos soldats à travailler avec zèle et dévoûment, il serait presque superflu d'avoir recours à la loi, et que leur bonne volonté suffirait si l'administration, au lieu d'avoir la gaucherie de vouloir flétrir cet honorable genre de travail, les y engageait par des moyens de persuasion, de récompense, de distinction (1). Ces grands travaux, qui fécondent le présent, enrichissent l'avenir, et jettent tant de gloire sur l'histoire des belles et fortes nations, ont d'ailleurs un attrait qui attache les esprits des masses, qui leur inspire un puissant intérêt, et qui sort entièrement de la routine des petits travaux mesquins, faits pas à pas, lentement et pièce à pièce, par des travailleurs ordinaires que l'esprit de corps et d'émulation n'anime pas comme il animerait nos braves régiments français; mais il faudrait pour cela parler à leur imagination, à leur cœur, à leur glorieux amour-propre qu'il serait si facile d'exciter par la perspective de la reconnaissance nationale pour toujours

_____

(1) En Suède, les soldats ont travaillé au canal de Gothie volontairement et de leur plein gré.

attachée à leur nom, et gravée en lettres impérissables
sur la pierre des monuments qu'ils auraient élevés ! —
Certes, ce seraient de nobles trophées, d'illustres arcs de
triomphe, que ceux qui seraient ainsi consacrés ! Pourquoi,
par exemple, aux deux extrémités d'un grand canal de
navigation creusé par les soldats, n'élèverait-on pas un
obélisque sur lequel serait gravé le nom des régiments
qui l'auraient creusé ? Pourquoi n'y mettrait-on pas quelques inscriptions dans le genre de celle-ci : — « En l'année 18.., ces champs étaient déserts, ces plaines inhabi-
tées, ces landes stériles. Maintenant tout y est fertile, peuplé, productif : à peine quelques rares habitants y vivaient
isolés, souffrants, privés de toutes les jouissances de la
vie : maintenant des populations nombreuses y vivent
dans le travail, dans la joie, dans la prospérité. Eh bien !
ce changement merveilleux, cette amélioration féconde en
gloire et en bonheur, c'est au dévoûment, au zèle, au patriotisme de l'armée française que la patrie en est redeva-
ble. Que ces mots portent à l'avenir le tribut de la reconnaissance et de l'admiration nationale pour le 14ᵉ, le 48ᵉ,
le 55ᵉ régiment de ligne (1), qui, par leurs travaux, ont
vaincu tous les obstacles et surmonté les difficultés presqu'invincibles que leur opposait la nature du sol ! » Puis
il serait facile d'y tracer les noms des ingénieurs militaires, des officiers, des soldats qui auraient montré le
plus d'ardeur et de talent dans la conception et l'exécution des travaux. — Je crois qu'une telle perspective, jointe
aux avantages réels qu'on ferait dans le moment même

_____

(1) Je cite ces numéros au hasard, parce qu'ils sont les plus présents à ma mémoire.

aux régiments employés aux travaux, rendrait la tâche du gouvernement bien facile, et qu'aucun esprit sensé ne verrait ni esclavage, ni corvée féodale, ni flétrissure et dégradation des bagnes dans ces nobles et généreuses entreprises !

CHAPITRE IV.

L'emploi de l'armée aux travaux d'utilité publique pourrait être rendu parfaitement légal.

Quelques écrivains ont vu, dans l'emploi des soldats aux travaux publics, un grand moyen d'amélioration et d'économie, mais ils croient la chose impossible, illégale et dangereuse.

La loi de la conscription ne donne point, dit-on, au gouvernement le droit de disposer ainsi des soldats ; ce serait les réduire à l'esclavage, ce serait rendre l'armée corvéable à volonté. En tout ce qui ne regarde pas les devoirs du service, le militaire doit avoir la disposition de sa personne comme les autres citoyens.

Cette objection se résout d'elle-même. C'est une exagération bien étonnante que de vouloir faire croire à des lecteurs tant soit peu sensés qu'il puisse être question de traiter les soldats en esclaves, et rendre l'armée corvéable à volonté ! —Il n'y a ni esclavage ni corvée dans une condition qui serait légalement imposée à tous les citoyens indistinctement, puisque tous indistinctement sont soumis à la conscription. Il faudrait peut-être un changement dans nos lois, changement qui serait constitutionnellement voté par les Chambres, et il n'y aurait là ni féodalité, ni despotisme. Je crois que la loi, sans être entachée d'aucun de ces vices, pourrait fort bien dire aux Français : — « Citoyens, tous, sans exception, à l'âge de vingt ans, vous » serez appelés au service par la conscription; tous appe- » lés, vous ne servirez pas tous : le nombre sera fixé par » la loi, et le sort décidera; le service sera de six ans. Si » la guerre éclate, vous devrez votre sang à la patrie; si » la paix continue, vous consacrerez à des travaux utiles » les forces que vous ne serez pas obligés de porter sur les » champs de bataille; vous partagerez votre temps entre » les études militaires et ces utiles travaux, selon des ré- » glements équitables, qui d'ailleurs vous y feront trou- » ver de véritables avantages personnels. »

Et dès-lors que deviendraient ces accusations d'escla-vage, de corvée, d'illégalité?.... Quoi! la patrie qui de-mande indistinctement à tous ses enfants le sacrifice de leur sang, en cas de guerre, ne pourrait y joindre, en temps de paix, une condition de travail, dans l'intérêt pu-blic et dans leur intérêt personnel, dans leur propre in-térêt?

CHAPITRE V.

Des Objections faites à l'emploi de l'armée aux travaux d'utilité publique.

Examinons le côté économique de cette question.

On a combattu l'application des soldats aux travaux publics par deux arguments principaux. Voici le premier :

Il y a en France, a-t-on dit, excès de population. Si donc, à ce nombre de travailleurs surabondants, vous ajoutez encore la concurrence des soldats travailleurs, vous réduirez le peuple à la misère, soit en lui ôtant le travail qui le fait vivre, soit en faisant baisser son salaire déjà trop réduit par l'invention des machines et par les progrès de la mécanique. Le travail est le moyen qu'un État bien policé emploie pour le soulagement des pauvres; donc, il faut laisser aux pauvres les occasions de travail, sans quoi on sera exposé à des émeutes perpétuelles; bien plus, si la population continue à augmenter aussi rapidement, l'État peut en être ébranlé, parce qu'il n'y aura pas de travail pour tant de monde. Sur quoi, invoquant l'histoire à contre-sens, on est remonté à l'invasion de l'Europe par les Barbares, devenus trop nombreux pour vivre sur leur propre territoire.

Tout cela n'est que pure confusion de mots.

En effet, ce n'est point aux travaux que font les ouvriers ordinaires que l'armée serait appliquée; ce serait, au contraire, aux travaux que les ouvriers ordinaires ne font pas, parce qu'ils y sont insuffisants, ou parce que l'état des finances ne permet pas de leur y donner un salaire qui les fît vivre. — Ainsi, par exemple, sous la restauration, il était question de créer un camp qu'on aurait successivement fait voyager dans les Landes, afin de réaliser la construction du canal projeté. Si cette heureuse idée avait pu être mise à exécution, le canal serait terminé depuis long-temps. — Au lieu de cela, il n'est pas encore commencé!

En quoi donc, si ce projet avait été exécuté, les soldats qui auraient creusé ce canal auraient-ils nui aux ouvriers ordinaires, qui n'ont pu y être employés ?—En rien, bien évidemment. Que dis-je, ils ne leur auraient nui en rien ? Ils leur auraient été, au contraire, infiniment utiles; ils leur auraient procuré de fréquentes et profitables occasions de travail. Le canal serait fait maintenant, le pays serait peuplé, civilisé, exploité; d'immenses valeurs perdues, faute de moyens de transports, se seraient converties en capitaux, qui seraient à leur tour devenus producteurs. Diverses nouvelles récoltes auraient couvert la terre; bateaux, chevaux, usines, fer, pierres, instruments de toutes sortes auraient été employés, mille industries nouvelles auraient été conviées à cette nouvelle activité, à ces nouveaux profits; mille débouchés nouveaux auraient été ouverts aux produits déjà existants dans d'autres localités, et des milliers de bras oisifs ou mal rétribués dans la Gironde, y auraient trouvé d'utiles occupations et de favorables salaires !

Examinons les nations où le nombre des travailleurs a été restreint par les institutions. Eh bien, le travail y a manqué au petit nombre de travailleurs restant. Quand, en France, vous rétabliriez les substitutions et le droit d'aînesse, les couvents, les priviléges civils ou commerciaux; quand vous diminueriez la population de moitié, quand vous briseriez les machines, quand vous anéantiriez la vaccine et tous les progrès de l'hygiène moderne, croyez-vous qu'il restât plus de travail, plus de prospérité, plus d'aisance aux survivants parmi ces décombres? Non, sans doute. En diminuant le nombre des travailleurs, vous diminueriez, dans une proportion plus forte encore, les occasions de travail; c'est bien précisément ainsi qu'on retournerait à la barbarie du moyen âge.

Je soutiens, moi, qu'en faisant travailler l'armée, on augmenterait les chances de travail pour toutes les classes pauvres, bien loin de les leur ôter; car le perfectionnement des routes, l'établissement des canaux, le dessèchement des marais, feraient naître une foule de nouvelles entreprises, de nouvelles transactions, qui occuperaient des milliers de bras aujourd'hui sans emploi; et, de plus, la prospérité du pays, l'aisance générale, l'augmentation du capital national et de ses revenus, donneraient de grands moyens de consommation qui nous manquent aujourd'hui. Or, la consommation augmentant, le travail augmenterait inévitablement dans la même proportion.

On s'est effrayé, à ce sujet, de la masse de population aujourd'hui sans travail. Mais on devrait voir que ce n'est pas le trop grand nombre de bras qui fait qu'il n'y a pas de travail pour tous; c'est, au contraire, le vice de nos institutions économiques et fiscales qui détruit les moyens de travail; de sorte qu'il y a contradiction flagrante entre nos libertés politiques, qui tendent inévitablement à augmenter la population, et le vice de notre économie sociale, qui ôte à cet accroissement de population les moyens de travail et les facultés de consommation, deux éléments nécessairement corrélatifs de toute véritable prospérité (1).

_____

(1) Je dois faire observer encore que, par notre mauvaise économie sociale, les populations se trouvent distribuées inégalement, de sorte que, dans les industries privilégiées par le système prohibitif, il y en a presque toujours trop, ce qui est une cause toujours imminente de troubles publics; tandis que, dans les industries proscrites, comme l'industrie vignicole, par exemple, nous manquons souvent des bras nécessaires, et certainement nous pourrions encore en employer plus que nous ne faisons, si le faux système économique n'arrêtait pas les développements de nos travaux. Il n'y a donc pas surabondance de bras, mais mauvaise répartition.

Voici une seconde objection :

Il ne faut point employer les soldats aux travaux publics, « car les soldats-travailleurs coûteraient au moins » autant que l'ouvrier ordinaire, et même davantage (1). » En effet, dit-on, lors de l'établissement des armées per- » manentes, on a dû fixer la paye du soldat au niveau du » salaire des ouvriers ordinaires ; or, si le soldat est déjà » payé à l'égal de l'ouvrier, en lui demandant un nouvel » ouvrage, ne faudrait-il pas lui offrir plus d'argent ? »

Tout cela est erroné. Nous ne devons pas nous occuper de ce qu'on fit lors de l'établissement des armées permanentes. Il est possible qu'alors, pour enrôler des soldats, on fût obligé de les payer chèrement ; mais que nous importe ? Nous savons qu'aujourd'hui on recrute l'armée *gratis* ; nous savons que la loi impose à tout citoyen l'obligation de servir l'État. On ne paie donc point le soldat à l'égal des ouvriers ordinaires : on ne le paie pas du tout. Seulement on l'entretient et on le fait vivre, ainsi que cela est juste, aux dépens de l'État qu'il sert. Telle est l'essence de la solde de l'armée. Si les officiers sont rétribués plus chèrement que le soldat, c'est que leur service exige aussi plus de dépense ; c'est aussi que le service des officiers est une carrière publique à laquelle ils consacrent leur vie entière, tandis que le soldat, une fois son temps fini, rentre ordinairement dans ses foyers.

Mais encore tout cela importe for peu à la question.

---

(1) Mais si les soldats-travailleurs doivent coûter davantage à la France que les ouvriers ordinaires, comment pourraient-ils porter tort à ces derniers, et leur enlever leurs occasions de travail? Il y a contradiction manifeste entre ces deux assertions.

Si on veut comparer le coût des travaux publics exécutés par les soldats, au coût de ces mêmes travaux exécutés par les ouvriers ordinaires, il ne faut pas cumuler la solde de l'armée avec la haute-paye qu'on lui attribuerait pour son travail ; car cette solde est toujours exigible dans l'un et dans l'autre cas. Lorsque l'on ferait exécuter les travaux publics par les ouvriers ordinaires, on n'en aurait pas moins la solde de l'armée à payer. Il faut donc comparer seulement la haute-paye attribuée aux soldats qui travailleraient, avec le salaire qu'on serait obligé de payer aux ouvriers ordinaires. Or, je crois pouvoir affirmer que cette haute-paye égalerait tout au plus le quart du salaire des ouvriers. Donc il y aurait pour la France économie des trois quarts, et c'est précisément ce qui faciliterait l'exécution d'une foule de grands travaux qui, sans cela, ne se feront jamais.

La raison de cette différence est palpable. L'ouvrier a besoin de trouver, dans son salaire, son habillement, sa chaussure, sa nourriture, toutes les nécessités de la vie ; mais le soldat a déjà tout cela. L'État l'habille, le chausse, le nourrit. La haute-paye n'aurait pour but que de lui faciliter un accroissement de bien-être, et non pas de lui procurer des moyens d'existence auxquels le budget de la guerre a déjà pourvu. Cette haute-paye ne serait qu'un encouragement, une amélioration, un mobile d'émulation et de contentement, et pas du tout un véritable salaire, commercialement parlant.

C'est qu'en effet l'État ne serait point obligé de donner aux soldats-travailleurs un salaire, dans le véritable sens de ce mot ; car le soldat est à la disposition de la patrie pendant tout le temps fixé par la loi. On ne peut lui im-

poser double charge, dit-on; on ne peut l'obliger à combattre l'ennemi et à travailler dans l'intérieur. Sans doute;
aussi n'est-il pas question de lui imposer double charge,
mais seulement de lui assigner un emploi pacifique quand,
faute de guerre, il n'aura point à s'occuper de son emploi
guerrier. Il n'y a là ni surcharge, ni répétition d'emploi
dans la division du travail. Cela se comprend de reste
sans autre explication, car il est bien clair que lorsque le
soldat combattrait l'ennemi, il ne serait pas appliqué à
l'exécution des travaux publics dans l'intérieur. C'est, au
contraire, quand il n'aurait pas à combattre, qu'on le ferait
travailler, pour ne pas le laisser entièrement improductif
et inoccupé. Admettez que, pendant toute la durée de son
service, il n'y ait aucune espèce de guerre, ne sentez-vous
pas combien il serait ridicule de dire que pendant tout ce
temps le soldat ne doit pas travailler, parce que son emploi
c'est de se battre? Se battre, et contre qui, pendant la paix?

CHAPITRE VI.

Continuation du même sujet.

Parmi les adversaires de ma proposition, quelques-uns
la prétendent injuste, arbitraire, illégale, dangereuse,
flétrissante pour l'armée. Avant de chercher les moyens
d'exécution, il fallait donc prouver que l'emploi de l'armée aux travaux publics n'avait aucun des vices et des
dangers qu'on lui imputait. C'est ce que je viens de faire.

D'autres contradicteurs conviennent qu'il y aurait pour

l'armée honneur et profit à être employée aux travaux publics; ils y voient progrès pour son bien-être, pour sa santé, pour sa moralité, pour sa discipline. Quant aux avantages que la France en retirerait, ils ne les contestent pas; ils voient seulement de grandes difficultés à la réalisation de ce projet. — Or, c'est déjà un grand résultat que d'avoir mis hors de doute la bonté et l'utilité de la mesure, et de n'avoir plus à débattre que les difficultés d'exécution?

Les exemples tirés des travaux de l'armée romaine et de l'armée suédoise ne paraissent pas concluants. Nous sommes séparés des Romains, dit-on, par l'abîme des siècles et des révolutions de toute espèce.

Cela n'est pas répondre. Quoique séparés des Romains par tant de siècles et par tant de révolutions, nous leur avons emprunté tant de bonnes choses, que nous pouvons bien en imiter une de plus. N'est-ce point à la législation romaine que nos plus grands jurisconsultes ont emprunté les trois quarts des principes de notre droit civil? Ces principes n'ont-ils pas été en grande partie infusés dans le Code Napoléon? Ne leur devons-nous pas nos meilleures dispositions sur la tutelle, sur les contrats, sur les donations, sur les testaments? Quand de nouvelles difficultés s'élèvent sur l'application de nos lois, n'est-ce pas encore à la sagesse des Romains que nous sommes souvent obligés d'avoir recours pour les résoudre? S'est-on jamais avisé de repousser les excellentes leçons de ce grand peuple, notre aïeul et notre maître, sous prétexte que nous en étions séparés par l'abîme des siècles et par des révolutions de toute espèce? Et cependant l'objection aurait été bien plus plausible dans des questions où il s'agissait de mœurs,

de lois, des intérêts intimes de la famille, que dans une
question de simple travail matériel, dont la direction est
bien plus susceptible de s'appliquer à diverses époques et
à diverses sociétés.

Sans doute il est des choses qu'il ne faut point emprunter au passé ; mais ce n'est pas parce que le passé les pra-
tiquait, c'est parce qu'elles ne sont pas bonnes. Il en est
d'autres, au contraire, si bonnes, si excellentes en elles-
mêmes, si complètement convenables à la nature humaine,
qui est intrinsèquement la même dans tous les siècles et
dans tous les lieux, qu'elles sont et seront éternellement
bonnes : ne leur reprochons jamais leur antiquité. En
passant sur elles, les siècles, loin de les altérer, leur ont
imprimé une auguste et nouvelle consécration. Sachons
seulement bien distinguer, dans les traditions du passé,
ce qui tenait au préjugé de chaque époque, et ce qui découlait des principes immortels de la raison sociale. Telle
est l'œuvre de l'homme d'état.

Des spécialités militaires se sont occupées de cette question, et entr'autres le général Rogniat, dans son excellent
ouvrage intitulé : *Considérations sur l'Art de la Guerre*.
Dans cet ouvrage, s'appuyant, comme moi, sur l'exemple
des Romains, le général Rogniat demande que nos troupes
soient campées, au lieu d'être cantonnées dans les villes
ou dans les villages ; que, dans leurs camps, elles soient
occupées à une foule d'exercices pénibles pour augmenter
leurs forces et endurcir leur santé ; et comme ces exercices
mêmes ne pourraient employer tout le temps du soldat,
« On pourra, dit-il, l'occuper alors à d'autres travaux ;
» mais évitons de l'occuper au hasard, sans but et sans
» utilité ; imitons plutôt les Romains, qui employèrent

» leurs légions, dans leurs moments de loisirs, à élever
» des monuments consacrés au bien public. Que la cons-
» truction de nos routes, de nos canaux, de nos ponts,
» soit l'occupation de nos légionnaires, etc. »

Les soldats romains n'ont pas exécuté tous leurs grands
travaux seuls et par enchantement ; mais cependant il
s'en faut de beaucoup qu'ils s'en soient occupés en dirigeant seulement les bras des peuples vaincus. Ils travaillaient eux-mêmes, fortement, péniblement, presque sans
relâche. Le travail était jugé chose si utile par lui-même
aux soldats romains, qu'on les obligeait à travailler à des
constructions pénibles, et sans emploi, plutôt que de les
laisser inoccupés. Publius Nasica fit construire, sans
aucun besoin, une flotte par ses soldats, uniquement pour
les faire travailler. Sylla, voyant ses soldats murmurer de
la guerre contre Mithridate, les employa à des travaux si
pénibles et si fatigants, que pour s'en affranchir ils lui
demandèrent à grands cris de les mener au combat.

On voit donc qu'il ne s'agissait pas toujours de mander
des *villani*, et de les mener bâton haut. Les soldats romains,
au contraire, travaillaient de leurs propres bras, constamment, et avec un excès que nos soldats modernes ne supporte-
raient certainement pas, et que personne ne songe à leur
imposer. Mais, sans aller aussi loin, il me semble que l'on
peut trouver un moyen terme, un juste milieu, là comme
en toutes choses, et utiliser les bras de l'armée française
dans la mesure que comportent ses mœurs et son organisation.

Quant à l'exemple des Suédois, on le repousse à cause
de la différence de leurs mœurs. On n'en cite qu'un point :
les Suédois, dit-on, logent avec plaisir le militaire ; il

n'en est pas de même en France. — A mon avis, cela importe fort peu. Dans bien des localités, où de grands travaux s'exécuteraient, il n'y aurait pas assez d'habitations bourgeoises pour loger les soldats-travailleurs, lors même que nos mœurs s'y prêteraient davantage. C'est par campement qu'il faudrait procéder.

D'ailleurs, je ferai observer que si, en général, en France, on répugne à loger le militaire, c'est que malheureusement, dans notre ancienne monarchie féodale, et depuis sous l'empire, le militaire a été presque toujours chargé d'être l'agent rigoureux ou menaçant du pouvoir contre le bourgeois, ce qui paralysait la fraternité nationale qui aurait dû régner entr'eux. Mais du moment que le soldat serait travailleur, du moment que le bourgeois le verrait s'employer avec ardeur à des constructions pacifiques, utiles pour le commerce, pour les classes pauvres, pour tout, en un mot, j'ose affirmer que toute distinction antipathique cesserait entre le bourgeois et le militaire : on logerait, on nourrirait le soldat tout aussi volontiers qu'en Suède, et cette union générale serait un grand progrès dans nos mœurs françaises, un grand acheminement vers l'ère pacifique qui doit succéder un jour à l'organisation d'hostilité qui règne encore aujourd'hui. — Dans les passages de troupes que nous avons eus sous l'empire, nous avons vu, en petit, des exemples qui prouvent cette vérité. Quand des soldats, pour quelque cause que ce fût, avaient prolongé leur séjour ou étaient passé plusieurs fois dans le même logement, et qu'ils s'y étaient montrés laborieux, serviables, complaisants, on les reconnaissait, on les attendait, on les accueillait en frères, ils faisaient presque partie de la famille. Je pourrais citer de simples

soldats que ces sentiments d'hospitalité avaient laissés re-
connaissants jusque sur les terres lointaines, et qui écri-
vaient à leurs anciens hôtes du fond de l'Espagne ou des
plaines du Nord.

Quand il est question d'une grande amélioration sociale, n'y opposons donc point l'antipathie de nos mœurs ;
ce sont nos mauvaises institutions qui ont fait ces mauvaises mœurs ; et en modifiant habilement ces institutions,
les mœurs s'amélioreront d'elles-mêmes, d'autant plus
que le peuple français, dans son ensemble, est si bon, si
généreux, si affectueux, qu'il est susceptible d'être porté
au bien, plus que quelque nation que ce soit.

Relativement à l'exemple que j'ai cité des soldats employés par Louis XIV à l'aqueduc *Maintenon*, la citation
pourrait ne point être heureuse, car il ne faudrait qu'un
trait semblable pour faire exécrer la mémoire d'un roi et
de son ministre ; — mais il faut faire attention que je
n'ai point cité cet emploi de forces militaires comme sagement et utilement dirigé ; j'ai dit que sous nos lois actuelles on mettrait plus de moralité, plus de dignité, plus
d'utilité dans les travaux de l'armée ; mais il est bien
clair que si l'histoire de France nous prouve que l'on a
pu employer les soldats à des travaux inutiles et dangereux, à plus forte raison il est possible de les employer
à des travaux utiles, et dont l'humanité n'aurait point
à gémir. D'ailleurs, les soldats français ont aussi travaillé aux canaux de Briare, de Loing et d'Orléans, sous
l'ancienne monarchie ; sous Napoléon, les troupes ont
travaillé aux canaux de Saint-Quentin et de l'Ourc.

Je suis fâché d'être obligé d'entrer dans de si longs détails ; mais à mes yeux la question sociale et politique

est ici en première ligne, et je tenais à prouver que sous ce point de vue les objections n'ont aucune véritable force.

Passons maintenant aux difficultés spéciales. L'une d'elles m'a beaucoup surpris. C'est, dit-on, que l'armée française, dans son grand effectif, est à peine suffisante pour monter la garde dans l'intérieur du pays. Comment serait-il donc possible de l'en détourner pour l'appliquer à l'exécution des travaux publics?

Certainement, s'il en était ainsi, toute discussion deviendrait superflue. Mais il faut qu'il y ait quelque grande erreur cachée sous cette allégation, car sans cela elle aurait une portée réellement effrayante.

Si l'armée française, telle qu'elle est, suffit à peine au service intérieur du pays, que deviendrions-nous donc si la guerre éclatait? S'il n'est pas possible de tirer une partie de l'armée de ses garnisons, pour lui faire faire une campagne industrielle, sur un terrain rapproché, dans l'intérieur même de la France, comment serait-il possible de lui faire faire une campagne militaire, qui l'éloignerait bien davantage des lieux où l'on croit sa présence indispensable? De plus, si l'armée, telle qu'elle est, est absorbée par le service intérieur du pays, à tel point qu'on ne puisse l'en détourner même pour la faire travailler dans le voisinage des divers points qu'elle surveille, comment pourra-t-elle suffire au service, quand on l'aura diminuée de cent mille hommes, ainsi que l'annonçait un de mes honorables contradicteurs? — Il me semble qu'il doit nécessairement convenir, ou que ces cent mille hommes, qu'on pourra licencier, sont disponibles pour le travail public, ou bien qu'il est impossible de les renvoyer travailler dans leurs foyers : la conséquence est rigoureusement logique.

Sans contester que le séjour de divers corps de l'armée ne soit utile sur plusieurs points de la France, je ne vois point que ce soit un obstacle insurmontable à leur application aux travaux publics dans le voisinage de ces points de réunion ; remarquez qu'il n'est jamais entré dans la pensée de qui que ce soit, d'employer aux travaux publics toute l'armée simultanément, mais seulement de faire alterner les corps militaires, en combinant les différents mouvements des troupes, de manière à les rapprocher successivement des lieux où les travaux s'exécuteraient : on m'objecte que le déplacement des troupes est coûteux. Cependant ce déplacement s'effectue déjà entre nos divisions militaires ; il ne faudrait que le faire cadrer habilement avec la direction des travaux entrepris, et on n'aurait ainsi aucune augmentation de dépense.

Sans doute, on n'attendra pas de moi un plan détaillé des moyens à prendre pour arriver à ce résultat. Ce travail ne peut être fait que par des hommes spéciaux, et je m'en suis constamment référé à leurs lumières, n'ayant pas la présomption de traiter une matière tout-à-fait en dehors de mes études habituelles. Je sais que des hommes éminemment instruits de tout ce qui touche le service militaire, pensent qu'il est possible de concilier le travail des troupes avec les exigences du service, et j'appelle toute leur attention sur un débat où ils peuvent exercer une si grande et si salutaire influence.

Le maréchal Saint-Cyr était pour quelque chose dans le projet de faire exécuter le canal des Landes par un camp de travailleurs : quelle plus grande preuve peut-on donner que son exécution n'est pas entachée des vices qu'on lui reproche? Habile administrateur et grand mili-

taire, le maréchal avait, autant que qui que ce soit au
monde, la capacité spéciale pour décider une telle question. Et comment trouverions-nous inexécutable et mauvais, ce qu'il avait trouvé exécutable et bon?

Quand un rassemblement de troupes n'est pas colossal,
et qu'il n'épuise pas un pays, il n'est pas dispendieux de le
faire vivre. L'État nourrit ses soldats dans leur garnison.
Rassemblés en camp pour travailler, le transport des vi-
vres serait la seule augmentation de dépense, et elle ne serait pas, je crois, exorbitante. D'ailleurs, quelques ouvriers qu'on employât, la même difficulté se présenterait
toujours (1), et il faudrait la vaincre, ou renoncer à la
confection du canal. Cette difficulté n'est donc point attachée à l'emploi des troupes pour creuser le canal des Landes; canal qui, probablement, ne se fera jamais, si l'on ne
prend pas le parti que j'indique.

Les camps travailleurs coûteraient d'autant moins,
qu'ils ne seraient établis que dans la belle saison. Dans
l'hiver, on placerait, chaque année, dans les meilleures
garnisons, les soldats qui auraient travaillé. Là, ils pourraient se refaire et profiter des produits de leur travail.
Admettez, sur deux cent cinquante mille hommes, cinquante mille soldats divisés en cinq camps de dix mille
hommes chaque, pour travailler à de grands et utiles ou-
vrages; je crois que ces rassemblements ne seraient ni
très-coûteux, ni assez grands pour être embarrassants.
D'ailleurs, leur grande utilité devrait faire passer sur
quelques inconvénients. N'avons-nous pas vu le camp de

_____

(1) En effet, ne faudrait-il pas loger ces ouvriers dans les Landes, les nourrir
bien portants et les soigner malades?

Boulogne contenir cent mille hommes pendant quinze mois? Le service intérieur de l'État en a-t-il souffert? Et certes, c'était bien autre chose! Et de là est sortie, comme le fait observer le général Rogniat, cette invincible armée qui, dans une campagne, a dicté des lois à l'Europe!

Sous la restauration, l'armée, y compris les états-majors, la gendarmerie, les vétérans et les compagnies de discipline, n'a jamais dépassé le nombre de deux cent trente mille combattants. Cependant, sans nuire au service intérieur, on a pu former des camps de 8 à 15 mille hommes : aujourd'hui, que notre armée est plus considérable, on pourrait réunir, en camps travailleurs, un nombre de soldats plus considérable. Au lieu de cinquante mille, comme je l'ai dit plus haut, ne fussent-ils que trente mille, divisés en trois camps, ne comprend-on pas quel immense travail de canaux ou de routes ils pourraient exécuter?

C'est à-tort, selon moi, que l'on a prétendu que, comparés aux masses de population que faisaient travailler avec elles les armées romaines, nos soldats seraient trop peu nombreux pour accomplir des travaux importants, et qu'ils ne pourraient être employés qu'à des essais insignifiants. C'est ce que je ne crois point. En divisant les cinquante mille soldats travailleurs en cinq camps, on aurait dix mille ouvriers dans chaque. Or, un canal où l'on donne à la fois dix mille coups de pioches, va très-vite, et probablement irait très-bien. Les romains travaillaient pour un empire bien plus étendu que le royaume de France, et, proportion gardée des dimensions de territoire, nous ferions autant et mieux qu'eux, parce que les moyens mécaniques, hydrauliques, la science du génie et toutes ses dépendances sont plus avancées de nos jours.

Ceci me conduit à parler des armes spéciales. On a pensé qu'on ne pourrait pas les employer aux travaux publics, et qu'il faudrait se borner aux simples fantassins. Je ne saurais être de cet avis. Je pense, au contraire, que les officiers et les soldats du génie rendraient les plus grands services; cela se comprend facilement sans que j'en déduise les motifs. On objecte leurs grandes occupations aux arsenaux, aux fortifications, à toutes leurs études. Mais une occasion d'appliquer à une pratique réelle les leçons et les travaux d'études ne pourrait certainement que les perfectionner; ils acquerraient dans ces travaux l'expérience qu'ils acquerraient en campagne. D'ailleurs qu'on réfléchisse, je le répète, qu'on ne les emploierait pas tous à la fois, mais seulement un cinquième du nombre total, de même que pour l'infanterie, et que les travaux n'étant suivis que pendant la belle saison, ils auraient encore une grande partie de l'année à consacrer absolument à leurs études spéciales.

Je persiste donc plus que jamais à croire que l'armée peut être employée à des travaux utiles pour elle et pour le pays; et je suis convaincu que les capacités militaires qui consacreront leur temps, leur travail, leur expérience à élaborer un plan d'exécution pour ces travaux militaires, mériteront l'éternelle reconnaissance de la patrie.

LIVRE XXIII ET DERNIER.

DES RÉVOLUTIONS.

CHAPITRE PREMIER.

Des Révolutions.

J'ai cherché à poser dans cet ouvrage les principes qui doivent diriger le gouvernement lorsque la société est dans un état normal, il me reste à examiner la direction que doivent suivre les hommes d'état quand survient une de ces crises inévitables et justes quelquefois, mais toujours dangereuses, que l'on appelle *révolutions*.

Ainsi que je l'ai déjà dit, toute révolution est une exception à l'ordre social, car l'ordre social a pour base la suprématie du droit sur la force, tandis que la révolution substitue la force au droit.

On a dit : le choix du peuple est le principe des révolutions, et la légitimité héréditaire est le principe du gouvernement; en traduisant cette phrase en langage politique, cela signifie que la légitimité héréditaire constitue le gouvernement ; que l'on n'a recours au choix du peuple, qu'en cas d'absolue nécessité, ce qui est une exception momentanée au principe, et non pas un nouveau principe de gouvernement. L'exception cesse donc et s'éteint avec la nécessité qui l'a motivée, et l'on rentre alors dans l'application du principe lui-même.

En effet, les révolutions ne sont pas un principe..., elles sont un fait, un fait exceptionnel qui, enfanté par de grandes fautes, souvent réciproques, ébranle tous les principes de gouvernement, et en rend l'application momentanément impossible. La souveraineté du peuple n'est point un principe. — C'est une tempête, un tremblement de terre, un volcan. L'édifice du gouvernement peut en être renversé, sans doute; mais le volcan ne rétablit pas ce qu'il a détruit. Il ne faut pas confondre la force matérielle qui bouleverse avec la force morale qui crée et qui organise. Cette dernière seule est la souveraineté, et la volonté du peuple ne peut en rien la suppléer.

CHAPITRE II.

Des Insurrections, des Coups-d'État, et de leur légitimité.

L'insurrection est un coup-d'état populaire que frappent les masses quand les lois sont impuissantes à les protéger contre le despotisme du gouvernement. Le coup-d'état est une insurrection du gouvernement, quand les lois sont impuissantes à le protéger contre le despotisme des factions.

D'où l'on doit conclure que l'insurrection et le coup-d'état sont réellement deux catastrophes de nature semblable, deux indices d'un désordre social qui vicie un état jusque dans ses fondements : deux maladies poli-

tiques déplorables, auxquelles cependant la santé du gouvernement et du peuple peut quelquefois succéder, mais
bien rarement.

Et pourquoi la santé du corps social peut-elle difficile-
ment succéder à l'insurrection et au coup-d'état? — C'est
que le corps social a besoin de deux éléments indispensables pour vivre à son aise : régularité du gouvernement,
obéissance des gouvernés. Or, le coup-d'état détruit ordinairement la première, et l'insurrection détruit la seconde. De sorte qu'au lieu d'enfanter un gouvernement,
le coup-d'état produit souvent de nouveaux coups-d'état,
et l'insurrection produit de nouvelles insurrections.

Et cependant l'espèce humaine est ainsi faite, qu'aucun
grand état politique ne traverse les siècles sans être exposé aux coups-d'état et aux insurrections. Il est des nations à naturel lent et tranquille, qui n'ont pas souvent
recours à ces moyens violents : mais en France, dans cette
France si généreuse et si impatiente; si ardente à désirer,
mais si prompte à se dégoûter; dans cette France, à qui
l'action du pouvoir est si nécessaire pour modérer sa
fougue nationale, et qui, par un déplorable contre-sens,
attache une idée de bon ton à l'opposition quelle qu'elle
soit, contre le pouvoir quel qu'il soit : chez ce brave
peuple, tout à la fois si favorisé et si disgracié dans ses
dispositions politiques, les coups-d'état et les insurrections se succèdent comme les flots d'une mer qui dévore
ses rivages, même après que la tempête a cessé !

Faisons donc voir tous les fléaux que traînent à leur
suite les coups-d'état populaires et royaux. Mais pour
être entièrement francs, disons aussi quelles sont les rares
exceptions où l'insurrection, soit du peuple, soit du gou-

vernement, peut contribuer à fonder dans l'État un ordre stable et régulier.

Ne prenons point pour exemple une insurrection criminelle et un coup-d'état oppressif, car dans cette double hypothèse il est trop évident que l'un et l'autre doivent aboutir à d'innombrables malheurs.

Supposons une insurrection légitime, c'est-à-dire celle d'un peuple qui réclame par la force une réforme qu'il avait vainement espérée de la justice et du temps : supposons un coup-d'état légitime aussi, c'est-à-dire celui qu'un gouvernement frappe, non contre la liberté, mais contre les factions qui l'oppriment. Et notez bien que ni l'un ni l'autre ne sont encore une révolution ; car, pour qu'il y ait révolution véritable, il faut que l'insurrection ou le coup-d'état, dépassant leur but primitif, renversent l'organisation de l'État pour y substituer un système opposé, au lieu de se borner à l'établissement, soit de l'extension de liberté, soit de l'extension de pouvoir primitivement réclamée. — Eh bien, dans l'hypothèse d'un coup-d'état et d'une insurrection légitimes, dans le cas où, pour accomplir une chose juste, le gouvernement ou le peuple ont fait usage de la force, faute de pouvoir suivre la voie légale envahie par les factions ou par le despotisme, alors même pour un obstacle écarté, mille obstacles renaissent plus terribles et plus obstinés.

Le coup-d'état !... Mais par cela seul qu'il a réussi, il est une tentation toujours subsistante pour le gouvernement de recourir à des moyens semblables pour surmonter les difficultés qu'il rencontre : il est un soupçon toujours permanent contre la légalité de sa conduite future : il est une source de désunion profonde entre le gouvernement et la nation, qui jugeant de l'avenir par le passé, se figure chaque jour que les lois vont être mises de côté par le pouvoir. Ainsi, les factions vaincues, une fois revenues de leur premier abattement, circonviennent l'esprit du peuple, et trouvent un instrument de vengeance dans l'arme même dont on les a frappées; pour peu qu'elles aient de ruse et d'audace, ce qui leur manque rarement, leurs calomnies contre le gouvernement revêtent une apparence de vérité. Que ses intentions soient bonnes ou mauvaises, peu importe. Sa robe civique est souillée, et l'on ne veut plus croire à sa pureté!

L'insurrection!... Mais par cela seul que le peuple s'est fait à lui-même justice par la force, chaque fois que, dans ses pensées, il croit avoir à se plaindre, à tort ou à raison, le voilà qui fermente et qui bouillonne; le voilà, foule immense et volcanique, qui surgit, s'étend, promène sa lave brûlante au pied de l'édifice des lois; maître une fois, il veut l'être toujours : jouet de tous les ambitieux, instrument de toutes les factions, il accuse ses meilleurs amis de trahison, il détruit ce qu'il a fondé, et la tempête de sa colère qui d'abord renversa le despotisme, gronde sans relâche contre l'ordre et la liberté!

Il faut donc, objectera-t-on, qu'un peuple souffre tous les outrages, tous les despotismes, sans jamais briser par la force le joug de ses tyrans, appuyés, soit sur la violation des lois, soit sur des lois injustes qu'ils ne veulent pas laisser réformer?... Il faut donc qu'un gouvernement, assailli par les factions, souffre tranquillement sa ruine, plutôt que de demander à la force le secours que lui refusent les lois devenues impuissantes?... Mais, dans tous

les cas, le progrès de la race humaine deviendra pour lors
impossible, car comment attendre secours des lois si elles sont viciées à leur source, de telle sorte que leur réforme, par les voies légales, dépende précisément de ceux
qui ont intérêt à l'empêcher?

Sans doute, voilà précisément le point de la grande
difficulté. Mais c'est pousser la rigueur absolue des principes à l'extrême, que de conclure ainsi. Il est de grandes
nécessités qui, malgré tous les dangers éventuels, ne permettent pas d'hésiter, quelque risque qu'on puisse courir
ensuite. L'oppression parvenue à un certain degré ne peut
être supportée que par des hommes indignes de ce nom.
Les faits font quelquefois exception à la théorie; après
bien des secousses et bien des malheurs, après bien des
coups-d'état et bien des insurrections, un ordre stable et
régulier s'établit. La lassitude des partis opposés y fait
quelquefois plus que le raisonnement et la sagesse.

C'est qu'en dépit de la logique et de tous les arguments
possibles, il y a, dans la nature intime des convulsions
politiques, un bien ou un mal, une vertu ou un vice, que
les partis peuvent contester sans doute, mais qu'ils ne
peuvent anéantir. Quand, en réalité, le but est bon et légitime, quand la destinée de la race humaine est de l'atteindre, cette force secrète qui vit dans le cœur même de
la société, triomphe des obstacles et neutralise les vices
épisodiques qui s'y joignent; tandis qu'au contraire, lorsque le but des efforts, soit du gouvernement, soit du peuple, est mauvais, injuste, inhumain, les coups-d'état et
les insurrections n'y font rien; le triomphe momentané
de la force fait place tôt ou tard à une chute honteuse; et
les criminels politiques, graciés par l'impunité de leur

succès contemporain, sont flétris par l'histoire et la postérité !

Pour qu'une révolution soit légitime, il faut donc que la force populaire se soit levée à l'appel de la morale et de la justice, qu'elle ait triomphé pour les lois et qu'elle se soumette aux lois après la victoire, proclamant ainsi plus haut que toute voix humaine, que la souveraineté n'est point dans le peuple, mais qu'elle est placée dans la raison, dans le droit, dans l'intelligence sociale, sous la garde éternelle de l'instruction acquise et de la capacité, et non pas abandonnée aux caprices d'un seul ou aux caprices de tous !

La première idée, l'idée mère d'un mouvement de cette nature, cette idée qui, comme l'action du fluide électrique, doit frapper simultanément au centre et aux extrémités de l'État, est celle-ci : — C'est que le lien moral qui unit les hommes par leurs promesses, promesses conformes d'ailleurs à la raison et à la justice, est réciproque, obligatoire par sa réciprocité, inviolable dans cette sphère, rompu par celui qui en sort, qui, dès-lors, devient reniable par celui contre lequel il s'est parjuré, et sur lequel il perd à l'instant tous les droits nés de leur accord.

C'est dans le parjure, c'est dans la violation du contrat, c'est dans l'infraction du serment, que la nation peut puiser le droit et la légitimité de sa résistance ; c'est en s'appuyant sur les plus saintes lois morales que les capacités sociales peuvent alors en donner le signal. C'est à ce signal donné par la raison publique que la force publique doit répondre. Mais alors, comme toujours, la tête doit commander, les pieds marcher, les bras agir et frapper. Après l'action, la tête doit commander de rechef et le corps, obéissant, doit rentrer dans le repos. — Ce n'est donc point parce qu'une révolution a triomphé qu'elle est légitime et juste. C'est parce qu'elle est juste et légitime qu'elle doit naître, qu'elle doit triompher, et c'est avec ces conditions seulement qu'elle peut jouir d'une victoire durable.

Cependant, chose étrange et funeste, après cette glorieuse épreuve, surgissent des hommes armés de fer et de sophismes, qui, de cette révolution, née du serment et de la justice, veulent faire sortir pour le peuple un droit tout opposé; un droit qui établirait un état social dont le principe serait que la volonté du peuple seule fait loi; que du moment qu'il veut et prononce sa volonté, ce qu'il veut est par cela seul juste et obligatoire; en un mot, qu'il est souverain; que, partant, aucun lien moral, aucune promesse, aucun serment ne peut l'engager, et que le gouvernement nouveau, né de la révolution, n'a aucun droit de faire exécuter les lois, quand il lui plaît, à lui peuple, de prendre les armes contre elles!... De ce que la révolution a triomphé, ils ont conclu que toute insurrection qui triompherait du gouvernement qu'elle a fondé, serait juste et légitime comme elle; et, matérialisant le monde social, ils ont vu dans la similitude des actions la similitude du droit, ne tenant aucun compte des causes morales et de l'intention, qui seules cependant doivent décider des qualifications méritées par les actions humaines!

Les citoyens, disent-ils, ne sauraient être liés envers le gouvernement ni par les lois, ni par leurs promesses, ni par leurs serments! Le peuple libre et souverain ne doit prêter et tenir aucun serment politique!..... Oh! blas-

phème !..... Où donc, républicains modernes, avez-vous
appris l'histoire ? Quand Licurgue ayant donné ses lois
aux Spartiates, leur fit prêter serment qu'ils n'y feraient
aucun changement jusqu'à son retour, décidé qu'il était à
s'expatrier et à mourir pour que ses lois fussent durables,
Sparte croyait-elle alors que le serment du peuple fût sans
force, et pût être brisé comme un lien frivole ? Il est vrai
que les Spartiates, qui neuf cents ans vécurent sous le
sceptre héréditaire des Héraclides et qui obéissaient à un
sénat perpétuel, ne savaient pas aussi bien que vous ce
que vaut la liberté !

Et les Romains, invoquèrent-ils jamais leur souveraineté contre le serment ? N'en reconnaissaient-ils pas la sainteté ? — Quoique les consuls fussent électifs, le peuple ne
se croyait-il pas engagé par le serment qu'il prêtait ? N'en
faisait-il pas une règle inviolable de sa conduite ? Le serment n'était-il pas l'argument suprême dont les consuls
usaient pour le retenir dans le devoir, lorsque le feu de
la sédition l'agitait ?... Il est vrai que les Romains qui
reconnaissaient un patriciat héréditaire, et une dictature
déférée par ce patriciat, sans élection ni mandat du peuple, ne savaient pas aussi bien que vous ce que vaut la
liberté !...

Non, ce n'est pas dans la volonté du peuple que les révolutions puisent leur droit : c'est au contraire dans la
justice que le peuple prend alors son droit et sa puissance ;
toutes les coupables insurrections qui suivent les grandes
transformations sociales d'un peuple, alors même qu'elles
triompheraient, n'en seraient pas moins iniques, et elles
ne sauraient rien fonder de durable, parce qu'elles se con-
sumeraient dans leur propre iniquité !..

Ce qui caractérise les actions des hommes, ce n'est pas seulement le fait matériel dont elles sont composées, c'est surtout l'intention qui les dicte et le droit qui les motive.

Je veux choisir un exemple bien simple et bien saillant pour faire parfaitement comprendre cette vérité.

Voici qu'un homme, poussé par une horrible perversité, se jette sur un autre homme qui ne l'avait point provoqué, et le tue sans que celui-ci puisse se défendre.

Puis, j'en vois un second qui, attaqué par deux hommes qu'il n'avait point provoqués, se défend contre eux, et en se défendant les tue tous les deux.

Enfin une troisième lutte se présente à nos regards. C'est un homme qui, voyant quatre assaillants s'élancer contre un voyageur qui ne les avait point attaqués, se précipite à son secours, combat les quatre agresseurs, et, malgré l'inégalité du nombre, parvient à sauver la victime en les tuant tous les quatre.

Dans le premier cas, il y a un homicide; dans le second, il y en a deux; dans le troisième, il y en a quatre.

Et cependant celui qui a commis un seul homicide est un lâche assassin. Celui qui en a commis deux est un homme irréprochable et courageux; celui qui en a commis quatre est un héros de dévoûment et d'humanité, précisément parce qu'il a commis quatre homicides.

Eh bien, je le demande; le coupable auteur de l'assassinat a-t-il le droit d'assimiler son action aux deux autres, et de trouver injuste qu'on le punisse, lorsqu'on laisse le second sans poursuites et lorsqu'on récompense le troisième? Pourrait-il dire : — Quoi! vous me punissez parce que j'ai tué un homme, et vous ne punissez pas celui qui en a tué deux?... Et vous récompensez celui qui en a tué quatre?

Non, sans doute, et pourquoi? C'est que la même action change de caractère quand elle change de motifs et de cause morale.

Qu'on ne vienne donc pas nous dire qu'une insurrection contre la constitution de l'État est légitime, parce qu'une insurrection pour la défense de cette constitution fut légitime; qu'on ne vienne pas nous dire que la volonté immuable d'un roi qui défend la charte et la monarchie constitutionnelle contre l'anarchie démocratique, est la même que la volonté immuable du monarque qui voulait détruire la monarchie constitutionnelle et la charte au profit de l'absolutisme; qu'on ne vienne pas nous dire, enfin, que le gouvernement n'a pas le droit de punir une insurrection coupable, parce qu'il est né d'une révolution juste et légitime, car ce serait confondre tous les principes du droit et de la raison!

La légitimité des révolutions naît donc de leur justice et du droit qu'ont les nations d'être loyalement et sagement gouvernées, suivant les lumières et les mœurs de leur temps, et dans l'ordre exigé par la nature de l'homme lui-même.

La légitimité des coups-d'état sort de la même source. Il ne faut pas s'imaginer qu'un coup-d'état soit uniquement mauvais et funeste, parce qu'il est un coup-d'état, une dérogation arbitraire et violente à la légalité. A ce vice fondamental, se joint ordinairement ce vice accessoire que le coup-d'état est frappé pour une cause anti-nationale, et qu'il est aussi mauvais dans son but que dans sa forme. Mais quand, par une rare exception mo-

tivée sur une fatale nécessité, un coup-d'état porte contre
les factions, contre l'anarchie, et se trouve dirigé dans
l'intérêt national, alors la nature du fait neutralise l'illégalité de droit : le peuple reste immobile et laisse faire;
et si l'évènement réalise l'espoir de repos et de bonheur
qu'il fonde sur l'intention et sur le but de cette illégalité
passagère, loin de maudire ceux qui ne craignirent pas
d'en prendre la responsabilité, il les bénit, et, dans sa
reconnaissance, les appelle ses bienfaiteurs.

Prenons pour exemple le 18 brumaire.

Le véritable caractère du 18 brumaire n'a pas toujours
été bien compris; on y a vu un coup-d'état d'un homme
contre un gouvernement, tandis que le 18 brumaire fut,
au contraire, l'apparition d'un gouvernement qui détruisait un simulacre de pouvoir politique qui n'était lui-
même qu'un coup-d'état de tous les jours et de tous les
instants.

Avant le 18 brumaire, la France était régie par la
constitution de l'an III, constitution bâtarde et vicieuse
qui avait l'immense tort d'être encore républicaine, lorsque les goûts, les vœux, les tendances du pays avaient
cessé d'être républicains et convergeaient déjà visiblement
vers la grande synthèse monarchique. La constitution de
l'an III, dernière expression des aberrations démagogi-
ques du 18ᵐᵉ siècle, s'était immobilisée à la frontière de
ce siècle, lorsque déjà toutes les sympathies nationales
s'étaient élancées dans le 19ᵐᵉ, comme si elles avaient eu
hâte d'établir une profonde ligne de démarcation entre la
génération nouvelle et cette époque désolée par tant de
sang et de ruines. Les institutions, en un mot, se trou-

vaient plus démocratiques que les mœurs. De ce désaccord il ne pouvait naître qu'un coup-d'état.

Si les conditions d'un ordre régulier se fussent trouvées
dans la constitution de l'an III, on eût pu, sans violence,
faire succéder un gouvernement tolérable et respectable à
cette coterie immorale et conspuée dont Barras était l'ame
et la personnification. Il eût suffi d'armer un peu plus so-
lidement les lois existantes, de relever les principes tombés en désuétude, les croyances négligées, en un mot de
communiquer à la machine une impulsion qui, sans la
briser, la fît fonctionner d'une manière plus ferme et plus
continue. Mais les institutions de l'an III étaient loin de
renfermer ces conditions d'ordre gouvernemental; elles ne
contenaient que les germes d'anarchie et de décomposi-
tion qui agirent alors si déplorablement sur les pouvoirs
héritiers de la convention. Si donc l'on voulait arriver à
une bonne organisation politique et sociale, il fallait, de
toute nécessité, s'appliquer à détruire préalablement, par
ruse ou par audace, les institutions qui rendaient cette
organisation impossible; il fallait une contre-révolution,
un coup-d'état, un 18 brumaire. Bonaparte prit ce parti.
Il n'eût pas été un homme de génie s'il s'y était pris autrement.

Napoléon ne mérite donc aucun des anathèmes qu'on
lui a adressés à l'occasion du 18 brumaire. L'acte matériel peut sembler coupable; mais le fait moral, la destruction de l'anarchie par la volonté courageuse d'un
homme qui joue sa tête pour rétablir l'ordre et la société,
en ressuscitant le pouvoir, est un spectacle admirable qui
doit faire le sujet des méditations de tous les véritables
hommes d'état.

Que reproche-t-on à Napoléon? — D'avoir détruit la constitution directoriale, d'avoir cassé le directoire, d'avoir supprimé les conseils, et notamment le conseil des cinq cents?

Eh bien! à cela nous répondons que cette prétendue constitution n'existait plus; que le directoire lui-même et les conseils l'avaient violée, l'avaient foulée aux pieds, l'avaient détruite, l'avaient *fructidorisée*, et que tous leurs pouvoirs étaient, par ce seul fait, devenus inconstitutionnels, même d'après la constitution qu'ils invoquaient. — Ils ne représentaient plus que leur propre iniquité.

Mais lors même qu'il n'en aurait pas été ainsi, lorsque cette constitution anarchique eût encore existé, dans toute son étendue et dans toute sa teneur, Napoléon n'en serait que plus grand à nos yeux pour l'avoir détruite à lui tout seul. — Cette constitution, c'était la ruine, le désordre, la perte de l'État, en permanence: c'était la république impuissante, corrompue, dégradée, imposée, par une violence inepte et populacière, à un pays monarchique qui ne pouvait la supporter. — En quoi donc Napoléon aurait-il été coupable de détruire une constitution anti-nationale, anti-monarchique, anti-sociale, qui faisait et qui ne pouvait faire que le malheur du pays? — Une constitution si ridiculement formulée, si complètement mauvaise, que, dans la France entière, ni alors, ni depuis, elle n'a été soutenue, défendue, réclamée par personne? — Mais ce que Napoléon a fait de mieux dans toute sa vie, c'est très-certainement d'avoir détruit cette anarchie constituée, et le **18** brumaire a été sans contredit bien plus utile à la France que la bataille d'Austerlitz.

On doit voir qu'un 18 brumaire est impossible au-jourd'hui en France, et c'est précisément parce que, tout au rebours des institutions de l'an III, notre charte cons-titutionnelle renferme toutes les conditions d'un gouver-nement fort; c'est qu'en admettant la liberté à vivre sous le même toit que le pouvoir, elle n'a pas encore laissé prendre assez de latitude à l'une pour qu'elle puisse fa-cilement dévorer l'autre; c'est qu'elle a voulu établir entre eux une cohabitation fraternelle, fondée sur de mutuels besoins et de mutuels sacrifices, non une hostilité perma-nente inspirée par l'arrogante suprématie de la première sur la rancuneuse infériorité du second. Les éléments de l'ordre moral et matériel gisent dispersés dans la charte : il n'y a qu'à les y ramasser et à les reconstruire; voilà pourquoi il est inutile d'aller les chercher en dehors d'elle.

Ils n'y seraient plus depuis long-temps si, comme l'a constamment conseillé l'opposition, on s'était appliqué à étendre indéfiniment les dispositions de cette charte; si, au lieu de se contenter de l'intervention des classes éclai-rées dans le gouvernement du pays, on avait élargi la brèche pour mieux laisser passage à l'irruption de la dé-mocratie; si on avait abaissé le cens, vulgarisé les droits politiques; si, en un mot, on avait accompli toutes ces belles choses qu'on nous prêche chaque matin sous le nom de réforme parlementaire. Oh! oui, alors la charte eût cessé d'être en harmonie avec les mœurs; la charte fût tombée dans une position analogue à celle de la cons-titution de l'an III, par rapport à la génération du 19me siècle; et aujourd'hui que la nécessité d'une réorganisation sociale se fait impérieusement sentir à tous, il n'y aurait d'autre moyen de sortir de la situation qu'un coup-d'état qui anéantirait encore une fois nos libertés.

C'est donc une prévoyante et libérale politique, celle qui combat les inintelligentes innovations que l'opposition s'efforce d'introduire dans la charte : prévoyante, car elle garantit au pays que les excès des partis pourront être réprimés autrement que par les excès du pouvoir; libérale, car en prévenant la nécessité des coups-d'état, elle assure le maintien de la liberté. Pouvoir fort, liberté durable, — voilà un problème dont la France cherchait la solution depuis quarante ans. Elle ne l'a trouvée ni sous la monarchie ancienne, ni sous la constituante, ni sous la législative, ni sous la convention, ni sous le directoire, ni sous le consulat, ni sous l'empire, ni sous la restauration. Elle ne l'a trouvée que dans la charte de 1830, sous la tutélaire direction de Casimir Périer; et si le débordement des passions anarchiques qui travaillent notre malheureux pays a été sur le point de la lui faire perdre, espérons que, grâce à la fermeté du gouvernement, à l'énergique dévouement des bons citoyens, elle saura la ressaisir triomphante pour ne plus la laisser échapper.

CHAPITRE III.

Continuation du même sujet.

Deux axiomes contraires ont été posés sur ce sujet, par les partis extrêmes. *La révolte n'est jamais permise,* ont dit les défenseurs de l'ancien ordre de choses. *En po-*

litique, la victoire seule fait le droit, et la défaite le crime, ont répondu les républicains.

Ici, comme toujours, l'erreur est dans les deux extrêmes, et la vertu dans le juste-milieu.

Oui, nous reconnaîtrions que la révolte n'est jamais permise, mais pourvu que cette clause soit obligatoire aussi bien pour la royauté que pour le peuple. Que la royauté ne se révolte jamais contre les institutions, le peuple n'aura pas le droit de le faire lui-même. Mais si la royauté détruit elle-même les institutions qui font son droit et sa puissance, le peuple fera comme il a déjà fait. A elle, la faculté de l'arbitraire; à lui sa force physique, et au plus habile la victoire. Ainsi entendu, nous proclamerons ce principe, qui, autrement, serait une supercherie.

Et il ne faut pas qu'on vienne nous dire qu'en repoussant ce principe nous légitimons d'avance toutes les insurrections populaires. Nous ne légitimons rien qui ne soit dans le droit naturel de chacun. Le peuple, comme la royauté, a ses cas de légitime défense. En 1830, c'est le peuple qui s'est trouvé dans ce cas là; en juin 1832, c'est la royauté.

L'émeute ne saurait donc trouver, dans nos paroles, la justification anticipée de ses excès; elle n'y trouvera qu'une énergique condamnation. Vainement feindrait-on de ne pas comprendre la différence qui existe entre les révolutions nationales et les insurrections d'un parti. Cette différence n'en existe pas moins, n'en est pas moins fort réelle, malgré ceux qui ferment les yeux, pour avoir la faculté de dire : — Je ne vois point la lumière!

Il a fallu bien de l'inadvertance pour émettre une pa-

reille doctrine. Si elle était prise au sérieux, elle ne ten-
drait à rien moins qu'à légitimer la durée de toutes les
iniquités et de toutes les absurdités qui peuvent obtenir
des passions ou des égarements populaires une existence
de fait, et, ce qui est pis, à empêcher la raison et la justice de rétablir leur empire. Exister n'est point un droit
pour toute chose; il est des gouvernements et des institutions qui, quelque légaux qu'ils soient dans un pays,
n'ont aucune espèce de titre à être rétablis, lorsque, par
une juste et légitime révolte de l'opinion, ils viennent à
être renversés.

L'inviolabilité des lois absurdes, anarchiques, incom-
patibles avec toute organisation rationnelle et durable et
celle des gouvernements oppressifs et tyranniques, nous
paraît très-peu digne d'être ainsi consacrée; on est trop
heureux quand elles sont renversées. Une fois par terre,
il faut les y laisser : leur chute est un préliminaire d'heureux augure pour l'établissement de lois meilleures et
de gouvernements plus éclairés.

Cet axiome prétendu n'est donc nullement fondé sur le
droit et la raison, mais il est certainement bien loin de
l'immoralité profonde de celui qui lui a été opposé.

La victoire, a-t-on dit, fait le droit, et la victoire est
mobile. En politique, il n'y a d'autre crime que la défaite.

On pardonnerait de pareilles hérésies à ces imaginations
chaudes, qui apportent, dans l'appréciation des faits, plutôt
la capricieuse impressionnabilité de l'humeur poétique, que
l'intelligence mûrie de l'esprit philosophique; mais quand
on écrit l'histoire, et que, par conséquent, on est censé la
connaître, il n'est plus excusable d'émettre de telles maxi-

mes. Comment peut-on oser dire que la victoire seule fait le droit, et la défaite le crime, lorsque l'histoire nous déroule le tableau de tant d'atrocités commises au nom de la victoire, de tant de malheurs éprouvés par les nobles victimes de la défaite ? Quoi donc ! vous acceptez avec un si beau sang-froid les horribles caprices de la destinée ? Parce que tel parti a été vainqueur, vous n'éprouvez aucune envie de lui contester son droit, et parce que tel autre a été défait, vous n'avez rien de mieux à lui jeter que ce désolant tant pis, hideuse expression d'un fatalisme sans cœur ! La victoire fait le droit !... Donc le droit a été pour Charles IX arquebusant les huguenots, pour la convention guillotinant la Gironde, pour toutes les tyrannies que le sort des armes a favorisées ? La défaite fait le crime !... Donc une révolution est honorable parce qu'elle a triomphé, et ceux qui s'y sont opposés ne sont coupables que parce qu'ils ont succombé ! Donc, il n'y a rien dans les partis qui se combattent, rien qui soit de la justice, rien qui soit du parjure, rien que des coups heureux, rien que la haute moralité du canon, et la rassurante providence des coups de fusil ! Donc, une fois le combat fini, le vainqueur, quel qu'il soit, n'a qu'à se montrer pour être légitime ; le vaincu, quel qu'il soit, n'a qu'à s'humilier, comme un criminel ! Nous ne savons qui s'accommodera de ces étranges paradoxes.

Vous dites que la victoire est mobile, et vous en concluez que lorsqu'on a eu le bonheur de l'avoir pour soi, on doit se tenir pour satisfait et ne point faire intervenir la justice entre le vainqueur et le vaincu ! Mais c'est précisément parce que la victoire est mobile, parce qu'elle dépend beaucoup plus du hasard, de l'imprévu, que du droit et de la légitimité, c'est précisément pour cela qu'il faut laisser à la justice la haute mission de venir, après le combat, confirmer ou révoquer l'aveugle arrêt de la victoire. Dans les sociétés modernes, la bataille c'est le jugement de Dieu pour les partis armés, de même que, dans les sociétés barbares du moyen-âge, le combat singulier était le jugement de Dieu pour les individus. Pensez-vous que la sentence des batailles soit plus équitable que la sentence des duels juridiques, et vous sentez-vous disposé à accepter, sans murmure ou sans sympathies, avec la stupide résignation du Coran, les résultats tels quels de ce sanglant et brutal arbitrage?

Oh ! qu'il ferait beau voir un jour à la tête du pouvoir les intelligents propagateurs de ces fécondes doctrines ! Comme la société et le gouvernement qui les emploieraient trouveraient en eux d'admirables garanties pour leur durée et leur tranquillité ! Il est bien facile de voir à quoi mènerait cette indifférence en matière de droits et de délits politiques. Du moment qu'il serait reçu en pratique gouvernementale que la victoire seule fait le droit, et la défaite le crime, les partis hostiles brûleraient, à coup sûr, jusqu'à leur dernière cartouche, dépenseraient jusqu'à leur dernier écu, jusqu'au sang de leur dernier séïde, dans l'espoir que la victoire, qui est mobile, tournerait enfin ses faveurs de leur côté, et qu'alors, à leur tour, ils auraient le droit pour eux. Un coup de main donné à propos, tel serait le programme toujours ouvert des entrepreneurs de conspirations. Qu'on juge un peu, si un gouvernement voulait se défendre sérieusement, à quel prix il lui faudrait acheter les moyens d'avoir toujours le droit pour lui, c'est-à-dire la victoire !

Il nous semble que nos doctrines sont un peu plus ras-
surantes pour la société, et pour le pouvoir qui les applique à la direction gouvernementale. D'après nous, ce n'est
pas la victoire qui fait le droit, pas plus que la défaite ne
fait le crime. Le droit et le crime se trouvent au fond des
causes mêmes qui se combattent : le droit est du côté de
celui qui est injustement attaqué ; le crime, du côté de celui qui attaque injustement. Dans un pays constitutionnel, celui qui attaque injustement, c'est le parti qui veut
substituer, par la violence, les hommes et les principes
d'une minorité injuste, aux hommes et aux institutions
établis et voulus par la majorité nationale : celui qui est
injustement attaqué, c'est le pouvoir organisé qui défend
contre les agressions factieuses, ce que le pays a légalement fondé. Voilà ce qui constitue le droit et ce qui constitue le crime. Le sort d'une bataille ne saurait modifier
à nos yeux aucune de ces positions ; et c'est pour cela que,
quelle que soit l'issue de la lutte, nous croyons qu'il est
nécessaire que la justice fasse entendre sa voix. Si elle
s'élève contre le vainqueur, ses palmes en seront flétries,
les opprimés seront vengés, et le vainqueur perdra bientôt le
goût de ses victoires déshonorantes. Si elle s'élève contre le
vaincu, le vaincu alors aura contre lui bien plus que les
conséquences matérielles d'une défaite ; il aura contre lui
la réprobation morale qui, chez les peuples civilisés, s'attache toujours à qui met la violence au service de l'iniquité, et il sera bien moins prompt à renouveler ensuite
une agression qui aura déjà fait plus que ruiner ses espérances.

Mais l'immoralité de ce principe prétendu n'a pas suffi
au parti républicain, il en a proclamé un autre non moins

anarchique : « Ceux-là, a-t-il dit, ne sont pas les vrais
» représentants d'une révolution populaire, qui cherchent
» ailleurs que dans la volonté du peuple la justification
» de ce que le peuple fait. »

S'il est un principe faux, irrationnel et funeste, c'est
bien certainement celui-là. En théorie d'abord, il suppose
ce qui n'est pas, l'infaillibilité du peuple. Et il faut bien
qu'il la suppose, car comment faire une règle de conduite,
une règle absolue et immuable de cette soumission à la
volonté du peuple, si l'on n'a pas décidé préalablement
que la volonté du peuple est toujours juste, vertueuse,
intelligente, digne, en un mot, d'être obéie ? Comment
condamner les gouvernements à suivre l'impulsion de
cette volonté, si l'on n'est pas sûr que cette volonté ne
leur prescrira jamais des actes infâmes ou horribles, lâches ou vils, attentatoires à l'intérêt de la patrie ou au
respect de soi-même ? Quoi ! d'un côté, vous dites que
l'insurrection est le plus saint des devoirs, contre les autorités qui demandent l'obéissance à des ordres rendus en
violation d'une légalité conventionnelle ; à côté de chaque
pouvoir, vous mettez une responsabilité pour le contenir
dans sa sphère, ou le punir s'il en sort ; et cette volonté
populaire qui n'est guère qu'une fiction établie au profit
de démagogues intrigants, cette autorité populaire composée des éléments les plus divers et les plus inconcilia-
bles, au milieu desquels il est si difficile de saisir son esprit véritable, vous voudriez lui conférer les attributs de
Dieu, l'Être unique et parfait ! vous voudriez donner à
ses courtisans le droit de dire : « Cela est bien, par cela
» seul qu'elle l'a voulu », sans avoir foi d'abord à la perfection de son essence, à la supériorité de son intelligence,

en un mot, à son infaillibilité!... Mais prenez garde que
ce serait là une flagrante inconséquence. Or, l'avez-vous,
cette foi? Il serait ridicule de le dire. Et, si vous ne l'a-
vez pas, comment n'avez-vous pas honte d'instituer ce
despotisme du peuple sur le gouvernant; de la multitude
sur l'individu; de la masse d'autant plus ignorante et incapable qu'elle sera plus nombreuse et plus agitée, sur le
pouvoir que vous rendez responsable du mal qu'il peut
faire, et auquel vous défendriez en même temps de faire
le bien quand il serait en désaccord avec ce chaos, ce bruit
sans nom et sans caractère précis qu'il vous plaît d'appeler la volonté populaire?

Si de la théorie nous passons à la pratique, cette doctrine sera bien plus insoutenable. Que de crimes ont été
commis envers la patrie et l'humanité, envers le peuple
lui-même, par les hommes qui ont eu la faiblesse de la
pratiquer! Qu'on nous cite les forfaits publics dont cette
volonté populaire, telle que la comprennent et l'exécutent
ses adulateurs, n'ait pas donné le signal! Pour restreindre
à des termes connus de tous le cercle de nos observations,
n'est-ce pas elle qui, à la fin du dernier siècle, a ordonné
le 10 août, le 6 octobre, le 2 septembre, et toutes ces réactions successives dont les dates échappent à l'esprit, mais
dont les horribles souvenirs vivent encore dans les familles? Tous les tribuns d'alors, en présidant à ces lamenta-
bles journées, n'invoquaient-ils pas la nécessité d'obéir à
la volonté du peuple? Et n'est-ce pas pour avoir cru, tout
les premiers, qu'il ne fallait chercher que dans cette volonté la justification de ce qu'ils faisaient en son nom,
qu'ils ont exécuté jusqu'au bout, avec un affreux dévouement, avec cette horrible confiance dans les jugements de

la postérité, la sanglante mission qu'ils avaient acceptée? N'en doutez pas un seul instant, s'ils ne s'étaient pas d'abord abusés sur la valeur, la puissance, la supériorité absolues de ce qu'ils croyaient être la volonté du peuple; s'ils ne s'étaient pas flattés d'y trouver un titre d'honneur, ou du moins une justification, pour tous les actes auxquels ils se sentaient poussés par ses prétendus organes, ils n'auraient montré ni cette inflexibilité dogmatique, ni ce sang-froid d'exécution dans la poursuite de leur œuvre abominable. L'homme n'est pas de lui-même aussi pervers; l'exaltation des faux principes peut seule le mettre au niveau d'une pareille nature. Il est tels individus qui n'ont reçu du ciel ni sentiments féroces, ni appétits sanguinaires, et qui, s'ils arrivent à s'engouer de cette pensée que « la justification de ce que l'on fait au nom du peuple est dans la volonté de ce peuple même », se ravaleront avec une ardeur fanatique au rang des monstres les plus exceptionnels que vomissent si souvent les révolutions. Pour eux, en temps de révolution, où serait la volonté populaire? Elle ne serait ni dans les classes effrayées qui fuient, ni dans les classes plus nombreuses qui gémissent tout bas. Elle serait dans les hordes qui crient, qui s'amassent dans les rues, qui ont l'éternel cri de *mort* à la bouche et le poignard à la main, qui font la loi à tout le monde, et tuent ceux qui n'obéissent pas !... On niera cette assertion; on dira que ces hordes ne sont pas le peuple, que leurs vociférations ne sont pas l'expression de la volonté populaire. Nous en conviendrons les premiers; mais nous soutenons qu'en temps de révolution ce que les démagogues appellent le peuple, c'est cela, parce que cela a le bras fort et la voix puissante, parce que cela peut les élever au but de leur ambition, parce que cela fait en quelques heures un général d'un sous-lieutenant, et un dictateur d'un avocat obscur, tandis que les vertueuses, mais inertes répugnances du véritable peuple opprimé, n'ont jamais donné de force ni de fortune à personne. Or, quand on en est là, et qu'on est décidé à pratiquer les doctrines que nous venons de combattre, où va-t-on, ou plutôt où ne va-t-on pas?

CHAPITRE IV.

Causes et Dangers des Révolutions.

Quand un gouvernement méconnaît les principes sacrés du droit, quand il administre une nation au profit de quelques-uns, une révolution devient inévitable.

Cette révolution doit avoir pour but d'affranchir les lois sociales de la violence qui leur est faite, de revenir à la vérité, de rétablir l'ordre naturel et légal.

Lorsqu'un gouvernement ne se modifie pas successivement aux diverses phases de sa vie séculaire, pour représenter exactement les progrès de la civilisation, une lutte sourde s'établit dans le pays; puis elle s'aggrave, elle grandit, elle éclate, et une révolution survient encore, si une transaction opportune et modérée ne rétablit pas l'équilibre.

Mais pour arriver à ce résultat, une commotion violente est nécessaire, un appel à la force devient indispensable. Voilà le côté dangereux d'une révolution, car la force populaire, une fois en jeu, ne s'arrête pas, ne se calme pas, ne se régularise pas facilement. Après avoir détruit le despotisme, souvent elle détruit la liberté, parce que, dans le mouvement général des esprits, il arrive que la loi ne protége plus efficacement tous les droits, ayant perdu sa force sous l'agression réciproque des partis qui veulent s'emparer du pouvoir.

Toutes les fois donc que, pour la cause même la plus juste, une nation emploie la force pour détruire et changer son gouvernement, toutes les mauvaises passions, tous les esprits ambitieux, toutes les tendances subversives profitent de l'interrègne qui existe inévitablement entre la destruction de la force morale du gouvernement qui tombe et la création de la force morale du gouvernement qui doit naître. A côté de ceux qui combattent pour la juste cause, se trouve inévitablement une foule d'autres combattants qui renversent le gouvernement pour avoir le plaisir de renverser un gouvernement, et pour se mettre ensuite à l'aise parmi ses ruines, ne trouvant pas la place qu'ils occupent dans la société convenable à leurs mérites. Il n'est donc pas étonnant qu'ils veuillent ensuite mésuser de la victoire à laquelle il est malheureusement trop vrai de dire qu'ils ont concouru puissamment.

Il n'est pas étonnant, non plus, que les grands intérêts du pays résistent spontanément à cet abus de la victoire, de la victoire souillée par les mains impures qui y ont participé. Il faut que la royauté, la propriété, l'agriculture, le commerce, l'industrie, l'ensemble de toutes les notabilités sociales s'allient, dans ce péril commun, pour résister à l'invasion des barbares.

Il y a encore un autre risque à courir, et celui-là est plus terrible, peut-être; c'est la chance que le gouvernement, poussé par le souffle des entraînements populaires, ne dépasse, dans ses institutions nouvelles, l'état réel de la civilisation du pays. Alors il arrive que c'est le gouvernement lui-même qui se fait *révolution* contre le pays, et qui rend impossible sa propre existence. L'Espagne est un exemple si frappant de ce danger, qu'il n'est pas possible de le méconnaître.

Il est donc essentiel de rechercher quelles sont les conditions véritables d'une révolution, à quel prix elle peut vivre et durer, à quelles chances fatales elle est exposée quand elle cherche dans des sources de mort la sécurité de son avenir.

La société, dans ses oscillations séculaires, est successivement occupée d'un double et contradictoire travail.

Quand, par laps de temps, elle se sent encadrée dans une organisation vieillie qui la blesse, qui gêne sa croissance, qui entrave ses mouvements, alors elle se butte contre ce régime qui lui est devenu antipathique; elle s'acharne à le détruire pièce à pièce. Croyances, mœurs, lois, institutions, elle sape tout par la parole, par les actes, par l'inertie d'une répulsion passive. C'est dans la démolition graduelle de l'ordre vicieux qui la torture, qu'elle place tout son espoir de progrès.

Cependant il est facile de voir, pour peu qu'on ait de philosophie dans l'esprit, que cette dissolution excentrique de la force publique qu'on punit, en la détruisant, d'avoir voulu suivre une direction surannée, n'est point un progrès véritable; et lorsque l'œuvre de la démolition est finie, lorsque le peuple, ayant terminé cet entr'acte social, cet intermède politique qu'on appelle une révolution, se trouve face à face avec lui-même, n'ayant plus

de despotisme à craindre que celui de ses passions et de son
impéritie, il est atteint et frappé d'un grand mécompte.
Accoutumé à dissoudre sans cesse la force directrice du
gouvernement, il ne sait par quel procédé reconstruire le
lien social qu'il a détruit. Il s'est habitué à croire qu'il
suffisait de supprimer les abus de l'organisation vieillie,
pour se trouver à l'aise, libre, heureux. Mais il n'en va
point ainsi. Il n'a obtenu que des progrès négatifs. Il lui
faut maintenant organiser un régime nouveau, et, sous
l'empire d'une pensée sociale, se transformer en quelque
sorte, corps et âme, dans une nouvelle figure ayant sa vie
morale et physique, qu'il ne dépend de personne d'im-
proviser arbitrairement; que nul scrutin, nulle majorité
ne peut créer, avec chance de force, de succès, de durée,
si cette transfiguration politique et sociale n'est conforme
aux lois éternelles de la morale et de la raison. — Ce peuple, qui sort tout bouillant du creuset révolutionnaire,
aura beau se donner une représentation la plus universellement élective qu'il lui plaira, s'il plait à cette représentation souveraine de décréter, même à l'unanimité,
une absurdité sociale, une organisation politique fausse,
contraire aux besoins moraux du pays, tout s'ébranle,
rien ne s'organise, et la souveraineté populaire reçoit de
ses propres mains le plus solennel démenti.

La tendance des esprits pendant la période de lutte qui
a préparé la révolution, était toute dissolvante, toute négative, toute occupée à détruire l'action gouvernementale,
parce que la direction rétrograde de cette action gouvernementale était antipathique aux mœurs de la nation.

Les idées anarchiques étaient alors excusables. A ces époques de commotion où le présent, emprisonné dans le cadre

trop étroit légué par le passé, a besoin de le détruire pour
enfanter l'avenir, cette destruction ne peut s'accomplir sans
anarchie. C'est un orage nécessaire pour épurer l'air et
laver la terre. Mais lorsqu'il faut, ensuite, reconstruire
l'édifice social ou faire prospérer de nouvelles récoltes en
place de celles qui ont été détruites, l'orage et l'anarchie
ne sont plus de saison. — Les idées anarchiques, éléments
inévitables, indispensables peut-être au commencement
d'une révolution, sont, après une révolution, un exécra-
ble fléau qui cherche à se perpétuer, et qui, en se perpé-
tuant, sème la mort quand il faudrait faire germer la vie.

Quand donc la place a été nettoyée, quand le terrain a
été livré au parti triomphant pour construire le nouvel
édifice social, cet instinct dissolvant, dans lequel la nation
s'était habituée à placer son libéralisme, son espoir de
progrès, la trompe, la fourvoie, la pousse à rebours de
tout progrès véritable. Au lieu de comprendre qu'il faut
réorganiser, le vieux parti libéral veut suivre routinièrement son ancienne tactique de démolition, et il recommence contre la révolution même, l'opposition hostile et
dissolvante qu'il a faite au gouvernement déchu.

L'œuvre des hommes d'État consiste alors à rattacher
le présent au passé, en conservant ce qui reste encore debout du gouvernement détruit; en remplaçant, par une
organisation nouvelle et mieux harmoniée avec les mœurs
de l'époque, les institutions détruites par le soulèvement
populaire.

Il est donc absolument indispensable à toute société
malheureusement contrainte à faire une révolution, de
conserver dans son gouvernement nouveau tout ce qu'elle
peut sauver du gouvernement antérieur, c'est-à-dire toutes

les institutions dont la destruction n'est pas une inévitable nécessité. Aussi, l'expérience de tous les siècles s'accorde à prouver que moins une révolution peut être révolution, plus solide elle est. Mais, au contraire, toute révolution intégrale est tellement mauvaise, que sa ruine
plus ou moins prochaine est à peu près certaine, parce
que la société est ainsi privée de tout point d'appui pour
asseoir son gouvernement nouveau, à la fois assailli de
toutes parts par les factions; parce que, entre son passé et
son avenir, elle place un gouffre vide où s'engloutissent
ses espérances!

Il est dans l'essence de la nature sociale, conséquente
aux développements de l'humanité elle-même, que toute
révolution, crise triomphante à l'aide de la force, soit une
transition d'un ordre politique qui finit, à un ordre politique qui commence. Mais entre les deux, il faut un point
de contact, une liaison. Il n'y a point de solution de conti-
nuité dans la vérité des choses.

Il est donc indispensable au rétablissement de l'ordre
social que le peuple sorte au plus tôt de l'exception dans
laquelle il a été obligé de se placer; c'est-à-dire qu'il re-
nonce à l'usage de sa force pour se remettre sous l'empire
d'un gouvernement, c'est-à-dire sous l'empire d'un droit
auquel il soit tenu d'obéir, ce qui implique l'abdication
de sa souveraineté passagère, avec laquelle nul gouvernement, et par conséquent nulle société n'est compatible.

Mais comment sortira-t-il de l'usage exceptionnel de
sa force pour rentrer sous l'empire du droit, si cette
force elle-même a créé toutes ses institutions, apparences
d'un gouvernement sans réalité? Quelles barrières, même
d'opinion, trouvera-t-il contre sa force dans l'œuvre de

sa force? Aucune. Agir ainsi, ce n'est pas constituer un gouvernement, c'est proclamer qu'une révolution est un gouvernement, c'est proclamer le plus absurde des mensonges politiques!

Après la destruction fatale d'un gouvernement accomplie par une révolution, le plus pressant besoin étant la construction d'un autre gouvernement complet, pour faire de nouveau régner les lois, momentanément suspendues par l'emploi inévitable de la force:

Alors il faut voir, dans la crise où l'on est placé, s'il n'existe pas dans les institutions politiques du pays des garanties suffisantes, une fois l'hostilité des personnes vaincue et punie de déchéance par la révolution.

Refaire tout à neuf au milieu d'une telle commotion serait une grande imprudence! Il ne faut pas chercher avec un microscope les défauts de la constitution existante, car quelle force aurait-on ensuite pour arrêter les innovations à telle ou telle limite précise, pour créer un système unique au milieu des mille systèmes qui surgiraient de toutes parts, pour ramener à un accord universel et pacifique, cette lutte violente des esprits que l'on aurait excitée, et que les mauvaises passions politiques pousseraient hors de la prudence et de la modération?

Sans doute, s'il était possible de dire : on fera telle modification, tel changement, et tout sera fini là, une barrière invincible sera sur-le-champ opposée à toute perturbation nouvelle, on pourrait s'y résigner, mais il n'existe aucune garantie possible d'un tel résultat.

C'est précisément parce qu'une partie des institutions gouvernementales est changée, qu'il faut conserver l'autre portion. La nation sera trop heureuse qu'il y ait dans l'édifice social quelque chose que les contemporains n'aient pas fait, car du souvenir d'avoir fait, naît chaque jour la fantaisie et la possibilité de défaire, et en pareil cas tout est incertain et mobile. On s'embarque sur une mer agitée sans une seule ancre pour retenir le vaisseau pendant la tempête !

Lors de la révolution anglaise de 1688, que changea-t-on en Angleterre? La dynastie, la dynastie seule. Mais imagina-t-on de s'insurger contre la charte du pays, contre la pairie existante, contre les priviléges électoraux ? Non ; bien au contraire, tout fut conservé avec un religieux respect, et loin que ces monuments du passé fussent un obstacle à la consolidation de la dynastie nouvelle et au salut de la révolution qui l'avait appelée au trône, ce fut précisément la stabilité de ces bases antérieures qui n'avaient pas été créées par la révolution, qui se communiqua à la révolution elle-même, et la consacra dans tous les esprits.

Rien n'est donc plus ridicule et plus faux que cette prétendue impossibilité d'expulser une dynastie, et de conserver les institutions de la charte au nom de laquelle régnait cette dynastie.

Oui, le premier besoin qui se fait sentir aux peuples, le lendemain d'une révolution, le premier bien qu'ils doivent chercher à se donner, c'est la stabilité.

Et conçoit-on qu'il pût en être autrement? Est-ce au milieu du *tohu-bohu* général qui succède aux grandes secousses d'un état, qu'on doit songer à s'occuper d'essais, de réformes, d'innovations qui ne feraient qu'augmenter le désordre? Ne faut-il pas plutôt rassembler les débris épars du pouvoir social, les coordonner, tout en les épurant, en faisceau solide et régulier? Doit-on rationnellement chercher à être mieux avant d'être d'une manière quelconque? Certes, ce travail de recomposition est déjà par lui-même hérissé d'assez de difficultés, pour que l'attention et l'énergie publiques n'aillent pas s'éparpiller en des expériences dont la réussite dépend en grande partie de la mesure avec laquelle on y procède, et du calme au milieu duquel elles sont tentées.

Quand une fois ce calme est obtenu, quand un peuple a élevé, nourri, entretenu le gouvernement qu'il a enfanté de son sang, de sa propre substance, et que celui-ci, libre des embarras et de la faiblesse d'une existence à peine commencée, a fini par acquérir une certaine vigueur, alors vient le moment d'exiger de ce gouvernement nouveau toute la somme de bien-être et d'avantages qu'il est en lui d'accorder. Le devoir se modifie, le droit commence. Si l'on intervertit cet ordre logique dans les relations d'un pays avec son gouvernement, on manque aux premières lois du bon sens et de la raison.

CHAPITRE V.

Des Causes de la violence des partis révolutionnaires.

Ce qui fait que, dans presque toutes les révolutions, on voit surgir des pouvoirs terroristes, ne gouvernant que la hache à la main et ressuscitant, au nom d'une cause qu'ils proclament juste et libérale, tout ce que le

despotisme a de plus ombrageux, de plus terrible et de
plus sanglant, c'est que, dans presque toutes les révolutions, les partis se dessinent dans le même sens. D'abord,
il y a un ennemi commun, un parti représentant de
vieilles idées également antipathiques à la masse nationale; puis, il y a un parti qui gouverne et se charge de
lutter au nom de tous contre cet ennemi commun. Enfin,
il y a un parti qui, laissant au gouvernement la responsabilité de cette lutte, s'occupe de presser dans l'intérieur
le mouvement révolutionnaire. Cette distribution de rôles
et de forces subsiste quelque temps; mais bientôt il arrive, d'une part, que le parti gouvernant, absorbé par les
nécessités de sa position militante, ne satisfait qu'à demi
les exigences du parti qui veut innover; d'autre part,
que le parti novateur, qui n'a lui-même secondé que
faiblement les efforts du parti gouvernant, murmure
tout à la fois et de la mollesse révolutionnaire de celui-
ci et de la force croissante de l'ennemi commun. Alors
naissent les défiances réciproques; les faits, en suivant la
loi de leur développement, ne font qu'irriter et féconder
ces germes de dissidence; s'il survient une crise, les accusations de trahison s'échangent avec vivacité entre les
deux partis naguère associés; la scission se consomme
enfin, et, quel que soit celui qui prend le pouvoir en
main, comme il aura désormais à combattre la guerre
civile intentée au nom des vieilles idées, et à comprimer
les hostilités sourdes ou déclarées qu'aura produites ce
déchirement intérieur; comme désormais il sera en face
de deux périls, avec la moitié moins de force pour les
affronter, il faudra nécessairement qu'il cherche dans
l'énergie de la compression, dans la violence de l'action

gouvernementale, les moyens d'existence qu'il ne trouve plus en lui-même. L'ère de la terreur est alors arrivée; les nations en sont à leur 93.

Jetez un coup-d'œil sur toutes les révolutions mal dirigées dès leur origine, vous rencontrerez inévitablement une de ces phases sanglantes et néfastes. Après la mort de Charles Ier, l'histoire d'Angleterre n'est, jusqu'au despotisme de Cromwell, qu'une longue suite de persécutions et de réactions fatales entre les indépendants et les presbytériens. Chez nous, jusqu'au despotisme de Napoléon, les partis ne cherchaient-ils pas tous à accomplir leur 18 fructidor? Et dans ces deux mémorables révolutions qui semblent avoir servi de modèles à toutes les autres, ne remarquez-vous pas avec quelle inexorable logique les faits s'enchaînent et se déduisent sous l'influence des causes que nous avons signalées plus haut? S'il n'en a pas été ainsi de notre révolution de juillet, il faut en reudre grâce à la main ferme qui a su, dès ses premiers pas, lui imposer un frein salutaire, et profiter de toutes les bonnes dispositions que la dure expérience de 93 avait laissées dans le pays.

CHAPITRE VI.

Sur la manière dont les partis révolutionnaires entendent la liberté quand ils sont vainqueurs.

C'est toujours en invoquant la liberté que les révolutionnaires attaquent le gouvernement établi; c'est sous le prétexte d'établir cette liberté plus grande, plus complète, qu'ils cherchent à soulever le peuple et à le pousser au renversement de la monarchie; mais pour peu que l'on ait réfléchi et que l'on ait consulté l'histoire, on sait que la république, dont les révolutionnaires sont les adeptes, bien loin de conduire à la liberté, conduit au plus intolérable despotisme.

Car l'anarchie est un despotisme plus étouffant que tous les despotismes; une tyrannie qui frappe partout à la fois, et prépare merveilleusement les voies à la servitude; un monstre multiple dont une nation ne peut se rendre maîtresse sans être réduite à souhaiter, comme Caligula, que cet être informe et aux mille têtes n'en ait qu'une seule, afin de l'abattre d'un seul coup.

Je ne veux pas laisser cette assertion sans preuves, et je vais emprunter à un ouvrage récent, quelques passages qui font connaître ce qu'étaient devenues la liberté individuelle et la liberté de la presse en France, sous le régime républicain (1).

» *De la liberté individuelle sous la république.* — Tous les propriétaires et principaux locataires étaient tenus, sous leur responsabilité personnelle, de faire afficher, sur la porte de leurs maisons, les noms, prénoms, âges et professions de tous les individus résidant sous le même toit (décret du 28 mars 1792).

» Un arrêté de la commune, en date du 10 août, ordonnait à ses agents d'ouvrir à la poste toutes les lettres, et de s'insinuer chez les portiers pour savoir d'eux quels étaient les journaux que leurs maîtres recevaient.

---

(1) Les passages qui suivent sont empruntés à un ouvrage de M. Castel, publié en 1833.

» Voulait-on voyager? un passeport n'était valable que tout autant qu'il présentait les signatures de six membres du comité de surveillance générale (12 août 1792).

» Les habitants de Paris, sans distinction aucune, ne pouvaient faire un pas dans la capitale sans se munir d'une carte civique et sans la montrer à la première réquisition des officiers de police et des commandants de la force armée. Chacun d'entre eux était également obligé de faire transcrire, sur le registre de sa section, son domicile ordinaire, le moindre changement que ce domicile subissait, et quelles étaient ses occupations journalières (19 septembre 1792).

» Passé onze heures du soir, tout homme libre était forcé d'entrer dans les corps-de-garde et d'y montrer une carte de sûreté. La moindre patrouille avait ordre de le contraindre à la même exhibition (21 septembre 1793). Indépendamment d'un certificat de civisme ordinaire, le même citoyen devait se pourvoir d'un diplôme de civisme moral (5 février 1793).

» Dès que minuit avait sonné, tout individu trouvé dans une voiture se voyait obligé d'en descendre, conformément à un arrêté du 4 novembre 1793, et de regagner à pied son domicile, escorté par la patrouille qui l'avait pris en flagrant délit.

» Tous ceux qui circulaient dans les rues sans la cocarde tricolore étaient arrêtés (6 avril 1793). Les femmes qui négligeaient de porter ce signe de rédemption politique subissaient huit jours de prison; en cas de récidive, on les déclarait suspectes et on les renfermait jusqu'à la paix (21 septembre 1793). »

Il paraît que décidément le beau sexe n'était pas en

faveur auprès des Socrates du temps, car une loi du 22 mai 1795 ordonne l'arrestation de celles qui se trouveront rassemblées au-dessus du nombre de cinq.

« Ces mesures inquisitoriales sont continuées sous le directoire. Un arrêté du bureau central, en date du 4 novembre 1796, prescrit aux sentinelles d'arrêter indistinctement tous ceux qui paraîtront en public sans la cocarde, ou coiffés d'une natte retroussée. Les collets noirs et les ganses jaunes éprouvent la même proscription. Et pourtant nous sommes encore sous le règne de la liberté! N'allons pas l'oublier.

» Croirait-on que les acteurs, représentant un Autrichien, un Prussien, un Anglais, un émigré, étaient rigoureusement tenus d'avoir une cocarde tricolore? Dans les *Chasseurs et la Laitière*, ancien opéra-comique d'Anseaume, l'ours ne pouvait même s'en dispenser. Le censeur Payan, consulté sur ce point par le comité du théâtre, se déclara pour l'affirmative, attendu, disait-il, que le citoyen réel devait toujours être distingué du personnage fictif.

» A la Douze, près de Sarlat, département de la Dordogne, et un peu avant que le culte n'y fût entièrement aboli, les sans-culottes du lieu forcèrent le curé d'orner le Saint-Sacrement d'une cocarde, et de laisser le tabernacle ouvert : « Il faut, disaient ces régénérateurs en sa- » bots, que Dieu jouisse aussi de la liberté! »

Voilà comment tout citoyen jouissait de son libre arbitre sous le gouvernement modèle. Jetons un coup-d'œil sur le droit qu'il avait de penser et surtout de penser tout haut.

« *De la liberté d'opinion, de la liberté de la presse et des clubs.* — De notre temps on trouve tout naturel que les partisans de la république s'élèvent ostensiblement contre la royauté, soit dans des pamphlets, soit dans les journaux. Aussi chaque fois qu'un de ces écrivains est condamné à quelques mois de prison et à quelques miliers de francs d'amende, une clameur de haro se fait entendre contre l'excessive tyrannie et l'injuste cruauté du jury ! Les juges ne sont plus, aux yeux des frères et amis, que des Jeffryes et des Laubardemont vendus au pouvoir usurpateur qui a su confisquer à son profit tous les bénéfices de la révolution de Juillet. Voulez-vous savoir quel était le sort de ceux qui, sous la république, osaient se mettre en opposition avec le gouvernement ? lisez :

» Peine de mort contre quiconque eût proposé de rétablir la royauté (5 décembre 1792).

» Un décret du même mois punissait également ceux qui auraient publié que la nation ne pouvait se passer d'un maître. Ce que c'est pourtant que la différence du nombre ! Maître au singulier entraînait la peine capitale, tandis qu'au pluriel il devenait une preuve de civisme.

» Le 1er juillet 1793, la convention décrète encore peine de mort contre tout falsificateur de la déclaration des droits de l'homme. J'ignore comment l'auguste assemblée entendait la falsification ; mais enfin cela était ainsi, et malheur à quiconque n'aurait pas professé ses droits dans toute leur pureté ! on l'aurait mis au rang de ceux qui voulaient faire rétrograder la révolution, et comme tel, il serait devenu suspect d'être suspect.

» Non-seulement il fallait s'observer soi-même, mais encore surveiller les autres, car un arrêté du 16 avril 1794 enjoignait à tous les bons citoyens de dénoncer les propos inciviques qu'ils entendraient. Celui qui se serait plaint de la révolution pouvait faire ses paquets pour la Guyanne, Cayenne ou tout autre lieu d'exil; la première société populaire venue avait le droit de déporter sans autre forme de procès; il suffisait de conserver des usages ou une idée de l'ancien régime, pour être assimilé aux ci-devant nobles et puni comme gentilhomme à seize quartiers (17 avril 1794).

» Certains journalistes de notre temps auraient été bien à plaindre en 1795, attendu qu'un décret du 11 mai ordonnait la prompte répression des mensonges et des calomnies contre le gouvernement de l'époque. J'engage nos frères et amis à se faire représenter la proclamation du directoire, en date du 16 avril 1796, relative aux propos séditieux; ils y verront avec quelle douceur on procédait alors contre ceux qui osaient avoir une opinion à eux. Si ce n'était la date, on croirait lire une ordonnance du temps de la Saint-Barthélemy ou des Dragonnades.

» Le 4 décembre de l'année suivante, les journaux et les presses sont mis, pendant un an, sous l'inspection de la police, qui pourra les supprimer.

» Quatre jours après, la république proscrit en masse tous les propriétaires, entrepreneurs, directeurs, auteurs et rédacteurs de quarante-six journaux.

« Tous les ci-dessus nommés, dit ce décret (en date » du 8 septembre 1796), seront déportés sans retard; leur » biens seront séquestrés aussitôt après la publication de » la présente loi, et main-levée n'en sera donnée que sur » la preuve authentique de l'arrivée des condamnés au » lieu de leur déportation.

» Le directoire est autorisé, pour l'exécution de la pré- » sente loi, à faire des visites domiciliaires. »

» Le 2 septembre 1799, nous voyons encore soixante-huit imprimeurs, journalistes, écrivains, etc., déportés à l'île d'Oléron.

» Le républicain Barras se distinguait particulièrement parmi les adversaires de la liberté de la presse; sa colère allait même jusqu'à ordonner des voies de fait contre ceux qui prenaient la liberté grande de contrôler les opérations de ce cinquième de majesté. Dans son numéro du 21 janvier 1797, l'abbé Poncelin, auteur du *Courrier républicain*, ayant eu l'audace de s'exprimer un peu trop librement sur le compte du citoyen-monarque, fut saisi dans son domicile; on lui banda les yeux, et après l'avoir traîné jusqu'au palais directorial, on le fustigea en présence de la haute puissance offensée, pour lui apprendre à mettre le doigt entre la main et la poche d'un directeur de la république.

» La persécution qui s'étendait sur tous ceux qui avaient le moyen d'exprimer leurs opinions par la voie de la presse, ne pouvait manquer d'atteindre également les sociétés populaires.

» Le 27 février 1796, le directoire ordonne la clôture de quelques clubs;

» Le 25 juillet 1797, tous les clubs indistinctement sont fermés en France;

» Le 5 mars 1798, la proscription s'étend sur les cercles particuliers où l'on agite des questions politiques. »

Les défenseurs de ce système absurde et tyrannique ont prétendu, il est vrai, que si les républicains d'alors se livraient à tant d'excès, ce n'était qu'à leur corps défendant, et seulement parce que la main de fer de la nécessité les y poussait malgré eux. Cela est peut-être vrai pour quelques-uns; mais assurément tous n'éprouvaient pas cette répugnance dont on vient nous parler aujourd'hui. Ecoutez ces paroles lancées en pleine tribune à la convention :

« Le 21 juin 1793, après le triomphe de la Montagne sur la Gironde, Guffroy s'écrie : « Enfin le peuple triom-» phe, et les aristocrates vont, comme Saint-Denis, por-» ter leurs têtes à madame guillotine! abattons tous les » nobles! tant pis pour les bons, s'il y en a; que la guil-» lotine soit en permanence... la France aura assez de » cinq millions d'habitants. »

Devant ces faits, qui se transforment contre eux en arguments accablants, les républicains ne font que cette réponse : « Sans doute, en ce temps-là, on a été cruel et tyrannique à l'excès; mais pensez-vous que nous ayons, nous, des intentions et des goûts aussi sanguinaires? » A cela nous répondrons : — Non, nous ne le pensons pas; non, nous ne vous prenons pas pour des antropophages qui aiment à se repaître de sang et de chair humaine; mais nous soutenons que votre système de gouvernement, tel que vous voulez le fonder, vous conduirait nécessairement à la cruauté et à la tyrannie. Pour vous le prouver, nous ne voulons nous servir que des arguments que vous nous avez fournis récemment vous-mêmes. — Voyez : Vous vouliez, en 1830, la propagande active, armée; vous avez dit cent fois que vous n'attendriez pas que l'Europe monarchique vous provoquât; mais qu'au contraire vous commenceriez par l'envahir vous-mêmes, de peur qu'elle ne vous envahît plus tard. Or, avec la propagande, la guerre générale; — avec la guerre générale, les impôts extraordinaires; — avec les impôts énormes, le malaise du pays; — avec le malaise, les troubles, les conspirations des ennemis de votre pouvoir (car, probablement, vous ne vous flattez pas de l'idée que vous n'auriez aucun ennemi); — avec les troubles intérieurs et la guerre au dehors, que ferez-vous? Il n'y a pas de milieu : le besoin de vous sauver et de sauver le territoire avec vous, vous jetterait dans les lois d'exception. Dès-lors, la loi des suspects et tout cet ignoble et affreux enchaînement de persécutions qui, déjà produit par les mêmes causes, a enfanté tant de désastres et de malheurs en France. Vous voyez donc que, comme vos devanciers, vous ne manqueriez pas de prétextes pour justifier vos mesures violentes. Et ce résultat serait indépendant de votre volonté; car, ce n'est pas dans vos intentions qu'est le mal, c'est dans votre principe. A moins d'être les gens les plus inconséquents du monde, vous ne pourriez pas faire que la nécessité d'en venir aux extrémités ne se présentât pas. L'identité de votre système gouvernemental avec le système des républicains de 1792, vous mènerait logiquement à des moyens de gouvernement identiques. Danton n'avait pas l'âme sanguinaire; Danton ne faisait pas mourir pour le plaisir de voir mourir; mais Danton avait adopté le principe que vous proclamez; il s'y était fortement attaché, et il en a subi toutes les affreuses conséquences, et il s'est vu dominé par cet instinct de nécessité qui lui disait : — Ton système meurt, voilà les seuls moyens de le sauver, — et Danton a dressé l'échafaud où tant de têtes ont roulé avant la sienne !

CHAPITRE VII.

Caractères de l'anarchie qui précède les révolutions et de l'anarchie qui les suit.

———

L'anarchie dont l'explosion précède et opère les révolutions est vraiment d'une tout autre espèce que celle qu'elles enfantent et qui les suit. — La première marche en aveugle, emportée au milieu d'une atmosphère de grands et généreux sentiments, et se sert de leur inexpérience pour accomplir la destruction nécessaire du vieil édifice social; la seconde n'est plus aveugle et généreuse, elle est malicieuse et clairvoyante; elle a l'instinct d'un espion de police; elle attire et réunit, comme par un sortilége impie, toutes les mauvaises passions, tous les hommes douteux, pour leur offrir un salaire, et les engager peu à peu sur une pente plus glissante; elle veut ressusciter les institutions, les idées anarchiques de la première époque, mais elle a de moins la candeur de son inexpérience et ses illusions du résultat. Elle le connaît, ce résultat; l'histoire le lui a dit, mais elle le brave, parce qu'elle espère en tirer son profit personnel.

Ainsi, entre l'anarchie de 1789, par exemple, et l'anarchie de notre triste époque, roule un immense océan de corruption et d'immoralité. En 1789, chacun jouait sa destinée, sa fortune, sa vie, pour faire triompher les idées de rénovation dont on caressait les folles chimères; on semait l'anarchie à pleines mains, mais on croyait que la liberté sortirait de cette semence empestée. Chacun cherchait à démolir pour faire place nette et rebâtir ensuite.

Mais nul ne disait : « Nommez-moi préfet, conseiller-
d'état, directeur, secrétaire-général, et je déclare que le
système est bon. Refusez-moi, je déclare que tout est mauvais. Du sort personnel qu'on me fera dépend mon opinion
politique. J'étais ministériel, c'est vrai; mais on m'a des-
titué, je suis de l'opposition. Qu'on me salarie de nouveau,
de nouveau je serai ministériel, et je défendrai le pouvoir
qui m'emploiera. Je ferai exécuter les lois que j'ai mau-
dites, je siégerai dans les juridictions que j'ai niées. »

Or, l'anarchie actuelle, qui, à toutes les vieilles anarchies de 1789, ajoute l'égoïsme d'une réaction administrative dont l'immoralité va extirper, dans toutes les consciences, les derniers vestiges des sentiments généreux qui
excusaient les premiers écarts de la révolution française;
cette nouvelle anarchie, dis-je, est bien autrement honteuse et funeste que la première. Il y avait, en 1789, de
grands coupables en germe; mais il n'y avait pas cette extension, cette universalité de calculs frauduleux, de mensonges politiques, d'apostasies commises sans pudeur et en
plein jour. Le système parlementaire prend à toutes les époques ce qu'elles avaient de mauvais, en repoussant soigneusement ce qu'elles avaient de bon et de généreux. A
1789, il emprunte son anarchie, moins son désintéressement; à 1830, son anarchie, moins les talents administratifs et l'expérience que lui avaient légués quinze années
de gouvernement régulier. Des hommes nouveaux et de
vieilles erreurs, des préjugés démocratiques et la corruption des ambitions aristocratiques, et surtout cet axiome :
Qu'il faut travailler contre le système qu'on a long-temps
soutenu, pour vaincre ceux qui le soutiennent après vous
et pour partager leurs dépouilles.... Voilà l'anarchie du

moment. Certes, elle est pire que celle de 1789, et surtout mille fois moins excusable. Ce n'est pas moi qui le
nie !

Examinons la portée morale, philosophique et politique de cette situation.

Son effet principal, inévitable, est de jeter le pouvoir
dans une déconsidération dont gémissent tous ceux qui
n'aiment pas à le voir se dépouiller, de ses propres mains,
de tous ses titres au respect des peuples, respect si difficile
à acquérir dans des temps comme les nôtres, même pour
ceux qui s'en montrent les plus dignes ! La seconde conséquence, et celle-ci n'est pas moins inévitable que l'autre,
est d'encourager toutes ces manœuvres d'opposition qui
n'ont rien de moral ni de consciencieux dans leur mobile,
et dont la pensée ne s'élabore qu'au milieu des sentiments
les moins avouables de notre égoïste nature ; enfin, ce qui
est pire, elle désarme complètement la nouvelle autorité
des moyens que tout autre aurait à sa disposition pour se
défendre.

La conséquence qui ressort de cet état de choses, c'est
que, pour se séparer du pouvoir, pour lui faire une guerre
acharnée, pour se croire en droit de travailler impitoya-
blement à sa chute, — extrémité toujours calamiteuse, —
il n'est plus nécessaire d'avoir des principes différents des
siens, des convictions politiques ou morales froissées par
les siennes. Non, il suffit qu'on ait de grossiers appétits
de fortune, que l'on convoite un bon traitement, une opu-
lente sinécure, une place où tel citoyen rend au pays d'u-
tiles services, et dont on se sent plus capable soi-même de
consommer les profits. Voilà l'opposition qui réussit en
pareil cas, et dont nous avons eu sous nos yeux la preuve

vivante. Voilà comment l'opposition devient de mode.
Comme elle ne comporte que ce qu'il y a de sentiments
communs et de vulgaires instincts chez les hommes politiques, on peut être sûr que la concurrence sera active
sur ce terrain. Alors, le pouvoir, cette institution à laquelle
il est, en tout temps, si dangereux de toucher, cette institution qu'aujourd'hui en Angleterre on n'ose encore
ébranler, malgré ses abus évidents et malgré l'ardeur des
passions qu'ils ont fait éclore; le pouvoir, dis-je, devient
le point de mire de quiconque a faim d'honneurs, de salaires et d'emplois. On l'attaque sans le croire mauvais;
on le dénigre sans le croire pervers; on le signale à la
haine publique sans croire qu'il l'ait encourue. Son système, on le suivrait à sa place; ses doctrines, on les trouve
excellentes en soi; ses actes, on en accepterait au besoin
toute la responsabilité. Pourquoi donc affiche-t-on à grand
bruit des sentiments tout contraires? Par cela seul qu'on
n'a pas son tabouret au festin du budjet, et que le plus
court moyen d'y prendre place, c'est d'expulser, coûte que
coûte, ceux dont tout le crime est de s'y être assis les premiers. L'opposition devient ainsi une industrie : tout s'y
règle par profits et pertes.

Oui, telle est la désolante morale qui a déjà souillé le
présent, et qui menace de souiller l'avenir. Il ne s'agit
plus alors ni de ce qui est bien, ni de ce qui est mal; il
s'agit de réussir. Le succès, voilà le dieu, ou plutôt le dé-
mon de la société politique !

Et comment veut-on que le pouvoir puisse arrêter le
mouvement de dégénérescence qui entraîne la nation vers
cet ignoble abâtardissement de tout sentiment généreux,
désintéressé ou patriotique? N'est-ce pas lui qui en aura

donné le signal, en appelant au partage de ses faveurs tous ces héros d'intrigues, tous ces triomphateurs d'anti-chambres, qui n'ont jamais eu, contre le gouvernement qu'ils ont désorganisé, d'autre grief que le bienveillant oubli où celui-ci laissait leur rancuneuse hostilité?

Quel respect espère-t-on concilier à une autorité ainsi acquise? Quelle force croit-on que le gouvernement conserve, lorsqu'il offre cette prime à toutes les ambitions, à tous les égoïsmes, à toutes les passions que l'intérêt personnel inspire et dirige seul?

Eh bien! nous le disons avec douleur, et ici nous aurons toutes les consciences honnêtes pour échos, ce spectacle est mortel pour un pays. Il tend à tuer en lui tout sentiment de vertu, d'indépendance et de moralité publique. Si la société n'en est pas pervertie; si, par un effort sur elle-même, elle résiste à l'entraînement de l'imitation, c'est qu'alors la société vaut mieux que son gouvernement. Mais c'est un grand malheur, croyez-nous-en, qu'un pouvoir qui est appelé par sa nature à dominer toutes les forces morales, à diriger tout le mouvement civilisateur d'une époque, se trouve ainsi assez dépouillé de prestige pour n'avoir pas même l'influence du mauvais exemple : car, lorsque ce pouvoir sera tombé, qui réveillera, en faveur d'un autre, l'indifférence du pays, habitué dès-lors à se frayer tout seul sa route insouciante vers l'avenir, et qui n'aura plus ni foi, ni croyance, ni conducteur pour se guider?

Or, le plus grand obstacle à la rénovation sociale d'un peuple, le plus grand empêchement qu'il éprouve à constituer pour lui une organisation humanitaire, économique, rationnelle, c'est l'absence presque totale de doctrines, de système, de croyance générale, qui puisse réunir, concentrer tous les esprits, en faire un faisceau fort et indissoluble. En négation, les masses sont assez sympathiques, elles savent, à peu de chose près, ce qu'elles ne veulent pas. En affirmation, en organisation, c'est tout autre chose, et la divergence la plus fatale éclate à l'instant entre les meilleurs esprits. Après une révolution, presque toutes les croyances erronées ont été détruites, mais aucune croyance générale ne les a remplacées. Or, un peuple sans croyance générale, sans foi sociale et politique, est un peuple sans cohésion morale, sans attraction organisatrice ; un peuple qui éparpille sa vie et sa force sur mille projets incohérents et sans suite ; un peuple toujours prêt à subir le joug des sophismes et des partis, sauf à le briser convulsivement quand il s'aperçoit que les sophismes des partis l'ont trompé.

CHAPITRE VIII.

De la Situation du Gouvernement nouveau après une révolution.

Si l'on examine attentivement l'histoire des grandes révolutions qui s'accomplissent chez les peuples, surtout chez les peuples monarchiques, parce que chez ces peuples, les révolutions, de même que le gouvernement, marchent plus régulièrement que dans les états démocratiques qui, à vrai dire, ne sont qu'une révolution incessante et perpétuelle, on verra que les dynasties nouvelles qui remplacent les dynasties dépossédées, sont toujours en butte à un double et contradictoire reproche qui leur vient à la fois des partisans de l'ancien ordre de choses et des partisans du nouveau.

Les hommes du nouveau régime, en effet, reprochent toujours à la dynastie nouvelle son ingratitude envers eux, et les condescendances témoignées par elle aux souvenirs, aux intérêts, aux hommes qui tiennent à l'ordre de choses qu'on a renversé.

Les hommes de l'ancien régime, au contraire, reprochent toujours à la dynastie nouvelle ses tendances révolutionnaires, ses condescendances pour les hommes qui ont renversé l'ancien gouvernement, et surtout, son hostile partialité contre les intérêts et contre les hommes qui tiennent au régime déchu.

La nécessité de supporter cette double accusation, et quelquefois, il faut le dire, la nécessité même de la mériter, parce que la nature des choses ne permet pas de faire autrement, est une des plus cruelles difficultés qu'une dynastie nouvelle ait à vaincre pour son établissement. Car pour s'établir, il lui faut évidemment conserver pour appui le courage et la force des hommes qui ont fait la révolution, et cependant rallier à son trône l'appui des intérêts traditionnels, graves, sages, puissamment enracinés dans le sol du pays, et qui s'étaient inévitablement attachés à l'ancien gouvernement, parce qu'il est de leur nature de vouloir l'ordre, le repos, la stabilité. — Conserver les uns sans repousser les autres, rallier les seconds sans s'aliéner les premiers, tel est le problème que toute dynastie nouvelle doit résoudre ; sinon, il lui manquera toujours la moitié de sa vie et de sa force. Peut-être ne tombera-t-elle pas immédiatement,

mais elle ne pourra ni marcher ni s'asseoir. Elle se traî-
nera, elle chancellera jusqu'à ce qu'un de ces évènements
imprévus, qu'un homme d'État doit toujours prévoir, la
jette sur le sol à côté des débris qui l'y ont précédée, et
dont elle n'aura pas su se faire un piédestal.

La monarchie nouvelle, d'abord, au milieu de ces
difficultés, a naturellement pour elle un grand avantage : c'est que les reproches des révolutionnaires détruisent les reproches des partisans de l'ancienne dynastie, et réciproquement. Ils peuvent bien faire une
alliance factice de scrutin, mais ils ne peuvent faire une
alliance de passions et d'exigences. Lorsque les révolutionnaires reprochent à la dynastie nouvelle d'abandonner les principes et les intérêts de la révolution pour
revenir aux hommes et aux intérêts de la monarchie absolue, ne détruisent-ils pas en effet les accusations de
ceux qui reprochent à la dynastie nouvelle de fouler
sous les pieds toutes les traditions monarchiques et tous
les intérêts du passé, pour les immoler en holocauste à
l'idole révolutionnaire? Retournez l'argumentation, vous
aurez encore le même résultat.

Mais si les reproches de chaque opinion extrême se
détruisent mutuellement devant la nation, il n'en est pas
de même dans chaque parti. Chaque parti caresse ses
chimères, envenime ses chagrins, exalte ses colères, et
parvient tellement à s'isoler du mouvement général des
esprits, qu'il se forme à lui-même un petit monde à part,
où toutes ses exagérations se convertissent en dogmes,
en articles de foi. Lorsque par hasard un homme impar-
tial, un homme ami du pays et que sa position ne range
ni parmi les séïdes de la révolution, ni parmi les exaltés

du parti rétrograde, mais qui prendrait volontiers dans les deux camps ce que chacun offre d'utile à la patrie, lorsqu'un homme de ce genre, dis-je, tombe au milieu d'une assemblée des purs de l'une ou l'autre couleur, il s'aperçoit bien vite qu'il est chez une peuplade d'espèce toute particulière qui n'a ni les mêmes idées, ni le même langage, ni, pour ainsi dire, la même atmosphère que le reste du pays. Là, tous les actes du gouvernement nouveau sont regardés à travers un prisme qui les décompose à tel point qu'il est impossible de les reconnaître. Tout est travesti, défiguré, interprété à mal, et vraiment, si l'on pouvait croire un mot de l'ensemble chimérique et monstrueux par lequel on y remplace l'image réelle du gouvernement, on ne concevrait pas comment une nation généreuse peut s'humilier au point de supporter tant d'ignominie.

Il faut cependant qu'un gouvernement nouveau se résigne à souffrir toutes ces aberrations d'esprit; qu'il les tolère, en quelque sorte, afin de mieux les user pour les rectifier plus tard. Car s'il voulait lutter directement contre elles, avant que le moment fût venu, il doublerait le mal au lieu d'y remédier.

Les partisans de la dynastie déchue accusent le gouvernement de la dynastie nouvelle, de manquer de respect et d'égard pour la religion, de manquer de justice pour les anciens royalistes, d'expulser de toutes les places, même dans les rangs secondaires, de vieux serviteurs qui devaient y trouver le résultat et les fruits d'une carrière toute consacrée à l'État; enfin, par mille reproches semblables, ils aigrissent les ressentiments et les peines de tous ceux qu'une grande révolution avait dû

nécessairement froisser, malgré tous les efforts de la
royauté nouvelle, pour leur en éviter, ou du moins
pour leur en adoucir le contre-coup; ils emploient ce
moyen pour affaiblir le gouvernement, en éloignant de
lui une masse d'hommes et d'intérêts qui ne demande-
raient pas mieux que de s'y rallier, si l'esprit de parti
ne travaillait incessamment à les en empêcher.

D'un autre côté, on reproche au gouvernement de la
dynastie nouvelle, son ingratitude envers les héros de la
révolution, envers ceux qui ont écrit, parlé, combattu
pour la révolution.

Mais à ces reproches opposés, la réponse est évidente
et victorieuse.

C'est que la monarchie nouvelle ne peut, d'aucun côté,
tendre la main à ceux qui lèvent la main pour la maîtriser ou pour la menacer.

Du côté révolutionnaire, des hommes éminents en talent et en courage ont travaillé puissamment à l'établissement du gouvernement nouveau. Leurs services méritent
reconnaissance et rétribution. Mais cette reconnaissance
ne peut aller jusqu'à sacrifier l'État à leurs fausses idées,
à leurs systèmes démocratiques, à leurs utopies républicaines. Quoi! parce qu'un homme aura contribué à fonder un trône, le monarque placé sur ce trône serait
obligé, par reconnaissance, de le lui laisser démolir!
Quoi! vous propriétaire, vous négociant, vous industriel,
parce qu'un homme vous aurait été utile pour former,
établir, accréditer votre maison, vous croiriez-vous obligé
ensuite de tomber dans sa dépendance, de subir son empire, de suivre ses conseils, sa direction, même quand
votre raison vous démontrerait que cette direction et ces

conseils perdraient vos affaires, ruineraient votre famille, renverseraient votre établissement? Et ce qui est vrai d'un intérêt privé, d'un établissement commercial, n'est-il pas encore cent fois plus vrai d'un intérêt public, des affaires d'État, de la direction d'un grand empire? Y a-t-il un motif de reconnaissance, quel qu'il puisse être, qui puisse obliger une monarchie envers un particulier, de telle sorte que la destinée de l'État doive être livrée à ses mauvais conseils?.... Jamais cela ne s'est vu, ou quand cela s'est vu, on est tombé sous l'empire du favoritisme populaire ou royal, n'importe, et l'État a soudainement penché vers sa ruine.

La monarchie nouvelle ne mérite donc aucun reproche quand elle refuse de se soumettre à de telles exigences. En mérite-t-elle davantage en refusant de se soumettre au parti déchu? Encore moins, s'il est possible.

Pour faire une monarchie, il faut sans doute des hommes monarchiques, et le parti de l'ancienne dynastie a sous ce point de vue une grande importance, une grande force, une grande valeur.

Mais les hommes monarchiques ne peuvent pas se passer de monarchie, et, par conséquent, lorsque pour ressusciter une monarchie morte, ils travaillent à tuer une monarchie naissante, ils sont leurs plus mortels ennemis à eux-mêmes, ils commettent le plus direct et le plus irremédiable suicide.

Il y a dans la nature des choses un attrait invincible, une nécessité d'ordre et d'organisation, à laquelle ils ne peuvent échapper sans faire violence à leur nature, à tous leurs intérêts. Vainement les chefs de ce parti voudront-ils retenir leur corps d'armée dans une marche hostile à la monarchie ; cela n'aura qu'un temps, comme toutes les combinaisons violentes et à contre nature.

Le gouvernement nouveau est dans la nécessité de les repousser, parce qu'ils s'imposent eux-mêmes une prétendue nécessité d'agir contre la monarchie actuelle, par fidélité pour la monarchie défunte. Mais ceci n'est de leur part qu'un anachronisme, une sorte de fidélité outre-tombe qui ne peut aboutir qu'au néant. Le contrat politique, pas plus que le lien conjugal, n'oblige au-delà du tombeau. Or, quand la vieille monarchie est morte, les royalistes qui lui avaient voué leur foi sont obligés de se rallier à la monarchie nouvelle, les uns un peu plus tôt, les autres un peu plus tard ; ce n'est pas la peine de troubler le pays pour la différence de quelques dates. C'est l'histoire de tous les temps.

En une telle position, les reproches de ce parti sont doublement injustes, quand ils accusent la monarchie nouvelle de ne pas avoir fait, précisément ce qu'ils l'empêchent de faire par leur hostilité permanente : les efforts qu'ils tentent en s'alliant avec l'opposition contre la monarchie nouvelle, est un coup de tête politique qui vise mal à propos à la profondeur, car rien n'est plus chimérique et plus dépourvu de résultats possibles. C'est une piqûre d'épingle qui effleure à peine l'épiderme de l'adversaire qu'ils irritent : c'est, pour un semblable parti, un moyen de déconsidération politique et d'affaiblissement moral, et pas autre chose.

Le gouvernement nouveau ne peut donc s'appuyer ni sur ceux des amis de la révolution qui veulent le maîtriser pour le précipiter dans des voies fausses, ni sur ceux des amis de l'ancienne monarchie qui, par fidélité

pour ses mânes, s'arment contre lui de toute leur influence et de toute leur clientelle.

Mais il ne doit avoir d'exclusion en masse pour aucune des deux opinions limitées dans les proportions du
juste et du vrai..Jamais il ne doit écouter, contre les
vrais serviteurs de l'ordre nouveau, les passions et les
colères des serviteurs de l'ancienne monarchie : jamais
il ne doit écouter, contre les serviteurs de l'ancienne monarchie, les colères et les passions des enfants de la révolution. C'est une folie de croire qu'on peut gouverner
un pays d'une manière calme et durable, en le divisant
en deux camps rivaux et hostiles. L'intérêt général et
l'intérêt particulier agiront sans relâche pour détruire
cette dangereuse anomalie, que les factions travaillent au
contraire à maintenir de toutes leurs forces. La sagesse
du gouvernement consiste à seconder le mouvement d'u-
nion qui se prépare entre les croyances monarchiques et
les intérêts de la révolution. Il faut que tout révolutionnaire sache que la monarchie nouvelle admettra ses services s'il conçoit et soutient les institutions monarchiques. Il faut que tout légitimiste soit assuré que toutes
les carrières lui seront ouvertes en proportion de son
mérite, s'il porte au gouvernement l'appui sincère de son
influence et de ses croyances dans le pouvoir. Voilà la
véritable, la grande conciliation politique qui termine
les révolutions et qui consolide les trônes nouveaux.

CHAPITRE IX.

Conduite que doit tenir le Gouvernement après une révolution.

⸱ ⸺

L'expérience est, de tous les moyens de juger sainement les choses de ce monde, le plus sûr et le plus précieux. Un vieux proverbe dit avec raison : expérience passe science.

Malheureusement ce bien précieux coûte cher souvent aux individus, qui, plus souvent encore, n'en profitent pas.

L'expérience coûte plus cher encore aux peuples qu'aux individus. Ils pourraient en profiter mieux, parce que leur existence est longue et continue; mais ils n'en font rien. Les peuples sont encore plus sourds aux leçons de l'expérience, que les simples citoyens.

Les hommes d'État qui prennent les rênes du gouvernement, après une révolution, doivent faire usage de cette expérience méconnue par les peuples qu'ils sont appelés à gouverner.

Ils ne doivent pas perdre de vue surtout qu'au sortir d'une crise qui, par le trouble qu'elle a jeté dans les esprits et dans les habitudes des populations, ne peut manquer d'avoir rendu ces populations plus accessibles aux suggestions révolutionnaires, ce qui est facile, c'est de faire naître du désordre un désordre plus grand encore; c'est d'ajouter de nouvelles ruines aux ruines déjà faites!

Ce qui est difficile, c'est de faire naître l'ordre du désordre; c'est de bâtir sur des décombres.

Le seul moyen d'arriver à la constitution de l'ordre, c'est de renforcer le pouvoir, de le concentrer.

Les révolutions politiques, en effet, opérant toujours un grand déplacement de pouvoir, il est impossible qu'elles se consolident sans avoir une grande force matérielle pour assurer la durée de leur droit. Cela est d'autant plus impossible, que toute révolution a deux sortes d'ennemis violents à combattre, — ceux qu'elle a déplacés, — et ceux qui voudraient la briser, pour la remplacer à leur tour.

Elles lèguent donc aux peuples qui les font deux grands besoins à satisfaire, deux grands devoirs à remplir envers eux-mêmes. Il faut d'abord qu'ils s'occupent de donner à l'établissement politique que la volonté nationale substitue au régime détruit, des bases fortes, solides, capables de résister au mouvement de toutes les passions momentanément déchaînées. Négliger d'entourer le pouvoir nouveau de toutes les chances de force et d'avenir, ce serait laisser aux combinaisons gouvernementales créées par la révolution tous les caractères d'une crise, c'est-à-dire d'un état exceptionnel, violent, précaire; ce serait ouvrir accès à toutes les tentatives de bouleversement; ce serait en conséquence ajourner indéfiniment toute idée d'amélioration matérielle et pratique.

Les évènements prouvent que si l'on renverse un gouvernement en trois jours, il est absurde de croire qu'on change en trois jours les mœurs générales, l'état social, la situation de l'instruction, de l'industrie, de la propriété, du travail, chez un grand peuple; et que si, à tous ces éléments qui restent forcément les mêmes qu'auparavant, on veut imposer une organisation gouvernementale toute contraire, on bâtit sans base, on introduit l'anarchie dans toutes les veines du corps social; de sorte qu'après avoir mis l'émeute dans la rue, on finit promptement par la mettre dans les lois; et quand l'on est parvenu à ce dernier terme, le gouvernement désemparé, démantelé, désarmé, n'a pas plus de force pour défendre les citoyens, qu'il n'en a pour se défendre lui-même.

L'œuvre d'organisation qui doit relier ensemble le passé et l'avenir, qui, sans méconnaître les faits résultant de la vie antérieure des peuples, doit leur ouvrir une carrière nouvelle de progrès et de civilisation, cette œuvre, dis-je, ne peut donc réussir qu'entre les mains d'hommes d'État vraiment dignes de ce nom. Avec des hommes qui sont purement administrateurs, on peut, dans certaines circonstances, faire vivre un gouvernement dans des voies où il est depuis long-temps engagé, depuis long-temps affermi, depuis long-temps enraciné; il ne s'agit alors que d'organiser une monarchie administrative, d'en donner la direction à des hommes accoutumés au travail des affaires; mais une révolution, encore toute haletante de ses incertitudes, toute brûlante de ses espérances, toute effarée de ses craintes, ne se laisserait point paisiblement gouverner par des hommes qui ne résolveraient pas ces incertitudes, qui ne calmeraient pas ses craintes, qui ne raffermiraient pas ses espérances, qui laisseraient par côté toutes les difficultés morales, source perpétuellement féconde de luttes politiques; qui, pour éviter le tourment du débat, ajourneraient la solution, et transigeraient dans les personnes, en attendant que la transaction des doctrines s'opérât graduellement.

En pareil cas, un ministère composé d'hommes politi-

ques insignifiants, ou d'hommes politiques appartenant
à des nuances diverses, ne peuvent pas former un gouvernement capable de succès.

C'est que, pour fonder un gouvernement nouveau, il
faut une force immense ;

C'est que, pour entraver momentanément ce gouvernement nouveau, il ne faut que des causes comparativement mille fois plus faibles ;

Et que, par conséquent, les factions partielles et locales réussissant à troubler la marche du pouvoir, seraient
elles-mêmes mille fois plus incapables que le gouvernement d'exercer ce pouvoir.

Le premier soin des hommes qui gouvernent dans
une crise révolutionnaire doit donc être de mettre un
terme à cet état de fièvre sociale; leur mission est de terminer, dans le sens raisonnable des idées morales, cette lutte
à la fois fatale et salutaire, dans laquelle ils ne doivent
rien négliger, rien céder, rien abandonner; car il est indispensable au bonheur de la patrie, il est indispensable
à l'établissement d'un gouvernement régulier, libéral et
solide, que cette lutte soit une fois pour toutes et définitivement terminée. Or, elle ne le serait pas, et ce serait
perpétuellement à recommencer, si l'on éludait les difficultés de la position politique, au lieu de les vaincre; et
il est parfaitement démontré, pour moi, que si l'on donnait à la monarchie nouvelle les mêmes étais qu'à la monarchie défunte, elle croulerait comme sa devancière.
Travailler ainsi, ce ne serait que préparer de nouvelles
ruines.

Il ne faut donc pas traiter la révolution comme une
puissance malfaisante par essence, à laquelle on doive

imposer des restrictions perpétuellement acerbes, afin d'a-
mortir sa violence et ses excès. Si l'on agissait ainsi, il
en résulterait évidemment que, sous prétexte de réprimer
ces excès et cette violence, ou bien l'on détruirait la force
elle-même de la révolution, et l'on flétrirait sa moralité;
ce qui la conduirait à sa perte; ou bien l'on échouerait dans
le combat, et l'on redoublerait les excès et la violence de
la révolution, irritée, à juste titre, des malveillantes chaînes qu'on aurait voulu lui donner.

C'est ce que ne sentent pas certains politiques dont le
juste-milieu est d'origine primitivement légitimiste, et
qui, malgré leur conversion, voient les circonstances politiques qui suivent une révolution à travers le prisme de
leurs anciens préjugés. Quant à moi, dont le juste-milieu
est d'origine révolutionnaire, et qui m'en fais honneur, je
vois les choses sous un point de vue tout opposé; je dis que
l'on doit chercher à prévenir, sans doute, les excès et les
violences que la révolution pourrait commettre; car les
grandes crises sociales ne s'opèrent qu'en mettant en jeu de
grandes forces qui, une fois en mouvement, ne s'arrêtent
pas au gré d'une froide raison, et peuvent accidentelle-
ment servir d'instrument à des passions mauvaises. Mais
ces violences et ces excès possibles de la révolution ne doivent pas pousser le pouvoir à affaiblir la révolution elle-
même, et à raviver l'espérance des préjugés contre-révolutionnaires.

Le caractère des gouvernements qui prennent les rênes d'un État après une révolution politique, doit donc
être une habile et perspicace modération, qui, sans faiblir,
s'abstienne, autant que possible, de tout excès et de toute
réaction, pour éviter à l'État de nouvelles réactions et de

nouveaux excès. C'est précisément le juste-milieu dans toute sa force et sa pureté.

Mais, en outre de cette règle théorique de modération, il faut le discernement pratique de l'application. Il ne faut pas confondre dans la même catégorie des faits de nature toute différente. — Éviter toute réaction contre des adversaires soumis, par exemple, c'est bien. Mais afficher le désir de transiger avec des ennemis irréconciliables, et, pour gage, réagir contre ses propres amis, c'est mal. — Autre exemple : diriger la force gouvernementale contre l'anarchie, c'est bien. Mais quand cette anarchie est déconsidérée et vaincue, se servir de cette force gouvernementale, non contre elle, qui ne lutte plus, mais contre des hommes opposants sans hostilité, au lieu de la diriger contre les hommes qui, fiers de leur impunité, attaquent le trône nouveau au profit de l'ancien ordre de choses, c'est mal.

C'est qu'à mesure que les évènements se développent, le danger pour le gouvernement fondé par une révolution peut sortir de sources directement contraires. Si, pour se faire la réputation d'un homme fixe et stable dans ses voies politiques, on conserve au pouvoir la même direction gouvernementale quand la nature des faits a changé, on compromet la révolution.

Conserver le principe sacré du juste-milieu, mais en modifier l'application pour l'approprier aux changements des faits, telle est la règle de tout gouvernement raisonnable, et c'est ainsi que doit agir tout homme d'État réellement digne de ce nom.

Si les chefs du gouvernement ne comprennent pas ainsi leur mission, s'ils ne voient pas que chaque chose a son

temps, sa mesure, ses bornes, et qu'il faut, quand le
le temps est fini, quand la mesure est remplie, quand les
bornes sont atteintes, régler le présent, en fixant les yeux
sur les nécessités de l'avenir, non sur les nécessités du
passé, quelle sera la situation politique où l'on arrivera?

Le premier effet qui se manifestera sera une confusion
universelle dans les diverses branches des pouvoirs de
l'État, parce qu'il sera impossible que le contre-sens, qui
fera le fond de cette situation gouvernementale, n'agisse
pas sur une foule de membres des corps politiques et administratifs, même sur l'esprit de ceux qui ne s'en rendront pas compte, et qui, continuant à suivre de confiance le gouvernement, croiront encore être dans la ligne
du juste-milieu, lorsqu'en réalité ils en seront sortis depuis long-temps.

Mais cette confusion, ce défaut d'ensemble gouvernemental destiné à s'accroître sans cesse, aura un effet bien
plus triste encore, en augmentant dans la masse des citoyens l'inertie politique; car l'énergie individuelle des
citoyens qui suffit momentanément à les émouvoir, à les
rassembler, à les lier en faisceaux dans un moment de
crise, pour lutter contre un gouvernement oppresseur,
n'est plus ensuite un lien suffisant, une excitation efficace
pour conserver leur union, seul gage de force, quand le
gouvernement, sans être oppresseur, n'est pas en harmonie avec les besoins successifs de l'époque, ne sert pas de
moteur, de guide, de directeur à l'action de l'esprit public. La majorité délibérante dans la nation s'éparpille et
s'use au moins aussi vite que dans la chambre élective;
la confusion qui descend d'en haut réagit, pénètre, s'in-
filtre partout; alors l'opinion se cherche elle-même et ne

peut plus se trouver ; alors on est tout étonné de voir une inertie si générale et si complète succéder partout à un si grand mouvement. Mais ce serait une bien grande erreur que de prendre ce calme factice pour un véritable repos.

Quand le gouvernement, partant d'un principe juste en lui-même, en fait une fausse application aux besoins du moment, deux résultats sont à craindre : ou que ce contre-sens produise dans les esprits une réaction soudaine et violente contre le gouvernement lui-même ; ou, tout au contraire, un affaissement, une inertie générale, qui assure au gouvernement l'impunité politique de toutes les fautes qu'il peut commettre en persévérant dans la fausse voie où il s'est engagé. — En effet, quelle séduction entoure un gouvernement, lorsqu'après des actes qui lui sont reprochés avec énergie par quelques-uns de ses amis, en même temps qu'ils sont, de la part de ses ennemis, le sujet d'accusations hostiles et passionnées ; lorsque, dans une telle situation, il s'aperçoit cependant que tout reste calme et pacifique ; que les choses de la vie vulgaire suivent leur marche accoutumée ; que l'administration agit sans résistance ; que le commerce se ranime ; que les fonds publics se soutiennent en forte hausse ; que les majorités parlementaires sont, à peu de chose près, ce qu'elles étaient avant, et, après quelques oscillations passagères reviennent à leur premier niveau ; que la guerre extérieure paraît de plus en plus improbable, en même temps que la guerre civile semble s'éteindre sous la défaveur et le ridicule !

En un pareil état de choses, comment le gouvernement ne serait-il pas enclin à s'approuver lui-même, à se méfier des reproches violents de ses ennemis, à rire peut-

être des avis officieux de quelques amis qui lui semble-
raient trop candides dans leurs craintes anticipées?

Qu'un gouvernement destiné à trouver en lui-même
sa force et ses moyens d'action se contentât de cette soumission inerte, de ce calme plat, de cette neutralité passive de la nation qu'il régit, je le concevrais facilement;
il resterait dans sa nature, qui serait, non pas de demander à la nation le ressort politique qui doit le mettre en
jeu, mais de lui demander seulement absence de toute
résistance à l'action gouvernementale qu'il voudrait exercer sur elle. Ce n'est pas qu'un gouvernement de ce genre
pût même durer long-temps, s'il était établi; mais enfin,
cette situation serait logique pour lui, conséquente à sa
nature, et lui permettrait de vivre tout le temps que com-
porterait son organisation.

Mais le gouvernement représentatif, bien plus encore
aujourd'hui qu'en tout autre temps, ne peut pas se contenter, pour vivre, de cette négation de résistance de la
part de la nation. Ce gouvernement ne porte en lui-même
qu'une action passagère et bornée, comme une pendule
qui s'arrête après un temps donné si elle n'est pas remon-
tée. Il faut qu'il demande à la nation non-seulement d'o-
béir à ses ordres, mais de lui fournir l'élément constitutif de la volonté qui consacrera ces ordres, qui leur donnera la force morale pour être, pour se perpétuer, pour
circuler dans le corps social, comme le sáng dans le corps
humain. Si donc l'inertie générale faisait des progrès dans
la nation, en même temps que d'un autre côté le gouvernement, prenant cette inertie pour une approbation de sa
marche, dévierait de plus en plus de la vraie direction
qu'il devrait suivre, il en résulterait inévitablement une

divergence de plus en plus croissante, jusqu'à ce que le mal, faisant soudainement et d'un seul coup tout son effet à la fois, à force d'avoir obéi trop passivement, un beau jour la nation n'obéirait plus du tout; il se trouverait que le gouvernement serait le seul dans l'État qui crût à sa propre existence; il deviendrait une illusion, une négation, une ombre; il se serait maintenu non par sa force, mais par une sorte d'habitude convenue de lui obéir. Le jour où il prendrait fantaisie à quelqu'un de s'apercevoir qu'il n'y a pas de gouvernement réel dans le pays, par le fait il n'y aurait plus de gouvernement.

CHAPITRE X.

De l'Indifférence politique qui suit ordinairement les révolutions.

Quand, au milieu de ce tumulte éternel qu'on nomme société humaine, la destinée jette subitement un de ces chaos accidentels qu'on nomme révolutions, il n'y a plus ni bornes, ni limites aux contre-sens qui s'emparent des esprits. Tout est confondu, tout est bouleversé. Les mots les plus simples perdent leur sens usuel. Quant aux idées, il n'en reste plus une saine et entière. Elles s'éparpillent, elles se brisent, elles se déchirent. Chacun s'empare au hasard des débris flottants des idées et des principes; les plus petits ambitieux en fabriquent un arsenal d'armes agressives contre l'ordre social lui-même ; de grandes passions, exploitant tout-à-coup ces petits hommes et ces petits moyens, leur donnent une importance fatale qui

achève de rendre impossible le rétablissement de l'ordre
et de l'unité dans l'État.

Tout cela donne à la nation une sorte de surexcitation
fébrile qu'on prend pour une véritable ardeur patriotique,
pour un bon levier de gouvernement. Il n'en est rien. Ce
n'est qu'une apparence trompeuse : allez au fond des choses,
il n'y a que vide et néant. Toute cette grande exaltation
de quelques écervelés qui s'agitent et qui crient, s'efface, se
dissipe, et vous laisse apercevoir les progrès rapides et réels
d'un égoïsme profond : faute de pouvoir comprendre l'état
général du pays, chacun se met à songer à soi, et ne songe
qu'à soi. A l'ardeur révolutionnaire, succède ainsi une
complète indifférence en matière politique.

Cette indifférence n'exclut pas les orages des passions
révolutionnaires ; bien au contraire, elle leur laisse le
champ libre. Au milieu de l'État, un vaste échafaudage
semble être dressé. Là, les factions et le gouvernement se
livrent un duel incessant. La nation y jette de temps en
temps un regard, lorsqu'il lui vient quelque lueur de bon
sens qui lui fait comprendre que ses destinées sont le prix
du combat, ou bien, lorsque quelque épisode plus saisis-
sant, plus inattendu, réveille les esprits engourdis de la
foule, à peu près comme font au théâtre les contrastes violents de nos drames modernes.

L'indifférence en matière politique laisse donc toujours
le sort de la patrie flotter entre les trois malheurs suivants :

Si le gouvernement et les factions luttent avec des forces balancées, de telle sorte que la victoire de l'un et la
défaite des autres ne soient jamais décisives, à l'indifférence se joint l'incertitude. — Double anarchie qui vicie
les lois, l'administration, tous les pouvoirs secondaires, qui

restent sans foi en eux-mêmes et sans influence sur les masses.

Si les factions l'emportent, — laissons de côté les malheurs, la ruine, les proscriptions qui jaillissent de leur triomphe maudit, — elles sont à l'instant dans la nécessité et dans l'impossibilité de se faire gouvernement en place de celui qu'elles ont renversé. Comme elles ont pris soin, pendant la lutte, de détruire toutes les bases morales du gouvernement, elles n'en trouvent plus pour établir le leur. De nouvelles factions surgissent et réagissent contre elles ; et la nation, plongée dans son indifférence politique, regarde ce nouveau duel gouvernemental avec un affaissement d'intelligence qui double son égoïsme et sa corruption. A peine les débris de son patriotisme éteint s'élèvent-ils jusqu'à lui donner un sentiment un peu vif de curiosité, et chacun se demande d'un air effaré : — Comment diable tout cela finira-t-il ?

Si le gouvernement l'emporte, et que, par une chance heureuse, fruit d'un vigoureux effort, il puisse enfin mettre le pied sur les factions complètement vaincues, détruites, anéanties, — et notez bien que cela n'arrive presque jamais sans l'usage de la force extra-légale, dont l'emploi devient inévitable, — alors l'indifférence de la nation en matière politique laisse le gouvernement sans barrière et sans contrepoids ; le dégoût général, né de la fatigue des luttes précédentes, préfère encore une tranquillité sans noblesse et sans énergie, à des manifestations actives qui ranimeraient peut-être les luttes éteintes, et le gouvernement est poussé par une sorte d'acclamation vague, mais réelle, à s'avancer dans une carrière d'absolutisme dominateur.

Et même il faut qu'il en soit ainsi ; car, sans cela, l'indifférence politique de la nation laissant de nouveau le champ libre aux factions, elles renaissent, elles arment derechef, et la lutte recommence. C'est un cercle vicieux, éternel de sa nature. Cherchez une autre solution au drame révolutionnaire, au milieu de l'indifférence politique : dans votre imagination, vous en trouverez mille; dans les réalités du monde, vous n'en trouverez pas une.

L'indifférence, en matière politique, est donc le pire de tous les fléaux; le pire, en vérité, car il les enfante tous. Or, si vous jetez autour de vous un regard un peu attentif, vous verrez que jamais nulle part dans le monde l'indifférence n'a été poussée au point où nous la voyons maintenant parvenue.

CHAPITRE XI.

De la Proscription des Princes déchus après une révolution.

Les révolutions ne périssent pas faute de proscrire les princes déchus, quand elles sont justes et fortes; de tels secours ne les sauvent pas, quand elles sont injustes et faibles.

Ces proscriptions de princes chassés ne signifient rien. Le pays est-il fort contre eux? la loi est superflue. Le pays est-il faible? la loi devient impuissante. — Les Bourbons proscrits sont remontés sur le trône. —Napoléon proscrit est remonté sur le trône. —Les Stuarts proscrits ne se sont pas rétablis, parce qu'ils ont été vaincus. S'ils eussent été triomphants, de proscrits ils seraient devenus proscripteurs.

Des lois de ce genre sont donc des illusions révolutionnaires dont on doit se déshabituer.

Je suis d'autant plus opposé à de telles mesures, que ma nature d'homme y est antipathique. Le malheur est un titre à mes yeux. Envers lui, je crois qu'il ne faut pas être sévère, il faut être généreux. Et déjà j'ai attiré contre moi les clameurs des journaux, à Paris et en province, pour avoir dit que la dynastie déchue avait fait le malheur du pays, par faiblesse plus que par malveillance, soumise qu'elle était à l'empire qu'une faction bigote et absolutiste avait pris sur son incapacité : la royauté était alors l'instrument plutôt que la cause du mal qu'elle faisait.

CHAPITRE XII.

De la Surveillance que le Gouvernement doit exercer sur ses agents.

Il est essentiel, dans les circonstances graves où se trouve le gouvernement après une révolution, qu'il puisse compter d'une manière absolue sur ses agents, et que la nation soit bien convaincue qu'il n'emploie que des gens sincères, dévoués à l'ordre et à la cause de la révolution prise dans son esprit réel et dans son caractère légitime.

Que le gouvernement regarde donc bien autour de lui : les circonstances où il se trouve exigent qu'il s'assure du dévoûment de ceux qu'il paie et auxquels il donne sa confiance. Il faut qu'il sache en quelles mains il laisse tomber sa délégation pour des services aussi importants que ceux qu'il doit attendre de ses délégués.

Toutes les fautes des agents secondaires finissent toujours par jeter quelque déconsidération sur le pouvoir. Le pouvoir en est sans doute innocent; il les punit même par des destitutions, mais ces rigueurs après coup n'empêchent malheureusement pas qu'il ne se forme dans les esprits un doute fâcheux sur sa vigilance à lui, sur sa fermeté, sur l'efficacité de son action gouvernementale.

Les citoyens qui défendent sa cause avec courage, énergie et désintéressement, ont le droit d'exiger de lui une surveillance et une énergie au moins égales. Il ne faut pas qu'à chaque instant les maladresses ou les lâchetés de quelques agents viennent compromettre l'œuvre de la justice, de l'administration ou de la politique. Il ne faut pas, en un mot, que, lorsque le pays montre une grande et honorable spontanéité à voler au secours du gouvernement menacé, le gouvernement se résigne à être mal servi. A quoi servirait, en effet, que les pouvoirs constitutionnels armassent la loi d'une répression énergique et sûre, si cette loi pouvait être facilement éludée par ceux dont elle aurait le plus d'intérêt à s'assurer? Qu'importeraient des pénalités sévères et des juridictions bien établies, si on laissait échapper les coupables qu'elles doivent atteindre?

Il serait absurde, en effet, que la masse des employés, des administrateurs, des magistrats de toute sorte eût été composée d'ennemis de la révolution, d'agents infidèles, traîtres au gouvernement de la révolution. — Cela ne veut pas dire cependant que, pour donner de la force et de la stabilité au pouvoir, il faille ne laisser en place aucun

des employés de l'ancien gouvernement, aucun des fonc-
tionnaires qui auraient pris du service avant la révolution; car, alors, il faudrait casser les trois quarts des
officiers de l'armée et la totalité de l'administration civile
et financière !... Et un pays n'a pas ainsi toujours dispo-
nible un rechange total d'administration : l'expérience,
la spécialité, les longs services dans les finances, dans le
génie, dans les ponts-et-chaussées, dans l'administration, ne sont pas choses superflues dont un gouvernement
puisse se passer. Il ne lui est pas loisible de faire table
rase, de recommencer à nouveau, et de décréter souverainement que le dévoûment à sa cause suffira pour remplir tous les emplois. Sous un gouvernement qui suivrait
une telle marche, la révolution ne serait qu'une torche
brillante, mais sans force, que le premier ouragan aurait
promptement éteinte !... Sans doute, il ne faut pas une
confiance aveugle; mais il y a un certain instinct de l'âme
qui ne trompe pas, et malheur à l'homme politique qui
ne le sent pas dans sa poitrine! Malheur à celui qui ne
sait pas s'en servir assez habilement pour pouvoir dire
avec sécurité : — *Tous ceux qui ne sont pas contre moi
sont pour moi !* — Celui-là ne fondera jamais un gouvernement.

CHAPITRE XIII.

Conclusion.

—

Il faut conclure de ce qui précède que toute révolution est un fait passager et transitoire, une transition entre un gouvernement qui meurt et un gouvernement qui naît; que gouvernement et révolution sont choses antipathiques, et qui ne peuvent subsister simultanément sur le même sol. La révolution est une crise violente, où le fait se change en droit quand il agit selon les règles de la justice naturelle pour repousser l'oppression, pour détruire une forme gouvernementale qui n'est plus en harmonie avec l'état réel de la société. Mais cette crise violente n'est pas durable de sa nature. Tel n'est pas l'état normal de la société. La crise révolutionnaire doit aboutir à un gouvernement, et quand ce gouvernement est fondé, la révolution ne doit plus conserver ni action, ni vie qui lui soit propre. Elle doit tout léguer au gouvernement nouveau; il faut alors qu'elle disparaisse, elle n'a plus rien à faire, son œuvre est accomplie; car son œuvre est de détruire. Si sous le gouvernement nouveau on consacre la durée de l'action révolutionnaire, on détruit le gouvernement nouveau comme l'ancien, et on rend à toujours l'état social impossible, le progrès chimérique, l'humanité convulsive et malheureuse. On lui fait son enfer sur terre : c'est une damnation anticipée ; là, il n'y a plus d'espérance !

Que l'on ne blasphème donc plus le principe sacré de la légitimité du pouvoir qui a sauvé, malgré eux, tous ces déclamateurs routiniers pour qui les évènements n'ont point de leçons efficaces, et qui dorment les yeux ouverts; — somnambules politiques, brodant dans leur sommeil le thème usé qu'ils ont appris par cœur quand ils étaient éveillés, et qu'aucune sensation nouvelle n'est venu rajeunir, parce que les hommes et les faits passent devant eux sans qu'ils aperçoivent autre chose que les divagations internes et magnétiques de leurs esprits engourdis! Eux, les hommes du progrès!... Eux, qui voudraient éterniser l'action révolutionnaire! Eux, dont le vieux libéralisme n'a que des doctrines posthumes, et qui ne sauraient plus où se prendre, le jour où le pouvoir, tombant en leurs mains, les réveillerait en sursaut, et les placerait au timon des affaires! Eux, qui ne sont faits ni pour l'opposition, ni pour le gouvernement, et qui marchent de désappointement en désappointement, parce qu'ils argumentent toujours au lieu de voir; parce qu'ils ignorent que s'il est plus facile de trouver *des moines que des raisons*, il est mille fois plus facile encore de trouver des raisons à l'appui d'une argumentation quelconque, que de bien voir, de bien juger les faits eux-mêmes sur lesquels toute argumentation doit être établie!... Eux, les hommes du progrès!... Ah! qu'ils renoncent à ce titre; ils sont ce qu'il y a de plus anti-progressif dans le monde!

Il faut donc le reconnaître, l'avenir des peuples et des gouvernements sont dans les doctrines du juste-milieu. C'est là que se trouve le progrès véritable qui naît de la paix à l'extérieur, du repos à l'intérieur; c'est là que se trouve le salut de la France et de l'Europe.

La réalisation de ce mode de gouvernement et sa consolidation, voilà quel est mon espoir dans la crise im-

mense où le monde est placé. Toutefois, je ne me crois
pas cette prescience infaillible qui peut à l'avance préciser les volontés du destin. Ma confiance peut donc être
trompée ; et si la France était envahie par l'orage populaire, si l'Europe était embrasée par la guerre universelle
de l'absolutisme et du radicalisme déchaînés l'un contre
l'autre, loin de regretter, même alors, la ligne politique
que j'ai suivie jusqu'à ce jour, j'y persisterais plus que
jamais ; loin de moi, loin de moi pour toujours, ces lâches
capitulations de conscience qui fléchissent sous les évènements, et qui confesseraient qu'une cause est mauvaise
parce qu'elle paraîtrait momentanément perdue !

Eh ! combien de fois la justice, la vertu, la liberté véritable, n'ont-elles pas succombé dans les révolutions politiques ! Combien de fois la majorité égarée n'a-t-elle pas
immolé ses défenseurs, et divinisé leurs bourreaux ! Combien de fois les principes salutaires de l'ordre social n'ont-
ils pas été méconnus, proscrits, foulés aux pieds, dans
les grands mouvements des peuples !... Combien de fois,
dans la courte période des quarante dernières années, de
ces quarante siècles si remplis de catastrophes et si rapidement écoulés sans avoir mûri la raison des peuples,
acteurs et victimes de ces débats terribles, combien de
fois, dis-je, sous nos yeux, devant nous, par nos propres
mains, l'erreur n'a-t-elle pas triomphé de la vérité !...
Mais, victorieuse ou vaincue, protectrice ou persécutée,
tout entourée des hommages du monde, ou toute cou-
verte d'humiliation sous les risées de la multitude, cette
vérité politique, cette monarchie parlementaire, cette
liberté sacrée dont j'ai embrassé la cause, ne sera point
abandonnée par moi, tant qu'il me restera une goutte de

sang pour la servir et une goutte d'encre pour la défendre !

FIN DU QUATRIÈME VOLUME,

ET

DE LA SOCIÉTÉ, DU GOUVERNEMENT ET DE L'ADMINISTRATION.

TABLE ET SOMMAIRES

DES LIVRES ET CHAPITRES.

———— ◉ ————

DE LA SOCIÉTÉ, DU GOUVERNEMENT, ET DE L'ADMINISTRATION.

————

TOME QUATRIÈME.

————

Livre XIX. — DE L'ORGANISATION JUDICIAIRE.

PAG.

CHAP. Iᵉʳ. — De l'organisation judiciaire et de l'indépendance de la magistrature...................... 7

CHAP. II. — De l'inamovibilité des magistrats en général et de ceux du parquet en particulier........ 18

CHAP. III. — Continuation du même sujet................... 28

CHAP. IV. — Continuation du même sujet................... 39

CHAP. V. — De la juridiction des chambres législatives... 44

CHAP. VI. — De la juridiction de la cour des pairs........ 47

CHAP. VII. — Des tribunaux de commerce................... 49

CHAP. VIII. — De la souveraineté du jury et de l'autorité de ses verdicts sur le droit public du pays..... 52

CHAP. IX. — Des juridictions militaires et de l'état de siège.. 59

598)

PAG.

CHAP. X.   — De ce qu'il faut entendre par ces mots :
             Juges naturels.................................. ,64

CHAP. XI.   — Application des principes qui précèdent à
             l'état de siége....:.............................. 74

CHAP. XII.   — De la compétence des tribunaux militaires. 84

CHAP. XIII. — De la disjonction des causes, lorsque le
             même attentat a été commis par des ci-
             toyens de l'ordre civil et par des militaires. 89

CHAP. XIV.   — Continuation du même sujet................. 96

Livre XX. — De la Centralisation administrative.

CHAP. Ier.   — De la centralisation.......................... 101

CHAP. II.   — Continuation du même sujet.................. 109

CHAP. III.   — Des obstacles à la décentralisation adminis-
             trative, nés de la marche politique suivie
             depuis la révolution de 1830................. 112

CHAP. IV.   — Objections présentées par les apologistes de
             la centralisation................................ 119

CHAP. V.   — Continuation du même sujet................... 130

CHAP. VI.   — Objections présentées contre la bonne ges-
             tion des intérêts communaux et départe-
             mentaux... 142

CHAP. VII.   — Des inconvénients et des dangers de la cen-
             tralisation................ ...., ... 153

CHAP. VIII. — Continuation du même sujet................. 165

CHAP. IX.   — Dés moyens de détruire la centralisation sans
             nuire à l'unité politique de la France........ 178

CHAP. X.   — Continuation du même sujet.:..:............ 191

Livre XXI. — De l'Administration départementale
ET COMMUNALE.

CHAP. Ier.   — De l'importance de l'administration et de son
             influence...................................... 205

Chap. II.   — De l'élection des conseils-généraux de départe-
              tement.. 209

Chap. III.   — De l'importance des conseils-généraux de
              département...................................... 214

Chap. IV.   — Publication des votes et des débats des con-
              seils-généraux................................... 222

Chap. V.   — La publication des travaux des conseils-gé-
              néraux est légale et constitutionnelle....... 225

Chap. VI.   — La publication des travaux des conseils-gé-
              néraux est un devoir............................ 235·

Chap. VII.   — La publication des actes des conseils-géné-
              raux accroît la facilité de l'administration
              et la force du gouvernement.................. 246

Chap. VIII.   — Des attributions des préfets et des conseils-
              généraux de département....................... 255

Chap. IX.   — Sur les conseils d'arrondissement........... 259

Chap. X.   — De l'influence des députés sur l'administra-
              tion départementale........................... 261

Chap. XI.   — Élections et lois municipales............... 265

Chap. XII.   — Continuation du même sujet................. 274

Livre XXII. — De l'Emploi de l'Armée aux Travaux
d'utilité publique.

Chap. Ier.   — Des travaux militaires...................... 285

Chap. II.   — L'emploi de l'armée aux travaux d'utilité pu-
              blique est un progrès véritable............... 291

Chap. III.   — L'emploi de l'armée aux travaux d'utilité pu-
              blique n'a rien d'incompatible avec sa di-
              gnité... 297

Chap. IV.   — L'emploi de l'armée aux travaux d'utilité pu-
              blique pourrait être rendu parfaitement
              légal... 303

Chap. V.   — Des objections faites à l'emploi de l'armée
              aux travaux d'utilité publique............... 304

PAG.

CHAP. VI. — Continuation du même sujet................... 310

Livre XXIII et dernier. — DES RÉVOLUTIONS.

CHAP. 1ᵉʳ. — Des révolutions.........,................. 321

CHAP. II. — Des insurrections, des coups-d'état et de leur légitimité................................. 322

CHAP. III. — Continuation du même sujet.................... 336

CHAP. IV. — Causes et dangers des révolutions..........., 345

CHAP. V. — Des causes de la violence des partis révolutionnaires..........................:..... 353

CHAP. VI. — Sur la manière dont les partis révolutionnaires entendent la liberté quand ils sont vainqueurs...................................... 355

CHAP. VII. — Caractères de l'anarchie qui précède les révolutions et de l'anarchie qui les suit....... 364

CHAP. VIII. — De la situation du gouvernement nouveau après une révolution........................... 369

CHAP. IX — Conduite que doit tenir le gouvernement après une révolution........................... 377

CHAP. X. — De l'indifférence politique qui suit ordinairement les révolutions............,.. 386

CHAP. XI. — De la proscription des princes déchus après une révolution............................... 389

CHAP. XII. — De la surveillance que le gouvernement doit exercer sur ses agents......................... 390

CHAP. XIII. — Conclusion................................... 393

FIN DE LA TABLE DU QUATRIÈME VOLUME.

www.ingramcontent.com/pod-product-compliance
Lightning Source LLC
Chambersburg PA
CBHW050306030726
47505CB00003B/592